Lesley Livingston

GLADIATORIN

Verrat oder Triumph

Lesley Livingston

GLADIATORIN

Verrat oder Triumph

Aus dem Englischen
von Silvia Schröer

cbt

Canada Council for the Arts | Conseil des arts du Canada

We acknowledge the support of the Canada Council for the Arts.
Nous remercions le Conseil des arts du Canada de son soutien.
Wir bedanken uns für die Übersetzungsförderung des
Canada Council for the Arts.

Quellennachweis:
Quintus von Smyrnae, Der Untergang Trojas, Band 1, S. 414–419,
herausgegeben und übersetzt von Ursula Gärtner,
Wissenschaftliche Buchgesellschaft Darmstadt, 2010 (S. 59 und 299)

FSC www.fsc.org MIX Papier aus verantwortungsvollen Quellen FSC® C014496

Verlagsgruppe Random House
FSC® N001967

Wir produzieren Klimaneutral
ClimatePartner.com/14044-1912-1001
Druckprodukt

1. Auflage 2020
Deutsche Erstausgabe Mai 2020

Die Originalausgabe erschien 2018 unter dem Titel
»The Defiant« bei Razorbill/Penguin Random House LLC, USA.

Aus dem Englischen von Silvia Schröer
Umschlaggestaltung: © Isabelle Hirtz, Inkcraft
nach einer Originalvorlage von Jacket art © 2018 by Michael Heath
sh · Herstellung: AS
Satz: KompetenzCenter, Mönchengladbach
Druck: GGP Media GmbH, Pößneck
ISBN 978-3-570-31297-1
Printed in Germany

www.cbj-verlag.de
Dieses Buch ist auch als E-Book erhältlich.

Für Carol Ann Gallagher

I

Kleopatra, die Königin von Ägypten, langweilte sich.

Und darum baumelte ich nun über der Reling einer Galeere und fluchte laut, während mein Schiff jederzeit erneut von einem feindlichen Schiff gerammt und ich in die im Sonnenlicht funkelnden Wellen weit unter mir geschleudert werden konnte. So, dachte ich, hatten wir uns den Kampf *nicht* vorgestellt. Meine Schiffskameradinnen und ich – alles Schülerinnen des Ludus Achillea, der führenden Schule für die Ausbildung weiblicher Gladiatoren in der gesamten Römischen Republik – *hätten* siegreich sein sollen in unserer allerersten Seeschlacht.

Stattdessen machten uns die Mädchen unserer Konkurrenzschule, dem Ludus Amazona, auf dem See Sabatinus fertig.

»Fallon!«

Unter Verrenkungen schaute ich nach oben, um zu sehen, wer nach mir rief.

Es war Elka – meistens die Erste, die bemerkte, wenn ich mich in Schwierigkeiten gebracht hatte. Normalerweise hätte ich sie freudig begrüßt, aber ich war zu sehr damit beschäftigt, weder die Reling noch die Hand von Leander, dem Küchensklaven des Ludus, loszulassen, dessen Leben ich gerade zu retten versuchte.

Leander konnte nicht schwimmen. Das hatte er mehr als deutlich gemacht, sogar durch den Schlachtenlärm hindurch. Es war also ein wenig erstaunlich, wie er überhaupt hier hatte enden können, wild mit den Armen rudernd im Wasser, mitten in unserer nachgestellten Seeschlacht, einem Schauspiel, das auf Geheiß der ägyptischen Königin stattfand.

Das Spektakel selbst war weniger erstaunlich.

Gaius Julius Caesar, Konsul von Rom, legendärer Feldherr, Besitzer des Ludus Achillea und Kleopatras Liebhaber, war vor knapp einem Jahr zu einem weiteren Feldzug aus Rom aufgebrochen. Kleopatra, die sich in seinem Anwesen am Westufer des Tibers eingerichtet hatte – aber äußerst unwillkommen innerhalb der Mauern Roms selbst war – war vor lauter Rastlosigkeit kurz vorm Durchdrehen gewesen.

Also hatte sie ihr Gefolge eingepackt und war auf der Via Clodia gen Norden gereist zu einer privaten Villa am Ufer des Sees Sabatinus, wo ihre Rastlosigkeit wenigstens einen Tapetenwechsel erfuhr. Und die Gesellschaft ihrer lieben Freundin, meiner Schwester Sorcha. Oder wie sie in Rom bekannt war: der Herrin Achillea, frühere siegreiche Gladiatorin und jetzige Lanista des Ludus Achillea.

Eines Morgens, nicht lange nachdem Kleopatra so etwas wie ein exotischer Stammgast in der Region um den See herum geworden war, hatte Sorcha mich auf Geheiß der Königin mit zu einer Audienz geschleift.

»Ich versauere noch vor Langeweile!«, hatte Kleopatra an diesem Tag ausgerufen, während gebratener Pfau und rohe Austern an Bord ihres Vergnügungsbootes serviert wurden. »Ich will ein Fest. Unseren ganz eigenen Triumph, um dich als neue Besitzerin des Ludus zu feiern …«

Ich für meinen Teil schielte heimlich zu Sorcha, um zu sehen, wie sie auf Kleopatras Vorschlag reagieren würde, aber meine Schwester nickte nur und trank gelassen einen Schluck aus ihrem Kelch.

»Als *kommende* neue Besitzerin, Eure Hoheit«, sagte sie. »Falls ich die Papiere von Caesar erhalte …«

»Scht.« Kleopatra brachte sie mit einer Handbewegung zum Schweigen. »Sie sind ganz bestimmt auf dem Weg. Und dann wirst auch du Königin in deinem eigenen Herrschaftsbereich sein, meine Liebe.« Sie hielt inne und wählte einen Honigkuchen von einem Tablett aus. Sie waren mit Goldstaub besprenkelt und glitzerten im Sonnenlicht. »In dieser jämmerlichen Republik sollte es nicht den Männern vorbehalten sein, ein Schauspiel zu veranstalten, um mit ihren Erfolgen zu protzen«, fuhr Kleopatra fort. »Und du, meine allerliebste Sorcha, hast definitiv Erfolge vorzuweisen. Genau wie deine außergewöhnliche Schwester.«

Sie schenkte mir eins von ihren verführerischen Lächeln und ließ mit einem Handzeichen meinen Weinbecher erneut auffüllen. »Die Optimaten bekämpfen die Popularen, weil sie Angst haben«, sagte sie. »Angst vor Veränderung, vor Neuerung. Sie haben Angst vor Caesar und sie haben Angst vor *mir*. Caesar ist ein Gott unter Menschen und ich erinnere ihn gern daran. Sie haben Angst vor seiner Macht. Und darum locken sie ihn zu Kriegen weit weg von mir und meinem Bett. Das macht mich ganz kirre. Entschuldigt.«

»Da gibt es nichts zu entschuldigen, Majestät«, sagte ich.

»Aber ja.« Sie kicherte, leckte sich Honig und Goldstaub von den Fingern. »Du, Fallon, verstehst meine Rastlosigkeit. Es war nicht nett von meinem Gebieter, dass er deinen hübschen, jungen Decurio bis nach Hispania mit sich gezerrt hat.«

Ich spürte, wie meine Wangen erröteten bei der Erwähnung von Caius Antonius Varro. Aber in Wahrheit war ich wegen *seiner* andauernden Abwesenheit selbst ein bisschen gereizt. Standhaft ignorierte ich die hochgezogenen Augenbrauen meiner Schwester.

»Egal.« Die Königin grinste uns spitzbübisch an. »Während unsere Jungs weg sind … schmeißen wir ein Fest.«

Kleopatras Vorstellung von einem »Fest« war ihre ganz eigene abgespeckte Variante von einem der absurdesten Schauspiele in Caesars Vierfachem Triumph – einer ausschweifenden Veranstaltung aus Darbietungen und Prozessionen, während derer Rom einen ganzen

Monat lang bei Festmahlen und Spielen, Tierjagden und Wettkämpfen über die Stränge geschlagen hatte. Als Abschluss hatte sich Caesar ein Schauspiel ausgedacht, das er *Naumachie* getauft hatte: eine echte Seeschlacht, aufgeführt in einem von Menschen geschaffenen Bassin, das am Ufer des Tiber ausgehoben worden war, mit Tausenden von Männern – Kriegsgefangen von Caesars zahlreichen Feldzügen –, die auf echten Kriegsschiffen segelten. Die Schlacht war heftig gewesen. Tödlich. Und der Fluss war noch einen Tag und eine Nacht danach rot vor Blut gewesen.

Zum Glück war Kleopatra nicht *so* gelangweilt.

Sie gab sich mit einem Spiel ohne tödlichen Ausgang zufrieden, bei dem die Fahne des Gegners erobert werden musste, einem Wettkampf zwischen unserem Ludus und den Gladiatorinnen unseres Rivalen, des Ludus Amazona, – »Ich werde diesen widerwärtigen Volkstribun auffordern, uns seine Mädchen zu leihen, damit ihr gegen sie kämpfen könnt«, hatte die Königin mit einem boshaften Lächeln beschlossen – und mit nur zwei Schiffen. Das zweite, ein großes, schwerfälliges Vergnügungsschiff hatte einer der reicheren Nachbarn, der eine Villa auf der anderen Seite des Sees gegenüber dem Ludus Achillea besaß, zur Verfügung gestellt. Die Sklaven der Königin hatten die Boote so hergerichtet, dass sie wie Mini-Versionen der Kriegsschiffe von Rom und Karthago aussahen. Und wir sollten die historische Schlacht von Mylae lebhaft nachstellen. Wo auch immer das war. *Was* auch immer das war.

»Fallon!« Elka brüllte wieder nach mir. »Hör auf herumzualbern! Wir sollen diesen Kampf *gewinnen* …«

Ich öffnete den Mund und wollte zurückbrüllen, dass ich nicht gerade auf der faulen Haut lag, aber da schrie Leander gellend auf, verlor den Halt und stürzte in das saphirblaue Wasser unter uns.

Ich warf einen Blick zum Himmel und seufzte.

»Bin gleich wieder da!«, schrie ich Elka zu.

Dann ließ ich die Reling los, fiel durch die Leere und tauchte in die schockierend eiskalten Wellen unter mir. Die Rüstung, die ich an diesem Tag trug, war zum Glück leicht und biegsam – Leder, keine Bronze oder Eisen –, aber trotzdem zog sie mich im Wasser hinunter und für einen kurzen panischen Moment strampelte und kickte ich heftig mit den Beinen, in dem Bemühen nicht zu tief zu sinken. Als ich nach Luft schnappend wieder auftauchte und mir die Haare aus den Augen schüttelte, entdeckte ich Leander, der nur wenige Armlängen von mir entfernt mit den Armen ruderte und hilflos in der Luft nach Halt suchte. Ich war schon lange nicht mehr geschwommen – nicht mehr seitdem man mich zuerst zur Sklavin und dann zur Gladiatorin gemacht hatte –, aber ich war an den Ufern des Flusses Dwr aufgewachsen, daheim auf der Insel der Mächtigen, und schon als kleines Mädchen war ich wie ein Fisch geschwommen, fast noch bevor ich gelernt hatte zu kämpfen.

»Hör auf zu zappeln!«, wies ich ihn hektisch an, während ich einen Arm um Leanders Oberkörper schlang. »Entspann dich – ich hab dich!«

Er wurde schlaff, ich glaube mehr aus Erleichterung

als aus bewusster Reaktion auf meinen Befehl hin, aber so war es einfacher. In ziemlich kurzer Zeit schaffte ich es, ihn zurück zum Schiff zu ziehen. Ich rief nach meinen Gladiatorenkameradinnen und kurz darauf erschien Damya an der Reling und blinzelte zu mir nach unten.

»Das ist nicht der richtige Zeitpunkt, um eine Runde schwimmen zu gehen!«, rief sie.

»Sag das *ihm*«, rief ich durch zusammengepresste Zähne, während eine Welle über mich hinwegspülte und mir in den Augen brannte. Das Seewasser hatte einen beißenden Geruch, und ich warf einen Blick hinüber zu den Überresten des kleinen Bootes, das Leander gerudert hatte. Das zerbrechliche kleine Fahrzeug war von unserem kunstvoll geschnitzten Bug aufgespießt worden, als wir ihn überfahren hatten. Er hatte frischen Nachschub an alkoholischen Getränken aus dem Lager des Ludus zu Kleopatras Kahn übersetzen wollen und beschlossen, den direkten Weg mitten durch die Schlacht hindurch zu nehmen. Aus zerbrochenen Tonkrügen sickerte Wein, der das Wasser rot färbte – wie eine fröhliche Parodie auf Caesars Schauspiel – und ein paar entwischte Bierfässer drifteten seelenruhig zurück ans Ufer. Drüben auf dem Schiff der Königin mischten sich Wutgebrüll mit Lachsalven angesichts des Missgeschicks. Ehrlich gesagt fand ich, dass die Festgäste an diesem Nachmittag auch so schon genug intus hatten.

»Wirf mir ein Seil zu!«, schrie ich.

Ich schlang das Seil unter Leanders Armen hindurch um seinen Oberkörper herum und wartete im Wasser auf der Stelle tretend, bis Damya ihn oben an Deck gehievt hatte. Dann warf sie das Seil wieder nach unten und zog mich an Bord, unter ihren Bronzearmbändern spannten sich ihre Armmuskeln. Als ich ein Bein über die Reling schwang und wie ein Fisch auf dem Trockenen auf dem Deck landete, erklang wilder Jubel vom Kahn auf der anderen Seeseite angesichts meiner heldenhaften Rettung. Keuchend lag ich da und kam mir weniger heldenhaft als lächerlich vor.

Oben in der Takelage hockte Tanis weit über meinem Kopf und rief immer aufs Neue die Position der Flagge auf dem anderen Schiff aus. Sie ließen sie auf dem Deck hin und her wandern, damit unsere Versuche ihr Schiff zu kapern und die Flagge an uns zu bringen, erfolglos blieben. Tanis war eine vielversprechende junge Bogenschützin – sie hatte ihren Eid in derselben Nacht wie Elka und ich abgelegt –, aber es hatte sich herausgestellt, dass sie im Nahkampf ziemlich nutzlos war. Also hatten wir sie in den hohen Ausguck geschickt, wo ihre scharfen Augen nützlich für uns waren.

Jedes Mal wenn unsere Schiffe sich an der Längsseite nebeneinanderlegten, tauschten wir Kämpferinnen. Ein paar von unseren Mädchen sprangen auf das gegnerische Schiff und umgekehrt. Obwohl die Klingen, mit denen wir an diesem Tag kämpften, hölzerne Übungsschwerter waren, passierten Unfälle. Und nicht nur Unfälle. Zwischen dem Ludus Achillea und dem Ludus Amazona gab es immer noch jede Menge böses Blut. Während Caesars Triumph waren unsere zwei Kämpferschulen in einer riesigen offenen Feldschlacht, die an Caesars Eroberung Britanniens erinnern sollte, gegeneinander angetreten, und es hatte Blutvergießen gegeben. Sogar Tote. Wir alle hatten uns an diesem Tag Feinde gemacht.

Der schlimmste, den ich mir gemacht hatte, kam ursprünglich aus meinem eigenen Ludus.

Eine Gladiatorin namens Nyx.

Nyx war nie eine Freundin gewesen. Aber sie war an Pontius Aquila verkauft worden, den Besitzer des Ludus Amazona, nachdem Caesar mich statt ihrer ausgewählt hatte, um die Hauptrolle der Siegesgöttin Victoria zu verkörpern. Nyx hatte das weder leicht noch gut aufgenommen. Genauso wenig wie die Tatsache, dass ich sie mitten im Spektakel bei einem Streitwagenduell – mit ein wenig Hilfe von Elka und ihrem treuen Speer – besiegt hatte.

All das war Grund genug für Nyx, mich zu hassen.

Aber ich war noch einen Schritt weiter gegangen.

Als Caesar mir das zeremonielle Schwert der Freiheit für meine Darbietung überreichen wollte, hatte ich ihn gebeten, diese Freiheit stattdessen *ihr* zu gewähren. Damit hatte ich wirksam verhindert, dass Nyx je wieder als Gladiatorin die Waffen in der Arena führen würde. Es war das Schlimmste, was ich ihr hätte antun können – ihrer Ansicht nach. Ich hatte nie die Gelegenheit gehabt, ihr zu sagen, dass ich es zu ihrem eigenen Besten getan hatte. Sie hätte mir sowieso nicht zugehört.

Ich hatte sie seit diesem Tag nicht wiedergesehen.

Was wahrscheinlich einer der Gründe dafür war, dass noch alle meine Gliedmaßen intakt waren. Nyx hatte eine Gruppe Kumpaninnen zurückgelassen, aber ohne ihre antreibende Boshaftigkeit, waren sie in etwa so lästig wie Schmeißfliegen. Im Speisesaal oder im Badehaus wohlgemerkt. In der Arena konnten wir alle – wenn wir nicht vorsichtig waren und manchmal auch obwohl wir es waren – eine Menge Schaden anrichten. Aber natürlich war das eigentlich auch das Ziel. Zumindest für unsere Zuschauer und Herren.

Ich hatte schon vor langer Zeit festgestellt, dass die römische Zivilisation nur schöner Schein war. Das Spektakel unserer »Seeschlacht« mit der spannenden Aufgabe, die gegnerische Flagge in Besitz zu bringen, war für Kleopatras Festgäste sicherlich unterhaltsam und wir lieferten eine gute Show. Aber es war der Nervenkitzel von *echter* Gefahr, der die Herzen der Römer höher schlagen ließ. Die Vorstellung, dass wir gewillt – und in der Lage – waren, jemanden zum Krüppel zu machen oder zu töten zur Unterhaltung der Meute. Denn auch wenn sie Seide und Juwelen trugen, Wein tranken und Austern schlürften, war es das, was die Männer und Frauen auf dem vergoldeten Kahn in Wirklichkeit waren. Eine blutrünstige Meute.

Und darum, dachte ich, *gehe ich besser zurück ins Gefecht und befriedige diese Gier statt meine Zeit damit zu verschwenden, Küchenjungen zu retten.*

Ich rappelte mich auf und sah, dass Leander immer noch auf dem Deck lag und mich auf einen Ellbogen gestützt angrinste. »Danke, *Domina*«, sagte er und entblößte seine blitzenden Zähne. »Danke für mein Leben.«

Ich verdrehte die Augen und stand auf. Verglichen mit anderen Küchenjungen war Leander mehr als nur ein Sklave. Er war ein gerissener Charmeur, der sich ständig an die eine oder andere Gladiatorin heranmachte. Als Nyx seine Avancen eines Abends ausgenutzt hatte, um aus dem Stadthaus des Ludus in Rom zu entwischen, hatte ihm das eine Menge Ärger eingebracht – und ihn zehn Peitschenhiebe gekostet. Alles nur zu dem Zweck, *meine* Gladiatorenkarriere zu beenden und vielleicht sogar mein Leben. Aber Nyx war gescheitert und ich trug Leander nichts nach.

Ich war nur zunehmend irritiert, dass er in diesem Moment dermaßen im Weg war.

Gerade als er sich aufrappelte, krängte das Schiff in einer scharfen Rechtswende, brachte ihn aus dem Gleichgewicht und schleuderte ihn gegen mich – sodass ich beinah wieder über die Reling taumelte.

»Setz dich hin!«, blaffte ich ihn an, packte ihn bei den Schultern und drückte ihn fest auf eine Rolle Tau. »Wir wenden zu einem zweiten Angriff …«

»Ich habe keine Angst.« Sein Grinsen war unerschütterlich.

Kurz überlegte ich, ihn zu erstechen.

»Bleib, wo du bist, und bleib *unten*«, fauchte ich. »Oder du wirst noch dafür sorgen, dass jemand – wahrscheinlich *ich* – getötet wird.«

»Fallon!« Ajani schrie vom Bug zu mir herüber. »Lass diesen Kesselputzer in Ruhe! Wir nähern uns wieder dem anderen Schiff. *Schnell.*«

Ich drehte mich um und lief über das schlüpfrig feuchte Deck. Auf halbem Weg schloss Ajani zu mir auf und passte sich meinem Schritt an. Normalerweise hätte Ajani ihren Bogen dabeigehabt und einen Köcher voller

Pfeile auf den Rücken geschnallt. Aber jetzt hielt sie ein kurzes Holzschwert – wie der Rest von uns – in einer Hand und eine Geißel im ägyptischen Stil in der anderen. Anscheinend hatte sie sich an die neue Waffe mit den geknoteten Lederschnüren gewöhnt. Ich war mir ziemlich sicher, dass mehr als ein oder zwei der Amazona-Mädchen von dieser Schlacht dunkelrote Striemen an Armen und Beinen davontragen würden.

»Wir versuchen diesmal, nah genug an sie heranzukommen, um sie richtig zu kapern«, ließ Ajani mich wissen.

Von hoch oben informierte uns Tanis über jede Bewegung des anderen Schiffes und über die Aufstellung ihrer Kämpferinnen. Das war unser Vorteil – bis zu dem Moment, als eines der Amazona-Mädchen beschloss, dem Ganzen ein Ende zu setzen, indem sie einen Dolch nach unserem Ausguckposten warf. Ich sah, wie die Klinge durch die Luft sauste und schnappte wütend nach Luft. Die Sonne wurde von der Klinge reflektiert und das bedeutete, dass sie echt war – nicht aus Holz – und daher ausdrücklich gegen die Spielregeln.

Zum Glück sah Tanis sie kommen.

Zum *Un*glück duckte sie sich weg, als würde sie nicht fast dreißig Fuß hoch über Deck hocken. Ich hörte sie schreien, als sie nach hinten kippte und durch die Luft segelte.

»Tanis!«, rief ich. Sie schrie erneut auf, als sich eines der Taue der Takelage, das sich um ihr Bein gewickelt hatte, in einer Schlinge um ihren Knöchel herum zuzog und sie zu einem abrupten Halt etwa zehn Fuß über dem Deck brachte. Dort hing sie kopfüber wie ein Kadaver in einem Schlachthaus und schrie vor Schmerzen.

Vom Kahn der Königin erklang aufgeregter Jubel. Unser Schiff hatte sich längsseits an das Amazona-Schiff gelegt und die Enterplanken ausgebracht.

»Ajani, los!«, blaffte ich. »Hilf Elka und den anderen – ich hole Tanis.«

»Wie willst du sie holen? Sie ist viel zu weit oben!«

»Ich werde sie herunterschneiden müssen«, sagte ich. »Bevor dieses Tau ihr den Fuß abtrennt. Geh schon!«

Ich rannte zurück zu dem einzigen Mast, der sich im Zentrum des Decks erhob. Das Wurfmesser lag nur wenige Fuß entfernt und ich hob es auf. Die Klinge war scharf und bei dem Gedanken an diejenige, die es geworfen hatte, knurrte ich. Aber wenigstens konnte ich es jetzt zu meinem Vorteil nutzen. Die einzigen anderen Waffen, die ich bei mir trug, waren aus Holz. Ich steckte das Messer in meinen Gürtel, griff nach der Strickleiter, die nach oben in die Rah führte, und begann zu klettern.

Direkt unterhalb der Rah, im Windschatten des aufgeblähten Segels, legte ich eine Verschnaufpause ein, warf einen Blick nach unten und stellte fest, dass unser Enterversuch diesmal Erfolg gehabt hatte. Auf dem vollen Amazona-Schiffsdeck standen Schulter an Schulter kämpfende Paare. Die beiden Schiffe waren mit Enterhaken aneinander festgemacht und sogar die kleine Besatzung Galeerensklaven, die das Boot für uns segelte, hatte ihre Posten verlassen und schlug als Teil der ganzen lächerlichen Pantomime fröhlich neben den Gladiatorinnen auf ihre Pendants ein.

Das Deck des Achillea-Schiffs unter mir war menschenleer.

Abgesehen von Leander, der mit einer Axt emsig gegen den Schiffsmast hieb, als wäre er ein mächtiger Eichenbaum in den Wäldern meiner Heimat, der für das große Feuer gefällt werden sollte.

»Was in Hades Namen tust du da, du Wahnsinniger?«, schrie ich von der Spitze von eben diesem Mast zu ihm hinunter.

Eine dumme Frage. Es war klar, was er tat. Aber für einen Moment traute ich meinen Augen nicht. Als Küchensklave hatte ich Leander jeden Tag in dem kleinen Hof bei den Ställen gesehen, wo er Feuerholz gehackt hatte für die Köche, die die kleine Armee von Gladiatorinnen versorgten, die im Ludus lebten. Die schlanken Muskeln an seinen sonnengebräunten Armen waren straff gespannt und er war sehr gut im Holzhacken.

Ich wusste nur nicht, warum er unseren *Mast* umhackte.

Der Mast erzitterte bei jedem Biss der Klinge und auf dem Deck lagen überall abgesplitterte Holzstückchen. Ich wusste, dass jedes Schiff eine Axt an Bord hatte, falls ein Mast während eines Sturm beschädigt wurde und losgeschlagen werden musste – daher wusste ich, woher Leander das Ding hatte –, aber das war hier eindeutig nicht der Fall.

Erneutes Grölen von Kleopatras Schiff gab mir die Antwort. Eine Gruppe Festgäste stand an der Reling, feuerte Leander bei jedem Axthieb wie wild geworden an und schloss hektisch Wetten ab. Wahrscheinlich hatte jemand Leander bezahlt, um die Chancen zugunsten der Amazona-Seite zu erhöhen.

Ich konnte kaum fassen, dass er glaubte, die paar Münzen wären die Hölle wert, die ich entfesseln würde, wenn ich ihn in die Finger bekam. Aber im Augenblick konnte ich nichts weiter tun, als zu hoffen, dass der Mast Leanders Holzfällerarbeit lang genug standhalten würde, bis ich Tanis gerettet hatte.

Ich schob mich über die Rah und setzte meine Füße so vorsichtig, wie es die Eile erlaubte, auf die Fußpeerde der Matrosen. Ich sah, dass Tanis' Gesicht unter mir fast violett angelaufen war. Genauso wie ihr linker Fuß, wo das Tau in ihr Fleisch schnitt. Nach einer Weile, die mir wie eine Ewigkeit vorkam, gelangte ich zu der Stelle, an der sich das Tau in der Takelage verfangen hatte, und säbelte wie wahnsinnig an den starken, haarigen Fasern. Schweiß rann mir in Strömen übers Gesicht und über den Rücken, in meine Augen und zwischen meine Finger, sodass der Messergriff glitschig wurde.

Der Mast begann gefährlich zu schwanken.

Ich hielt einen Moment inne, um meine Holzschwerter aus ihren Scheiden zu ziehen und sie Leander an den Kopf zu werfen. Das zweite prallte von seinem Ohr ab und er jaulte auf und ließ die Axt fallen. Sie schlidderte über Deck, und er rannte ihr, mich verfluchend, hinterher. Noch mehr Geschrei – halb Jubel, halb Spott – erklang von der Schiffsmeute, als ich mich wieder fieberhaft an die Arbeit an dem Seil machte.

»Tanis!«, brüllte ich. »Mach dich bereit!«

Sie drehte und wand sich, starrte mich ängstlich an.

Die Fallhöhe würde sie nicht umbringen. Außer sie landete auf dem Kopf oder brach sich das Genick … Ich verdrängte diesen Gedanken. Wenn ich sie nicht losschnitt – und zwar bald – würde der umstürzende Mast sie wahrscheinlich sowieso töten.

Endlich gab der letzte Seilstrang nach, und ich sah zu, wie sie im Sturz ihre Arme um den Kopf legte und sich zu einem Ball zusammenrollte. Ich zuckte zusammen, als sie mit einem harten Schlag auf die Planken traf, aber sie rollte sich ab und war gleich darauf auf allen vieren. Sie würde klarkommen.

Jetzt steckte *ich* in Schwierigkeiten. Unter mir entdeckte ich, dass sich ein Teil des Kampfgeschehens auf unser Schiff verlagert hatte. Aber inmitten des Kampflärms waren alle meine Freundinnen zu beschäftigt, um zu bemerken, dass ich in der Klemme saß.

Mit jedem neuen Axthieb wurde die gesamte Takelage bedrohlich instabiler. Wenn Leander eins war, dann fleißig, aber zum Glück war die Axt, die er schwang, ein stumpfes, altes Teil, und allein dadurch hatte ich die Gelegenheit etwas unglaublich Dummes zu tun. Das Segel unter mir zitterte und die Rah neigte sich trunken. Mir blieb keine Zeit mehr, zurück zur Leiter zu rutschen und hinunterzuklettern, und wenn der Mast mit mir umkippte, würde ich aller Wahrscheinlichkeit nach auf dem Deck aufschlagen und mir jeden Knochen im Leib brechen. Meine Möglichkeiten waren begrenzt.

Die Rah wackelte und ihr eines Ende schwang aufs offene Wasser hinaus …

So schnell ich konnte, löste ich die Riemen an der

Seite meines Brustpanzers, warf ihn aufs Deck und verfehlte dabei Leander nur knapp, aber so, dass er sich noch einmal zurückzog. Dann stemmte ich mich in die Hocke oben auf der Rah. Der Holzbalken war gerade und etwa so breit wie die Deichselstange eines Streitwagens, wenn auch etwas länger …

Ich war mit einer einzelnen Nummer in der Arena berühmt geworden, und zwar mit einem Streitwagenmanöver, das der Flug der Morrigan genannt wird – dabei rannte man zwischen zwei galoppierenden Pferden die gesamte Länge einer Deichsel entlang, immer das Gleichgewicht haltend, und rannte dann wieder zurück …

Ich beherrschte dieses Manöver.

Die Takelage bebte und begann sich langsam zum anderen Schiff zu neigen.

Ich hörte die panischen Schreie der Mädchen unter mir, während sie dabei zusahen, wie sie abstürzte.

Und ich rannte.

Wie ein Akrobat streckte ich die Arme aus, bog bei jedem flüchtigen Schritt meine Füße Halt suchend um die Stange, hielt den Atem an, rannte über das Rundholz – während der Mast schließlich umkippte – und hechtete mit einem Kopfsprung hinaus aufs Wasser, genauso wie ich es früher zu Hause von den Klippen über dem Fluss Dwr getan hatte. Die Welt wandelte sich schlagartig von hellem Sonnenschein zu kalter Dunkelheit, als ich mit einem Platscher auf das Wasser traf.

Als ich prustend wieder auftauchte, stellte ich fest, dass alle Achillea-Kämpferinnen an der Reling lehnten und erstaunt zu mir herunterspähten.

»Was in Hels Namen hat dieser Irre versucht zu beweisen?«, rief Elka über den Lärm der Zuschauer hinweg, die wild gestikulierend auf das vom umgestürzten Mast verursachte Chaos zeigten.

»Egal!«, brüllte ich zurück. »Schnapp dir ihre Flagge!«

Die Amazona-Flagge lag unbeaufsichtigt im Bug des anderen Schiffes, wo die Gladiatorinnen sie zurückgelassen hatten, als sie ausgeschwärmt waren.

»Die *Flagge*!«

Vielleicht war ich ein wenig zu zielgerichtet in meinem Verlangen zu gewinnen, aber plötzlich war ich schrecklich motiviert, die Ambitionen von demjenigen zu durchkreuzen, der Leander bestochen hatte.

Elka sah mich an, als wäre ich verrückt geworden, wirbelte aber herum und rannte los, um sich die Fahne zu schnappen, bevor das Amazona-Team überhaupt wusste, was sie vorhatte. Sie sprang über den Spalt zwischen den beiden Schiffen, brüllte nach Meriel, während sie die Fahnenstange aufhob und sie, als wäre sie ihr Speer, auf unsere Seite schleuderte, wo Meriel sie auffing. Vom Schiff der Königin ertönten Wutschreie und Siegesgebrüll, während ich die Strickleiter, die man mir zugeworfen hatte, hochkletterte und zu Tanis stolperte, die immer noch auf dem Deck lag.

»Komm schon«, sagte ich und streckte eine Hand aus, um ihr aufzuhelfen.

Sie humpelte mit mir zum Bug unseres Schiffes und, voll im Blick der elitären Gesellschaft auf der anderen Seite der Wellen, reckten wir unsere Fäuste triumphierend nach oben. Eine Kakofonie aus Jubelrufen grollte wie Donner über das Wasser und obwohl ich vor Erschöpfung schwer atmete und ich spürte, dass ich wie verrückt grinste, kam ich mir ein bisschen lächerlich vor. Wir hatten ein Schauspiel aufgeführt. Nicht gekämpft. Darum ging es nicht als Gladiatorin. Dafür hatte ich meine Freiheit nicht eingetauscht.

Und doch war es … etwas. Etwas ein klein wenig Außergewöhnliches.

Es war ein Riesenspaß.

II

Die gute Laune war ansteckend. Na ja, zumindest bei der Achillea-Mannschaft. Die Amazona-Mädchen waren allesamt schlecht gelaunt. Anscheinend nahmen sie in ihrem Ludus solche Dinge sehr ernst. Wenn ich allerdings daran dachte, wem der Ludus Amazona gehörte, war das wenig verwunderlich. Zweifellos zog in der Gladiatorenschule von Pontius Aquila eine Niederlage Konsequenzen nach sich.

Normalerweise hätte ich vielleicht einen Funken Mitleid mit ihnen verspürt, aber um ehrlich zu sein, waren sie mir in diesem Augenblick herzlich egal. Meine Freundinnen und ich hatten gesiegt, und das war alles, was zählte.

Drüben auf dem Schiff der Königin warfen die Zuschauer Blumensträuße übers Wasser. Aus dem Augenwinkel bemerkte ich, wie Elka hinter mir Ajani angrinste.

Und dann plötzlich – und zum dritten Mal an diesem Nachmittag – flog ich über Bord und ins Wasser.

Gerade noch rechtzeitig tauchte ich wieder auf, um zu sehen, wie Damya, unsere Furcht einflößende phönizische Kämpferin, Elka hochhob und *sie* über die Schiffsreling hievte. Dann Meriel. Und dann sprang Damya mit einem fröhlichen Kriegsruf selbst über Bord und ließ das Wasser hoch aufspritzen. Andere folgten, bis das Wasser des See Sabatinus den Mosaiken an den Wänden des Badehauses zu ähneln begann: voller scherzender Nixen.

»Victrix!« Ein junger Patrizier rief vom Schiffsdeck nach mir und beugte sich mit einem bis zum Rand gefüllten juwelenbesetzten Kelch weit hinaus aufs Wasser. »Ein Hoch auf deinen Mut!«

Ich schwamm unter seinen ausgestreckten Arm und griff nach dem Becher, aber er riss ihn wieder fort und beugte sich mit einem lüsternen Grinsen im Gesicht noch weiter nach vorn.

»Ah!«, sagte er und leckte sich die Lippen. »*Nach* einem Kuss auf deine Schönheit!«

»Mit Schönheit gewinnt man keine Schlachten, Herr.« Ich lächelte zuckersüß zu ihm hoch. »Aber kräftige Beine und ein furchtloses Herz können einen wackligen Mastpfahl überwinden.« Damit schnappte ich mir den Becher aus seiner Hand und trank den Wein in einem Zug.

Sein Grinsen gefror ihm im Gesicht und seine betrunkenen Freunde brüllten lachend.

Ich schwamm zurück zum Rest der Mädchen, und aus

Elkas Gesichtsausdruck konnte ich schließen, dass sie unsere Unterhaltung mitangehört hatte. Mein *eigentliches* Kunststück auf dem wackeligen Mastpfahl fand sie aber anscheinend weit weniger lustig.

»Du weißt, das hätte tödlich ausgehen können, als dieses Segel heruntergekommen ist«, sagte sie.

Ich schüttelte mir das nasse Haar aus dem Gesicht und nickte. »Ich weiß«, sagte ich. »Aber für Tanis mit ziemlicher Sicherheit auch, wenn ich ihr nicht geholfen hätte.«

Ajani schwamm zu uns und trat im Wasser auf der Stelle. »Das ist die Art von Hilfe, die dazu führt, dass du mit dem Gesicht nach unten an Haken aus der Arena geschleift wirst«, sagte sie. »Elka hat recht. Du hättest sie für sich selbst sorgen lassen können.«

»Das hätte ich. Aber ich habe mich anders entschieden.« Ich grinste und wollte mir von ihrer Schimpftirade nicht die gute Laune verderben lassen. »Und genau darum geht es doch, oder?«

»Worum?«, fragte Elka.

»Um das Recht, selbst entscheiden zu dürfen!« Ich spritzte Wasser auf sie. »Sobald Achillea die Urkunde für den Ludus von Caesar erhalten hat, sind wir *frei*!«

»*Du* nicht, kleine Füchsin«, erinnerte mich Elka. »Das ist der idiotische Handel, den du eingegangen bist.«

»Scht. Sei nett«, mahnte Ajani. »Ich bin jedenfalls froh über ihre Dummheit.«

»Siehst du?«, sagte ich. »Und immerhin bin ich freier als zuvor. Freier als *sie* es sind.« Ich nickte zum Deck des Amazona-Schiffs, wo unsere Gegnerinnen immer noch mürrisch und besiegt dastanden. »Und ich habe vor, das Beste daraus zu machen.«

Träge paddelten wir noch eine Weile länger vor dem Vergnügungsboot auf und ab. Die Feiernden gossen Wein zu uns hinunter und warfen uns Süßigkeiten zu, und Sorcha genoss die Festlichkeiten länger als ich es für möglich gehalten hätte. Schließlich ertönte ein Muschelhorn und gab das Signal zur Rückkehr ans Ufer des Ludus. Die Naumachie war zwar bestimmt nicht so gelaufen wie geplant, aber sie *hatte* es geschafft, eine Schiffsladung voller vergnügungssüchtiger Angehöriger der Oberschicht zu unterhalten.

Die Sonne zog bereits gen Westen, als wir uns dem Ufer näherten, wo das Tor des Ludus weit offen stand. Die Mädchen vom Ludus Amazona waren bereits von ihren Wächtern – einem stets präsenten Kontingent grimmiger, finster dreinblickender Grobiane in schwarzer Rüstung und Helm – hindurchgescheucht und außer Sichtweite gebracht worden. Die Amazona-Mädchen waren in einem neu errichteten Kasernenflügel für die nächsten Tage als unsere »Gäste« untergebracht, und es waren eine Reihe »freundschaftlicher, kollegialer« Wettkämpfe vorgesehen. Diese Aussicht hatte bei den Achillea-Mädchen zu gleichen Teilen für Stöhnen und Vorfreude gesorgt. Aber erst mal kamen wir an diesem Abend in den seltenen Genuss eines Grillfestes am Strand – Speisen, Getränke und ein wenig Extra-Freiheit waren ein kleiner Vorgeschmack auf das, was den Ludus erwartete.

Während wir unsere Teppiche und Kissen auf dem

Sand ausbreiteten, warf ich einen Blick zurück übers Wasser und entdeckte die schattenhaft dunkle Silhouette von Thalestris – dem Primus Pilus der Gladiatorenschule, der rechten Hand der Lanista – in weiter Ferne. Sie hielt das Gleichgewicht in einem Schilfboot, stand mit hoch erhobenem Fischspeer da, bereit zuzustoßen. In den Tagen vor Kleopatras Naumachie hatte die Gladiatorenmeisterin, die sich damit brüstete, eine *echte* Amazone zu sein, keinen Hehl aus ihrer Abneigung gegen das Spektakel gemacht – sie betrachtete es als unnütze Frivolität und unverschämte Verschwendung der sorgfältig ausgebildeten Gladiatorentalente ihrer Schützlinge.

Sorcha hatte sehr wohl gewusst, dass Thalestris ihre scharfe Zunge vor einem Haufen sich rekelnder Bürger aus der Oberschicht nicht würde im Zaum halten können, und so hatte sie ihr die Erlaubnis erteilt, den Tag beim Fischen zu verbringen. So weit entfernt von dem Schauspiel, wie sie nur paddeln konnte. Ich sah zu, wie ihr Speer mit der Schnelligkeit einer angreifenden Schlange durch die Wasseroberfläche stach.

Thalestris war niemand, den ich jemals wütend machen wollte.

Als die Nacht hereinbrach, saßen wir am Strand und vertrieben die kalte Seeluft mit der Wärme der knisternden Lagerfeuer und mit Krügen voller Bier. Nach Leanders Versorgungsbootkatastrophe hatten wir die Fässer gerettet und im Anschluss an die »Eroberung« als unsere rechtmäßige Beute an Land gebracht. Das Zeug war besser als alles andere, was je eine von uns zuvor gekostet hatte – sogar besser als das dunkle, schaumige Gebräu, das ich immer in der Festhalle meines Vaters, des Königs, daheim in Durovernum getrunken hatte – und wir ließen es uns schmecken.

Leander selbst wurde nicht mit demselben Maß an guter Laune bedacht.

»Es ist ein Friedensangebot!«, rief er hinter einem Weidenkorb hervor, den er wie einen Legionärsschild vor sich trug. Wahrscheinlich hätte er seine Anwesenheit ankündigen sollen, bevor er aus dem Schatten in den Schein des Lagerfeuers trat. Beinahe hätte ich kurz Mitleid mit dem armen Kerl gehabt.

»Friedensangebot?«, schnurrte Ajani wie eine Katze vor einer in die Ecke gedrängten Maus. Sie hatte Tanis als Bogenschützin unter ihre Fittiche genommen und war alles andere als angetan davon, dass Leander sie mit seiner kleinen Einlage in Gefahr gebracht hatte.

»Ajani … hübsche – nein, nein … wunderschöne – *wunderschöne* Ajani«, stammelte Leander mit großen und feuchten dunklen Augen wie ein Welpe, der um Abfälle bettelte. »Ich wollte dir nur dabei helfen, Ruhm zu erlangen!«

Ich musste lauthals losprusten und verschluckte mich dabei fast an meinem Bier. »*Helfen?*«

Er warf einen Blick zu mir hinüber, und seine Körperhaltung nahm wieder diese gewisse Arroganz an, die ich von ihm gewohnt war. »Ja, Herrin!«, grinste er. »Ohne mich hättest du nicht die Gelegenheit zu solch einem spektakulären Sprung gehabt – welch Heldentat! Ich habe mich so gefreut, dass ich helfen konnte.«

Ich bewunderte seine Dreistigkeit.

Meriel verdrehte die Augen. »Du bist ein Idiot«, sagte sie.

»Ein *nützlicher* Idiot.« Er nickte, streckte uns wieder den Korb entgegen und hob den Deckel. Darin lagen sechs fette, glänzende und ausgenommene Seeforellen, bereit fürs Feuer. Außerdem mehrere Laibe Brot und ein in Tuch gewickeltes Käserad.

Bei dem Anblick lief mir das Wasser im Mund zusammen.

Elka funkelte ihn böse an. »Woher hast du das alles?«, fragte sie. »Und wie viel Ärger bekommen wir, weil du das hierher gebracht hast?«

»Gar keinen Ärger!« Leanders Grinsen wurde breiter. »Die Forellen sind von Thalestris – der Lärm von der Naumachie hat alle Fische auf ihre Seite des Sees getrieben, und sie hat mehr gefangen, als wir in der Küche verwenden können. Ich habe angeboten, sie dem Koch abzunehmen.«

Damya schnaubte. »Du hast sie stibitzt.«

»Nein! Der Koch hat sie mir gegeben – ehrlich«, protestierte er. Dann zuckte er mit den Schultern und lächelte verschlagen. »Das Brot und der Käse allerdings …«

Ajani gab ihm einen Klaps auf den Hinterkopf, zerzauste ihm sein dunkles Haar und ließ das Thema fallen. Es war nicht einfach, Leander lange böse zu sein. Meriel nahm ihm den Korb aus den Händen und machte sich daran, den Fisch aufs Feuer zu legen. Es war eine milde Nacht und die Stimmung war genauso leicht wie die

Brise über dem See. Fast fühlte ich mich wie zu Hause, wie in Durovernum. Mit meinen Freunden …

»Hey, Fallon!«, rief Elka mir fröhlich hinter dem Essensberg hervor zu, den sie sich auf ihren Teller geschaufelt hatte. »Komm und iss. Du musst bei Kräften bleiben, wenn du weiter wie ein minoischer Akrobat durch die Gegend turnen willst.«

Damya grinste. »Vielleicht sollten wir ihr einen Stier besorgen, auf dem sie in der Arena Saltos schlagen kann.«

»Wenigstens bis ihr Decurio aus dem Krieg zurückkehrt!«, sagte Lydia.

»Ich bleibe bei den Streitwagenpferden, danke«, sagte ich und ignorierte ihr anzügliches Gekicher.

Ich nahm den Teller entgegen, den Antonia geschickt auf dem bronzenen und ledernen Schaft balancierte, der auf dem Stumpf an ihrem linken Unterarm steckte, und mir anbot. Wir hatten alle eine Weile gebraucht, um uns daran zu gewöhnen – daran, dass ihr eine Hand fehlte, die ihr bei einem Trainingsunfall knapp über dem Handgelenk abgetrennt worden war –, aber Antonia hatte früh beschlossen, sich davon nicht aufhalten zu lassen. Das hatte es dem Rest von uns leichter gemacht, es ebenfalls zu akzeptieren. Tatsächlich schien Antonia seit dem Missgeschick – nachdem sich herausgestellt hatte, dass sie nicht an der Verletzung sterben würde – über sich selbst hinausgewachsen zu sein und ihre zuvor ausgeprägte Schüchternheit abgelegt zu haben.

Mit Neferets Hilfe – dem Mädchen, das nicht nur die Amputation durchgeführt hatte, sondern sie auch mit

Leib und Seele gesund gepflegt hatte – hatte Antonia beeindruckende Fortschritte gemacht. Ich sah, wie Neferet ihr zulächelte und nahm an, dass ihr gutes Herz wahrscheinlich genauso förderlich für Antonias Genesung gewesen war wie ihre heilenden Hände.

»Wo hat Thalestris gelernt, so zu fischen?«, fragte Meriel, den Mund voller Forelle.

»Sie ist auf einer Insel aufgewachsen«, sagte Leander.

»Auf einer Insel?«

Er nickte, während er mehr Bier ausschenkte. »Mmhh ... das hat sie mal gesagt.«

Ich runzelte die Stirn. Obwohl ich nun schon seit über einem Jahr nahe am Herzen der römischen Republik lebte, hatte ich immer noch keine richtige Vorstellung von Geografie. Doch ich hatte Landkarten gesehen, man hatte mir beigebracht, wie man sie las, und ich wusste so ungefähr, wer woher kam. Und ich kannte mich so weit aus, dass ich wusste, dass Skythien – von wo die sogenannten Amazonen stammten – keine Insel war.

Als ich das sagte, zuckte Leander mit den Schultern, blieb aber bei seiner Geschichte.

»Er hat recht«, murmelte Gratia in ihren Becher Wein und spülte einen Fischhappen hinunter. »Wenn Thalestris eine Amazone ist, will ich verdammt sein.«

Wir drehten uns alle gleichzeitig zu ihr um und blinzelten sie durch die zunehmende Dunkelheit an. Sie hob ihren Kopf und blinzelte zurück. Mit leicht trüben Augen.

»Amazone«, sagte Gratia noch einmal, laut genug,

damit der Rest von uns sie über das Knistern der Holzscheite hinweg hören konnte, und zog das Wort höhnisch in die Länge. »*Verdammt will ich sein.*«

Elka schnaubte belustigt. »Das wirst du«, pflichtete sie ihr bei. »Beim Latrinendienst für alle Ewigkeit, wenn sie dich so reden hört.«

»Was?«, fragte Lydia verständnislos. »Das ist sie doch. Eine Amazone, meine ich. Genau wie ihre Schwester. Richtig?«

So hatte ich das auch immer verstanden. Der allererste Kampf *meiner* Schwester – der überhaupt allererste Kampf weiblicher Gladiatoren – hatte zwischen ihr und einer Kämpferin namens Orithyia stattgefunden: Thalestris' Schwester. Sorcha hatte in der Arena triumphiert. Und Orithyia … war gestorben. Heimlich hatte ich immer bewundert, wie Thalestris diesen Verlust hatte überwinden und Sorcha als Primus Pilus dienen können, aber wahrscheinlich stand der Codex der Schwesternschaft der Amazonen weit über jeglichen Blutsbanden. Und dieser erste Kampf war in den Namen der zwei ersten Schulen für weibliche Gladiatoren für alle Zeit verewigt worden: Achillea und Amazona.

Gratia war allerdings wohl nicht der Ansicht, dass sie diesen Ruf verdient hatte, und ihr Spott war fast beißender als die Flammen des Lagerfeuers. Thalestris setzte ihr immer hart wegen ihrer Technik zu und Gratia hatte eindeutig die Schnauze voll davon – und voller Forelle, die Thalestris heute Nachmittag gefangen hatte. »Vielleicht in ihren Met vernebelten Träumen«, spottete sie. »Wo ich herkomme, wissen wir darüber Bescheid. Die

Amazonen – sollten sie jemals wirklich existiert haben – sind vor Hunderten von Jahren ausgestorben. Sie sind nur noch ein Mythos.«

»Also auf mich wirkt sie ziemlich amazonenhaft«, sagte Lydia und schenke sich Wein in ihren Becher nach. »Warum streiten wir uns gleich noch mal darüber?«

»Weil wir alle ein bisschen betrunken sind«, antwortete Damya gelassen.

Gratia nickte. »Und weil Thalestris ein Miststück ist.«

»Und«, sagte ich, »weil wir alle wünschten, so wie sie kämpfen zu können.«

Das Meckern und Murren kam zum Erliegen. Elka hob ihren Becher.

»*Ave*, Thalestris«, sagte sie mit einem schiefen Grinsen.

»Ave, Thalestris«, wiederholte Meriel und unterstrich die Geste mit einem Schnauben, bevor sie den Inhalt ihres Bechers hinunterstürzte.

Und dann hoben die anderen Mädchen, eine nach der anderen, ihre Becher, um anzustoßen.

»Ave!«

»Ave diesem unbarmherzigen, kaltblütigen, gemeinen, brillanten, groben Scheusal«, fiel Damya begeistert ein.

»Die, wenn die Götter uns wohlgesonnen sind«, murmelte Ajani, »tief und fest in ihrem Bett schläft und nichts hiervon gehört hat.«

»Auf noch viele weitere herrliche Jahre der – *freiwilligen* – Schufterei unter ihrer erbarmungslosen Peitsche!«, sagte Elka und stieß mich mit dem Ellbogen an. »Stimmt's, kleine Füchsin?«

Darüber lachten wir alle. Über den Witz, aber auch über die freudige Aussicht, schon bald – sehr bald – unser eigenes Schicksal in die Hand nehmen zu können. Frei, den Ludus zu verlassen, aber zu bleiben und zu kämpfen, weil wir es wollten. Nach außen hin würde eine Veränderung gar nicht wirklich sichtbar sein. Aber nach innen … allein bei der Vorstellung wollte meine Cantae-Seele vor schierem Glück platzen …

»Was … was passiert, wenn wir nicht bleiben wollen?«

Das Gelächter verstummte und Schweigen senkte sich über uns. Eine nach der anderen schauten wir in die Richtung, aus der die Frage gekommen war. Tanis. Ajanis Schützling, die sie im Bogenschießen unterrichtete. Das Mädchen, das ich heute Nachmittag aus der Takelage geschnitten hatte. Sogar im flackernden Licht des Feuers konnte ich die wütenden roten Striemen um ihren Knöchel erkennen, die das Seil dort hinterlassen hatte.

»Ich meine …« Tanis zuckte mit den Schultern, blickte von einer zur anderen und verstummte.

»*Was* meinst du?« Meriel beugte sich vor und legte ihren Kopf schief, als würde sie versuchen, Worte in einer fremden Sprache zu verstehen. »Von hier weggehen? Wohin in aller Welt würdest *du* gehen? Du weißt noch nicht einmal, woher du kommst, Tanis. Dein Stamm war eine Gruppe von Nomaden. Hierher gehörst du wenigstens.«

»Das glaubst du.«

»Du etwa nicht? Das war das letzte Mal, dass ich dir in einem Kampf Rückendeckung gegeben habe.«

»So meine ich das nicht, Meriel. Sei nicht so zickig.«

»Was genau hast du dann gemeint, *Gladiole?*«, spottete Meriel und nannte Tanis bei dem gemeinen Spitznamen, unter dem wir alle gelitten hatten, als wir neu im Ludus waren. Gladiole: ein Wortspiel mit den Blumen, deren Blüten wie Speerspitzen geformt waren und die an langen Stielen im Garten des Ludus wuchsen, hübsch, aber so leicht abzusäbeln. So hatte Nyx, die damals den Ton in der Gladiatorenschule angegeben hatte, alle frischen Rekrutinnen an ihren niederen Status innerhalb der Rangfolge der Schülerinnen erinnert – keine Kämpferinnen, sondern Blumen.

»Hey!«, fuhr ich dazwischen und brachte sie zum Schweigen, bevor das Ganze aus dem Ruder lief. »Ihr zwei, Schluss damit. Nyx ist schon lange nicht mehr da und diese Art von Spielchen spielen wir nicht mehr. Wir sind alle gleich, wie Achillea sagte …«

»Achillea?«, höhnte Tanis. »Du meinst deine Schwester Sorcha? Ganz *bestimmt* bist du für sie genauso gleich wie der Rest von uns.«

Erstaunt blinzelte ich sie an. Als die Mädchen des Ludus infolge des Triumphs entdeckt hatten, dass die ehrenwerte Achillea in Wahrheit meine Schwester war, hatte ich mir Sorgen gemacht, wie sie reagieren würden. Ob sie glauben würden, dass ich darum irgendwie bevorzugt werden würde. Aber als das nicht passiert war und Sorcha mich weiterhin genauso hart hatte arbeiten lassen – und manchmal sogar härter – wie den Rest der Mädchen, hatten sie es alle ohne Groll akzeptiert. Wenigstens hatte ich das geglaubt …

»Tanis, ich habe dich verteidigt …«

»Du brauchst mich nicht zu verteidigen, Fallon! Ich kann mich selbst verteidigen.«

»Nicht wirklich.« Elka zuckte mit den Schultern. »Ich meine … du bist gut mit Pfeil und Bogen, aber grauenhaft im Nahkampf.«

Ajani wand sich. »Elka …«

»Haltet die Klappe!«, kreischte Tanis. »Ihr seid *alle* schrecklich!«

»Dann geh doch!« Gratia beugte sich mit vorgeschobenem Unterkiefer vor.

»Hört auf.« Ich erhob mich, und meine gesamte Cantae-Seelen-Glückseligkeit loderte zu einer genauso mächtigen Wut auf. »Hört auf! Niemand geht irgendwohin. Nicht mal du, Tanis.«

»Ich gehöre dir nicht, Fallon.« Sie sprang auf die Füße, strauchelte wegen ihres verletzten Knöchels. »Genauso wenig wie deiner Schwester. Nur darum geht es doch, oder? Versteht das denn keine von euch? Wir *gehören* niemandem mehr. Wir sind wieder ganz *allein*. Genauso wie zuvor, bevor wir hierhergekommen sind. Nur dass sich nichts an dem Gefängnis geändert hat, bis auf die Gitterstäbe!« Sie drehte sich um, humpelte den Strand hinauf und verschwand in der Dunkelheit.

»Lasst sie gehen«, sagte Meriel und verdrehte die Augen. »Wo ist mein Becher?«

Ich blieb stehen, wo ich war, und tauschte einen Blick mit Elka. Kurz darauf zuckte sie die Schultern und winkte mich in die Richtung, in die Tanis gegangen war. Ich seufzte und folgte ihr. Sie war nicht weit gegangen.

Die nächtliche Brise trug immer noch das Gelächter der anderen zu ihr.

Ich setzte mich neben sie auf den flachen Stein, von dem aus man über die dunkle, spiegelglatte Wasseroberfläche des Sees Sabatinus blickte. Ein frischer Halbmond stand tief am wolkenlosen, sternenklaren Himmel, als würde er auf sein leuchtendes Spiegelbild im Wasser hinabstarren. Die Nacht war gerade hell genug, dass ich die Tränenspuren auf Tanis' Gesicht erkennen konnte. Ich saß einfach neben ihr und schwieg eine lange Weile.

»Stammst du tatsächlich von Wanderern?«, fragte ich leise, als klar wurde, dass sie kein Gespräch beginnen würde.

»Wüstennomaden«, schniefte sie, sah mich aber nicht an. »Was geht dich das an?«

»Nichts.« Ich zuckte mit den Schultern. »Ich hatte nur keine Ahnung. Wie willst du sie wiederfinden, wenn du uns verlässt?«

Ich sah, dass diese Aussicht ihr Angst machte. Genauso sehr wie die Aussicht zu bleiben. Aber wenn wir etwas in der Zeit im Ludus gelernt hatten, dann dass man Angst niemals zugab. Nicht wenn man es irgendwie verhindern konnte.

»Ich weiß es nicht«, gab sie schließlich zu.

Ich nickte und schwieg.

»Es muss schön sein, sich darüber keine Sorgen machen zu müssen«, fuhr Tanis fort. »Für dich, meine ich.«

»Wie meinst du das?«, fragte ich.

»Wenn du deine Freiheit wiedererlangst, kannst du

einfach zu deinem Leben als verwöhnte Prinzessin in Britannien zurückkehren«, sagte sie. »Aber wahrscheinlich wirst du dann die Menschenmassen vermissen, die deinen Namen brüllen, sobald du einen Fuß in die Arena setzt.«

»Glaubst du, dass mir das wichtig ist?«

»Warum nicht?«, fragte sie, und ich sah, dass sie es so meinte. »Wenn jemand *meinen* Namen in der Arena ruft, dann nur, damit ich aus dem Weg gehe.«

»Ajani hält große Stücke auf dich«, sagte ich.

»Nur weil ich schießen kann.«

»Das ist keine Kleinigkeit, Tanis. Du bist sehr gut und –«

»Ich bin ein *Feigling*, Fallon!«, entfuhr es ihr heftig. »Verstehst du denn nicht? Ich kämpfe nur gut aus der Ferne, weil ich panische Angst habe, es aus der Nähe zu tun! Allen anderen – dir und Damya und Meriel und sogar Ajani, wenn sie all ihre Pfeile aufgebraucht hat – scheint es gar nichts auszumachen, sich Hals über Kopf in eine Wand aus Schwertern zu stürzen! *Wie*? Wie macht ihr das? Jeder Muskel in meinem Körper versucht, in die andere Richtung zu rennen.«

»Aber du tust es nicht«, sagte ich. »Das hast du nicht getan. Ich meine … ich habe gesehen, wie du die Stellung gehalten und gekämpft hast. Du …«

»Ich habe mich *verteidigt*«, höhnte sie. »Schlecht verteidigt. Elka hatte recht. Und ich habe es nur getan, weil sie mich ausgepeitscht hätten, wenn ich weggelaufen wäre. Ausgepeitscht, wenn ich Glück gehabt hätte.«

Sie starrte mich böse an, als würde sie nur darauf

warten, dass ich ihr widersprach. Aber das konnte ich nicht. Zum ersten Mal dachte ich darüber nach, wie es für die Mädchen im Ludus gewesen sein musste, die nicht mit dem innigsten Wunsch ein Schwert zu schwingen aufgewachsen waren. Mir war das nie zuvor bei Tanis aufgefallen, aber jetzt, wo sie es ausgesprochen hatte, versuchte ich, mich an ihre Stelle zu versetzen. Als sie nichts weiter als eine Sklavin gewesen war – als sie keine andere *Wahl* hatte, als für den Ludus als Gladiatorin anzutreten –, hatte Tanis an unserer Seite gekämpft, tagein, tagaus. Kämpfe oder werde bestraft.

Jetzt würde – trotz Elkas Scherz darüber, wie wir uns freiwillig unter ihrer Knute abrackern werden – mit Beginn des Novus Ludus Achillea keine *echte* Bedrohung mehr von Thalestris' Peitsche ausgehen. Und Tanis hatte Angst, dass sie ohne diese Art von äußerer Motivation nicht mehr länger den nötigen Kampfwillen würde aufbringen können. Nicht mehr würde in die Arena gehen und – angespornt durch nichts weiter als ihren eigenen freien Willen – Niederlage oder Verletzung riskieren können. Oder den Tod.

Ich sah, wie ihre Kiefermuskeln arbeiteten, während ich dort saß und sie betrachtete. Um das zuzugeben, war eine gehörige Portion Mut nötig gewesen. Aber ich war mir nicht sicher, ob ich ihr das würde begreiflich machen können.

Stattdessen fragte ich: »Wie geht es deinem Knöchel?«

Sie streckte ihr Bein aus und beugte ihren Fuß. »Tut weh. Aber es wird verheilen.« Dann schwieg sie lange, und ich dachte schon, dass unsere Unterhaltung damit vielleicht beendet war. Aber schließlich sagte sie: »Danke.«

»Wofür?«

»Dafür, dass du mich vorhin auf dem Schiff gerettet hast.« Sie zuckte mit den Schultern. »Und dafür, dass du eben nicht versucht hast, mich vom Gegenteil zu überzeugen. Wir beide wissen, dass ich keine Kämpferin bin, Fallon. Wenn mir ein Schicksal vorherbestimmt ist, dann bestimmt nicht hier.«

»Wenn ich du wäre, würde ich nicht so voreilige Schlüsse ziehen, Tanis.« Ich legte ihr eine Hand auf die Schulter. »Warte ab. Vielleicht stellst du fest, dass wenn du nicht länger kämpfen *musst* … du vielleicht kämpfen *willst*. Und vielleicht kämpfst du dann sogar besser.«

Wenig überzeugt runzelte sie die Stirn, aber wenigstens konnte ich sie überreden, wieder mit mir zurück zu den anderen zu gehen. Als wir ans Feuer zurückkehrten, war es, als hätte das Wortgefecht zwischen den Mädchen nie stattgefunden. Meriel drückte Tanis einen Becher in die Hand und machte ihr Platz in dem Kreis aus Leibern. Schweigend saß ich da, blickte von einem feuerbeschienen Gesicht zum anderen und dachte darüber nach, wie sehr mir dieser Kreis aus Mädchen in relativ kurzer Zeit ans Herz gewachsen war. Ich wollte nicht, dass eine von ihnen den Ludus verließ. Nicht Tanis, nicht mal Meriel oder Lydia. Sie waren meine Schwestern, und ich wollte, dass sie blieben und mit mir kämpften – genauso sehr wie ich für sie kämpfen wollte.

Elka warf noch einen Holzscheit ins Feuer, und die Flammen spuckten einen Funkenregen in die Nacht. Um mich herum herrschte weiterhin ungemindert allgemeine Fröhlichkeit, untermalt von Leanders unverschämten Annäherungsversuchen mit jeder Einzelnen von uns.

»Mein Herz gehört nur dir, liebliche Ajani!«, sagte er gerade und sah durch das Funkengestöber ganz und gar wie ein gut gelaunter und anzüglich grinsender Satyr aus. »Aber auch dir, schöne Damya.«

»Ha.« Sie antwortete ihm mit einem Grinsen, und ich hatte das Gefühl, dass sie seine Avancen tatsächlich genoss. Nur, dass Zurückflachsen in ihrer Vorstellung so aussah: »Das würde es, wenn ich es dir aus der Brust reiße und es in einem Gefäß aufbewahre.«

Leander schluckte seine nächste Bemerkung herunter und Damya warf ihren Kopf in den Nacken und lachte. Sie klopfte ihm so heftig auf den Rücken, dass er fast ins Feuer fiel. Ich versuchte, in das Gelächter mit einzustimmen, aber meine Gedanken schweiften ab. Mir fiel plötzlich ein, dass mein *eigenes* Herz schon seit Monaten vermisst wurde. Gestohlen und zu einer Schlacht in einem fernen Land mitgenommen. Von Caius Antonius Varro, Decurio in den Legionen Caesars …

Ich seufzte.

Ich habe eindeutig, dachte ich, *viel zu viel von dem Bier des Küchenjungen getrunken.* Trotzdem ließ mich die Wärme des Feuers auf meinem Gesicht die Augen schließen und mir vorstellen, es wäre Cais Atem auf meiner Haut, während er sich zu mir beugte, um mich zu küssen.

»Wenn du noch lauter seufzt, wird jemand Heron petzen, dass dich böse Körpersäfte befallen haben«, flüsterte Elkas Stimme mir ins Ohr, als sie sich neben mich setzte und mir noch einen Becher Bier in die Hand drückte.

Ich öffnete ein Auge und blinzelte sie an.

»*Ich* weiß, dass es sich nur um schmachtende Liebe handelt«, sagte sie, »aber er wird dich in den Krankentrakt bringen, dich zur Ader lassen und dir stinkende Packungen auflegen.«

Ich öffnete mein anderes Auge, brummte wie zu mir selbst etwas wenig Nettes vor mich hin und stürzte dann mein Getränk hinunter. Elka nickte und trank einen Schluck aus ihrem eigenen Becher.

»Wie lange hast du schon nichts mehr von ihm gehört?«

»Wochen«, sagte ich bitter. »Vier davon, minus einen Tag, um ganz genau zu sein. Plus die Stunden seit ich heute Morgen aufgewacht bin.«

»Wenigstens hast du den römischen Kalender durchschaut.«

»Nicht so richtig.«

»Und du lernst, ihre Buchstaben zu lesen.«

»*Weniger* als nicht so richtig.«

Die Cantae kannten kein geschriebenes Wort. Alle unsere Geschichten wurden mündlich überliefert, durch die Lieder und Gedichte unserer Barden. Wir brauchten keine auf Tafeln und Rollen gekritzelten Zeichen, um anderen unsere Herzen und Gedanken mitzuteilen.

Rom und die Römer waren anders. Und so hatte ich mich entschlossen, ihre geschriebenen Worte, so gut es ging, zu lernen. Sorcha hatte jedem Mädchen im Ludus einen Tutor zur Verfügung gestellt, den es in Anspruch nehmen konnte, aber nur wenige taten es. Ajani, mit ihrem stillen Wissensdurst, war eine von ihnen. Ich war eine weitere. Zugegeben, hatte ich einen sehr *konkreten* Grund dafür. Er trug eine Rüstung, hatte lachende haselnussbraune Augen, einen verführerischen Kussmund und befand sich zurzeit einmal um die ganze weite Welt entfernt von mir, um die Feinde des großen und mächtigen Caesars zu schlagen.

Bevor er gegangen war, hatte ich Cai versprochen, dass ich versuchen würde, ihm zu schreiben. Oder besser gesagt, dass ich versuchen würde, Heron, dem Ludusarzt und dem wahrscheinlich einzigen Mann, dem ich solche Worte anvertrauen würde, Briefe zu diktieren. Und Cai hatte mir im Gegenzug versprochen, dass er mir seinerseits Briefe schicken würde, wann immer er konnte. Briefe in einfachem – *sehr* einfachem – Latein. Meistens bestanden die Sendschreiben aus nicht mehr als zwei oder drei Zeilen sauberer schwarzer Schrift auf einem quadratischen Papyrus oder Pergament. Aber abgesehen von den Worten und Sätzen, die ich entziffern konnte, wie »lächeln« und »ich vermisse dich« – oder je nachdem wie Caesars Feldzug lief auch »Kampf« und »Feind« und »Belagerung« – schickte Cai mir außerdem noch etwas anderes. Er schickte mir *Bilder*. Sie sorgten dafür, dass mein Herz sich vor Sehnsucht nach ihm verzehrte.

Denn sie waren magisch. Und sie waren nur für mich.

Genau wie die Wandgemälde im Ludus Achillea – Szenen aus der Arena, eingefangen und festgefroren in einzelnen, nie endenden Momenten – machte es mich sprachlos, wenn ich Cais Kohlezeichnungen von Menschen und Orten, Vögeln, Tieren und Blumen betrachtete.

Alle paar Wochen lieferte ein Bote eine in einem Bronzerohr versiegelte Rolle gemeinsam mit irgendwelcher Korrespondenz für die Lanista oder die anderen Mädchen im Ludus ab. Für Letztere war allerdings selten etwas dabei – die meisten von uns hatten niemanden, mit dem sie außerhalb der Mauern der Gladiatorenschule korrespondieren konnten – und deshalb fühlte ich mich immer etwas schuldig, wenn der Bote durch das Tor ritt und die anderen Gladiatorinnen seufzten oder kicherten oder manchmal auch sehnsüchtig nach den Briefen schielten, die ich erhielt. Allein in meiner Zelle verschwand dieser Anflug von schlechtem Gewissen aber sofort in dem Augenblick, in dem ich das Siegel aufbrach.

Im Inneren befanden sich Bilder von der Landschaft, durch die Cai mit seiner Legion marschierte: wellige Hügel mit vereinzelten Bäumen, felsige Abhänge, an deren Fuß kleine Bäche flossen, schwindelerregend hohe Wälder und endlose Ebenen. Manchmal zeichnete er die Tiere, die diese Orte bewohnten: eine Herde äsender Rehe, einen Adler, der hoch oben auf dem kahlen Ast einer Kiefer saß, eine Krähe, die auf der Spitze eines Armeezeltes hockte, die Flügel gegen den Wind dicht angelegt und mit schwarzen funkelnden Augen. Und immer notierte Cai in sauberen schwarzen Buchstaben, wie diese Dinge hießen, damit ich die Namen dafür in seiner Sprache lernte.

Cervos. Aquila. Corvus.

Meine Lieblingszeichnung von allen, die er mir geschickt hatte, war weder eine hübsche Landschaft noch ein Tier. Es war ein Bild von seiner Hand. Als ich die Pergamentrolle zum ersten Mal entrollt hatte, blieb mir die Luft weg, weil ich sie so deutlich erkennen konnte. Diese vertraute, schwielige Handfläche lag da, als würde Cai sie mir reichen. Die Rolle ruhte ganz oben auf allen anderen in der Truhe am Fuße meiner Pritsche in meiner Zelle. Seit er sie mir geschickt hatte, hatte ich sie fast jeden Tag hervorgeholt, um sie zu betrachten. Trotzdem hatte ich Elka die Wahrheit gesagt. Ich hatte schon fast einen Monat lang nichts mehr von ihm erhalten. Und ich fing an, mir Sorgen zu machen, dass etwas nicht stimmte.

Der Geist des Bieres, das ich heute Abend getrunken hatte, begann, seinen sentimentalen Zauber auf mich zu wirken, und ich spürte, dass ich richtig schlechte Laune bekam. Aber bevor sie Fuß fassen konnte, fiel mir auf, dass die Luduswächter näher gerückt waren. Ich stand auf, reckte mich und verkündete ein wenig überflüssig, dass ich zu Bett gehen würde, während man uns wieder einmal zusammentrieb und zurück durch das Tor scheuchte. Es war eine unsanfte Erinnerung daran, dass wir nicht frei waren, solange die Papiere von Caesar noch nicht eingetroffen waren.

Und doch schätzte ich mich unglaublich glücklich, als wir an den neu errichteten Kasernen vorbeikamen, in denen die Amazona-Mädchen heute Nacht untergebracht waren, und ich die schwarz gekleideten Unmenschen sah, die *ihre* Zellen bewachten, dass vor über einem Jahr auf dem Marktplatz in Rom ein gewisser Sklavenhändler schlau genug gewesen war, mich an meine eigene Schwester zu verkaufen. Mich schauderte bei dem Gedanken, was passiert wäre, wenn das Gebot von Pontius Aquila an diesem Tag gewonnen hätte.

III

Am nächsten Morgen wachte ich mit einem Kopf voller Schafswolle und Schuhnägel auf. Meine Träume hatten alle vom Ertrinken gehandelt – dunkle Gestalten in schwarzen Umhängen, die unter den Wellen lauerten, und darauf warteten, mich in die Tiefe zu ziehen, fort von der Sonne und meiner Schwester, fort vom Ludus für immer …

Ich gab den Bierfässern eines gewissen Küchensklaven daran die Schuld und spritzte mir an meinem Waschtisch kaltes Wasser ins Gesicht, bis ich meine Augen öffnen konnte, ohne zusammenzuzucken.

»Verzehrst du dich immer noch vor Sehnsucht nach deinem Decurio?«, fragte Elka und schielte zu mir herüber, während wir unsere Muskeln vor dem Training im Windschatten des Waffenschuppens dehnten.

»Nein«, fuhr ich sie an.

»Ah. Dachte ich's mir doch.« Sie nickte. »Das erklärt dann auch deine Laune.«

»Ich sagte *Nein* …«

»Vielleicht kann dir sein Vater etwas über den derzeitigen Verbleib deiner wahren, großen Liebe sagen«, meinte sie mit einem beiläufigen Schulterzucken und wandte sich ab, um einen Übungsspeer aus dem Waffenständer zu nehmen.

»Was?« Ich blinzelte sie an.

»Der gute Senator Varro?« Sie legte eine Unschuldsmiene auf. »Ich habe gehört, er sei mit einem großen alten Ochsenkarren im Haupthof. Laut Kronos irgendeine Art von Geschenk für die Lanista. Ich glaube, sie warten auf dich …«

»Was … warum hast du mir das nicht *gesagt*?«, stotterte ich, drehte mich einmal um mich selbst, um meine Tunika auf offensichtliche Flecken oder Knitterfalten zu überprüfen und strich mein hastig geflochtenes Haar glatt.

Senator Decimus Fulvius Varro war einer der wohlhabendsten und einflussreichsten Männer in Rom. Er war ein Kriegsheld, hatte mit Auszeichnung unter Pompeius dem Großen gedient und war jetzt im Ruhestand ein hochrangiges Mitglied im Senat und ein erfolgreicher Geschäftsmann.

Und vor allem war er Cais Vater. Und er mochte mich.

Wenigstens hatte er den Eindruck erweckt. Meine Erinnerung sprang zurück zu unserem allerersten Zusammentreffen. Es war in den berauschenden Augenblicken nach meinem Sieg beim Triumph gewesen –

und nach einer sehr öffentlichen Zurschaustellung der Zuneigung des Sohnes des Senators. Cai war über die Zuschauerbarriere des Circus Maximus gesprungen und hat mich buchstäblich von den Füßen in seine Arme gerissen. Unser Kuss hatte die anwesende Menge in einen Taumel aus Jubel und Ohnmachtsanfällen versetzt.

Ich war halb überzeugt gewesen, dass das unser Ende war, als ich sah, wie sich ein Mann zielsicher einen Weg durch die feiernde Menge bahnte. Ein Mann, der wie Cai aussah. Groß und attraktiv, eine elegante Erscheinung mit der Haltung eines Soldaten, gekleidet in eine Toga mit purpurner Bordüre und mit dunklen Haaren, die gerade anfingen silbrig zu werden.

»Victrix«, begrüßte er mich mit ernstem Gesichtsausdruck. »Ich verneige mich vor deinem Sieg. Aber ich kam nicht umhin zu bemerken, dass du nicht nur deine Gegner geschlagen, sondern damit auch meinen einzigen Sohn verführt hast.«

Eine Gruppe junger Männer hatte Cai von mir weggezogen, seine Freunde von der Tribüne, die ihm kräftig auf die Schultern klopften und ihn wegen seiner impulsiven, romantischen Liebeserklärung feierten. Ich war auf mich allein gestellt.

»Senator Varro.« Ich verbeugte mich mit trockenem Mund. »Ich …«

»Du musst unbedingt zum Abendessen in unser Haus kommen.«

»Ich … ich bitte um Verzeihung?« Ich blinzelte ihn an und glaubte, mich verhört zu haben.

Seine Lippen zuckten und sein Gesichtsausdruck wandelte sich zu einem belustigten Grinsen. »Damit ich dich besser kennenlernen kann, meine Liebe«, erklärte er. »Nach deiner heutigen Darbietung ist mir bereits klar, warum sein Kriegerherz sich zu dir hingezogen fühlt. Vielleicht lerne ich mit der Zeit auch die Frau besser kennen, die seine Seele anspricht.«

Ich bin mir sicher, dass ich dunkelrot anlief, aber er war nett genug, so zu tun, als würde er es nicht bemerken.

Als Gladiatorin – auch wenn ich gerade eben auf spektakuläre Art und Weise die Menge für mich gewonnen hatte – war ich immer noch *infamia*. Eine sozial Geächtete in den Häusern der römischen Oberschicht. Aber anscheinend nicht für den Senator. In den wenigen kurzen Augenblicken, die wir beim Triumph gemeinsam gehabt hatten, war er freundlich gewesen. Gütig. Überschwänglich in seinem Lob meiner Kampfkunst und eindeutig sehr stolz auf die Leistungen seines Sohnes. Und in den darauffolgenden Monaten hatte er eine Beziehung zwischen mir und Cai nicht aktiv zu verhindern versucht, auch wenn ich noch immer keine Einladung erhalten hatte, um in seinem Haus in Rom zu speisen. Vor allem, weil Cai kurz darauf zu Caesars Feldzug nach Hispania abgeordnet wurde und die Gelegenheit sich nicht ergeben hatte.

Aber jetzt war Senator Varro im Hof des Ludus Achillea, und ich fragte mich, was in aller Welt ihn hierher geführt hatte.

»Nun, Fallon?«, fragte der Senator mich zum zweiten

Mal. Er zeigte auf den Wagen mit den schweren Achsen vor ihm. »Was hältst du davon?«

Ich stand nur da und starrte. Verloren in einem Moment, in dem die Zeit stillzustehen scheint.

»Gefällt er dir?«

Im Wagen lag ein herrlich gemeißelter Marmorfries. Dem Anschein nach wog er mehr als die zwei kräftigen Ochsen, die ihn hierher gekarrt hatten. Er war ein Geschenk – speziell für den Ludus angefertigt, sollte er über dem Haupttor der Gladiatorenschule für alle sichtbar angebracht werden: Von einem zum anderen Ende länger als zwei auf dem Boden ausgestreckte Männer war er eine atemberaubend lebensechte Abbildung einer Waffen schwingenden Gruppe Kriegerfrauen, deren Münder zum Kriegsgebrüll weit aufgerissen waren, mitten im erbitterten Kampf gegen eine feindliche Armee aus Männern.

Senator Varro hatte dieses Werk großzügig aus seinen eigenen übervollen Truhen gespendet, um dem Moment meines Sieges beim Triumph und der bevorstehenden Übergabe des Ludus Achillea in die Hände meiner Schwester Sorcha zu gedenken.

»Solche Dinge – solch außergewöhnliche Anlässe und solch außergewöhnliche Frauen – sollte man feiern«, hatte Varro gesagt, als ich außer Puste und bemüht, nicht danach auszusehen, im Hof eintraf, wo er und meine Schwester auf mich warteten.

Dann hatte er das Segeltuch, das sein Geschenk verhüllte, beiseitegezogen, damit Sorcha und ich es bewundern konnten.

»Waffenschwestern«, sagte er mit einer weit ausholenden Geste. »Für Blutsschwestern.«

Im Zuge des Triumphs war allgemein bekannt geworden, dass die Lanista des Ludus Achillea meine Schwester war, daher hatte ich gewusst, dass Cais Vater von unserer Verbindung unterrichtet war. Aber ich hätte nicht unbedingt angenommen, dass er als römischer Staatsmann dem eine wichtige Bedeutung zumaß. Ich hätte nicht gedacht, dass er dem überhaupt eine Bedeutung zumaß. Aber das tat er eindeutig. Das *hatte* er getan. Und der Gedanke, dass der Vater des Jungen, den ich liebte, die Art von Verbindung, die Sorcha und ich miteinander teilten, wertschätzen könnte, ließ mein Herz ein wenig höherschlagen. Denn in mir keimte die heimliche Hoffnung auf eine andere Verbindung auf – auf eine zwischen mir und Cai …

Ich schüttelte den Kopf und richtete meine Aufmerksamkeit wieder auf den Marmorsturz.

Der Steinmetz, der dieses Kunstwerk angefertigt hatte, stand gestikulierend unter dem Torbogen und gab seinen Lehrlingen Anweisungen, wie sie das Holzgerüst aufzustellen hatten, mit dem sie die schwere Platte an ihren Platz über dem Haupttor anbringen würden. Mit Seilen und wahrscheinlich einer gehörigen Portion an Flüchen.

»Es ist wunderschön. Diese hier sieht aus wie du, Sorcha«, sagte ich und zeigte auf die Hauptfigur auf dem Fries.

Meine Schwester warf mir einen Seitenblick zu. »Ich bin mir sicher«, sagte sie und schaute zögerlich zum Senator, »dass das keine Absicht war.«

Senator Varro grinste. »Vielleicht ein glücklicher Zufall«, sagte er.

Mir fiel auf, dass eine leichte Röte in Sorchas Wangen stieg, als der Senator auf die beiden Hauptfiguren deutete, die sich im Zentrum der Steinmetzarbeit gegenüberstanden.

»Es ist eine Darstellung der legendären Schlacht«, fuhr er fort, »zwischen der Amazonenkönigin Penthesilea und dem Helden Achilles während des Untergangs von Troja.«

»Wie der Wandteppich in deinem Zimmer«, sagte ich zu Sorcha.

»Ein Geschenk von Caesar«, erklärte sie dem Senator. »Als er und ich diese Gladiatorenschule hier zusammen gegründet haben.«

»Aber hier ist es anders«, sagte ich. »Auf dem Wandteppich stirbt die Königin.«

»Das tut sie«, sagte Sorcha. »Die Szene zeigt den Moment, in dem die Amazone von Achilles und seinen Männern besiegt wird.«

»Wie bei deinem ersten Kampf als Gladiatorin gegen Thalestris' Schwester«, sagte ich. »Darum haben sie euch Achillea und Amazona genannt.«

Sorcha nickte und starrte wie hypnotisiert auf den Marmorfries. »Hier hat der Kampf allerdings gerade erst begonnen. Eine interessante Wahl, Senator.«

»Natürlich ist Caesar berechtigt, eine andere Szene als Schlüsselszene der Geschichte zu betrachten«, sagte Senator Varro spitz. »Ich hoffe nur, dass ihr meine eigene bescheidene Interpretation auch genießen könnt.«

Überrascht warf ich einen Blick auf den Senator. Es gab nicht viele Männer in Rom, die es wagten, Caesar öffentlich zu widersprechen, auch wenn er nicht hier war, um es zu hören. Der einzige andere Mann, den ich so etwas hatte tun sehen, war Pontius Aquila. Und Caesar ergriff immer noch jede Gelegenheit, um ihn an diese besondere Torheit zu erinnern. Vom Senator kommend war das entweder eine beeindruckende Zurschaustellung von Selbstbewusstsein oder von Leichtsinn. Ich war mir nicht sicher, was davon. Aber falls Sorcha, als die Lanista von Caesar höchstpersönlich, verblüfft war von Varros Kommentar, ließ sie es sich nicht anmerken.

»Natürlich«, sagte sie und schenkte ihm ein seltenes, volles Lächeln. »Es ist ein großzügiges und aufmerksames Geschenk. Der Ludus weiß es zu schätzen. Genau wie ich.« Sie hakte sich bei ihm unter. »Bleibt Ihr und speist heute Abend mit uns?«

»Das würde ich gerne, ehrenwerte Achillea«, sagte er und tätschelte ihre Hand, »aber meine Geschäfte rufen mich zurück nach Hause. Ich bereite eine Handelsexpedition vor. Ich wollte das hier nur abliefern, bevor ich aufbreche.«

»Dann wenigstens auf einen Becher Wein?«, sagte sie.

»Wenn eure entzückende Schwester uns Gesellschaft leistet«, sagte er und drehte sich zu mir.

Sorcha führte ihn zum Haupthaus und sagte: »Gewiss. Sie kann den Wein ausschenken.«

»Es scheint, als hättest du einen ziemlichen Eindruck hinterlassen«, sagte Sorcha später, nachdem wir den

Senator zurück zu seinem Pferd gebracht und ihn verabschiedet hatten.

Ihr trockener Tonfall ließ mich aufhorchen, und ich warf ihr einen Blick von der Seite zu. »Ich habe kaum ein Wort gesprochen!«, protestierte ich. »Ich habe versucht, mich zu benehmen. Wie du – wie eine echte römische Dame.«

Es stimmte. Ich *hatte* es versucht. Ich war mir aber nicht sicher zu welchem Erfolgsgrad. Sorcha hatte es geschafft, in der Zeit, seit sie unter den Römern lebte, sich ihrer Gesellschaft anzupassen. Sie konnte sich wie sie kleiden, wie sie essen und sich sicher durch ihre verblüffenden Sitten und sozialen Gepflogenheiten bewegen. Ich? Ich hatte mit einem Becher Wein in der Hand dagesessen und ihrem endlosen Gerede über Politik, Caesars Kriege, Streitigkeiten im Senat und den Zustand der Republik und so weiter und so weiter zugehört.

Und dabei wollte ich Senator Varro eigentlich nur fragen, ob er etwas von Cai gehört hatte. Wie ging es ihm? Wann würde er nach Hause kommen? Hatte er mich je in seinen Briefen erwähnt?

Meine brennende Neugier sollte unbefriedigt bleiben.

»Ich meinte nicht nur gerade eben«, sagte Sorcha, die dem Senator bei seiner Abreise hinterhergeschaut hatte, und drehte sich zu mir um. »Ich meinte generell.«

»Das verstehe ich nicht.«

Zusammen liefen wir zurück zur Marmorplatte, die immer noch im Sonnenlicht schimmernd auf dem Karren lag.

»Jeder, der dieses Tor passiert, soll diesen Fries sehen«, sagte sie. »Und alle werden wissen, dass Senator Varro ihn dem Ludus geschenkt hat. Ein Mann von Macht und Ansehen. Dein Sieg beim Triumph hat dazu beigetragen, zu legitimieren, was wir hier tun, kleine Schwester. Ich bin stolz auf dich.«

Halb wollte ich die Augen verdrehen, halb wollte ich mich in ihrem Lob sonnen. Nie hätte ich gedacht, dass ich so etwas von Sorcha hören würde, obwohl ich mein ganzes Leben lang darauf gehofft hatte. Ich warf ihr einen Blick zu, aber ihre Aufmerksamkeit war weitergewandert und sie schien gedankenverloren die gemeißelten Figuren zu betrachten. Ihre Lippen bewegten sich, und sie murmelte etwas auf Griechisch. Ich erkannte die Sprache, aber ich verstand die Worte nicht.

Als sie bemerkte, dass ich sie ansah, lächelte sie und wiederholte, nicht auf Latein, sondern in unserer eigenen Sprache: »›Wir sind nämlich nicht sehr verschieden von den kraftvollen Männern‹«, sagte sie, »›sondern solchen Kampfesmut, wie jene haben, haben auch wir; gleich sind die Augen und die Knie, alles ist gleich, gemeinsam ist wiederum allen das Licht und die reichlich strömende Luft. Was sonst hat den Männern ein Gott besser gemacht?‹«

»Woraus stammt das?«, fragte ich. »Aus der Dichtung eines Barden?«

»Penthesilea soll diese Worte bei der Schlacht um Troja gesprochen haben.«

»Dass Frauen gleichberechtigt gegenüber den Männern sind …«

Sie nickte. »Nicht besser, nicht anders, nicht weniger. Gleich. Sie war eine weise Frau.«

Ich fuhr mit dem Finger über das Rad des steinernen Streitwagens, in dem die Amazonenkönigin fuhr. »Ich glaube, die Legenden überliefern es falsch«, sagte ich. »Ich glaube, Penthesilea hat diese Schlacht gewonnen.«

»Warum sagst du das?«, fragte Sorcha und zog eine Augenbraue hoch. »Weil sie wie ich aussieht?«

»Nein …« Ich zeigte auf die Figur, die mit gezückten Schwertern direkt hinter dem Streitwagen der Königin in die Schlacht stürmte. »Weil *diese* aussieht wie *ich*. Wie kann sie da verlieren?«

Sorcha lachte und schlug spielerisch nach mir. Aus der Ferne drangen schwache Geräusche eines Übungskampfes über den Hof des Ludus. Mit einem Blick auf meine Schwester sah ich, dass wie immer ein Teil ihres Verstandes auf diese Geräusche ausgerichtet war. Das scharfe Klirren von Metall, die Rufe der Gladiatorenmeister und die Schreie der Mädchen, während sie sich gegenseitig herausforderten. Ich stellte mir vor, dass Sorcha allein durch die Geräusche bildlich vor sich sah, was gerade passierte. Jeden Hieb, der ins Ziel traf, jeden Schlag, der daneben ging …

»Vermisst du es?«, fragte ich.

»Was?«

»Das Kämpfen. Die Aufregung … den Ruhm.«

Sie zögerte kaum merklich, sodass es fast auch Einbildung hätte sein können. Aber das war es nicht. »Nein.« Sie zuckte mit den Schultern. »Natürlich nicht. Und mit meinen Einschränkungen wäre ich sowieso nur noch eine Last in der Arena.« Ihre linke Hand verkrampfte sich zur Faust.

»Ich glaube, da hast du unrecht.«

Sie sah mich mit hochgezogener Augenbraue an. Diese Mimik betonte kaum merklich die Narbe, die sich von ihrem Haaransatz über ihre Stirn zog und kurz vor ihrem Auge endete. »Ach ja?«

»Ich finde, in deinem Fall sind deine ›Einschränkungen‹ in Wahrheit deine Stärken.«

Sie runzelte die Stirn, aber ich hob eine Hand.

»Ich meine es ernst!«, sagte ich. »Ich habe dich kämpfen sehen, Sorcha – und ich meine nicht nur, als wir halbwüchsige Mädchen in Durovernum waren. In der Nacht, als ich beobachtet habe, wie du mit Thalestris trainiert hast? So wie du kompensiert und improvisiert hast … das macht dich unvorhersehbar. Und *das* wiederum macht dich gefährlich. Ich meine, sogar noch gefährlicher.«

Sie zögerte wieder, schüttelte dann aber lächelnd den Kopf. »Ich überlasse die Arena dir und deinen Freundinnen, kleine Schwester«, sagte sie. »Und den Ruhm auch. Meine Tage als Kriegerin sind vorbei und ich bin zufrieden.«

Vielleicht stimmte das, aber das Merkwürdige war … ich war mir nicht sicher, ob Zufriedenheit ihr tatsächlich stand. Wie eine erlesene römische Stola trug sie sie gut. Aber vielleicht nicht ganz so gut, wie sie sonst Kriegsbemalung und Leder getragen hatte. Ich versuchte, mich zu erinnern, ob ich sie je entspannt gesehen hatte, auch als wir klein gewesen waren, und ich glaube, das hatte ich nicht. Ich hatte sie überglücklich gesehen, entschlossen, konzentriert, beschäftigt, aber nie einfach nur ... anwesend. Nie im Augenblick verweilend. Um Sorcha herum hatte immer eine gewisse Anspannung in der Luft gelegen, sogar in der Stille. Sie trug sie mit sich, als wäre sie ihr eigener kleiner Wolkenbruch, der nur darauf wartete, sich in einem ausgewachsenen Sturm zu entladen.

Als ein rastloses Herz, hatte unser Vater sie immer bezeichnet. Und mich? Als ein *waghalsiges*.

»Virico wäre stolz auf dich«, sagte Sorcha leise, als hätte sie gespürt, dass ich gerade an ihn dachte.

Ich zuckte mit den Schultern. »Da bin ich mir nicht so sicher. Ich trage römische Waffen und kämpfe, um seinen ärgsten Feind zu unterhalten.«

»Du hast getan, was du tun musstest, um zu überleben. Und du bist daran gewachsen.«

»Das sind wir beide.«

Sie nickte, ihr gedankenverlorener Blick war auf ein Traumbild in der Ferne gerichtet. Ich wusste, dass sie ihre Heimat vermisste. Das taten wir beide. Als Sorcha sich auf einen Handel mit Caesar eingelassen hatte, hatte sie das getan, um das Leben unseres Vaters zu retten – so einfach war das. Der Handel, den ich abgeschlossen hatte, war ein wenig komplizierter gewesen. Aber beide hatten zur Folge, dass keine von uns in absehbarer Zeit nach Hause zurückkehren würde.

»Wir könnten eine Nachricht schicken ...« Diesen Vorschlag machte ich nicht zum ersten Mal.

»Wozu, kleine Schwester?« Sie seufzte. »Nein. Es ist

weitaus besser, wenn Virico seine Töchter glücklich im Land der Seligen Toten bei ihrer Mutter glaubt, als zu wissen, dass sie die halbe Welt entfernt in den Marmorsälen seines schlimmsten Feindes leben.«

Sie umarmte mich – eine kurze, feste Umarmung – und schickte mich zurück zum Training. Auf dem Weg zum Waffenschuppen dachte ich über das nach, was sie gesagt hatte. Sie hatte recht. Und Vater würde sowieso nie die Wahrheit erfahren, rief ich mich selbst zur Vernunft. Aeddan war der Einzige, der überhaupt wusste, dass Sorcha und ich immer noch lebten, ganz zu schweigen davon, wo und wie, und Aeddan war ein Ausgestoßener und ein Mörder. Er würde nicht vor mir in unsere Heimat zurückkehren.

Das letzte Mal, dass einer von uns Prydains Küste gesehen hatte, war in der Nacht zu meinem siebzehnten Geburtstag und nach dem Festmahl in der großen Halle meines Vaters gewesen, das mit einem gebrochenen Herzen geendet hatte. Und mit Blutvergießen. In der Nacht, als ich Maelgwyn Eisenhand, den Jungen, den ich liebte, gebeten hatte, zu warten, bis mein Vater mich in seine königliche Kriegerschar aufgenommen hatte, bevor er um meine Hand anhielt.

Erst Kriegerin, dann Ehefrau – *so* hatte ich es entschieden.

Und dann fiel die Tür vor beiden dieser Träume ins Schloss. Mein Vater hatte mich nicht zur Kriegerin gemacht, aber er hatte versucht, mich zur Ehefrau zu machen, auf die denkbar schlimmste Art. Indem er mich stattdessen an Maels Bruder Aeddan gegeben hatte.

Sie hatten gekämpft … und Mael war gestorben. Und ich war vor diesem ganzen großen Elend davongelaufen, nur um als Sklavin zu enden. Und dann als Gladiatorin.

Sorcha hatte recht, es war besser für Virico, nichts davon zu erfahren. Sollte er je die Wahrheit über diese Nacht herausfinden – wie er bei dem Versuch, mich vor einem Leben in Gefahr zu schützen, mich stattdessen geradewegs in die römischen Arenen geschickt hatte – würde er sich das nie verzeihen. Ich war mir selbst noch nicht sicher, ob ich ihm vergeben hatte. Aber ein Teil von mir fragte sich, ob die Entscheidung meines Vaters nicht von vornherein Teil eines Planes gewesen war, den die Göttin Morrigan von Anfang an für mich vorgesehen hatte. Letztendlich hatte es mich zum Ludus Achillea geführt. Zu Sorcha. Dorthin, wo ich anscheinend wirklich hingehörte.

Darüber dachte ich nach, während ich die Klingen auswählte, mit denen ich heute Nachmittag üben würde. Ich war, was ich war. Eine Gladiatorin. Mehr als das – ich war Victrix.

Und genau das hatte ich gewollt.

Das Leben im Ludus Achillea ging weiter, und fast eine Woche nach dem Besuch des Senators war die durch und durch trostlose Meute der Amazona-Gladiatorinnen immer noch bei uns zu Gast. Meine Geduld mit ihnen war inzwischen ziemlich am Ende angelangt. Sie waren ein schlecht gelaunter und humorloser Haufen und warfen einen dunklen Schatten auf das Übungsgelände –

verstärkt noch durch die düstere Anwesenheit ihrer schwarz gekleideten »Eskorte« – und darüber hinaus begann ich langsam die Hoffnung zu verlieren, dass ich je wieder einen Brief von Cai erhielt.

Sogar Elka hatte inzwischen Mitleid mit mir.

»Ich bin mir sicher, dass alles in Ordnung ist«, sagte sie an diesem Morgen und legte mir eine Hand auf die Schulter, nachdem ich eine besonders heftige Fluchtirade vom Stapel gelassen hatte, weil ich während des Trainings so zerstreut gewesen war, dass ich mir mein Schienbein direkt vor einer Horde grinsender Amazona-Mädchen angehauen hatte. Elka musste – genau wie ich – bemerkt haben, dass heute Morgen kein Briefbote am Tor gewesen war. Schon wieder. »Wahrscheinlich ist er nur zu beschäftigt, Caesars Feinde in Stücke zu schlagen, um eine Schreibfeder in die Hand zu nehmen.«

Ich wollte nicht besänftigt werden und stand einfach nur da und starrte Elka düster an, während ihr Blick über meinen Kopf hinter mich schweifte.

»Andererseits«, fuhr sie kurz darauf fort, »kann es natürlich sein, dass er dich einfach komplett vergessen hat.«

Ich bin mir sicher, dass sich mein Blick von düster zu elend wandelte.

»Ich meine … *wahrscheinlich* nicht.« Sie verdrehte die Augen. »Aber man weiß ja nie. Soldaten führen ein einsames Leben. Ermüdend. Diese ganze Marschiererei durch fremde Städte voller fremder Frauen. Diese spanischen Mädchen … Ich habe gehört, dass sie einen Mann mit einem Tanz verführen können.«

»Einem Tanz …?«

Sie nickte. »Sie tanzen barfuß und –«

»Die einzige Tänzerin, an der ich interessiert bin, trägt Sandalen und zwei Schwerter.«

Der Klang der vertrauten Stimme, dicht an meinem Ohr, ließ mich herumfahren.

»Cai!«

Decurio Caius Antonius Varro – leibhaftig und weniger als zwei Schritte von mir entfernt – grinste auf mich herunter, seine hellen haselnussbraunen Augen funkelten im Licht. Ich spürte, wie ich von Ohr zu Ohr grinste. Eine lachende Elka schlug mir auf die Schulter und zog von dannen. Ich musste jeden winzigen Rest an Selbstbeherrschung aufbringen, um mich nicht hier vor dem versammelten Ludus und den Amazona-Mädchen in Cais Arme zu werfen und ihn mit Küssen zu bedecken.

»Erweist du mir die Ehre eines Tanzes, Victrix?«, fragte er.

Sprachlos stand ich da und sog seinen unerwarteten Anblick in mich auf. Jede Linie und jeden Winkel, seine Gesichtszüge unter dem Rand seines Helms und die Konturen seines Körpers unter seiner Rüstung. Er war sonnengebräunt und schlanker, als ich ihn in Erinnerung hatte, mit einem Dreitagebart und mit Staub bedeckten Armen und Beinen. Er war wundervoll.

Cai reichte seine Zügel einem Legionärskameraden, der kurz nickte und sein Pferd und das eines anderen Soldaten, der ihn begleitete, zu den Ställen führte. Der andere Soldat stellte sich neben Cai, stemmte seine

Fäuste in die Hüfte und sah Elka hinterher, die ihre langen weißblonden Zöpfe über die Schultern warf, während sie wegging. Kurz glaubte ich, dass der Kopf des jungen Mannes tatsächlich abbrechen könnte, während er sich den Hals nach ihr verrenkte.

»Das ist Quintus«, sagte Cai. »Mein Unteroffizier.«

Da Quintus, der Unteroffizier, anscheinend nicht gehört hatte, wie er vorgestellt wurde, klopfte Cai mit den Fingerknöcheln gegen den Helm des jungen Mannes.

»Hm?« Quintus drehte sich mit leicht benommenem Gesichtsausdruck um.

»Quint?« Cai sah ihn mit hochgezogenen Augenbrauen an.

»Der bin ich. Ja.« Er nickte mir flüchtig zu. »Aber kommen wir zur Sache ... *wer* war diese göttliche Nymphe?«

Fast wäre ich vor Lachen erstickt. Quintus, der Unteroffizier, konnte von Glück sagen, dass Elka zu weit weg war, um ihn zu hören, dachte ich. *Nymphe*? Wenn es ein Wesen aus der Mythologie geben sollte, mit dem Elka sich vergleichen würde, dann war »Nymphe« ganz bestimmt so weit entfernt davon, wie man gehen konnte, ohne vom Rand der Erdscheibe zu fallen.

Cai räusperte sich, und Quintus schien zu bemerken, dass er mit offenem Mund dastand und gaffte. Er straffte die Schultern und nahm mehr oder weniger Habachtstellung an. »Mein Decurio«, fügte er etwas verspätet hinzu.

Cai schüttelte den Kopf und grinste. »Quint, das hier ist Fallon.«

»Oh, das dachte ich mir.« Er nickte mir zu. »Ich hätte dich aus fünfzig Schritt Entfernung aus einer Menschenmenge herauspicken können, so wie Cai ständig von d–« Cai versetzte ihm mit dem Ellbogen einen so kräftigen Stoß in die Rippen, dass Quintus es durch sein Kettenhemd hindurch gespürt haben musste. Er klappte seinen Kiefer zu. »Was ich sagen wollte«, fuhr er kurz darauf fort, »es freut mich, dich kennenzulernen. Dein Ruf in der Arena eilt dir voraus, Victrix.«

Ich hätte geantwortet, aber er hatte seine Aufmerksamkeit bereits wieder auf Elka gerichtet, also drehte ich mich stattdessen zu Cai um. »Dein Vater hat uns vor gerade mal einer Woche hier besucht«, sagte ich. »Er hat gar nicht erwähnt, dass du nach Hause kommst.«

Cai schüttelte den Kopf. »Da wusste er es noch nicht. Meine Rückkehr war nicht wirklich vorgesehen.« Mit gerunzelter Stirn sah ich ihn verwirrt an, aber er wechselte geschickt das Thema und sagte: »Wie steht es nun um diesen Tanz? Ich bin sattelmüde und könnte ein bisschen Bewegung gut gebrauchen, um meine Muskeln zu lockern.«

Er winkte mich hinüber zum Übungsplatz und legte den roten Umhang, der über seine Schultern hing, ab. Und da bemerkte ich, dass Cai nicht nur ein Gladius trug, sondern zwei. An seinem Schwertgurt hingen Schwertscheiden an *beiden* Hüften. *Dimachaerus* – mit zwei Schwertern gleichzeitig kämpfen, eines in jeder Hand – war definitiv keine übliche Kampftechnik in der Legion. Aber es war die Art, die *ich* für den Kampf in der Arena gewählt hatte.

Ich sah Cai mit hochgezogenen Augenbrauen an, aber er grinste nur.

Als wir zum allerersten Mal gegeneinander gekämpft hatten, hatte jeder von uns nur ein Schwert gehabt – ein hölzernes – und er hatte mir angeboten, einen Schild zu benutzen. Das hatte ich idiotischerweise abgelehnt und ihm damit einen Vorteil gewährt. Und er hatte meine bedauernswerten Knochen gründlich quer über den Übungsplatz geprügelt … bis zu dem Augenblick, in dem ein letzter, glücklicher Hieb mir den Sieg beschert hatte. Und ihm eine gebrochene Rippe. Diesmal würde ich mit einem Vorteil an den Start gehen – Doppelschwerter waren schließlich die Waffen meiner Wahl –, allerdings gab ich mich nicht der Illusion hin, dass ich dadurch auch automatisch gewinnen würde.

Genau wie Cai – als *er* im Vorteil gewesen war – beim ersten Mal auch nicht gesiegt hatte.

Schon vom ersten Augenblick des Kampfes an wusste ich, dass Cai keinen seiner Hiebe verfehlen oder mich schonen würde.

Gut so.

Denn das würde ich auch nicht.

Er war ein ausgebildeter Soldat, geschult und abgehärtet in echten Schlachten. Und er war sehr geschickt. Als die Sonne höher in den Himmel stieg, rann mir der Schweiß in die Augen und behinderte meine Sicht, während wir uns gegenseitig über den Übungsplatz jagten. Cais scharlachroter Helmbusch schwang hin und her wie die Mähne eines Hengstes, wenn er mich angriff und abwechselnd auf meinen Kopf und meine Hüfte zielte, von einer Seite auf die andere, in einem vertrauten Muster, das er gelernt haben musste, als er mir beim Training zugesehen hatte. Was bedeutete, dass ich seine Angriffe fast ohne nachzudenken abwehren konnte …

Bis ich es nicht mehr konnte.

Ich hörte mich selbst überrascht aufschreien, als Cai plötzlich das Muster durchbrach, sich tief duckte und seine Schwerter in einer Attacke von rechts nach oben führte, sodass sie kreischend die gesamte Länge meiner Klingen entlangfuhren, während ich seinen Schlag verzweifelt abblockte. Durch den Schwung drehte er sich einmal um die eigene Achse und griff mich erneut an, schlug mit nur einer Klinge von links zu. Ich spürte den Luftzug der Waffe, die mich nur knapp verfehlte, auf meiner Haut und wich einen Schritt zurück, beobachtete die Neigung seiner Schultern, um den nächsten Schlag vorauszusagen. Diesmal wieder beide Schwerter – über dem Kopf kreisend. Ich riss meine Schwerter hoch, kreuzte die Klingen vor mir und wappnete mich für den nächsten Schlag. Als er kam, spürte ich ihn bis hinab in meine Fußsohlen. Unsere aufeinanderprallenden Waffen ließen Funken fliegen.

Jeder Muskel in meinem Körper war angespannt, um mir diese Schwerter vom Leib zu halten.

Ich blinzelte rasch gegen den brennenden Schweiß in meinen Augen an und sah hinauf in Cais lächelndes Gesicht.

»Ich habe trainiert«, sagte er.

»Das ist mir bereits aufgefallen.« Durch zusammengebissene Zähne hindurch, grinste ich ihn an.

»Wie findest du meine Form?«

»Ganz nett«, sagte ich.

Dann verlagerte ich mein Gewicht nach vorne und neigte meine obere Deckung in einem scharfen Winkel – eine spezielle Dimachaerus-Bewegung, an der ich lange gearbeitet hatte, um sie zu perfektionieren. Cais Klinge glitt an meiner Schulter vorbei, als er sein Gleichgewicht verlor und auf mich zu strauchelte. Er fing sich nur einen Moment zu spät, sodass die Spitzen meiner Klingen in der Kuhle unterhalb seiner Kehle zur Rast kamen.

Ich beugte mich dicht zu ihm und flüsterte: »Aber du musst an deiner *Technik* arbeiten.«

Cai lachte und sagte: »Dann bin ich ja am richtigen Ort.«

Er ließ seine Schwerter seitlich von sich gestreckt in einer Geste der Kapitulation von seinen Fingerspitzen baumeln. Ich trat zurück und kreuzte meine Schwerter lächelnd, schwitzend und lachhaft glücklich im Salut vor mir. Cai steckte seine Klingen in den Gürtel mit den doppelten Schwertscheiden, den er um die Hüfte trug, und nahm seinen Helm ab. Ich sah mich um und stellte fest, dass wir alleine im Hof waren. Die Sonne stand hoch über unseren Köpfen, und es schien, als hätten sich alle anderen vor der Hitze nach drinnen geflüchtet und uns unserem Zweikampf überlassen. Cai fuhr sich mit der Hand über seine schweißnassen, kurzen Legionärshaare.

»Ich gebe zu, der Dimachaerus-Stil ist eine Herausforderung«, sagte er. »Aber ich wollte mich mit dir auf die Art und Weise messen können, wie du gerne kämpfst,

Fallon. Wie du schon sagtest, muss ich noch daran arbeiten. Aber ich hatte gehofft, du hättest vielleicht Zeit …«

Weiter kam er nicht, denn mit einem Satz war ich bei ihm, zog seinen Kopf zu mir herab und brachte ihn mit dem Kuss zum Schweigen, auf den ich Monate – und *Monate* – gewartet hatte.

So wie er reagierte, schien auch er darauf gewartet zu haben. Ich spürte ein Grollen in seiner Brust, das fast schon ein Knurren war und sein Mund öffnete sich meinem gierig. Er schlang seine Arme um mich und hob mich vom Boden hoch. Er roch nach Pferd, Eisen und Leder und er schmeckte nach Salz und Sonnenschein.

»Ich habe noch nie jemanden so mit den Lippen kämpfen sehen«, rief Elka, als sie durch einen Torbogen heraustrat und durch einen anderen wieder verschwand – ein perfektes Beispiel für die Wahl des schlechtmöglichsten Zeitpunktes.

Ich knurrte. Anscheinend mussten wir noch etwas länger warten, um all die Monate, die wir getrennt gewesen waren, aufzuholen. Cai stellte mich wieder auf die Füße, und ich löste mich widersterbend aus seiner Umarmung. Als ich mich umdrehte, um Elka mit meinen Blicken zu töten, entdeckte ich Cais Freund Quintus, der Elka in gebührendem Abstand folgte, sodass sie ihn noch nicht bemerkt hatte.

Belustigt schüttelte ich den Kopf.

»Er ist ein Esel«, seufzte Cai und sah ihm hinterher. »Aber er ist ein loyaler Esel. Und ein guter Soldat.«

»Du weißt, dass Elka ihn auseinandernehmen wird«, sagte ich.

Cai grinste boshaft. »Stück für Stück. Das sollte die beiden für eine Weile beschäftigen und uns Zeit alleine verschaffen.« Dann sah er mich wortlos an, sein Mund klappte auf und wieder zu, als wäre er plötzlich unsicher, was er sagen sollte. »Ich habe dich vermisst, Fallon …«

Ich wollte ihm gerade sagen, dass ich ihn auch vermisst hatte – so sehr –, aber da tauchte Kronos, der Gladiatorenmeister am anderen Ende des Platzes auf und rief meinen Namen. Ich hatte vergessen, dass ich heute zum Waffenkontrolldienst eingeteilt war. In Wahrheit hatte ich alles vergessen außer Cai, der vor mir stand. Aber da wartete ein Schuppen voller Schwerter und Schilder, die auf lose Klingen, eingedellte Kanten und ausgefranste Lederriemen überprüft werden mussten. Das würde mich den größten Teil des Nachmittags beschäftigen.

»Geh«, sagte Cai mit einem betrübten Lächeln. »Ich muss der Lanista sowieso Caesars Urkunde mit Brief und Siegel überreichen.«

»Du meinst …«

»Das ist der offizielle Grund, warum ich hier bin«, sagte er. »Und einer der erfreulichsten Dienste, die ich als Caesars Botenjunge die Ehre habe auszuführen.«

»Cai, das ist … das ist *wundervoll*!«

Ich hielt mich davon ab, ihn wieder zu umarmen, weil inzwischen ein paar andere vom Speisesaal zurück auf den Platz schlenderten. Ich spürte, wie einer der Wächter vom Ludus Amazona uns hinter seinem Helmvisier anstarrte und das Letzte, was ich gebrauchen konnte, war eine Szene zu machen und Gerüchte über die lasche

Disziplin und anrüchige Moral im Ludus Achillea in Umlauf zu bringen. Sorcha würde mir das Fell über die Ohren ziehen – vor allem jetzt, da die Gladiatorenschule endlich komplett ihr gehören würde. Und nur ihr.

Ich trat einen Schritt zurück, neigte höflich meinen Kopf und ließ meine Haare nach vorne fallen, sodass ich Cai anlächeln konnte, ohne dass es jemand bemerkte. »Ich sehe Euch dann beim Abendessen, Decurio?«

»Und danach«, flüsterte Cai. »Hoffe ich.«

IV

Vielleicht habe ich an diesem Abend etwas länger als sonst gebraucht, um mich fürs Abendessen fertig zu machen. Normalerweise gab ich mir nicht sonderlich Mühe, sondern wusch mir nur Gesicht und Hände und stellte sicher, dass die Tunika, dich ich trug, nicht zerrissen oder zu schmutzig war. Wahrscheinlich warf Ajani mir deshalb einen Seitenblick zu, als ich mit gekämmten Haaren und einer frischen, feinen Wolltunika, deren Saum ein blaues Wellenmuster zierte, und meinem guten ledernen Taillenmieder im Speisesaal auftauchte.

»Ich hätte nicht gedacht, dass die Amazona-Mädchen eine solche Aufmachung wert sind«, sagte sie, als ich mich mit einem Teller Käse und Fleisch neben sie setzte.

»Sind sie nicht«, mischte Elka sich ein und langte über den Tisch, um sich ein paar Weintrauben von Ajanis Teller zu stibitzen. »*Er* ist es.«

Sie nickte in die Richtung von Cai und seinen Soldatenkameraden, die gerade eben am anderen Ende des Saals durch die Tür getreten waren. Ein wenig zu übertrieben lässig schlängelte Cai sich mit seinem Teller und seinem Krug zwischen den langen Tischreihen hindurch. Quintus und ein Legionär, der Tullius hieß, wie ich erfahren hatte, folgten ihm.

»Dürfen wir uns zu euch setzen, meine Damen?«, fragte Cai an den ganzen Tisch gerichtet.

Ich murmelte meine Zustimmung und hielt meine Augen auf meinen Teller gesenkt, während die anderen nickten und lachten und auf der Bank zusammenrückten, um ihnen Platz zu machen. Cai setzte sich neben Elka mir gegenüber, und ich spürte, wie sein wärmender Blick auf mir ruhte, sodass ich mich zwingen musste, mich aufs Essen zu konzentrieren, damit ich mir nicht versehentlich mit der Gabel in die Hand stach statt in mein Essen. Die Mädchen rückten näher, stellten Cai und seinen Kameraden eifrig alle möglichen Fragen über den Feldzug und Hispania.

»Ich habe gehört, die Mädchen dort seien wunderschön«, sagte Elka, trat unter dem Tisch gegen mein Schienbein und feixte.

»Sie sind nichts gegen *euch* göttliche Nymphen«, schwärmte Quint und fuhr mit seinen poetischen Lobpreisungen fort, bis Gratia ihm ein hartes Brötchen an den Kopf warf und ihn darüber informierte, dass *sie* aus Hispania stammte.

Als die Mädchen vor Lachen johlten, beugte ich mich zu Cai. »Mal ganz im Ernst«, sagte ich, »was in aller

Welt tust *du* hier, wenn Caesars Legionen immer noch auf Feldzug sind? Und erzähl mir nicht wieder etwas von ›Caesars Botenjungen‹. Ich bin mir sicher, er hat reichlich Boten.«

Cai zögerte, aber Quint mischte sich in unser Gespräch ein und fügte hinzu: »Und es ist ja schließlich *nicht* so, dass du im Zelt des Konsuls warst und ihn dort ein gesamtes Abendessen lang auf Knien um diesen Auftrag angebettelt hast.«

Ich sah ihn argwöhnisch an. »Du hast doch nicht gebettelt?«

Cai warf einen Blick zu seinem Freund und verdrehte die Augen. »Ein bisschen gebeten«, sagte er. »Vielleicht. Aber ich versichere dir, dass ich dabei die ganze Zeit stand.«

Quint lachte, angelte sich eine dicke Scheibe Brot, bestrich sie mit Honig und sagte: »Und dann, als Caesar dem zustimmte – ich bin mir sicher, nur um ihm den Rest seiner Würde zu lassen –, hat mein guter Freund Cai *mir* die Unfreundlichkeit zuteilwerden lassen, ihn auf diesem Ritt zu begleiten.«

»Unfreundlichkeit?«, fragte ich.

»Hochgewachsene, blonde, langbeinige Unfreundlichkeit«, seufzte er, stopfte sich das Brot in den Mund und starrte Elka nach, die aufgestanden war, um sich ihren Teller ein zweites Mal zu füllen. »Sie schaut nicht mal in meine Richtung«, beschwerte er sich mit vollem Mund.

»Versuch mal, ihr etwas Schweres an den Kopf zu werfen«, schlug ich ihm vor. »Dadurch erhält man für gewöhnlich ihre Aufmerksamkeit.«

Quint dachte kurz darüber nach. Dann warf er den Rest des Brotes auf seinen Teller und griff nach einem schweren Tonkrug halb voll mit Bier. »Einen Versuch ist es wert«, brummte er, während er den Rest des Biers hinunterstürzte, seinen Schwertgürtel zurechtrückte und entschlossen in ihre Richtung marschierte.

Ich blinzelte und richtete meine Aufmerksamkeit wieder auf Cai.

»Es ist schon recht spät, um noch weiterzureisen«, sagte ich und versuchte, nicht zu hoffnungsvoll zu klingen.

»Und es gibt hier kaum Herbergen, ich weiß. Quint, Tully und ich werden heute Nacht in den Ställen schlafen.« Er grinste verschmitzt. »Fast hätte ich vorgeschlagen, dass wir uns auch zu ein paar ausgewählten Gladiatorinnen in die Zellen quetschen könnten, aber eure Lanista ist anscheinend eine starke Verfechterin eurer Tugend und …«

In diesem besonders passenden Moment kam Sorcha vorbei. Cai räusperte sich laut, als sie ihm einen tödlichen Blick zuwarf.

»… *und* da hat sie ganz recht«, fuhr er mit einem strengen Blick fort.

Sie verdrehte die Augen, sah mich mit spitzem Blick an und ging weiter.

»Wirst du wenigstens ein paar Tage bleiben?«, fragte ich.

Er schüttelte den Kopf. »Beim ersten Tageslicht ziehen wir weiter.«

Ich fühlte, wie mir das Herz schwer wurde.

»Mein Vater will mich unbedingt sehen«, erklärte Cai und zuckte hilflos mit den Schultern. »Als er herausgefunden hat, dass ich hierherkomme, hat er mir noch unterwegs eine Nachricht zukommen lassen. Und, nun ja, er kann ziemlich ... hartnäckig sein.«

»Natürlich«, sagte ich und versuchte mir meine Enttäuschung nicht anmerken zu lassen.

»In einer Woche wird er nach Brundisium an die Ostküste aufbrechen«, sagte Cai. »Von dort nimmt er ein Schiff nach Griechenland. Er gehört einer wichtigen Handelsdelegation an. Darum besteht er darauf, mich zu sehen. Er wird mehrere Monate fort sein. Sonst würde ich ...«

»Ist schon gut«, sagte ich und schüttelte den Kopf. »Du musst es nicht erklären. Ich weiß, wie sehr er dich vermisst hat ...«

»Ich hoffe, da ist er nicht der Einzige.«

Als ich den Ausdruck auf Cais Gesicht sah, wäre ich am liebsten zu ihm über den Tisch gekrabbelt. Der Lärm im Speisesaal war nur noch ein gedämpftes Hintergrundgeräusch, und ich tauchte für einen Augenblick vollständig in der Wärme seines Blickes ab. Ich bemerkte nicht einmal, dass unsere Hände sich über den Tisch gestreckt hatten und unsere Fingerspitzen sich berührten, bis ich fühlte, dass wir angestarrt wurden.

Ich konnte nicht genau sagen, was mich meinen Blick von Cai abwenden ließ, aber in der ständigen Bewegung des überfüllten Saales zog eine dunkle Stille meine Aufmerksamkeit auf sich. Ich sah auf und entdeckte einen der Amazona-Wächter neben einer Säule, die Schwärze seiner Waffen und seiner Uniform wirkte wie ein Tintenfleck auf weißer Wolle, und seine Augen fixierten mich und Cai – unsere ausgestreckten Hände – wie ein Falke, der eine Feldmaus entdeckt hatte.

Ich zog meine Hand zurück, Enttäuschung wallte in mir auf. Am Morgen würde Cai fort sein, und ich konnte nichts dagegen tun. Selbst das Geräusch von Geschirr, das zu Bruch ging, und Elkas Stimme, die irgendwo am anderen Ende des Saals mit einer lautstarken Schimpftirade in ihrer Muttersprache über alle anderen hinwegdröhnte, konnten mich nicht von dem Schmerz in meiner Brust ablenken, als Cai und Tully sich erhoben, um ihren Kameraden aufzusammeln und ihn vor dem Zorn einer Gladiatorin zu retten.

Später am Abend klopfte es an meine Tür. So leise, dass ich es fast nicht gehört hätte.

Dann noch mal. Und das leise Flüstern meines Namens.

Ich öffnete die Tür, und da stand Cai, grinsend. Er legte einen Finger auf seine Lippen, pflückte meinen Umhang vom Haken auf der Rückseite meiner Tür und flüsterte: »Nimm das Licht mit.«

Der Schein meiner Eidlampe unterteilte Cais Gesicht in klare Flächen und schlanke Linien, und die Flammen tanzten und spiegelten sich in seinem Blick, entfachten die Goldsprengsel in seinen klaren haselnussbraunen Augen. Er nahm mich bei der Hand und führte mich in den Lustgarten des Ludus, einen gewundenen Pfad hinunter, der zu einem kleinen Hain führte, in dem sich eine kleine versteckte Lichtung mit einer Steinbank befand. Auf der Bank wartete eine kleine Tonamphore mit Wein und zwei Glaskelchen neben einem Teller mit Käse und Trauben auf uns.

»Was ist mit den Luduswächtern?«, fragte ich und sah mich um, als würden sie just in diesem Augenblick in den Schatten unter den Bäumen lauern. »Es gelten hier immer noch Regeln, weißt du?«

»Oh, ja gewiss ...« Cai zog mich zu sich. »Aber was der Wächter nicht weiß, macht ihn nicht heiß.«

Prickelnde Erregung jagte einen Schauder durch meinen Körper. Flüchtig kam mir der Gedanke, dass ich wirklich nicht daran gewöhnt war, Spaß zu haben. Tag für Tag Schwerter zu schwingen barg eine gewisse Befriedigung, aber es war nicht exakt das, was ich Vergnügen nennen würde.

»Was, wenn sie hier vorbeikommen?«, fragte ich und spürte, wie mir die Röte in die Wangen stieg.

»Das werden sie nicht«, sagte er. »Sie sind gerade ein wenig beschäftigt.«

»Womit?«

»Ihren Wochenlohn beim Würfelspiel gegen Quint zu verlieren.« Cai lachte, als er meinen Gesichtsausdruck sah. »Spiele nie gegen einen Korsen. Vor allem nicht gegen so einen gerissenen wie ihn.«

»Irgendwie habe ich das Gefühl, dass in Wahrheit nicht er der Gerissene hier ist. Hast du ihn dazu angestiftet?«

»Ich habe ihn um einen Gefallen gebeten. Jetzt komm her. Lass ihn uns nicht verschwenden.«

Ich musste lächeln, als Cai mir die Lampe aus der

Hand nahm und sie auf die Bank stellte, um unseren Mitternachtsimbiss zu beleuchten. An diesem Ort hatten wir uns beinahe schon einmal geküsst, in der Nacht meines Eidschwures. Diesmal würde es kein Beinahe geben.

Die Schatten unter den hohen Zedern umzingelten uns wie Phantomtänzer, während Cai sein Gesicht zu meinem hinabbeugte und mich auf den Mund küsste. Ich spürte, wie ich in seiner Umarmung dahinschmolz, während ich meine Arme um seinen Nacken schlang. Die Nacht war warm und duftete und wickelte sich um uns wie wir uns umeinander wickelten und langsam ins weiche Gras sanken. Der Ruf einer Nachtigall stieg hoch über unseren Köpfen in die Dunkelheit.

Meine Hände glitten unter die kurzen Ärmel von Cais Tunika und seine Schultern hinauf. Seine wanderten an der Außenseite meiner Schenkel hoch, fuhren die Kurve meiner Hüfte nach und unter den Saum meines Tunikahemdes. Wir bekamen beide eine Gänsehaut, zitterten unter der Berührung des anderen … und dann hielt seine Hand fast exakt zum selben Zeitpunkt wie meine inne.

Cais Lippen lösten sich von meinen und er öffnete die Augen.

»Was ist das?«, fragte er und tippte mit einem Finger auf meine Haut.

»Dasselbe wollte ich dich gerade fragen«, gab ich zurück.

Meine Finger lagen auf einer wulstigen, fleischigen Erhebung, die die Kurve seiner Schulter entlanglief und sich an den Rändern anfühlte, als wäre sie zusammengerafft. *Seine* Hand lag im Gegenzug auf der Narbe einer erst kürzlich verheilten Wunde, die ich mir in einem Kampf mit einer Gladiatorin einer neuen Gladiatorenschule zugezogen hatte, die vor Kurzem in den Außenbezirken einer Küstenstadt namens Tarquinii nördlich von uns ihren Betrieb aufgenommen hatte. Sie hatten einen Tag lang Spiele veranstaltet, um die Eröffnung der frischgebackenen Schule zu feiern, und ich war gegen ein Mädchen angetreten, die im *Retiarius*-Stil kämpfte. Als Kämpferin war sie vielleicht etwas weniger erfahren gewesen als ich, aber wahrscheinlich war sie mit Speerfischen aufgewachsen; sie hatte mich gründlich mit ihrem Dreizack erwischt. Eine der drei Zacken hatte sich unter die Lederriemen meines Kampfrockes geschoben und eine Wunde hinterlassen, die zum Glück eher lang als tief war. Heron hatte die Gelegenheit genutzt, Neferet beizubringen, wie man eine Wunde mit einem Sehnenfaden zunäht. Ich war nur einmal ohnmächtig geworden, während sie übte – mehr wegen des Gefühls, wie die Nadel einen Faden durch mein Fleisch zog, als aus tatsächlichen Schmerzen, denn Herons Tränke hatten bereits dafür gesorgt, dass ich nichts spürte.

Ich hatte den Vorfall fast vergessen. Es war nicht der Rede wert gewesen – ein Tag im Leben einer Gladiatorin –, aber ich wusste, dass Cai es nicht so sehen würde. Er griff an mir vorbei nach der Lampe und holte sie herunter, sodass er einen besseren Blick auf meine Hüfte werfen konnte. Beim Anblick der Narbe zischte er durch die Zähne. Als er wieder zu mir aufsah, hatte sich sein Blick umwölkt.

»Es ist nichts weiter als eine Fleischwunde«, sagte ich und zog den Saum meines Hemdes herunter. »Der Muskel ist nicht beschädigt und die Wunde hat sich nicht entzündet. Ich bin für ein oder zwei Wochen gehumpelt – das ist *alles*. Und ich habe den Kampf *gewonnen*!«

»Der Gedanke, dass du in der Arena verletzt wirst, gefällt mir nicht«, sagte er.

Ich schnaubte. »Das geht uns beiden so, das kannst du mir glauben.«

Cai öffnete seinen Mund, und in seinem Blick sah ich, dass mich eine strenge Strafpredigt erwartete – die ich sofort verhinderte.

»Ha!«, rief ich und tippte auf seine Schulter. »Ich habe dir meine gezeigt. Jetzt lass mich deine sehen.«

Er schien sie mir nur widerstrebend zeigen zu wollen, und als er schließlich seinen Ärmel beiseitezog, wusste ich warum.

»Bei den Zähnen von Lugh, Cai!«, keuchte ich. »Du siehst aus, als wärst du von einem Bären angegriffen worden!«

Es überraschte mich ziemlich, als er zu lachen anfing. »Das wurde ich.«

»*Was?*«

Er nickte zerknirscht.

»Wir marschierten durch einen dichten Wald«, erklärte er. »Die Truppen waren in einem engen, dicht mit Bäumen bewachsenen Pass auseinandergezogen. Ich war zu Pferde und hielt am Ende nach Nachzüglern Ausschau, als ich das Pech hatte, zwischen eine Bärenmutter und ihr Junges zu geraten. Ich kuriere mich schon seit einem Monat aus. Du hast *deinen* Kampf vielleicht gewonnen, aber bei *meinem* hatte ich nicht ganz so viel Glück. Zwar hat die alte Bärin nicht gerade fair gekämpft, aber sie ist in jedem Fall als Siegerin aus diesem Kampf herausgegangen. Ich hatte Glück, dass Quintus kehrtmachte, um nach mir zu sehen, weil mein Pferd plötzlich reiterlos an ihm vorbeipreschte.«

»Oh, *Cai* …«

Die Narben – drei lange, parallel verlaufende Schnitte – waren immer noch leicht lila verfärbt, hatten ausgefranste Ränder und ich konnte die Einstiche der Nadel sehen, dort, wo sie ihn zusammengenäht hatten. Neferet hatte sehr viel bessere Arbeit bei mir geleistet, dachte ich, als die Armee-Ärzte bei Cai. Allerdings war ich auch nicht von *Krallen* zerfleischt worden.

»Tut es noch weh?«

Mit einem Achselzucken ließ er den Stoff wieder über seine Schulter gleiten und bemühte sich, dabei nicht zusammenzuzucken. »Dadurch ist es … zu einer größeren Herausforderung geworden.« Er blickte leicht finster. »Ich kann immer noch reiten und ein Schwert führen. Aber für die Formation eines Fußtrupps bin ich nutzlos geworden, solange ich keinen Schild halten kann. Und dazu bin ich noch nicht ganz in der Lage.«

Das überraschte mich nicht. Ein *Scutum* – der Standard-Schild eines Legionärs – war ein großes, schweres, rechteckiges Ding, das einen Mann von den Schienbeinen bis zu den Schultern bedeckte. In einem Kampf gegen einen Stamm wütender Gallier, die Speere und Feuerkugeln schleuderten, hätte ich mich mit Vergnügen hinter einem versteckt, aber um es richtig einsetzen zu können, brauchte man brutal viel Kraft. Gratia und Damya kamen gut mit den Scuta zurecht, aber ich fand diese Dinger hinderlich und fast unmöglich in der Handhabung.

Ich wollte meine Hand zurückziehen, aber Cai legte seine oben auf meine und hielt sie dort fest, wo sie war, drückte meine Handfläche durch den Stoff seiner Tunika auf die Narbe.

»Die Kraft kehrt zurück«, fuhr er fort. »Allerdings langsam, und ich bin etwas weniger beweglich auf dieser Seite. Ich habe beschlossen mich auf andere Art und Weise nützlich zu machen und habe um diesen Botendienst nachgesucht. Auch Caesar war der Ansicht, dass seine Legionen irgendwie die Kraft aufbringen würden, ohne mich weiterzukämpfen, und hat mich mit der Aufgabe betraut, seine Papiere zur Lanista bringen. Auf der Reise habe ich begonnen, ein paar einfache Dimachaerus-Abfolgen einzuüben.«

»Darum also.«

»Um meine Muskeln schneller wieder aufzubauen … und für den Fall, dass ich nicht wieder normal kämpfen kann.« Ein Schatten huschte über sein Gesicht. Ich stellte mir vor, was das für ihn bedeuten würde. Es wäre genauso, wie wenn ich nicht mehr in die Arena zurückkehren könnte.

»Das wird schon«, sagte ich. »Es ist nur eine Narbe.«

Er fuhr wieder mit der Fingerspitze über meine Hüfte. »So wie diese?«

Ich nickte. »Oder …«, ich zog die Tunika von meiner Schulter und warf mit einer Kopfbewegung meine Haare zurück, damit er meine Schulter sehen konnte, »… diese.«

Ich hörte, Cai einen kehligen Laut ausstoßen, als er die Linie einer weiteren Narbe nachfuhr. Eine von zwei verblassten weißen Linien, die alles waren, was noch von den besonders fiesen Striemen nach einem Zusammentreffen mit Nyx' Peitsche übrig war. Kein dauerhafter Schaden, aber die Male wollten nicht verblassen, als wollten sie mich ständig an meine Rivalin erinnern, sogar lange nachdem sie nicht mehr hier war.

Allerdings war Nyx das *Letzte*, woran ich dachte, als Cai sich hinunterbeugte, um die Narbe zu küssen und eine glühende Hitzewelle durch meinen ganzen Körper sandte, von Kopf bis Fuß. Als er seinen Kopf hob, funkelten seine Augen mich spitzbübisch an.

»Auf der anderen Seite ist genauso eine«, flüsterte ich mit rauer Stimme.

Cai strich mir die Haare von der anderen Schulter und küsste die zweite Narbe. »Du legst dir da eine ganz schöne Sammlung zu«, flüsterte er in meinem Nacken.

»Ich?«, sagte ich ein bisschen atemlos. »Willst du behaupten, dass der einzige Gegner, der *dich* je gekennzeichnet hat, ein Bär gewesen ist?«

»Oh nein …« Er grinste. »Siehst du diese Narben hier auf meinen Fingerknöcheln?«

»Ich sehe sie.«

»Sie stammen von meinem ersten Faustkampf. Mit einer Wand …«

»Ohne Zweifel ein erbitterter Gegner.« Ich nahm seine Hand und küsste die blassen Narben eine nach der anderen genauso wie er es getan hatte. Ich spürte, wie seine Finger krampfhaft meine umschlossen und lächelte. »Ist das alles?«

»Nein …« Er zeigte mir eine lange dünne Linie, die über die gesamte Länge seines rechten Unterarms verlief. »Die stammt von einem Stammesaufstand an der germanischen Grenze. Meine erste echte Schlacht. Wenn ich es mir recht überlege, hatte der Krieger einen schlimmeren Mundgeruch als der Bär.«

Ich merkte, dass er sich bemühte, einen lockeren Tonfall anzuschlagen, aber seine Stimme begann abgehackt zu klingen, als ich die gesamte Länge seiner Narbe mit Küssen bedeckte.

»Und sind das alle deine Wunden?«, fragte ich.

»Nun ja … du musst noch ein *sichtbares* Zeichen auf mir hinterlassen.« Er kam näher. So nah, dass sich unsere Nasen fast berührten. »Aber dank dir habe ich eine Rippe, die mir bei nasskaltem Wetter Schmerzen verursacht. Und einen noch tieferen Schmerz …«, er griff nach meiner Hand und presste sie mitten auf seine Brust, »… hier.«

Ich spürte, wie sein Herz unter meiner Hand schlug, stark und regelmäßig.

»Hast du deshalb schon euren Armeearzt aufgesucht?«, flüsterte ich. »Vielleicht ist es etwas Ernstes …«

»Ich glaube, dass es auf jeden Fall etwas Ernstes ist.

Wahrscheinlich tödlich, wenn ich es nicht behandeln lasse.«

Wenn er mit »behandeln« küssen meinte, dann würde er wahrscheinlich zumindest die nächsten Monate überleben …

Oder vielleicht auch nicht.

Dank Quintus, seines Unteroffiziers.

Cai und ich waren viel zu beschäftigt, sodass wir ihn nicht gleich hörten, aber irgendwann nahm Cai sein Räuspern und Kiesscharren wahr und plötzlich küsste ich Luft.

»Quint!« Cai erhob sich und stolzierte zu seinem Freund. »Was zum Hades machst du hier?«

Ich stand ebenfalls auf, zog meine Tunika gerade, strich meine Haare glatt und versuchte erfolglos, nicht zu heftig zu erröten. Quint winkte mir über Cais Schulter zu.

»Das Spiel war schneller zu Ende als ich erwartet hatte«, sagte er.

»Was ist passiert?«, fragte Cai.

»Ich bin ein *guter* Spieler.« Quint zuckte entschuldigend mit den Schultern. »Ich habe all ihr Geld gewonnen. Schneller als gedacht. Ich habe ihnen angeboten weiterzuspielen, nur so zum Spaß, aber da waren sie schon ziemlich betrunken und schlecht gelaunt gewesen und haben meine Großzügigkeit abgelehnt.«

»Betrunken?« Ich hob eine Augenbraue. »Sorchas Männer?«

»Darum bin ich ja so ein guter Spieler«, erklärte er. »Ich habe ihnen ständig Wein nachgeschenkt und mir

Wasser – gerade genug um ihnen den Kopf ein wenig zu vernebeln – und meine Chancen zu verbessern.«

»Ein wenig *zu* gut in diesem Fall.« Böse sah Cai ihn an.

»Tut mir leid.« Quint grinste betrübt. »Wie dem auch sei, sind sie alle wieder auf Patrouille und halten wahrscheinlich Ausschau nach jemand *anderem*, dem sie den Abend ruinieren können. An deiner Stelle würde ich also die liebliche Gladiatorin zurück zu ihrem Quartier begleiten und dann in deins zurückkehren. Ich selbst werde mich bis morgen früh nicht mehr blicken lassen.«

Cai seufzte schwer und hob den Weinkrug, den wir noch nicht einmal entkorkt hatten, hoch. »Für deine Mühen«, sagte er und warf ihn zu Quint. »Soweit man das so nennen kann.«

Quint fing ihn geschickt auf und klemmte ihn sich kichernd unter den Arm. Dann salutierte er vor uns und schritt in die Dunkelheit hinaus. Cai packte die Becher und den Teller in einen Leinenbeutel und warf ihn sich über seine heile Schulter. Er streckte seine Arme aus und ich trat in seine Umarmung.

»Ich wünschte, dein Vater würde dich nicht so schnell sehen wollen, obwohl ich jetzt verstehe, warum er das will.« Ich schüttelte den Kopf und fuhr mit meinen Fingern über seine Tunika, wo sie die Krallennarbe auf seiner Schulter verdeckte.

Cai verdrehte die Augen. »Er macht sich zu viele Sorgen.«

»Damit hat er recht.«

»Ich hoffe nur, dass er Aesculapius, dem Gott der

Heilkunst, keinen weißen Stier geopfert oder irgendetwas anderes Albernes getan hat …«

Er spielte es herunter, aber ich wusste, dass Cai seinen Vater im Grunde seines Herzens verehrte. Decimus Varro war die römische Version meines eigenen Vaters Virico. Beide waren große, starke, attraktive Männer, beide ihren Familien verschrieben und es gewohnt, das Sagen zu haben. Der Senator war in seiner Jugend ein Held der Legion gewesen, und sein Sohn strebte danach, es ihm gleichzutun, genauso wie ich danach gestrebt hatte, wie meine Mutter und meine Schwester zu sein, als ich heranwuchs. Dann dachte ich an meinen Vater und wie er alles falsch gemacht hatte, obwohl er nur versucht hatte, mich zu beschützen. Inzwischen hatte ich akzeptiert, dass mein Vater aus Liebe heraus gehandelt hatte, aber damals hatte er mich tief verletzt. Es freute mich für Cai, dass sein Vater in seinem Hang zur Überbehütung weniger zerstörerisch zu sein schien.

»Er will sich einfach selbst davon überzeugen, dass ich noch heil bin.« Cai griff nach meinen Händen und umklammerte sie an seiner Brust. »Und dann wird er zu seiner Handelsexpedition nach Brundisium aufbrechen und *ich* werde schneller zurück im Ludus sein, als du denkst.«

»Na klar.« Ich lehnte mich an ihn. »Du brauchst ja auch meine Hilfe bei deiner Technik.«

Seine Augen blitzten auf, und er beugte sich herab, um mich zu küssen. Ein langer, langsamer, neckender Kuss, der auf meinen Lippen prickelte und mir Gänsehaut verursachte.

»Ich freue mich schon auf unsere Trainingskämpfe«, flüsterte er.

Mir blieb buchstäblich der Atem weg, aber ich brachte noch ein krächzendes »Ich auch …« heraus, bevor er einen Schritt zurücktrat, sich umschaute, ob auch keine Wächter in der Nähe waren, und mich dann zurück zu den Hauptgebäuden der Anlage brachte. An der Weggabelung zu den Kasernen der Gladiatorinnen und den Ställen küsste er mich ein letztes Mal.

Mein Bett in die eine Richtung, seins in die andere.

In diesem Augenblick wurde mir plötzlich schmerzlich klar, dass es zwischen jemandem wie Cai und jemandem wie mir – der Person, zu der ich geworden war – eine große Kluft gab. Irgendwo tief in mir drin erwachte die Cantae-Prinzessin zum Leben und protestierte, dass sie alles Recht dazu haben sollte, schlafen zu dürfen wo – und mit wem – es ihr verdammt noch mal beliebte. Die Gladiatorin brachte sie zum Schweigen und ermahnte sie, stolz auf ihren Platz unter ihren Kriegerschwestern zu sein, gleichgestellt und frei zu bleiben oder zu gehen *und* mit der Verpflichtung sich an dieselben Regeln zu halten, für den Fall, dass sie blieb. Auch unter Sorchas neuem Kommando würde sich daran nichts ändern. Ich würde lernen müssen, das zu akzeptieren, solange ich eine Achillea-Gladiatorin war. Was sich aufgrund meines Abkommens mit Caesar in absehbarer Zukunft nicht ändern würde. Ich seufzte, und Cai schien zu spüren, was ich dachte.

Er schlang seine Arme um mich und küsste mich auf meinen Scheitel. »Eines Tages«, murmelte er. »Eines

Tages werde ich dich ganz für mich alleine haben, Fallon, solange du mich lässt. Keine Regeln, keine Dienstgrade, keine Feldzüge oder Wettkämpfe oder das, was andere Leute für richtig oder falsch erachten, wird mehr zwischen uns stehen. Kein Decurio und keine Gladiatorin, keine Sklavin und kein Soldat – nicht einmal Prinzessin oder Patrizier – nur wir.«

»Nur Cai und Fallon.« Ich seufzte. »Das hört sich gut an.«

»Und unsere Waffen lassen wir beide zurück.«

»Jetzt redest du nur noch Unfug.«

Er sah auf mich hinunter und grinste. »Du hast recht. Aber dieser Tag wird kommen. Ich weiß es tief in meinem Herzen. Und bis dahin? Gehen wir erst mal schlafen.« Ein letzter langer, gieriger Kuss. »Träum von deiner wilden Göttin, träum von mir und leg immer ein Messer unter dein Kopfkissen für den Fall, dass du mit einem von uns in Streit gerätst.«

V

Eingehüllt in die Erinnerung an Cais Umarmung, ließ ich mich auf mein Bett fallen und schlief sofort ein. Im Nachhinein hätte ich in dieser Nacht vielleicht tatsächlich ein Messer unter mein Kopfkissen legen sollen, so wie er gesagt hatte. Vielleicht hätte solch ein Talisman die nahende Katastrophe aufhalten können, die – wie Cai unwissentlich vorhergesehen hatte – von einem Traum angekündigt wurde.

In meinem Traum schritt ich durch ein schemenhaftes Portal und fand mich in dem duftenden und gepflegten Garten im Innenhof des Ludus Achillea wieder. Die Statue von Minerva, der römischen Kriegsgöttin, stand reglos im Mondschein, blass und perfekt. Aber als ich in dieser Nacht im Traum näher an sie heranging, war etwas anders. Meine nackten Füße machten kein Geräusch auf dem Kiesweg, während ich näher trat und sah, dass es überhaupt nicht Minerva war, die dort stand. Es war meine Schwester Sorcha. Und sie trug nicht den Helm und die Stola der römischen Göttin, sondern das Gewand der Morrigan: einen langen Mantel aus Federn, der über den Boden schleifte. Nein, dachte ich. Keine Federn.

Eisen.

Ihr Umhang bestand aus Dolchklingen. Sie machten ein Geräusch wie kleine Glöckchen, als Sorcha ihre Arme hob und der Umhang sich öffnete. Das Blut, das von ihnen herabtropfte, war schwarz im Mondschein. Und dann sah ich, dass meiner Schwester zu Füßen Uathach hockte. Mein erster Kampf. Meine erste Tötung. Ich hatte schon seit Monaten nicht mehr von ihr geträumt.

Die Furie hob ihren Kopf. Sie lächelte zu mir hoch. Und dann nach unten auf den Körper, der dort in eine Stoffbahn gewickelt lag, die aussah wie eine Toga mit einem breiten purpurnen Saum. Nein. Nicht purpur … rot.

»Victrix«, sagte sie mit ihrer Stimme, die wie ein Rabe krächzte.

Und dann noch ein Wort, das mir das Blut in den Adern gefrieren ließ.

»Rache.«

Schweißgebadet schreckte ich auf und fragte mich, warum das Licht von meiner Eidlampe blutrot war. Aber dann wurde mir klar, dass es gar nicht meine Lampe war. Es war das Licht, das durch mein Fenster fiel. Und dann hörte ich es – den Lärm von schreienden Pferden.

Die Ställe brannten.

Die Ställe, in denen Cai und seine beiden Freunde schliefen.

Ich warf einen Umhang über und rannte den Flur hinunter, hämmerte im Laufen an die Zellentüren der anderen Mädchen. Bis ich dort war, stolperten bereits noch halb verschlafen Diener in den Hof und riefen nach Eimern und Wasser. Auch Cai war da. Durch die Rauchwolken führte er zwei Pferde aus dem Stall, und ich atmete erleichtert auf, als ich ihn sah. Mit einem Blick über die Schulter stellte ich fest, dass die meisten der anderen Mädchen hinter mir aus der Kaserne gerannt waren.

Schnell band ich den Esel von seinem Pfosten im Hof los und sah Antonia, die mit ihrer einen Hand einen schweren Wasserkübel quer über den Hof schleppte. Cai rannte mit zwei weiteren völlig verschreckten Streitwagenpferden an mir vorbei, dicht gefolgt von Quint und Tully mit noch mehr Pferden. Dann war Kronos da und befahl dem Küchenpersonal mit den Eimern eine Kette zu bilden, aber Thalestris konnte ich nirgendwo entdecken. Mit wehenden blonden Haaren rannte Elka vorbei, lief von Box zu Box und riss die Türen auf, um die verschreckten Pferde hinauszulassen. Ich sah Neferet mit einem Weidenkäfig, in dem ein kreischender junger Rabe saß – der einmal an meine Tür genagelt gewesen war, um mir Angst einzujagen. Sie hatte ihn gesund gepflegt und hielt ihn als Haustier in der Scheune. Schlagartig fiel mir mein Traum wieder ein. Meine Schwester in einem Umhang aus eisernen Rabenfedern …

Sorcha war nirgendwo zu sehen.

»Lauf!«, brüllte Kronos, als er mich entdeckte. »Such die Lanista!«

Mein Herz schlug mir bis zum Hals, als ich zum Haupthaus rannte.

Während ich den Pfad hinaufstürmte, bemerkte ich aus den Augenwinkeln, dass die Gästekasernen gespenstisch still und dunkel dalagen. Bei Sorchas Gemächern angekommen, stellte ich fest, dass sie verwüstet worden waren. Liegen und Tische waren umgekippt, Krüge zerschmettert und die verschütteten Öllampen qualmten auf den fein gewebten Teppichen. Schriftrollen und die Kupferröhren, in denen sie aufbewahrt wurden, lagen überall verstreut. Bei einer der Röhren war das Wachssiegel aufgebrochen und die Röhre lag auf Sorchas Schreibtisch, leer. Der Wandteppich, auf dem Achilles und Penthesilea zu sehen waren, war entzweigerissen. An der Wand war nur noch die sterbende Amazonenkönigin hängen geblieben, die teilnahmslos auf eine Blutlache hinabstarrte, die sich langsam auf dem gefliesten Boden ausbreitete.

Und Sorcha war verschwunden.

Ich machte kehrt und stürzte wieder zur Tür hinaus, in meinem Magen krümmte und wand sich eine schreckliche Vorahnung wie ein Schlangennest. Draußen im Hof des Ludus herrschte das reinste Chaos. Die Dunkelheit wurde von Feuerschein erhellt und sowohl menschliche als auch tierische Schreie zerrissen die Nachtluft. Auf dem Wehrgang, der oben auf der Außenmauer der Anlage verlief, entdeckte ich Gestalten mit schwarzen Umhängen und Helmen. Die Wächter des Ludus Amazona. Kurz war ich verwirrt und glaubte, dass sie uns halfen, einen Angriff abzuwehren …

Aber dann sah ich, dass das Haupttor bereits geöffnet war.

Und die Wächter schauten nach innen, ihre Waffen zielten auf uns.

Auf meine Freunde, meine Kampfkameradinnen, von denen einige blutend auf dem Boden lagen, während andere – die meisten von ihnen mit bloßen Händen – erbittert gegen die Mädchen aus dem Ludus Amazona kämpften, die alle in dunkle Tuniken gekleidet und bis an die Zähne bewaffnet waren. Verwirrt angesichts dieses Verrats wirbelten mir die Gedanken durch den Kopf. Der Ludus *war* angegriffen worden, dachte ich, aber wie in der alten Geschichte vom trojanischen Pferd, war der Feind von innen gekommen. Und hatte das Tor zu unserem Untergang geöffnet.

Ein unbekannter Wagen stand gleich am Eingang zum äußeren Hof und instinktiv wusste ich, wem er gehörte. Ich musste mich nicht einmal umdrehen, um zu sehen, wie er an den Rändern des chaotischen Schauplatzes entlangstolzierte. Ich wusste auch so, dass er da war. Ich spürte seine Anwesenheit wie einen kalten, schmierigen Nebel, der die Luft verpestete. Pontius Aquila. Der Sammler. Schlagartig fiel mir wieder die grauenhafte Nacht im Domus Corvinus ein, und ich erinnerte mich an die Männer in den schwarzen Masken, die in den Kellern unter Aquilas Villa das Herz eines gefallenen Gladiators verschlangen. Ich spürte, wie sich mir der Magen umdrehte.

Damit die heutige Nacht genauso schrecklich wurde wie die damals, fehlte abgesehen von Aquila nur noch …

»Gladiatorinnen!«

Eine vertraute weibliche Stimme, barsch und grausig wie der Schrei einer wütenden Krähe, tönte durch die Nacht.

Nyx.

Als hätten meine Gedanken sie aus der Nacht heraufbeschworen, sprang Nyx mit wehendem Umhang vom Wehrgang herunter – schwarz gegen die schwarze Nacht – wie ein Rabe aus einem Albtraum und landete weniger als dreißig Schritte von mir entfernt im Hof. In der einen Hand trug sie die Streitwagenpeitsche, die sie einst als Waffe gegen mich verwendet hatte. Die geflochtene Lederschnur zischte hinter ihr über den Boden, schlängelte und wand sich wie eine Giftschlange. Eine nach der anderen drehten sich die Mädchen aus dem Ludus Achillea um und starrten das Mädchen, das einst eine von uns gewesen war, verständnislos an.

»Rebellen!«, fuhr sie fort und ließ ihre Peitsche knallen. »Ich fordere euch auf, eure Waffen niederzulegen!«

Was für Rebellen? Was für Waffen?

Das Feuer hatte uns alle aufgeschreckt, und wir waren aus unseren Betten hinaus in den Hof gestolpert, ohne einen Gedanken daran zu verschwenden, zuerst nach unseren Schwertern oder Speeren zu greifen. Was, wie ich begriff, aller Wahrscheinlichkeit nach der Sinn des Brandes gewesen war. Die Amazona-Mädchen und ihre Wächter waren natürlich bewaffnet, aber aus unserem Ludus hatte nur die Nachtwache ihre Waffen parat gehabt. Und sie lagen alle, bis zum letzten Mann, tot am Boden. Während Nyx sprach und auf uns zukam, war sie gezwungen, über eine am Boden liegende Leiche zu steigen.

Ich fragte mich, ob Quint mit seinem Glücksspiel und Trinkgelage ihre Reaktionen verlangsamt hatte.

Ich fragte mich, ob Cai und ich schuld waren …

Hektisch sah ich mich nach ihm um und entdeckte Cai neben Quint und Tully. Alle drei hatten rußige Gesichter, weil sie die Pferde in Sicherheit geführt hatten. Vier der Amazona-Wächter stießen sie vorwärts zu der besiegten Gruppe Gladiatorinnen in der Mitte des Platzes, und plötzlich griff Quint nach einer der Waffen des Wächters. Entsetzt keuchte ich auf, als ein Bogenschütze oben auf dem Wehrgang sich zeitgleich mit Cai, der Quint anbrüllte aufzuhören und seinen Unteroffizier mit einem Hechtsprung zu Boden riss, blitzschnell umdrehte, zielte und einen Pfeil abschoss. Der Pfeil streifte Quints Wange … und bohrte sich in die Brust von Legionär Tullius, der direkt hinter ihnen gestanden und keine Chance gehabt hatte, ihn kommen zu sehen.

Tully hatte nur noch Zeit für einen Augenblick der Überraschung, dann ging er in die Knie und kippte reglos nach vorne zu Boden. In Cais Miene, als er sich langsam wieder aufrappelte, stand Mordlust. Finster starrte er zu dem Mann hinüber, der in eine Toga aus blau gefärbter Wolle gekleidet unter dem Torbogen zum Haupthaus stand.

In Ludus-Kreisen war er bekannt als der Sammler, da er raffgierig die besten Kämpfer in seinen Besitz bringen wollte. Ich kannte ihn als den Anführer der Söhne von Dis, eines verdorbenen und sektenähnlichen Geheimbundes, der sich der opferdarbringenden Anbetung eines Gottes der Unterwelt verschrieben hatte. Der Rest der Republik kannte ihn in seliger Unwissenheit als respektierten Bürger und Politiker, als den Volkstribun Pontius Aquila.

Heron und Kronos standen gemeinsam mit den Hausangestellten in nächster Nähe, als er hervortrat. Ungläubig starrten sie den Tribun an, der mit trägen Schritten mitten in das Chaos auf dem Hof hineinschlenderte und dabei aussah, als würde der Platz ihm gehören.

Zu unserem Entsetzen sollten wir gleich erfahren, dass dem tatsächlich so war.

»Es schmerzt mich«, sagte Aquila mit einer Stimme laut genug, um von allen gehört zu werden, »dass die äußeren Umstände mir die Art und Weise diktieren, wie ich mich euch vorstellen muss.«

»Und welche Art und Weise wäre das?«, fragte Heron.

»Dieser Ludus«, fuhr Aquila fort, »ist für die Republik extrem wertvoll. Eine geschätzte Einrichtung, in der ihr« – mit einer Handbewegung deutete er auf die zerlumpte, wütende Gladiatorinnenschar –, »die ihr freudig den römischen Bürgern dienen solltet, eure Kunst erlernt und verfeinert habt. Rom braucht euch, meine Damen. Rom schätzt euren fortwährenden Beitrag zu seiner pulsierenden und lebendigen Kultur. Ihr müsst beschützt werden. Aber man hat euch eindeutig in die Irre geleitet, und daher müsst ihr auch eure Fehler einsehen, wieder auf den rechten Weg gebracht … und entsprechend rehabilitiert werden.«

»Wovon beim Hades sprecht Ihr?«, fauchte Kronos. »Welche Fehler?«

Aquila betrachtete ihn mit dem einstudierten Ausdruck milder Verachtung. »Nun, diesen Aufstand natürlich.«

»*Aufstand*?« Heron war fassungslos. »Seid ihr wahnsinnig?«

»Sei vorsichtig, Arzt«, warnte ihn Aquila und blickte Heron finster über seine Nasenspitze hinweg an. »Diese Gladiatorenschule hat ganz klar eine Revolte versucht.« Er deutete auf uns alle, wie wir dastanden in unseren Nachtgewändern und mit bloßen Füßen, ohne Waffen, wehrlos … verwundbar. Wenn *so* eine Rebellion für ihn aussah, dann maß er diesem Wort eine völlig andere Bedeutung bei, als ich sie gelernt hatte.

Und wo um alles in der Welt war Sorcha, um solch einer lächerlichen Anschuldigung zu widersprechen? Ich spürte, wie sich mein Magen angstvoll zusammenzog, und ich versuchte, mir selbst einzureden, dass das Blut auf dem Fußboden ihres Quartiers nicht unbedingt das bedeuten musste, woran ich dachte …

»Ich bin hier, um euch unmissverständlich klarzumachen«, fuhr er fort, als starrten wir ihn nicht alle an, als spräche er Germanisch mit uns, »dass die Republik keinen Aufstand wie den von Spartakus dulden wird. Den loyalen Römern sind die Sklavenkriege noch frisch im Gedächtnis und sie werden sich *nicht* wiederholen – wenigstens nicht, solange ich lebe.«

In Kronos' Miene konnte ich lesen, dass er dieses Hindernis nur zu gern aus dem Weg geräumt hätte, wenn er gekonnt hätte. »Was genau hat Euch hierher geführt, Tribun?«, fragte er und konnte den Zorn in seiner Stimme kaum zügeln.

»Eine einfache Erledigung. Ich wollte meine eigenen feinen Kriegerinnen nach ihrem Auftritt bei Kleopatras Naumachie nach Hause geleiten.«

Als er den Namen der ägyptischen Königin aussprach, verzog sich sein Mund, als hätte er etwas Bitteres auf der Zunge geschmeckt. Und wie praktisch, dass er zufällig einen Trupp Bogenschützen für diese »einfache Erledigung« dabei gehabt hatte.

»Reiner Zufall also.« Aquila zuckte mit den Schultern. »Ich danke den Göttern, dass meine Gladiatorinnen hier waren und dabei helfen konnten, diesen schändlichen Aufstand niederzuschlagen.« Seine Gesichtszüge nahmen einen ernsten und harten Ausdruck an. »Und nun, nach dem vorzeitigen Ableben der Lanista dieser Gladiatorenschule ...«

Das ängstliche Ziehen in meinem Magen verfestigte sich zu einem Klumpen.

»Ihr lügt«, sagte ich mit zugeschnürter Kehle. »Sie ist *nicht* tot. Das kann nicht sein! Ihr lügt ...«

»Und aus welchem Grund sollte ich dich belügen?«, sagte er kalt. »Siehst du die Lanista irgendwo hier unter euch?«

Er breitete seine Arme weit aus und drehte sich langsam im Kreis, als würde er darauf warten, dass meine Schwester aus dem Schatten trat. Als sie das nicht tat, zuckte er mit den Schultern und ließ seine Arme wieder sinken.

»Wäre die ehrenwerte Achillea am Leben«, fuhr er fort, »kann ich dir versichern, dass ich sie freudig in Verwahrung nehmen würde wegen ihrer offensichtlich fehlgeleiteten Führung dieser Einrichtung unseres noblen Caesars.« Das Wort »nobel« drohte unter dem Gewicht von Aquilas Spott zusammenzubrechen. »Aber die Götter allein wissen, wann – oder ob überhaupt – der Konsul aus dem Feld zurückkehren wird, in der Zwischenzeit …« Er machte eine Pause, eindeutig wegen des dramatischen Effekts. »… werde ich, Pontius Aquila, diese Einrichtung und all ihre Bewohner ab sofort und rechtmäßig in Besitz nehmen. Natürlich im Namen der Republik.«

»Das könnt Ihr nicht tun!«, schrie ich.

»Wer sollte mich aufhalten?«, fragte er. »Du?«

Sorcha …

Aber ich hatte das Blut in der verwüsteten Schreibstube gesehen.

Wie wild blickte ich zu den anderen Mädchen, zu den Ausbildern im Ludus, zu Heron, bettelte sie wortlos an, mir zu sagen, dass irgendwer meine Schwester gesehen hatte. Dass sie lebte. Verwundet vielleicht. Versteckt. Aber *am Leben*! Doch in jedem Gesicht stand dasselbe. Alle wussten, dass Sorcha hier gewesen wäre, wenn noch ein letzter Atemzug in ihrem Körper steckte. Dass sie für uns gekämpft hätte. Dass sie all das gar nicht hätte geschehen lassen. Doch alles, was ich in den Augen meiner Freunde sah, war die schreckliche Erkenntnis, dass es geschehen *war*. Und dass Sorcha nicht hier war.

Ich spürte, wie mich eine Welle blinder roter Wut überrollte, und spürte, wie meine Fäuste sich hart wie Stein an meinen Seiten verkrampften, wie sich all meine Muskeln anspannten … Aber dann bemerkte ich, dass Cai mich anstarrte, seine eigene Wut verborgen hinter einem warnenden Blick, der geradewegs auf mich gerichtet war. Tully war tot – direkt zu Cais Füßen –, die Wächter waren tot, auf uns alle waren Pfeile gerichtet und wir waren vollkommen wehrlos. Es war mir egal. Nein … ich wollte, dass es mir egal war. Aber das war es nicht.

Der Ludus Achillea war weit mehr als nur ich allein. Mehr als nur Sorcha. Und was würde meine Schwester an meiner Stelle tun, wenn *sie* in diesem Augenblick hier stehen würde? Fast meinte ich ihre Stimme in meinem Kopf zu hören: *Erst denken. Später trauern. Im Kampf zu fallen ist die letzte Lösung.* Ich wirbelte wieder zu Aquila herum.

»Ich kenne euch Römer«, fauchte ich und versuchte, meine Wut, den grausamen Schmerz in meinem Herzen beiseitezuschieben und darüber nachzudenken, was Sorcha getan und gesagt hätte. »Ich weiß, dass euch Pergamentfetzen wie ein Blutschwur binden. Und ich weiß, dass selbst wenn Achillea etwas zugestoßen sein *sollte,* der Ludus in den Besitz von Thalestris übergehen würde!«

Erstaunt sah Heron mich an. Aber er war einer der vertrauenswürdigen Verwalter des Ludus Achillea, und an seinem Gesichtsausdruck konnte ich ablesen, dass auch er sich dieser Vorkehrung in Sorchas Testament voll und ganz bewusst war. Er war bloß erstaunt, dass *ich* darüber Bescheid wusste.

Er trat einen Schritt vor.

»Das Mädchen spricht die Wahrheit, Tribun Aquila«, sagte er. »Bei meiner Seele, dafür bürge ich, bis das Dokument vorgewiesen werden kann. Mit allem Respekt muss ich verlauten lassen, dass der rechtmäßige Besitz dieses Ludus von Julius Caesar auf die Herrin Achillea übergegangen ist – die Vereinbarung und der Austausch von Geldern wurde gerade heute Morgen vollzogen – und des Weiteren habe ich selbst das von ihr eigenhändig unterzeichnete Testament gesehen, in dem sie Thalestris als Erbin einsetzt im Falle …«

»*Dieses* Testament?«, unterbrach Aquila ihn und zog eine Pergamentrolle aus den Falten seiner Toga, als hätte er sie dort in Erwartung eines solchen Widerspruchs bereitgehalten. »Ah. Ja …«

Er entrollte das Pergament mit einer schnellen Bewegung aus dem Handgelenk, und selbst in der Dunkelheit erkannte ich die kühne schwarze Handschrift, die Worte quer über das Dokument unter die sorgfältige Schrift meiner Schwester hinzugefügt hatte. Unten drunter befanden sich eine Unterschrift und ein Wachssiegel. Es war der Abdruck einer Münze, die Thalestris an einer Kette um ihren Hals trug, mit dem Abbild ihrer geflügelten Nemesis. Der Göttin der Rache.

Mein Traum holte mich wieder ein und Uathachs Stimme flüsterte mir eine furchterregende Warnung zu. *Rache …*

»Ich glaube, Arzt«, fuhr Aquila in fröhlichem Plauderton fort, »dass sofern Ihr ein gelehrter Mann seid, Ihr alles in bester Ordnung finden werdet, wenn Ihr dieses Dokument in seiner gänzlichen Länge lest. Es ist die legale – und *bindende* – Verfügung Eurer ehemaligen Lanista, den Ludus Achillea im Falle ihres Ablebens ohne Einschränkung in die Hände ihres Primus Pilus und langjährigen Kameradin Thalestris, der Amazone, zu geben. Und *hier*« – er zeigte auf die ungelenke Schrift am Ende des Dokumentes – »werdet ihr Thalestris' nachfolgende – und *genauso* bindende – Verfügung sehen, selbiges Hab und Gut in *meinen* Besitz übergehen zu lassen für den Kaufpreis von einem *Silberdenar*. Welchen ich der Amazone vor weniger als einer halben Stunde voll ausgezahlt habe.«

»Und wo ist Thalestris jetzt?«, fragte Heron den Tribun aus zu Schlitzen verengten, stechenden Augen.

»Wer kann das schon sagen?«, lächelte Aquila schmallippig. »Inzwischen wahrscheinlich halb durch Etruria hindurch, wage ich zu behaupten. Das arme Ding war vollkommen verstört von der Brutalität eurer versuchten Rebellion.«

Thalestris. Verstört.

Unmöglich.

Das Einzige, woran ich denken konnte – das Einzige, was Sinn ergab –, war, dass Thalestris, die meiner Schwester seit eh und je unerschütterlich loyal ergeben war, ebenfalls tot war. Pontius Aquila musste ihr das Siegel vom Hals abgenommen haben. Ihre Unterschrift gefälscht oder von ihrer Hand erzwungen haben, kurz bevor man sie umbrachte. Meine Schwester und ihr

Erster Speer – die beiden besten Kämpferinnen, die ich je gekannt hatte – waren tot.

Aquila zuckte mit den Schultern und fuhr fort, seine lächerliche Geschichte zu spinnen, als würde er proben, was er vor Gericht aussagen würde, wenn er mit Sorchas Testament fest in seinen Grapschhänden nach Rom zurückkehren würde. »Während meine Leute den Aufstand niedergeschlagen haben, flehte Thalestris mich an, ihr Angebot anzunehmen, in der Hoffnung, dass ich es schaffen würde, die Ordnung wieder herzustellen, wo sie so tragisch versagt hatte. Großzügig nahm ich ihr Angebot an, gab ihrem Gnadengesuch statt und entließ sie zurück in die Wildnis.« Kurz lachte er über seinen humorlosen Witz, dann nahm sein Gesicht wieder seinen hartherzigen Ausdruck an. Seine Augen waren schwarz, kalt und gierig, während er seinen Blick über uns schweifen ließ. »Der Rest von euch«, fuhr er fort, »kann allerdings nicht mit solcher Milde rechnen. Ihr werdet alle lernen müssen, mir als eurem neuen Besitzer die Art von Respekt und Gehorsam zu zollen, die die ehrenwerte Achillea so eindeutig versäumt hat euch einzubläuen.«

Ich sah, wie Heron blass wurde.

Es handelte sich um kein Missverständnis. Kein Irrtum in Aquilas Sicht auf die Dinge, den man mit den richtigen Worten von den richtigen Leuten im Nu hätte aufklären können. Es handelte sich um einen außer Kontrolle geratenen Wagen, der sich schon vor langer Zeit in Bewegung gesetzt und endlich genug Fahrt aufgenommen hatte, um uns alle über eine Klippe zu steuern. Und während keiner der Insassen in diesem Wagen das Gefühl hatte, es verdient zu haben, hier zu sein, protestierte Lydia als Erste – indem sie den Rest von uns unter die Räder warf, als bestünde tatsächlich die Chance, ihren eigenen Hals zu retten.

»Ich bin keine von ihnen!«, platzte sie plötzlich heraus und taumelte mit weit aufgerissenen Augen und lose ins Gesicht fallenden Haaren in die Mitte des Platzes.

»Lydia …«

»*Halt die Klappe,* Fallon!« Mit bloßen, ausgestreckten Armen rannte sie auf Aquila zu, in ihrem Flehen lag eine Art verzweifeltes, schmeichelndes Flirten. »*Sie* ist eine ihrer Anführerinnen, müsst Ihr wissen – wahrscheinlich hat sie die Lanista umgebracht! *Ich* bin der Republik treu ergeben!«

Pontius Aquila blickte sie ohne mit der Wimper zu zucken so geringschätzig an, als wäre sie nichts weiter als eine Bettlerin in einer Hintergasse. Nicht der Verachtung wert. Ich zuckte zusammen, ahnte, was wahrscheinlich als Nächstes passieren würde. Lydia schien es auch zu ahnen. Sie war oberflächlich, aber sie war nicht dumm.

Sie trat einen Schritt zurück, ihre Augen zuckten nach allen Seiten, wie ein in die Enge getriebenes Tier.

»Nyx, meine *liebste* Freundin …«, wandte sie sich bettelnd an das Mädchen, das Lydia, in der Zeit, die sie zusammen verbracht hatten, eher wie eine Dienerin als eine liebe Freundin behandelt hatte. »Du weißt, ich bin genau wie du. Ich bin auf eurer Seite! Sag dem Tribun …«

Weiter kam sie nicht.

Das Knallen von Leder hallte über den Hof.

Lydia schrie auf, als Nyx' Peitsche sie seitlich im Gesicht erwischte. Sie ging zu Boden, und zwischen ihren Fingern quoll Blut hervor und floss in den Sand. Ich sah, wie Gratia sich eine Hand über den Mund schlug, als die Peitsche zwischen zwei Atemzügen erneut knallte, in Lydias Schultern biss, den Stoff ihres dünnen Leinengewandes zerfetzte und einen bogenförmigen Streifen hellen Bluts zog. Wieder schrie sie gellend auf vor Schmerz, und bevor ich wusste, was ich tat, stürzte ich mich mit gesenktem Kopf auf Nyx.

In ihrer Zeit im Ludus hatte Nyx Bestrafungen gekonnt mit ihrer Streitwagenpeitsche ausgeteilt. In den vergangenen Monaten war sie darin anscheinend noch besser geworden. Allerdings galt das nur für Ziele, die mindestens eine Armlänge weit entfernt waren. Im Nahkampf war die Waffe nutzlos. Wenn Nyx nicht ausholen konnte, verlor die Peitsche ihre vernichtende Wirkung, und darauf zählte ich. Ich duckte mich unter ihrem Arm hinweg und riss sie zu Boden.

Ich hatte nur daran gedacht, sie davon abzuhalten, Lydia umzubringen. Mit dem, was als Nächstes passierte, hatte ich nicht gerechnet: Nyx drehte vollkommen durch. Ich hörte sie wie ein Tier knurren, während sie unter mir lag und wie wild um sich schlug. Sie schwang das schwere Ende ihrer Peitsche wie einen Knüppel und traf mich damit seitlich am Kopf. Vor meinen Augen explodierten Sterne und ich ließ sie los. Sofort war Nyx auf den Beinen. Die Peitsche in ihrer Hand knallte erneut und schlug heftig neben mir zu Boden, während ich mich hektisch zur Seite rollte, noch halb blind durch den Schlag gegen meinen Kopf. Ich versuchte zu kriechen, aber Nyx ließ die Peitsche wie einen Schlagstock auf meinen Rücken niedersausen. Und dann noch einmal. Und noch einmal.

Wie viele Nächte hatte sie wach gelegen und davon geträumt, wie sie sich an mir rächen würde für den Moment in der Arena? Für den Moment, in dem ich ihr Leben ruiniert hatte. Bestimmt hatte sich das so für sie dargestellt.

Damals hatte ich geglaubt, ihr das Leben zu *retten.*

Hast du das wirklich?, fragte eine durch roten Nebel gedämpfte Stimme in meinem Kopf. *Oder wolltest du nur die Genugtuung, Nyx aus der einzigen, ihr bekannten Welt vertrieben zu sehen? Aus dem einzigen Leben, in dem sie je erfolgreich gewesen war?*

Nyx ließ mir keine Zeit, mir meine eigene lautlose Frage zu beantworten.

Ein Tritt mit ihrem genagelten Stiefel hob mich vom Boden und trieb mir die Luft aus der Lunge. Ich hörte Cai rufen und dann den dumpfen Aufprall eines Fausthiebs. Aus den Augenwinkeln sah ich, wie zwei von Aquilas Männern ihn zurückzerrten, halb bewusstlos und sich wehrend. Mein Puls dröhnte in meinen Ohren. Nyx' Stiefel traten wieder zu, diesmal gegen meine Schulter. Ich glaube, sie hatte auf meinen Kopf gezielt, aber der Tritt ging daneben – er streifte sein eigentliches Ziel nur. Trotzdem durchzuckte mich erneut stechender Schmerz. Ich ballte meine Hände zu Fäusten mit Sand, warf ihr diesen ins Gesicht und erntete zur Belohnung Flüche – und eine kurze Atempause. Sie reichte aus, damit ich mich auf die Knie stemmen und mich auf ihren nächsten Angriff vorbereiten konnte.

Aber meine einzigen Waffen waren meine Fäuste. Ich bediente mich ihrer so gut ich konnte und spürte, wie ihre Nase unter meinen Knöcheln brach, während wir uns prügelten. Ich bin mir nicht einmal sicher, ob sie es überhaupt bemerkte. Blut floss und tauchte ihre untere Gesichtshälfte in eine rote Maske.

»Wo verdammt noch mal ist meine Schwester, Nyx?«, keuchte ich und packte sie vorne an ihrer Tunika.

Sie grinste mich mit rot verschmierten Zähnen an. »Auf ihrem Weg, die Göttin zu treffen.«

»*Was ist mit ihr geschehen*?«, fuhr ich sie an, zog sie näher zu mir.

Ein Fehler.

»Wusstest du, dass ich in meiner Zeit als Gladiatorin nie jemanden wirklich getötet habe?«, zischte Nyx und beachtete meine Frage nicht. »Ich fange an zu glauben, dass das ein Fehler war …«

Ich hatte mich so sehr auf ihre Peitsche konzentriert, dass ich den kurzen, scharfen Dolch übersehen hatte, den sie in ihrer anderen Hand hielt. Ich glaube, auch sonst hatte ihn niemand bemerkt, doch der Stich der Messerklinge, die sich in meine Seite bohrte, breitete sich wie ein plötzliches, schweres Taubheitsgefühl in mir aus. Die darauffolgende heiß-kalte Empfindung sagte mir, dass ich in Schwierigkeiten steckte, während ich rückwärts zu Boden sank. Ich erwartete, dass Nyx meinem Leben an Ort und Stelle ein Ende bereiten würde. Aber plötzlich hörte ich noch mehr Gebrüll, und als ich aufsah, entdeckte ich, dass einer der schwarz gekleideten Amazona-Wächter Nyx wegzerrte. Sie trat und schlug und fauchte durch gebleckte Zähne wie ein wildes Tier.

Pontius Aquila trat einen Schritt vor und schlug ihr ins Gesicht, schlug etwas von der Kriegswut aus ihr heraus. Keuchend starrte sie zu ihm hoch.

»Zügele dich, du elendiges Mädchen«, blaffte er. »Oder du wirst das Innere einer Arena nie wiedersehen, und ich werde das besondere Schicksal von *der* da«, – er ruckte mit dem Kinn in meine Richtung –, »in die Hände von jemand anderem legen, der es verdient.«

Das reichte, um Nyx vollends aus ihrer Raserei wachzurütteln. Was in ihrer Miene übrig blieb, sagte mir in diesem Moment alles über sie. Als ich neu im Ludus eingetroffen und Nyx dahintergekommen war, wer ich wirklich war – die lang verlorene Schwester der Herrin Achillea, der Frau, der Nyx ihr Herz und ihren Verstand und ihr beachtliches Kampfgeschick seit dem Tag, an dem sie auserwählt worden war, den Eid abzulegen, verschrieben hatte – war sie versessen darauf, mich zu vernichten. Nicht mich zu erniedrigen, mich zu demütigen – sondern mich zu töten. Achillea war ihre Heldin gewesen. Ihre Ersatzmutter. Jemand, dem man nacheiferte und den man stolz machen wollte. Und das hatte ich ihr genommen, allein durch mein Erscheinen.

Unter anderen Umständen hätte mir Nyx vielleicht leidgetan. Denn als ich groß wurde, hatte ich genau dasselbe über Sorcha gedacht, und es hatte mich innerlich ausgehöhlt. Hatte mich die Dinge, die mir wirklich wichtig waren, aus den Augen verlieren lassen. Gerade eben war mir allerdings am wichtigsten, dass ich auf allen vieren war und aus einer Messerwunde blutete.

Der Schmerz war noch nicht vollends in mein Bewusstsein gedrungen, und ich presste eine Hand auf meine Seite unter dem dunklen Stoff meines Umhangs, in der verzweifelten Hoffnung, dass Pontius Aquila nicht bemerken würde, dass ich verletzt war. Morrigans Stimme zischte in meinem Kopf, warnte mich flüsternd davor, Schwäche zu zeigen. Leise und inbrünstig stimmte ich ihr zu. Wenn er glaubte, dass ich schwer verwundet wäre, würde der edle Tribun vielleicht nachgeben und Nyx ihre Arbeit zu Ende führen lassen.

Und ich würde sie nicht aufhalten können.

Lydia krümmte sich immer noch auf dem Boden und wimmerte vor Schmerzen. Aquila und seine Männer beachteten sie nicht, und ich hatte Angst vor dem, was passieren würde, wenn ihm wieder einfiel, dass sie noch da war.

Ich fühlte, wie mir der Schweiß im Nacken ausbrach, als ich mich mühsam aufrappelte. Die schwarz gekleideten Wächter standen mit gezogenen Waffen vor den dicht zusammengedrängten Achillea-Mädchen. Einer der Wächter hielt Cai mit auf dem Rücken verdrehten Armen zu Boden gedrückt. In Cais Mundwinkel war Blut, und er bleckte fauchend seine Zähne.

Schwankend und trotzig stand ich da, als Aquila einem seiner Männer ein Zeichen gab, vorzutreten. Selbst mit dem Helm, den er trug, und der seine Gesichtszüge verdeckte, erkannte ich in ihm einen früheren Ausbilder des Ludus Achillea wieder – ein stiernackiger, brutaler Kerl mit von vielen Kämpfen vernarbten, bloßen Armen. Er war ein ehemaliger Soldat und hieß Ixion. Kurz nachdem ich in der Gladiatorenschule eingetroffen war, hatte Sorcha ihn wegen seines Hangs zur zügellosen Gewalt entlassen. Damals hatte ich gedacht, dass das etwas heißen will, für eine Schule, in der wir zum Töten ausgebildet wurden.

»Ich glaube, diese … Gladiatorin braucht etwas Zeit für sich allein«, sagte Aquila. »Bring sie an einen stillen Ort, wo sie ihren Kopf klären und über ihre Zukunft nachdenken kann.«

Ixion grunzte und packte mich am Arm. Ich warf einen Blick über die Schulter zu Elka, deren Gesicht starr vor Zorn war, und schüttelte den Kopf. Cai hatte recht gehabt, als er mich gewarnt hatte, nichts zu unternehmen. Das Einzige, was ich – was wir alle – in diesem Moment tun konnten, war zu kooperieren. Widerstand kam später. Aber nur, wenn wir lange genug am Leben blieben. Tot oder als Krüppel waren wir einander nicht von Nutzen. Nach einem Moment schien das auch Elka zu begreifen und trat einen halben Schritt zurück.

Ich ging vor Ixion her, eine Hand auf meine verwundete Seite gepresst, während er mich mit seinem Schwertknauf in den Rücken schubste. Er lenkte mich von den Kasernengebäuden weg in Richtung der wütenden orangefarbenen Flammen, die immer noch im hintersten Winkel der Anlage, dort, wo sich die Ställe befanden, in den Himmel leckten. Als wir an einem niedrigen

Steinbau ankamen, der mir nie zuvor wirklich aufgefallen war, machte er halt. Ich war immer davon ausgegangen, dass darin Tierfutter gelagert wurde. Vor der schweren eisenbeschlagenen Tür hatte man Stufen in die Erde eingelassen und Ixion ging an mir vorbei und holte einen Schlüsselbund aus der abgewetzten Ledertasche, die an seinem Gürtel hing.

Als ich ihn sah, bekam ich einen trockenen Mund. Er hatte Thalestris gehört.

Sie hat uns also tatsächlich verlassen, dachte ich.

Erneut überfiel mich Angst um meine Schwester. Und Hilflosigkeit.

Ixion wühlte sich durch Thalestris' Schlüssel, bis er den gefunden hatte, den er suchte – ein schweres, schwarzes Teil, das aussah wie eine Kralle – und steckte ihn ins Schlüsselloch. Als er ihn umdrehte, erklang ein krächzendes Quietschen und die Tür schwang schwerfällig auf. Er packte mich bei der Schulter und schubste mich wortlos hinein. Ich stolperte über ein paar weitere flache Stufen und biss die Zähne gegen den Schmerz in meiner Seite zusammen, der von einem gedämpften Pochen zu einem glühenden Brennen übergegangen war. In der Dunkelheit konnte ich nur einen kurzen schwarzen Gang vor mir erkennen, wie ein gähnendes Maul, das darauf wartete, mich zu verschlucken. Er endete vor einer winzigen Zelle mit einer vergitterten Tür. Mir schlug das Herz bis zum Hals, als ich einen Blick über die Schulter auf Ixion warf.

»Ich wollte schon immer eine von euch emporgekommenen Miststücken wegsperren und euch hier in

Tartaros verrotten lassen«, grinste Ixion. »Was für eine Schande, dass dieser Ort nie richtig genutzt wurde, als Achillea noch das Sagen hatte.«

Tartaros. Benannt nach dem mythischen Kerker der Unterwelt.

Fast hätte ich geglaubt, dass er nur ein Gerücht wäre. Etwas, um die weniger gefügigen Mädchen im Ludus einzuschüchtern und folgsamer zu machen. Sorcha hatte es nie nötig gehabt, Tartaros als Bestrafungsmaßnahme einzusetzen – nicht einmal bei Nyx. Nicht einmal bei mir. Ixion nahm noch einen Schlüssel, der draußen vor der Zelle an der Wand hing, vom Haken und öffnete die Gittertür. Wortlos bedeutete er mir hineinzugehen.

Es war kalt und feucht, die Luft abgestanden und schwer. Die Wände bestanden aus grob behauenen Steinen, der Fußboden aus festgestampfter Erde, und schon fast auf Höhe der niedrigen Decke gab es nur ein einziges, winziges vergittertes Fenster, kleiner als mein Kopf, durch das man auf eine vergessene, von Unkraut überwucherte Koppel hinter den Ställen hinausblickte. Wo *einst* die Ställe gewesen waren.

Ixion zog die Käfigtür mit Getöse zu, hängte den Schlüssel zurück an seinen Platz, machte auf dem Absatz kehrt und verschwand wortlos. Als er die äußere Tür abschloss, spürte ich, wie winzige scharfe Klauen der Panik aus meiner Magengrube hochkletterten und an meiner Kehle rissen. Ich schluckte mühsam, um die Galle wieder hinunterzuzwängen und schüttelte den Kopf, um ihn klar zu bekommen.

Das Wichtigste zuerst, Fallon, dachte ich.

Der flackernde Flammenschein des ersterbenden Stallfeuers drang durch das winzige Fenster, und in dem dämmerigen orangefarbenen Licht zog ich meinen Umhang beiseite und warf in einer Art distanzierter Schockstarre einen Blick auf den blutdurchtränkten Stoff meiner Schlaftunika. Der Riss im Stoff war kurz und sauber – gerade so groß wie Nyx' Messerklinge – und ich musste ihn weiter aufreißen, damit ich mir die Wunde, die sie mir zugefügt hatte, genauer anschauen konnte.

Noch ein kurzes, sauberes Loch. In meinem Fleisch.

Ich war schon öfter verwundet gewesen – Schnitte, Prellungen und alle möglichen anderen Arten von Verletzungen, die geheilt waren und die Spuren hinterlassen hatten, die Cai früher am Abend so herrlich auf meiner Haut erkundet hatte – und ich wusste, dass der erste Punkt auf der Tagesordnung war, den Blutfluss zu stoppen. Ich hatte keine Ahnung, wie tief Nyx' Klinge eingedrungen war oder ob sie irgendetwas Lebenswichtiges verletzte hatte. Sollte das der Fall sein – sollte ein Organ verletzt worden sein – war ich wahrscheinlich schon tot und wusste es nur noch nicht. Aber ich spuckte kein Blut, und das war ein gutes Zeichen. Mit ungelenken kalten Fingern riss ich einen breiten Stoffstreifen vom Saum meines Umhangs ab. Dann wickelte ich diesen so fest ich konnte um meinen Oberkörper, schlang ihn, sooft es ging, um mich herum und steckte die losen Enden sorgfältig fest. Bis ich endlich fertig war, schwitzte und keuchte ich.

Aber ich war nicht tot. Und ich würde nicht aufgeben.

Tapfere Gedanken, während ich taumelte, gegen die Mauer sank und mich daran zu Boden gleiten ließ. Dann zog ich meine Knie an, um mich warm zu halten. Meine Augenlider fielen zu, und ich wusste nicht, wie lange ich so dagesessen hatte, ein zusammengekauertes Häufchen Elend in der Dunkelheit, als ich ein Geräusch hörte.

Ich sah auf und entdeckte Pontius Aquila, der auf der anderen Seite der Käfigtür stand. Eine einzige Fackel brannte in einem Leuchter an der Wand, spiegelte sich in seinen dunklen Augen, die mich ohne mit der Wimper zu zucken fixierten. Ich wusste nicht, wie lange er dort gestanden hatte, aber als mein Blick seinen kreuzte, lächelte er – seine schmalen Lippen verzogen sich reptilienhaft, bar jeglicher Wärme.

»Da ist sie ja«, sagte er. »Mein *Genie* auf dem Sand der Arena. Meine göttliche Muse des Schwertes und Schildes …«

Ich erinnerte mich wieder an den Tag, an dem ich im Forum verkauft worden war. Als Sorcha eine unverschämt hohe Summe geboten hatte, um mich aus Aquilas Klauen zu befreien. Damals hatte ich nicht einmal gewusst, wer – *was* – er war. Ich hatte nur gewusst, dass ich instinktiv und zutiefst dankbar war, dass sein Gebot nicht gewonnen hatte. Ich hatte Morrigan gedankt und geglaubt, dass sie meinen Dank akzeptiert hatte. Dass sie mir ihre Gunst gewährt hatte. Warum hielt die Göttin es dann jetzt für angebracht, mich mit diesem Schicksal zu bestrafen?

Warum hatte sie mir Sorcha genommen und mich an ihn zurückgegeben?

»Jetzt bist du *meine* Victrix.« Mit fiebrigen Augen trat Aquila einen Schritt näher an die Gitterstäbe.

Victrix. Der Name, den ich voller Stolz seit dem Triumph trug.

War es das?, fragte ich mich. Hatte Morrigan mich verlassen, weil ich mich verpflichtet hatte, für Caesar zu kämpfen? Für den Feind? Ich hatte nur versucht, dem Ludus alle Ehre zu machen. Und meiner Schwester und mir. Ich hatte helfen wollen, Sorchas Traum zu verwirklichen, einen Ort zu schaffen, an dem die Mädchen, an deren Seite ich kämpfte und blutete, selbst darüber entscheiden konnten, welche Art von Leben sie führen wollten. Dass ich dafür einen Handel mit Caesar schließen musste, hätte nicht zählen dürfen, oder? Ich weigerte mich zu glauben, dass die Göttin ihn irgendwie für noch verabscheuungswürdiger hielt als den Mann, der vor mir stand … und etwas in der Hand hielt. Ich kniff die Augen in der Dunkelheit zusammen, um zu erkennen, was es war, und mir gefror das Blut in den Adern. In seinen manikürten Fingern hielt Aquila eine einzelne, schlanke, aus Silber gegossene Feder. Sie glänzte rot im Fackelschein.

»Was hast du gesehen?« Pontius Aquilas Stimme war leise und atemlos und klang ehrlich neugierig. »Damals in der Nacht, in meinem Domus. Was hast du *gesehen*, kleiner Rabe?«

Was hatte ich gesehen? Die Erinnerung an diese Nacht, selbst vernebelt und verzerrt durch den Geist des Alraunenweins, hatte sich tief in meine Seele gebrannt. Ajax, der Gladiator, wie er auf dem Steintisch im Kellergewölbe lag. Sein aufgebrochener Leichnam umringt von Männern in Federmasken, die gierig das Herz verschlangen, das kurz zuvor noch so kräftig in seiner Brust geschlagen hatte. Es musste noch warm gewesen sein, als sie es auf die Waagschale legten, um es gegen eine Silberfeder aufzuwiegen.

Dieselbe Silberfeder, die Pontius Aquila hochhielt, damit ich sie sehen konnte. Ich wich vor ihr zurück, drückte mich in den entferntesten Winkel meiner Zelle, während er mit der Feder immer wieder über die Gitterstäbe meines Käfigs strich. Die Metallkante machte ein Geräusch wie die Saiten einer verstimmten Leier.

»Caesar weiß nicht, was er an dir hat«, sagte Aquila. »Sonst hätte er dir nie die Chance – nicht einmal den kleinsten Hoffnungsschimmer – gegeben, deine Freiheit zurückzugewinnen. Nein. Er ist ein Narr. *Ich* bin kein Narr. Ich sehe dich. Ich sehe deinen Kampfgeist. Die Macht, die du hast ...« Seine Stimme klang angespannt und dünn, während er sprach, und steigerte sich zu einer schrillen, fieberhaften Eindringlichkeit. »Deine Blutgöttin hat deine Seele berührt ... ich *sehe* ihr Zeichen auf dir. Du wurdest geboren, um zu töten, Fallon ferch Virico ...«

Der Schock, meinen vollen königlichen Namen aus Aquilas Mund zu hören, erfüllte mich mit einer Abscheu, die sich auf meinem Gesicht gezeigt haben musste. Aquila trat einen Schritt von den Gitterstäben zurück, auf seiner Stirn lag ein Schweißfilm. Durch bebende Nasenflügel atmete er tief ein und sein Mund verzerrte sich zu einem hässlichen Lächeln.

»Es überrascht dich, dass ich deinen Namen kenne«, sagte er. »Ich weiß alles über dich. Vielleicht sogar mehr, als du über dich selbst weißt. Ich weiß, wie mächtig du bist …« Er fuhr wieder mit der Feder über die Stäbe meines Käfigs, entlockte dem filigranen Silberteil eine misstönende Musik. »Und wenn du stirbst«, fuhr er fort, »werde ich mir diese Macht nehmen und sie mir zu eigen machen.«

»Von mir bekommt Ihr nichts, was ich Euch nicht freiwillig gebe«, sagte ich durch zusammengepresste Kiefer. »Und das wird niemals geschehen.«

»Aha.« Die Feder hielt inne und Aquila richtete seinen bedrohlichen Blick direkt auf mich. »Obwohl dieselbe Großzügigkeit einer Seele in der Arena einst *dir* zuteilwurde? Sag … wie hat es sich angefühlt, als du dem Leben der Furie ein Ende bereitet hast?«

Ich schluckte hart gegen die Flut an Bildern an, die diese Erinnerung mit sich brachte, und versuchte sie zu verdrängen.

Aquilas Blick brannte sich in mich. »Hast du die Kraft ihrer Wut gespürt?«, zischte er. »Hast du gespürt, wie ihr göttlicher Wahnsinn von ihrem in deinen Körper geflossen ist?«

Ich sah weg.

»Sie hat dir ein großes Geschenk gemacht. Ich weiß, dass du es gespürt hast. Du musst es gespürt haben.«

Was ich in diesem Moment gefühlt hatte, war Trauer. Bedauern.

Und nichts anderes?

Lautlos kämpfte ich gegen die Erinnerung an und

verlor. Meine erste Tötung – meine einzige Tötung – war die Frau gewesen, die sich selbst Uathach genannt hatte. Die »Schreckliche«. Alle anderen hatten sie die Furie genannt, und sie hatte im Augenblick ihres Todes, nachdem meine Schwerter ihr Herz durchbohrt hatten, ihre Hand auf meine Brust gelegt – auf *mein* Herz – und Worte geflüstert, die nur für meine Ohren bestimmt gewesen waren.

»Jetzt ist es deins«, hatte sie gemurmelt. »Danke …«

Sie hatte gelächelt. Und dann war sie gestorben.

Ich hatte versucht, mir einzureden, dass ich nie wirklich verstanden hatte, was sie damit meinte. Aber das hatte ich. Ich wusste genau, was sie mir gegeben hatte. Den Tod. Ihren Tod. Angefacht durch diesen Sieg, war mein Leben von diesem Moment an durch den verrückten Willen der Furie, frei zu leben oder als unsichtbare Rüstung um mich gelegt zu sterben, angetrieben worden. Sie hatte mir ein furchtbares Geschenk gemacht, obwohl ich sie von einer schrecklichen Last befreit hatte. Oder war es andersherum?

»Du verstehst es«, sagte Aquila. »Ich wusste, dass du es verstehen würdest. Du und ich waren dazu bestimmt, einander zu finden, Fallon. Das wusste ich, seitdem deine Schwester zum ersten Mal von dir gesprochen hat. Es war, als hätte ich gespürt, wie Federn über meine Wange streifen.« Er nahm die silberne Feder und fuhr mit ihr an seinem Gesicht entlang, als er weitersprach, und abgestoßen von dem wölfischen Hunger, dem Blutdurst, der in seinen Augen lauerte, schauderte mich. »Ich weiß, dass du verantwortlich für den Tod eines jungen Kriegers deines Stammes warst. Maelgwyn Eisenhand? Sein Bruder, mein Gladiator Mandobracius – ich glaube, du kennst ihn unter dem Namen Aeddan – hat mir erzählt, was in jener Nacht geschehen ist.«

In der Nacht, in der mein Leben in ein bodenloses schwarzes Loch gefallen war.

»Ihr täuscht Euch in mir«, sagte ich. »Hat Aeddan Euch nicht erzählt, dass es *seine* Klinge gewesen war, die dem Leben seines Bruders ein Ende gesetzt hat?«

»Wegen *dir*, ja.« Er nickte lächelnd. »Du bist ein Vorbote.«

Nein. Das war ich nicht. Das konnte nicht sein. Aquila log …

»Und nun ist auch noch deine Schwester tot. Es scheint, als wäre jeder, der dich liebt, dazu bestimmt, zu sterben, Fallon. Ich würde auf den Decurio achtgeben, der dich anscheinend so mag …«

»*Seid still*!«, fauchte ich, war mit einem Satz beim Gitter und versuchte, ihm mit den Händen durchs Gesicht zu kratzen. »Haltet Euer böses Mundwerk …«

Er packte meine Handgelenke und hielt sie fest, sein Griff war überraschend stark.

»Diese verheißungsvolle Nacht«, zischte er, »in der das Blut eines Bruders vergossen wurde, hat dich hierher gebracht. Zu diesem Augenblick. *Zu mir*. Siehst du es nicht, Fallon? Deine Göttin hat einen Schicksalspfad für dich ausgelegt, der geradewegs an die Schwelle meines Gottes führt. Dis und Morrigan sind von einer Art. So wie wir.«

Sein Lächeln wurde giftig und er zog die Federspitze

über die weiche, weiße Innenseite meines Unterarms. Die Feder war rasiermesserscharf und Blut quoll hervor, sickerte aus den Wellenlinien, die er zog, Linien, die das Symbol einer Feder auf meiner Haut bildeten. Ich biss die Zähne zusammen und unterdrückte einen Schmerzenslaut. Als er fertig war, mich zu kennzeichnen, ließ Aquila mich los, und ich riss meinen Arm zurück, barg ihn an meiner Brust.

»Ihr seid wahnsinnig …« Meine Stimme zitterte.

»Bin ich das?« Er lachte, verstaute die Feder wieder in den Falten seines Umhangs. »Welches Schicksal hat Aeddan dann zu meinem Ludus geführt? Du warst da, an dem Abend, als er Ajax' Leben ein Ende bereitet hat. Du warst Zeugin. Er ist mein stärkster Gladiator.« Aquila legte seinen Kopf schief. »Und was ist mit der Furie? Ich habe sie jahrelang kämpfen sehen. Unbesiegt, unbesiegbar … bis du kamst, Fallon. Victrix. Achillea hatte nicht deine Stärke. Das hatte sie nie. Deswegen hat deine Göttin sie verflucht, unter ein Streitwagenrad zu stürzen, während sie in derselben Arena, bei der Vorführung desselben Kunststückes, *dir* Flügel verliehen hat.«

Hätte sie doch nur, dachte ich. *Dann würde ich mit ihnen jetzt vor diesem schrecklichen Albtraum davonfliegen.*

»Kämpfe für *mich*, Fallon!« Aquila packte plötzlich die Gitterstäbe und presste sein Gesicht so eng dagegen, als wolle er sich zwischen ihnen hindurch in meine Zelle quetschen. »*Gewinne* für mich.«

Ein eiskalter Schauder kroch über meine Haut. Aquilas Worte waren ein dunkles Spiegelbild der Unterhaltung, die ich mit Caesar in seiner Villa geführt hatte, an dem Tag, an dem er mich als seine Siegesgöttin auserwählt hatte.

»Ich werde nie für Euch kämpfen«, flüsterte ich mit staubtrockenem Mund.

»Dann wirst du diese Zelle nie verlassen. Und das wäre wirklich schade. Denk gründlich über deine Entscheidung nach, meine Liebe. Und wenn ich zurückkomme, um dich noch einmal zu fragen, dann solltest du eine bessere Antwort parat haben. Um unser beider willen.«

VI

Das Licht, das durch das winzige Zellenfenster fiel, kroch über den Boden und wandelte sich, während ich mich an die Wand kauerte und immer wieder wegdämmerte. Unter dem abgerissenen Streifen meines Umhangs, den ich um meinen Oberkörper gewickelt hatte, fühlte ich, wie die Haut um meine Wunde herum hart und heiß geworden war. Aber der Rest von mir war kalt, klamm und zittrig …

»Schlaues, kleines Ding …«

Mühsam öffnete ich die Augen. Die Stimme war leise. Klang weit entfernt … vertraut. Ich kniff die Augen zusammen, aber alles war verschwommen.

»Wach auf, cleveres, kleines Ding …«

Der Geruch von schalem Wein drang mir in die Nase.

»Arviragus …?« Ich blinzelte verwirrt.

Der mächtige gallische Stammesfürst, den die Römer

Vercingetorix nannten, hockte auf dem Boden meiner Zelle und wartete darauf, dass ich aufwachte. Kurz meinte ich, ihn in der Pracht seiner Jugend zu sehen. Als er meine Heimat Durovernum besucht und mir beigebracht hatte, meine Kinderhand um einen Schwertgriff zu legen. Seine kastanienbraune Mähne fiel über seine Schultern und ein ordentlich gestutzter Bart umrahmte sein attraktives Gesicht über einem breiten goldenen Torques, der um seinen Hals lag. Er hielt ein Schwert in den Händen und der Schaft schimmerte in dem blassen Lichtschein, der durch das Fenster fiel.

Ich kniff meine Augen zu und öffnete sie wieder.

Nein. Kein Schwert. Ein Weinbecher.

Und seine Haare und sein Bart wucherten wild und waren verfilzt. Die Niederlage stand ihm ins Gesicht geschrieben. Aber seine Augen. Sie hatten sich nicht verändert. Sie brannten mit einer Intensität, als würde Arviragus direkt durch mich hindurch und tief in meine Seele schauen. Und warum nicht?

Arviragus war tot.

Zum Abschluss von Caesars Vierfachem Triumph hatte der mächtige römische General den stolzen gallischen Stammesfürsten bei einem Umzug durch die Straßen Roms vorgeführt, sodass alle Bürger den gefürchtetsten Gegner Caesars bestaunen und verspotten konnten. Ich erinnerte mich daran, wie Sorcha mir erzählt hatte, dass Arviragus nach dem Spektakel fortgeführt und außer Sichtweite des Volkes erwürgt werden sollte. Damals hatte ich das für eine kleine Gnadenbezeugung gehalten. Ihm den letzten Rest seiner Würde zu lassen …

Und doch war er jetzt hier. Betrachtete mich aufmerksam mit seinen harten, funkelnden Augen, während ich versuchte, zu verstehen, was hier gerade vor sich ging. Als er den Eindruck hatte, dass ich wieder bei vollem Bewusstsein war, grinste er mich an, hob seinen Weinbecher und prostete mir spöttisch zu.

»Ave, Victrix«, sagte er mit einer Stimme wie aus Kies und Rost. »Alle grüßen die siegreiche Heldin.«

»Ich fühle mich nicht sehr heldenhaft«, murmelte ich.

»Ganz recht. Das solltest du auch nicht.« Er drehte sich zur Seite und spuckte in den Staub. »Du hast das nicht kommen sehen? Weder du noch deine Schwester? Ich dachte, ich hätte dich besser unterrichtet, schlaues, kleines Ding …«

Benommen schwirrte mir der Kopf.

Ich fühlte die Wärme eines Sonnenstrahles, der auf mein Gesicht fiel …

Ich hörte Gelächter, blickte auf und sah eine Vision meiner Schwester, schlank und hübsch und jung wie ein gepunktetes Rehkitz, die ihre Hand ausstreckte, um mir aufzuhelfen. Sie grinste zu mir herunter, ihr sommersprossiges Gesicht war umrahmt von einer Mähne unbändigen Haars und in ihrer anderen Hand hielt sie ein hölzernes Schwert. Das Lachen, das ich gehört hatte, war tief und melodisch und stammte von einem gut aussehenden jungen Mann mit kastanienbraunen geflochtenen Zöpfen, der auf einem Baumstumpf saß und mir und meiner Schwester beim Kämpfen zusah.

Er stand auf, kam auf uns zu und blieb stehen, um mein Schwert aus dem Gras aufzuheben. In seinen großen Händen sah es wie ein winziges Spielzeug aus, als er sich bückte und es mir gab. »Besser«, sagte er und seine Augen funkelten belustigt.

»Aber ich habe trotzdem verloren«, grummelte ich und schnappte ihm mit meinen plumpen Kinderfingern das Schwert aus der Hand.

»Und warum?«, fragte er.

»Weil ...« Ich runzelte die Stirn, dachte angestrengt darüber nach, wie meine Schwester mich besiegt hatte. »Weil ich angefangen habe, ihr Schwert zu beobachten ...«

»Gut!« Sorcha strahlte mich an. »Du lernst.«

Der junge Arviragus nickte zufrieden, obwohl ich besiegt worden war. »Schlaues, kleines Ding!« Er wuschelte mir durchs Haar. »Während die Waffe nur eine Sache nach der anderen tut, tut derjenige, der sie führt, vieles gleichzeitig. Und er *sagt* dir, was er tut – und was er tun wird –, aber du musst achtgeben. Auf seine Füße, seine Schultern, seine Augen ... Dann weißt du immer, was als Nächstes kommt. In einem Kampf musst du immer sechs, sieben, acht Schritte vorausdenken. Denk daran. Und denk auch *daran*: Es ist nie vorbei, bis dein Feind tot zu deinen Füßen liegt. Nie ...«

»Ha!« Ich stieß einen kindlichen Kampfschrei aus, duckte mich unter seinem Arm hindurch, überrumpelte Sorcha und schlug ihr mit meinem Schwert ihres aus der Hand. Sie stieß einen kleinen Schrei aus, als ich sie ansprang und wir zusammen zu Boden gingen, uns rollten und lachten und uns spielerisch mit unseren Fäusten attackierten, während Arviragus uns beide anfeuerte ...

Die Erinnerung verblasste.

Ich war wieder in den feuchten grauen Mauern von Tartaros mit einem Geist.

»Sorcha ist weich geworden«, knurrte Arviragus rau.

»Ist sie nicht …«

»Sie ist tot, oder?«

Ein Schluchzen schnürte mir die Kehle zu und ich konnte nicht antworten. Fand keine Worte, um es zu leugnen. Mein Herz sehnte sich schmerzvoll nach der Schwester, die ich nach so vielen Jahren wiedergefunden hatte, nur um sie erneut zu verlieren. Heftig schüttelte ich den Kopf, um meine Fieberwahnvorstellungen loszuwerden, aber dadurch verschwammen nur die Mauern vor meinen Augen. Arviragus blieb, wo er war.

Er seufzte und nahm einen Schluck aus seinem Geisterbecher. »Aber du«, fuhr er fort. »Ich hatte gedacht, *dein* Biss wäre von Dauer. Ist dir die Bewunderung der Menge zur Kopf gestiegen, meine Kleine?«

»Sollte das der Fall sein, dann ist das Eure Schuld«, blaffte ich ihn an, nicht in der Stimmung, einen Vortrag von einer Sinnestäuschung gehalten zu bekommen. »Ihr wart es, der mir gesagt hat, ich solle sie bezaubern. Sie betören. Die Massen verführen, habt Ihr gesagt.«

»Das ist genau der Punkt an der Verführung, Fallon.« Arviragus beugte sich nach vorn, der Weingestank waberte ihm nach wie Nebel. »Lass dich nie im Gegenzug verführen.« Er kicherte betrübt. »Was habe ich sonst noch gesagt?«

Ich bemühte mich, mich an die Ratschläge zu erinnern, die er mir damals gegeben hatte. Es schien so lange her … Ah. Richtig. »*Sei mutig, Gladiatorin*«, hatte

Arviragus mir geraten. »*Und sei auf der Hut. Schlaue Dinge erzeugen Verrat. Schöne Dinge rufen Neid hervor. In dem Moment, in dem du Caesars Liebe gewinnst, ziehst du den Hass seiner Feinde auf dich.*«

Hass. Oder Verlangen. Ich hatte nicht auf ihn gehört. Ich hatte beides auf mich gezogen, und jetzt konnte ich es nicht mehr ändern. »Geht weg, alter Mann«, murmelte ich. »Ihr seid tot.«

Er lachte. »Ich gehe nirgendwohin«, sagte er. »Im Gegensatz zu dir.«

»Seid Ihr denn hier, um mich zu den *Glücklichen Inseln* zu begleiten?«

»Hä? Oh, nein.« Er hielt mitten im Trinken inne, um mir mit dem Finger zu drohen. »So leicht kommst du nicht davon. Mit *dir* ist Morrigan noch nicht fertig, schlaues, kleines Ding. Nicht mal zur Hälfte. Wenn ich also du wäre, würde ich anfangen mir Gedanken darüber zu machen, wie du wieder aus dem Schlamassel herauskommst, in den du dich gebracht hast.«

»Was soll ich tun? Ich sitze in einer Gefängniszelle.«

Arviragus lachte. »Da jammerst du beim falschen Mann.«

»Wie seid *Ihr* entkommen?«

»Auf dem falschen Weg«, sagte er, hob seinen Becher und klopfte an den Rand. »Vielleicht werde ich eines Tages auf dem richtigen Weg entkommen ...«

Erneut erfasste mich ein Schauder, erst kalt, dann fiebrig heiß, und als es vorbei war, war ich wieder alleine. Arviragus war verschwunden, und ich würde hier in Tartaros sterben – vergessen, besiegt, ein Haufen Staub und verblichene Knochen, ohne einen Scheiterhaufen für mein Begräbnis, damit die Asche meine Seele in das gesegnete Reich der Toten tragen konnte, wenn ich tot war. Morrigan hatte mich wirklich verlassen … Nein. Die Göttin war gut. Sie hatte den Glauben an mich nicht verloren – ich musste an sie glauben. Ich schloss meine Augen und flüsterte ihren dreifachen Namen wieder und wieder in meinem Kopf. *Macha, Red Nemain, Badb Catha …*

Dann hörte ich über mir das Rascheln von Flügeln.

Ich sah hoch und entdeckte eine Krähe, die auf dem Sims des winzigen vergitterten Fensters saß, ihren Kopf schieflegte und mich mit einem tiefschwarzen Auge anstarrte.

»Furie!«, rief ich und der Vogel antwortete mir mit einem leisen Krah.

In den Tagen kurz vor Caesars Triumph war ich zur Zielscheibe für einige böse Streiche geworden, deren Höhepunkt darin bestand, dass jemand eine lebendige Krähe an meine Tür genagelt hatte, in dem Versuch, mir solch einen Schrecken einzujagen, dass ich aus dem Wettkampf ausscheiden würde. Der Einschüchterungsversuch war fehlgeschlagen, und Neferet hatte den Vogel, das arme Ding, wieder gesund gepflegt. Die Mädchen hatten ihn als eine Art Haustier adoptiert und ihn meiner allerersten Gegnerin zu Ehren Furie genannt.

»Furie«, rief ich leise, rappelte mich auf und streckte meinen Arm aus. »Komm. Komm her, Mädchen …«

Sie legte ihren Kopf von einer Seite auf die andere, krächzte mich an und hüpfte dann vom Fenstersims herunter auf meinen ausgestreckten Arm. Ein Hoffnungsschimmer flackerte in meiner Brust auf, als ich sie zu der verriegelten Zellentür hinübertrug. Sie war von außen abgeschlossen und nur der Eisenschlüssel – der auf der gegenüberliegenden Wand an einem Schlüsselbrett hing, so verlockend nah und doch gerade außerhalb meiner Reichweite – öffnete sie. Ohne diesen Schlüssel würde ich nicht aus dieser Zelle herauskommen und schon gar nicht aus Tartaros.

Eines der Dinge, die wir, nachdem sie wieder gesund war, über Furie gelernt hatten, war, wie schlau sie war. Sie lernte leicht Tricks und schien Spaß daran zu haben, sie uns vorzuführen. Einer dieser Tricks war Sachen zu holen. Ich schubste den Vogel von meinem Handgelenk und auf die Querstange der Zellentür. Sie rupfte und plusterte ihre Federn auf und sah mich erwartungsvoll an.

»Bring, Furie«, sagte ich und starrte demonstrativ auf den Schlüssel.

Der Schlüssel war in Form einer Eule geschmiedet, dem heiligen Vogel der römischen Kriegsgöttin Minerva, und ich schickte Morrigan ein lautloses verzweifeltes Stoßgebet in der Hoffnung, dass die beiden Göttinnen – und ihre Tiere – auf freundschaftlichem Fuß miteinander standen. Mit den gespreizten Fingern einer Hand streckte ich mich nach dem Schlüsselbrett. Das Strecken ließ die Wunde an meiner Seite fürchterlich brennen und zerrte an den feinen Schnittlinien, die Aquila mir in den Arm geritzt hatte, sodass frische dunkelrote Blutstropfen unter dem rostfarbenen dunklen Schorf hervorquollen, der sich dort schon gebildet hatte.

Ich fragte mich, wie lange ich bereits in Tartaros eingesperrt war. Stunden? Vielleicht sogar schon Tage … Elka und die anderen hielten mich wahrscheinlich schon für tot.

Furie war meine einzige Chance.

»Komm schon …«, lockte ich sie in einem krächzenden Singsang. »So ist's gut … den Schlüssel, Furie … nimm ihn und bring ihn her. Bring ihn zu mir, Furie …«

Sie wackelte mit dem Kopf, legte ihn schief und blickte mit ihren schwarzen Knopfaugen von mir zum Schlüssel. Ich hielt den Atem an, als sie ein paar kleine Hüpfer machte, in die Luft flatterte und auf dem kleinen Regalbrett mit dem Schlüsselhaken landete. Schwindelerregende Hoffnung keimte in mir auf.

Morrigan *war* immer noch auf meiner Seite. Sie hatte mir ihre Dienerin zur Hilfe geschickt …

Furie trippelte vor und zurück und von einem Fuß auf den anderen.

»Komm schon …«, ermutigte ich sie. »Hol den Schlüssel …«

Sie pickte mit ihrem scharfen schwarzen Schnabel an das Brett.

»Braves Mädchen … brav …«

Plötzlich erregte ein Rascheln in einer dunklen Ecke ihre Aufmerksamkeit und sie flog vom Schlüsselbrett auf und stürzte sich nach unten, um eine Maus in ihren Krallen zu fangen. Dann flatterte sie durch die Gitterstäbe der Tür, an meinem Kopf vorbei und zum Fenstergitter hinaus, um ihre Mahlzeit auf der Koppel zu genießen.

»Oh, bei den *Zähnen* von Lugh!«, fluchte ich, als sie außer Sicht verschwand. »Du *dämlicher* Vogel!«

Von Morrigan gesandt, sah ganz danach aus.

Furie war nur eine Krähe und tat, was Krähen eben so tun. Sie waren zum Jagen da, nicht zum Helfen. Und ich hatte das allein mir selbst zuzuschreiben. Sie war ein Vogel, weiter nichts. Kein mythischer Botschafter, nicht meine Rettung, sondern nur ein Vogel. Ich ließ mich wieder gegen die Wand sinken. Die erdrückende Einsamkeit lastete auf mir wie eine Decke, die mich erstickte, und die Stille nach dem Flattern von Furies Flügeln war ohrenbetäubend. In meiner Verzweiflung hoffte ich halb, dass mir Arviragus wieder erschien.

Das tat er nicht.

Mir wurde das Herz schwer. Aber dann kratzte ein Schlüssel im Schlüsselloch am Ende des düsteren Flurs, und es schlug wieder schneller. Ich erstarrte, als die schwere Tür aufschwang und blasses Sternenlicht die Silhouette eines Soldaten in Helm und Umhang beschien.

Cai!, dachte ich und rappelte mich auf. *Er hat mich gefunden!*

Nein.

Die im Schatten liegende, gesichtslose Gestalt trat vor, und ich sah nicht etwa einen purpurroten Federbusch, sondern einen Strauß schwarzer Federn. Nicht den Umhang eines Decurio, sondern einen rußfarbenen Stoff, der in weiten Falten herabhing. Einer der Wächter vom Ludus Amazona war gekommen, um mich zu Pontius Aquila zu bringen oder meinem Leben ein Ende zu setzen. Der Umhang blähte sich hinter ihm auf wie Flügel, als er mit eiligen Schritten den Gang entlang auf meine Zelle zuschritt und ich in den hintersten Winkel rutschte. Er griff nach dem Schlüssel, den Furie mir trotz meiner Überredungsversuche nicht hatte bringen wollen, und schloss die Tür auf.

Als ich mich nicht rührte, schnaubte er ungeduldig.

»Was ist los mit dir?«, blaffte er. »Komm schon!«

Ich blinzelte bei dem Klang von Worten, die in meiner eigenen Sprache gesprochen waren.

»Aeddan …?«

Da schien er zu bemerken, dass der Helm, den er trug, sein Gesicht verdeckte. Aeddan nahm seine Kopfbedeckung ab. Darunter trug er sein dunkles Haar immer noch lang, aber sein Gesicht war kantiger, als ich es in Erinnerung hatte.

»Willst du gerettet werden oder nicht?«, fragte er.

Kurz meinte ich, ihn nicht richtig verstanden zu haben. »Ich … was?«

»Ich rette dich. Oder was glaubst du, was ich hier tue?« Er trat über die Schwelle der Zelle und packte mich am Handgelenk, doch ich schüttelte seinen Griff wütend ab.

»Ich gehe nirgendwo mit dir hin«, sagte ich. »Du bringst mich sowieso nur zu ihm. Zu Aquila.«

»Das wäre mir nicht mal im Traum eingefallen.«

»Du arbeitest für ihn.«

»Das glaubt er.«

»Er vertraut dir.« Ich deutete auf den Schlüsselbund, den er immer noch in der Hand hielt. »Wie sonst hättest du mich finden können? Wie bist du an diese Schlüssel gekommen?«

»Er vertraut mir, weil er davon ausgeht, dass ich einen Groll gegen dich hege«, sagte Aeddan und bemühte sich sichtbar, seine Ungeduld zu zügeln. »Ich weiß gar nicht, wie er darauf kommt … Ich meine, du hast mich nur als unwürdigen Ehemann zurückgewiesen, mich gegen meinen Bruder aufgebracht, mich beim Triumph vor dem gesamten Circus Maximus gedemütigt …« Er schüttelte den Kopf und kurz schien es, als hätte er sich selbst meine Rettung ausgeredet. »Was die Schlüssel angeht: Ich habe sie in der Schreibstube im Schreibtisch der Lanista gefunden. Während Aquila damit beschäftigt war, ihre Papiere zu durchwühlen, habe ich sie an mich genommen.«

Er hielt sie hoch, und ich stellte fest, dass es tatsächlich Sorchas Schlüsselbund war und nicht der, der Thalestris gehört hatte.

»Was ist mit meiner Schwester geschehen, Aeddan?«, fragte ich. »Hast du …«

»Nein!« Aeddan warf mir einen vernichtenden Blick zu. »Nein, Fallon. Ich habe nur meinen *eigenen* Bruder getötet. Aber danke, dass du mich daran erinnerst, was für ein Monster ich in deinen Augen bin.«

»Ich …«

»Wir müssen gehen.« Er warf einen Blick in den Flur und dann zu mir. »Jetzt.«

Ich zögerte immer noch.

»Tu, was du willst«, sagte er und warf verärgert die Hände in die Luft. »Aber wenn du hier raus willst, muss ich dich leider darüber informieren, dass das entweder mit mir … oder mit Ixion sein wird. Einer von uns beiden wird dich ganz bestimmt zu Aquila bringen. Irgendwann.«

Mehr Motivation brauchte ich nicht.

Ich war immer noch halb davon überzeugt, dass Aeddan log. Aber ich war auch halb davon überzeugt, dass dies der Augenblick war, auf den Arviragus mich vorbereitet hatte. Meine eine Chance auf Flucht. Ich warf einen Blick zurück über meine Schulter, bevor ich hinaus in den Gang trat, aber die Zelle war leer. Natürlich.

Er ist nicht hier, Fallon, dachte ich. *Er war nie hier. Arviragus ist tot.*

Das wusste ich. Trotzdem fühlte es sich an, als würde ich ihn zurücklassen. Schon wieder.

Fest zog ich meinen Umhang um mich, um mir – meinem Geist und meinem Körper – Halt zu geben und stolperte hinter Aeddan aus Tartaros heraus. Draußen im Hof streckte er einen Arm aus und hielt mich zurück, um einen prüfenden Blick um die Ecke zu werfen.

»Und um auf deine Frage zu antworten, wie ich dich gefunden habe«, fuhr Aeddan leise flüsternd fort, »Morrigan hat mir den Weg gezeigt.«

Er nickte zu der winzigen halbmondförmigen Öffnung am Fuße der Steinmauer, an die wir uns drückten. Mein Zellenfenster. Und dort im Unkraut hockte Furie und machte kurzen Prozess mit dem unglücklichen Nagetier, das sie gefangen hatte. Als sie bemerkte, dass wir sie anstarrten, stieß sie einen heiseren, kurzen Krächzer aus und flatterte in einen nahe gelegenen Baum.

»Ich hätte die Suche fast aufgegeben, da flatterte diese Krähe durch das Gitter«, sagte er. »Sie erregte meine Aufmerksamkeit, und dann hörte ich *dich* im Inneren dieses Baus fluchen. Ich versuchte mein Glück mit dem Schlüsselbund und … Fallon?« Er schüttelte mich an den Schultern. »Fallon … geht es dir gut? Es ist nur ein Vogel. Das mit Morrigan war nur ein Scherz.«

»Ich weiß.« Ich wusste, dass er gescherzt hatte. Aber Furie *hatte* mich gerettet. Morrigan hatte meine Gebete gehört und mir diese Chance gegeben. Jetzt lag es an mir, das Beste daraus zu machen und zu beweisen, dass sie mit ihrem Glauben an mich nicht falschlag. »Ich weiß …«

Besorgt runzelte Aeddan die Stirn, dann schüttelte er den Kopf. »Gehen wir.«

Die Luft war kühl und feucht und der beißende Geruch von verkohltem Holz stieg mir in die Nase, als wir an den geschwärzten Stümpfen der hölzernen Stützpfeiler vorbeiliefen, die als Einziges von den Ställen übrig geblieben waren. Die Streitwagenpferde des Ludus waren alle in einer Reihe draußen im Hof angepflockt, und eines hob den Kopf und wieherte leise, als es uns sah. Wir erstarrten bei dem Geräusch, aber abgesehen von den Pferden lag der Stallhof verlassen da.

Aeddan packte mich am Handgelenk und zog mich stolpernd hinter sich her. Wir durchquerten den Hof mit dem Misthaufen und liefen einen Dienstbotengang entlang in Richtung des Tores, das zum See Sabatinus hinausführte. Alle Gebäude lagen dunkel da, die Kasernen zu unserer Linken eingeschlossen. Ich zerrte an

Aeddan, damit er stehen blieb, und befreite mich erneut aus seinem Griff.

Finster sah er mich an und stellte dann mit einem Blick sicher, dass wir immer noch alleine und unentdeckt waren. »Was?«

»Ich gehe nicht ohne die anderen.«

»Fallon ...«

»Ich gehe *nicht* ohne die anderen.«

Aeddan kannte mich gut genug, um zu wissen, dass eine Diskussion mit mir absolut zwecklos war. Entweder er half mir dabei, meine Kameradinnen zu befreien, oder er schlug Alarm, um mich wieder in Tartaros werfen zu lassen.

»Wo sind sie alle?«, fragte ich. »Wie ist die gegenwärtige Lage?«

»Dem Hauspersonal des Ludus hat man gestattet, seine Quartiere aufzusuchen«, sagte er. »Aquila hält sie für keine Bedrohung. Aber deine Freundinnen und diese zwei Legionäre werden alle zusammen im Krankentrakt festgehalten. Unter Bewachung. Aquila ist in die Hauptstadt zurückgekehrt und hat Nyx und dieser Bestie Ixion das Kommando übertragen und ihnen eine Handvoll Wächter dagelassen. Aber die sind dünn gesät, weil sie gleichzeitig die Gladiatorinnen aus dem Ludus Amazona und dem Ludus Achillea bewachen müssen.

Ich nickte und versuchte einen klaren Gedanken durch den Schmerz hindurch zu fassen, der mir immer noch den Verstand vernebelte. Ich sah bildlich vor mir, wie Nyx sich häuslich in den privaten Gemächern der

Lanista eingerichtet hatte, Speisen und Wein verschlang und sich zur Herrin über das Ludus-Personal aufschwang. Wahrscheinlich musste ich mir nicht allzu viele Gedanken um sie machen.

»Was weißt du noch?«, fragte ich Aeddan.

Kurz zögerte Aeddan mit regloser Mine. Dann sagte er: »Der Tribun ist nach Rom zurückgekehrt, um eine sehr verschwenderische und sehr private *Munera* zu organisieren, die hier im Ludus stattfinden soll.«

»So wie in der Nacht im Domus Corvinus?«

Aeddan nickte. »Nur dass sie diesmal nicht zwei Gladiatoren auf Leben und Tod gegeneinander antreten lassen, sondern ihre Kämpfer aus einem ganzen Haufen talentierter junger Gladiatorinnen auswählen können. Beim nächsten Neumond – wenn die Götter ihr heiliges Licht von der Welt abwenden – wird Pontius Aquila mit all seinen reichen, verdorbenen Freunden hierher zurückkehren und ...«

»Und die Söhne von Dis werden sich in dem Blut baden, das im Sand des Ludus Achillea vergossen wird.« Bei dem Gedanken wurde mein Mund trocken.

Aeddan nickt mit finsterer Miene.

Ohne ein weiteres Wort machte ich eine scharfe Kehrtwende und lief in Richtung Kaserne. Aeddan versuchte, mich aufzuhalten, aber ich schüttelte ihn ab und lief weiter. Er musste fast rennen, um mit mir Schritt zu halten.

»Fallon!«, flüsterte er. »Ich habe es dir bereits *gesagt* ... die anderen Mädchen sind nicht in ihren Zellen.«

»Ich weiß«, sagte ich. »Ich brauche meine Sachen. Ich

gehe nicht ohne die anderen *und* ich gehe nicht ohne meine Schwerter.«

Die Kaserne war verlassen. Während Aeddan an der Tür zu meiner Zelle Wache hielt, zog ich eine saubere Tunika über meine zerrissene und blutdurchtränkte, und gürtete sie lose. Keiner brauchte zu wissen, dass ich verwundet war. Nicht, bis wir alle den Ludus weit hinter uns gelassen hatten und Zeit für solche Dinge war. Dann schlüpfte ich in meine Stiefel und versuchte nicht zu stöhnen, als ich mich nach vorn beugte, um die Bänder an meinen Waden zu schnüren. Schließlich befestigte ich den Umhang wieder um meinen Hals.

Ich stopfte meine Schwerter, einen Dolch und einen Satz Werkzeug in meine Reisetasche. Ich besaß ein paar Dinge, die mir lieb und teuer waren, aber als ich hoch zum Fenstersims schaute, auf dem meine Eidlampe stand, zögerte ich. Ich nahm die Lampe und stellte sie mitten auf mein ordentlich gemachtes Bett.

Eine Botschaft an Nyx. Und ein Versprechen.

Ich komme zurück.

Ich wusste, dass sie sie finden würde. Sie würde sie finden und sie würde verstehen.

Ich sah mich ein letztes Mal in dem winzigen Raum um, der zu meiner Welt geworden war, und versuchte, mir jedes Detail einzuprägen. Ich schwor mir, dass das Bild dieses Ortes in meiner Erinnerung nicht verblassen würde. Das würde ich nicht zulassen. Ich würde zurückkehren, bevor das geschehen konnte.

Das schwor ich bei meiner Seele und meinen Schwertern.

VII

Ich weiß nicht, ob ich es bei Tageslicht über mich gebracht hätte. In der Arena gegen Gegner anzutreten, die einen kommen sahen, die sich verteidigen konnten, war eine Sache.

Einem Mann von hinten die Kehle zu durchtrennen eine andere.

Doch als Ixions schwerer Leichnam von mir wegsackte, ermahnte ich mich, dass ich diejenige wäre, die jetzt dort läge und auf dem staubigen Boden verblutete, wenn er mich hätte kommen sehen. Ich wusste nicht, ob die Fähigkeit dieses Mannes zu bedenkenloser Grausamkeit solch ein Ende rechtfertigte. Ich wusste nur, dass in diesem Augenblick nichts anderes zählte, als Elka und die anderen Mädchen zu befreien. Und wenn der Preis für diese Freiheit Ixions Leben war, dann nahm ich gerne die Last der Schuld, ihn herbeigeführt zu haben, auf mich. Auch wenn meine Hände zitterten, als ich meine Klinge an der Tunika des toten Mannes abwischte.

»Fallon?« Stirnrunzelnd sah Aeddan mich durch die Dunkelheit hindurch an und machte einen Schritt über den Leichnam des Wächters hinweg, den er beseitigt hatte. »Was ist los?«

»Nichts«, log ich. »Ich bin nur nicht daran gewöhnt, zu morden, das ist alles.«

»Du bist blass und du schwitzt.« Er packte mich am Arm und drehte mich zu sich herum. »Bist du verletzt?«

»Nein.« Ich entriss ihm mein Handgelenk und hielt ihm meine Schwertspitze dicht unter die Nase. »Mir geht es gut«, sagte ich. »Und solltest du auch nur den Versuch unternehmen, den anderen gegenüber etwas anderes anzudeuten, dann werde ich die Kraft in mir finden, mich an *Mord* zu gewöhnen.«

Er blinzelte mich an, runzelte die Stirn, trat aber einen Schritt zurück.

Wir schleiften die Leichen außer Sichtweite und gingen zum Krankentrakt. Der lange, von Fackeln beschienene Raum fühlte sich an wie das Innere eines Hornissennestes, das ein ziemlich großer Narr mit Steinen beworfen hatte. In der Luft lag summend ein ungeheurer Trotz und vibrierte auf meiner Haut. Meine Luduskameradinnen waren in kleinen, eng beieinanderstehenden Grüppchen versammelt, und ich nutzte den Moment, bevor sie mich entdeckten, um mich mit stolz geschwellter Brust umzublicken.

Sie waren wütend. Nicht ängstlich.

Und sie hatten sich eindeutig nicht ohne Tumult in

ihren provisorischen Kerker bringen lassen, nachdem man mich nach Tartaros weggezerrt hatte. Elka zierte ein schlimmes Veilchen, und auf Gratias Tunika waren vorne rostrote Blutflecken, die nach ihren *zwei* Veilchen zu urteilen, das Ergebnis einer gebrochenen Nase waren. Andere trugen eine ganze Reihe von Verbänden und weiter hinten auf einer Liege entdeckte ich die Gestalt von einem der Mädchen, das auf der Seite lag und mit einem blutbefleckten Laken zugedeckt war.

Ich spürte, wie meine Knöchel knackten, als ich meine Hände zu Fäusten ballte.

Am anderen Ende des Raums hatte man Cai und Quintus – Männer und Soldaten und daher vermutlich die einzige *echte* Bedrohung – in Ketten gelegt und an einen Steinpfosten gebunden.

Ich verstand, warum sie den Krankentrakt ausgewählt hatten, um die Mädchen zusammenzutreiben. In der Kaserne gab es Dutzende von Zellen, aber mehrere Eingänge und keine Schlösser an den Türen. Hier gab es nur eine Tür, und die Fenster lagen hoch und waren zu klein, um hindurchzuklettern. Und es gab ausreichend Betten, plus Heron, den Arzt, um alle Verletzungen, die sich die Mädchen zugezogen hatten, zu versorgen. Da war er und zerdrückte vor sich hin murmelnd Kräuter in einem Mörser. Und er war der Erste, der mich bemerkte, als ich tiefer in den Raum trat.

»Fallon!«, rief er und stellte den Mörser klappernd ab.

Cais Kopf fuhr hoch, und vor Überraschung klappte ihm die Kinnlade herunter, als sich unsere Blicke für einen kurzen Moment kreuzten. Ich hielt den Schlüsselbund hoch, damit er ihn sehen konnte, rasselte mit den Schlüsseln, und er lächelte sein sanftes Lächeln, das ich lieben gelernt und so sehr vermisst hatte. Aber bevor ich zu ihm und Quintus gehen konnte, um sie zu befreien, hatte Elka schon den Raum durchquert, packte mich bei den Schultern und grinste wild.

»Ich wusste es!«, sagte sie. »Ich wusste, dass du einen Weg finden würdest, da wieder rauszukommen.«

»Hab ich nicht. Zumindest nicht ohne Hilfe …«

Aeddan trat hinter mir hervor und alle erstarrten zu Salzsäulen. Demonstrativ warf ich einen Blick auf seinen Helm mit dem schwarzen Federbusch, den er immer noch trug. Er zuckte zusammen und nahm ihn ab. Er klemmte ihn sich unter den Arm und sagte: »Im Haupthaus ist es immer noch ruhig, aber wir sollten uns beeilen …«

Aeddan verstummte, als er bemerkte, dass Elka ihn anstarrte und das Feuer in ihren Augen sich zu Eis gewandelt hatte. Sie trat einen Schritt vor. »Was tut *er* …«

»Das erkläre ich dir später.« Ich legte ihr eine Hand auf die Schulter, um jeglicher sofortigen Gewaltanwendung vorzubeugen, trotzdem waren Elkas Hände zu Fäusten geballt und blieben es auch. »Jetzt müssen wir uns erst mal überlegen, wie wir hier rauskommen. Wir alle.«

Ich ließ sie und Aeddan stehen, verstrickt in einen lautlosen Machtkampf der Willensstärke, ging hinüber zu Cai und Quint und begrüßte dabei leise die anderen Mädchen. Ich suchte einen Schlüssel aus dem Schlüsselbund heraus, der aussah, als könnte er passen, und drehte ihn im Schloss der Fesseln. Die Ketten sprangen auf und landeten rasselnd in einem Haufen auf dem Boden. Quint nickte mir dankbar zu und Cai griff nach mir und wollte mich umarmen – aber ich legte ihm eine Hand auf die Brust und hielt ihn davon ab. Er nickte und dachte, ich meinte, dass dafür später noch Zeit wäre, aber in Wirklichkeit wollte ich nicht, dass er von meiner Verletzung erfuhr. Gerade konnte ich weder Zuwendung noch Mitleid brauchen, wenn ich stark bleiben und nicht wie ein trockenes Schilfrohr einknicken wollte.

Ich drehte mich wieder zu den anderen um, während sie sich um mich scharten und mich mit Fragen bombardierten.

»Das ist Wahnsinn, Fallon …«

»Wo bist du gewesen?«

»Was geht hier vor? Gab es wirklich einen Aufstand?«

»Warum hat man uns eingesperrt?«

»Ist die Lanista tatsächlich tot?«

Ich hob meine Hände und musste bei der letzten Frage hart gegen den Kloß in meinem Hals anschlucken. »Alles, was ich mit Sicherheit weiß«, sagte ich, »ist, dass Pontius Aquila das Kommando über den Ludus übernommen hat. Und das bedeutet, er hat das Kommando über uns. Falls wir bleiben.«

»*Falls*? Was meinst du mit ›falls‹?« Damya starrte mich mit offenem Mund an. »Wir sind Gefangene!«

Die Mädchen verstummten alle und Cai trat einen Schritt vor.

»Wo sind die Wächter, Fallon?«, fragte er leise.

Kurz blickten wir uns direkt in die Augen. »Indisponiert.«

Ajani nickte entschlossen. »Dann ist das unsere Chance.«

Alle anderen Mädchen murmelten laut ihre Zustimmung.

Fast alle anderen.

Ich warf einen Blick zu der einen ruhigen Ecke im Raum. »Tanis?«

Die anderen Mädchen drehten sich zu der jungen Bogenschützin um, die mit verschränkten Armen und zusammengepressten Lippen an der Mauer lehnte.

»Du kommst doch mit uns?«, fragte Ajani und trat einen Schritt nach vorn, um eine Hand auf die Schulter ihrer Schützenkameradin zu legen. »Oder?«

Tanis schüttelte ihre Hand ab. »Da draußen sind wir nicht sicherer als hier drinnen.«

»Das stimmt nicht«, sagte ich.

»Erst willst du weg von hier und jetzt willst du bleiben«, sagte Gratia und verzog empört ihre Lippen. »Du musst dich schon entscheiden, Gladiole!«

»Es ist egal, was ich will! Was irgendeine von uns will – es war schon immer egal. Kapiert ihr das denn nicht?« Tanis sah Gratia an, als wäre diese schwer von Begriff. »Wir sind nicht frei. Wir waren dumm zu glauben, dass wir das je sein würden. Wen kümmert's schon, wie er den Ludus übernommen hat?«

»Mich kümmert's«, sagte ich. »Er hat meine Schwester umgebracht.«

Die Worte fielen aus meinem Mund wie Steine in einen Brunnen, kalt, dunkel, hallend. Im Raum wurde es für einen Moment still, dann schüttelte Tanis den Kopf.

»Das weißt du nicht«, sagte sie. »Was, wenn er die Wahrheit gesagt hat? Über den versuchten Aufstand? Nicht alle hier sind rein und gut, Fallon. Egal, wie gerne du das glauben möchtest.« Sie warf einen finsteren Blick durch den Raum, ihr gleißender Blick blieb an Meriel und Gratia und ein paar der anderen Mädchen hängen. »Jede von *uns* könnte ...«

Meriel holte zu einem Schlag aus und im Raum brach ein Tumult aus. Bis Aeddan schließlich nach vorne trat, eindrucksvoll in seiner Rüstung und dem schwarzen Umhang, und sein Schwert zog. »Seid still!«, fauchte er. »Ihr alle.«

»Aeddan!« Ich drückte mich durch das Gewirr der Mädchen zu ihm durch. »Nimm das Schwert runter, sonst wird noch jemand verletzt!«

Dieser jemand wäre wahrscheinlich er. Die Mädchen um ihn herum waren vielleicht nicht bewaffnet, aber sie zogen ihre Stärke aus ihrer schieren Überzahl. Ich wünschte nur, Tanis könnte das sehen.

Mit einem Wutschnauben rammte Aeddan sein Schwert zurück in seine Scheide. »Wenn ihr hierbleibt, werdet ihr sterben«, sagte er.

»Es ist ein Ludus.« Tanis hielt an ihrem düsteren Argument fest. »Zu sterben ist der Sinn der Sache, oder?«

»Nein«, sagte ich. »Zu kämpfen ist der Sinn der Sache. Zumindest *war* er das. Pontius Aquila ist anders.«

Aber einige der jüngeren Mädchen runzelten bereits die Stirn und traten unruhig von einem Fuß auf den anderen. Ich konnte es ihnen nicht verübeln. Alles, was sie wussten – wirklich über die Situation wussten – war, dass der Lanista etwas zugestoßen war und der Ludusbesitzer einer konkurrierenden Schule die Leitung übernommen hatte. Nyx war zu ihm gewechselt, um für ihn zu kämpfen, und Nyx war eine von uns gewesen. Wie schlimm konnte es also sein? Da begriff ich, dass ich als Einzige der Achillea-Gladiatorinnen den Ernst der Lage wirklich verstand. Cai und Aeddan wussten davon, aber ich hatte nie einem der anderen Mädchen von dem Horror erzählt, den ich im Domus Corvinus erlebt hatte. Nicht einmal Elka hatte ich davon erzählt. Ich hatte diesen Augenblick nicht noch einmal durchleben wollen.

»Fallon hat recht«, sagte Cai und trat vor. »Und er auch.« Er nickte zu Aeddan. »Pontius Aquila ist ein respektierter Bürger. Er ist Volkstribun und ein einflussreicher Politiker. Außerdem ist er wahnsinnig und gefährlich. Und absolut skrupellos.«

Da wurde selbst Tanis still.

»Die Spiele in der Arena sind für ihn nicht nur Sport«, sagte ich, und meine Stimme klang rau in der plötzlichen Stille. »Sie sind … Rituale. Kranke Blutrituale. Er gehört zu einem Geheimbund von Männern, die private Munera veranstalten, wo die Kämpfer nichts weiter als Opfergaben für einen dunklen Gott sind, den sie Dis nennen.«

Als ich aufsah, fixierte Elka mich. »Woher weißt du das?«

Alle starrten mich mit großen Augen und skeptischem Blick an und warteten auf irgendeine Art von Erklärung, warum Aeddan uns allen den Tod vorhersagte. Ich holte tief Luft und erzählte ihnen alles, was ich erlebt hatte, nachdem Nyx Elka und mich mit dem Versprechen einer Nacht voller harmlosem – wenn auch verbotenem – Spaß zum Domus Corvinus gelockt hatte. Das Ganze hatte sich als das ziemliche Gegenteil davon entpuppt. »Verboten« war in Wirklichkeit eher »kriminell« und der »Spaß« stellte sich als grauenhafter »Albtraum« heraus.

Ich erzählte ihnen, was ich in dieser Nacht in den Katakomben des palastartigen Hauses mit eigenen Augen gesehen hatte, während der Rest der Festgäste noch in dem Nervenkitzel eines Gladiatorenduells schwelgte, das sich als erregend tödlich entpuppt hatte, und weiterfeierte. Die Gäste wussten nicht, dass man den Verlierer des Kampfes fortbrachte und auf eine Marmorplatte legte, wie auf einen Opferaltar für einen dunklen Gott. Sie wussten nicht, dass seine Brust aufgebrochen wurde wie ein Braten am Spieß und dass sein immer noch warmes Herz herausgerissen und auf einer goldenen Waage gewogen wurde. Und vor allem wussten sie nicht, dass es danach von maskierten Männern verspeist wurde, die sich die Söhne von Dis nannten. Aufgegessen in einem blutigen grauenerregenden Ritual. Aber ich wusste es. Ich war Zeugin.

Dis, erfuhr ich später, war die dunkle Inkarnation des römischen Gottes Saturn – dem Herrscher der Unterwelt, eine unbarmherzige Gottheit, die ihren Anhängern Stärke und Macht zuteilwerden, sich aber nur mit Blut beschwichtigen ließ. Während ich meinen Freundinnen die Geschichte erzählte, stand Aeddan mit blassem Gesicht und zusammengepresstem Kiefer neben mir und nickte bestätigend zu allem, was ich sagte.

»Sie haben das Herz des Mannes, den du getötet hast … *gegessen?*«, fragte Tanis, und ihre Hand kroch zu ihrem eigenen Brustbein.

Aeddan nickte.

Heron strich sich mit der Hand über den Bart und betrachtete Aeddan mit wissenschaftlicher Neugier. »Und doch hast du weiter für Aquila gekämpft«, sagte er.

Aeddan erwiderte den Blick des Arztes, ohne mit der Wimper zu zucken. »Im Ludus Saturnus. Ja, das habe ich. Bis er mich zu einem Mitglied seiner Eliteeinheit von Wächtern gemacht hat.«

Heron nickte und sagte nichts weiter. Die Mädchen starrten Aeddan mit einem unterschiedlichen Grad von Skepsis, Neugier und Abscheu an. Ich hatte meine eigene Vermutung, warum Aeddan in der Nähe von Aquila geblieben war. Er war kein Sklave. Auch wenn er in unserer Heimat nicht mehr willkommen war, hätte er jederzeit gehen können. Aber wenn er das getan hätte, wäre er jetzt nicht im Ludus Achillea. Und ich wäre immer noch in Tartaros eingesperrt.

Ich wandte mich von ihm ab und entdeckte, dass Elka mich anstarrte.

»Ich hatte keine Ahnung«, sagte sie. »In dieser Nacht … nachdem ich dich aus den Augen verloren hatte. Das ist …« Sie verstummte, war unfähig in Worte zu fassen, was sie dachte.

»Böse«, vollendete Neferet ihren Satz. »Was sie getan haben, war böse. In Ägypten schneidet uns nach dem

Tod Anubis, der Gott der Toten, das Herz heraus und wiegt es gegen Ma'at auf, die Feder der Wahrheit.«

Meine Hand zuckte zu der Wunde an meinem Unterarm – wo Aquila mich mit *seiner* Feder geritzt hatte – und ein Schreckensschauder durchfuhr mich von Kopf bis Fuß.

»Aber Anubis ist ein Gott«, fuhr Neferet fort. »Und nur einem Gott steht dieses Privileg zu.«

»Aquila hält sich für einen«, sagte Aeddan. »Er glaubt, dass das Herz eines Kriegers ihm Stärke verleiht. Macht.«

Ajani trat vor. »Die Herzen *dieser* Kriegerinnen«, sie deutete mit der Hand auf die versammelten Mädchen, »werden ihm *keine* Macht verleihen. Von uns bekommt er nichts weiter als Schmerz.«

Ich glaube, als ich Aeddan gesagt hatte, dass ich nicht ohne die andern gehen würde, war mir bewusst gewesen, dass es unwahrscheinlich war, dass wir *alle* entkommen würden. Die Amazona-Mädchen und ihre Wächter waren uns zahlenmäßig weit überlegen, und wenn uns nicht alles Glück der Welt hold und jeder wohlwollende Gott, dem unsere Notlage ins Auge fiel, mit uns war, würden einige von uns den Ludus heute Nacht bestimmt nicht verlassen.

»Möge das Schicksal dir beistehen, Fallon«, sagte Heron und zog mich beiseite, nachdem wir uns alle darauf geeinigt hatten, unser Glück außerhalb der Ludusmauern zu versuchen. »Aber ich kann nicht mit euch kommen.«

»Was?«, fragte ich. »Warum?«

Er führte mich zu der Gestalt auf der Liege und hob das Laken an. Darunter lag Lydia auf ihrer linken Seite, Blut sickerte durch die Verbände auf ihren Schultern, die Heron aufgelegt hatte. Sie stöhnte leise und ihre Augenlider flatterten, aber sonst regte sie sich nicht. Die Haut auf der rechten Seite in ihrem Gesicht, wo Nyx' Peitsche sie getroffen hatte, war bis zum Knochen aufgeplatzt. Heron hatte bewundernswerte Arbeit geleistet und sie mit sauberen, kleinen Stichen wieder zusammengenäht, aber Lydia würde für den Rest ihres Lebens eine schlimme Narbe davontragen. Die Liege unter ihr war blutbefleckt von ihren Wunden.

Wider Willen spürte ich einen Anflug von Mitleid. Ich unterdrückte es, so gut ich konnte.

»Wie du siehst, wird Lydia nirgendwohin gehen«, sagte Heron. »Zumindest nicht in nächster Zeit.«

»Dann lass sie zurück«, sagte ich.

»Fallon«, rügte er mich sanft. »Du weißt, dass ich das nicht kann. Ich habe einen Eid geschworen, mich um die Mädchen dieses Ludus zu kümmern. Selbst um die, die es vielleicht nicht voll und ganz verdient haben. Abgesehen von den Fleischwunden, ist ihr Wangenknochen gebrochen. Ohne den Mohntrank, den ich ihr verabreicht habe, wäre der Schmerz unerträglich. Wenn ich sie nicht wenigstens in den nächsten Tagen betäubt halte, würden ihre Schmerzensschreie sie um den Verstand bringen.«

»Was, wenn ich dich … wenn *wir* dich brauchen?«, fragte ich.

Meine eigene Wunde – die von Nyx' Klinge – hatte angefangen, unter meinem Umhang zu pochen, und ich ballte die Fäuste, um mich davon abzuhalten, eine Hand auf meine Seite zu pressen. Wenn Heron von meiner Verletzung wüsste, würde er – zu meinem eigenen Besten – alles dafür tun, um mich auf seiner Krankenstation zu behalten. Selbst wenn er dafür Aquilas Wachen hätte alarmieren müssen.

»Das kann ich machen«, sagte Neferet. »Ich kann mich um uns kümmern.«

Ich sah von einem zum anderen. Heron runzelte die Stirn und war eindeutig hin- und hergerissen. Aber dann nickte er und lief geschwind zu einem großen Wandschrank. Er nahm eine vollbepackte Ledertasche aus einem Regal und reichte sie Neferet. »Ich bete, dass du sie nicht brauchen wirst«, sagte er. »Aber falls doch, solltest du für die meisten Verletzungen oder Krankheiten etwas darin finden.«

Neferet nahm die Tasche feierlich entgegen, als wäre sie mit wertvollen Schätzen gefüllt. Sie schlang sich den Gurt um die Schulter und umarmte Heron rasch und spontan. Der sonst mürrische Gesichtsausdruck des Arztes bröckelte leicht, während er seine Augen zukniff und die Umarmung erwiderte.

»Geh«, sagte er und schob seine Schülerin eine Armlänge von sich weg. »Denk daran, was ich dir beigebracht habe: In der Medizin ist das *hier* – er tippte ihr knapp über dem Herzen auf die Brust – manchmal ein weiserer Arzt als das *hier*.« Er tippte ihr gegen die Stirn.

Ohne mit der Wimper zu zucken, nickte sie mit großen dunklen Augen in ihrem schmalen, ernsten Gesicht. »Ich werde mich bemühen, mich deiner Ausbildung als würdig zu erweisen.«

Er schnaubte. »Ich wäre froh, wenn du einfach danach streben würdest, deine Kameradinnen nicht eitern zu lassen, wenn sie verwundet sind. Denn so sicher, wie die Sonne am Morgenhimmel aufsteigt, so sicher werden sie verwundet werden.« Mit hochgezogenen Augenbrauen sah er mich an.

Ich zog den Kopf ein und wandte mich ab. Natürlich hatte er keine Ahnung, dass ich Neferets Dienste – sobald wir in Sicherheit waren – bereits brauchte, aber er wusste, dass ich die anderen in Gefahr brachte. Und sollte einer von ihnen etwas zustoßen, dann war es meine Schuld. Und meine Verantwortung.

Am anderen Ende des Raumes planten Cai und Quint unsere Flucht. Aeddan stand mit verschränkten Armen daneben und hörte zu.

»Wenn wir gemeinsam als Gruppe ausbrechen wollen, dann haben wir die beste Chance, wenn wir die Pferde im Hof strategisch nutzen«, sagte Cai gerade, als ich mich ihnen mit Elka im Schlepptau näherte.

Quint nickte. »Wir satteln nur die Kavalleriepferde«, schlug er vor. »Sie sind darauf trainiert in einer Menschenmenge als Schilde und Rammböcke zu dienen. Und die schnellsten Pferde spannen wir vor zwei leichte Fuhrwerke. Mehr geht nicht, sonst verlieren wir den Überblick im Kampfgetümmel am Eingangstor und riskieren, von unseren eigenen Leuten eingekeilt zu werden. Wenn das passiert, reißen sie uns in Stücke.«

»Was ist mit den restlichen Pferden?«, fragte Aeddan. »Wir dürfen Aquila und seinen Schergen keine Möglichkeit lassen, die Verfolgung aufzunehmen.«

Cai zögerte. Elka nicht.

»Wir müssen dafür sorgen, dass die Streitwagenpferde lahmen.« Sie sagte es sachlich und nüchtern, aber ich sah, wie ihre Halsmuskeln arbeiteten, als würde sie diese Worte am liebsten nicht aus ihrem Mund herauslassen.

Diese Idee würde ich nicht mal eine Sekunde lang in Betracht ziehen. »Ich weiß, was du denkst, Elka, aber nein. Keine kaltblütige Warnen-Taktik!« Ich hob eine Hand, um ihre Einwände abzuwehren. »Ich weiß noch, was du mir über deinen Stamm erzählt hast, und darüber, wie ihr nie etwas zurückgelassen habt, wenn ihr weitergezogen seid, was dem Feind von Nutzen sein könnte, und ich weiß auch noch, dass ich gedacht habe, ja, das macht einen gewissen Sinn. Aber wir ziehen *nicht* weiter. Und diese Pferde gehören genauso an diesen Ort wie wir.«

Elka sah mich mit hochgezogenen hellen Augenbrauen an. »Du meinst diesen Ort hier, den wir aufgeben?«

»Wir geben den Ludus *nicht* auf«, sagte ich mit Nachdruck und begriff erst jetzt, was ich eben gesagt hatte. »Es ist … Cai? Was ist es?«

»Ein taktischer Rückzug.«

»Genau!«, nickte ich. »Es ist ein taktischer Rückzug.«

Elkas Gesichtsausdruck verriet Skepsis, aber sie hob die Hände und diskutierte nicht weiter mit mir. Erneut sah ich zu Cai und Quint, in der Hoffnung, dass ihnen eine andere Lösung eingefallen war. Cai dachte einen Moment lang nach und nickte dann.

»Wir durchtrennen die Sattelgurte und das Zaumzeug. Das sollte sie zumindest für eine Weile aufhalten.« Cai warf einen Blick zu Aeddan. »Außer du glaubst, dass einer dieser Galgenvögel tatsächlich ohne Sattel reiten kann.«

Aeddan schüttelte den Kopf. »So wie ich Aquilas Männer bisher erlebt habe, wäre ich sehr überrascht, wenn einer von ihnen überhaupt *mit* Sattel reiten könnte.«

»Dann wäre dieses Problem ja erledigt«, sagte Cai.

»Was ist mit den Streitwagenpferden?«, fragte ich. »Was ist mit Nyx? Sie ist die beste Fahrerin, die wir je hatten.«

»Zerstört die Speichen an allen Streitwagen«, schlug Quint vor. »Man kann sie zwar reparieren, aber das kostet Zeit und Mühe. Wir brauchen nur einen ordentlichen Vorsprung.«

Cai nickte. »Einverstanden.«

Auch Elka erklärte sich mit dieser Lösung einverstanden und war in Gedanken schon bei einem ganz anderen Problem. »Wir können unsere eigenen Waffen nicht aus der Kaserne holen«, sagte sie. »Es ist zu gefährlich, die Anlage einmal zu durchqueren.«

Sie hatte recht. Lautlos dankte ich Morrigan, dass ich in weiser Voraussicht meine eigenen Schwerter bereits geholt hatte. »Wenn wir es bis zum Waffenschuppen schaffen würden, dann könnten wir uns wenigstens ein wenig Ausrüstung von dort holen«, sagte ich, »aber es gibt keine Garantie, dass wir überhaupt so weit kommen, ohne entdeckt zu werden. Solange sollten du und der Rest der Mädchen euch mit allem bewaffnen, was euch brauchbar erscheint.«

Suchend blickte Elka sich in Herons Arbeitsbereich um, und ich sah, wie ihre Augen aufleuchteten. Sie ging hinüber zu einem Schrank und pflückte sich eine Knochensäge mit gemeingefährlichen Zähnen vom Haken. Sie wog sie abschätzend in der Hand und nickte zufrieden. Ich hörte Quint seufzen und drehte mich zu ihm um. Voller Hingabe starrte er Elka an.

Schnell taten es ihr die anderen Mädchen gleich und schnappten sich alles aus den Regalen oder von Haken, womit man zustechen, schneiden oder prügeln konnte. Damya brach mit bloßen Händen einen Holzstuhl entzwei und verteilte die Beine als Knüppel. Ajani sammelte Herons Skalpelle ein und steckte sie durch einen Streifen Verbandsstoff, den sie sich um den Oberkörper geschlungen hatte, sodass sie leicht an die Klingen herankam. Gratia schulterte einen schweren bronzenen Lampenständer und Meriel umklammerte ein Paar spitze metallene Operationsbestecke in beiden Händen. Ich hatte keine Ahnung, wozu sie gut waren, war mir aber ziemlich sicher, dass Meriel sie sinnvoll einsetzen würde. Sogar Tanis hatte eine Waffe für sich gefunden – einen Leichenhaken.

Dazu sagte ich nichts. Anscheinend hatte die Aussicht, dass man ihr das Herz aus dem Leib reißen und verschlingen würde, eine bisher brachliegende Ader des Mutes in der jungen Bogenschützin freigelegt. Jedenfalls schien sie entschlossen, sich uns anzuschließen.

Mit ihren behelfsmäßigen Waffen stellten sich die Achillea-Gladiatorinnen in einem lockeren Kreis um mich herum auf, verwundet und angeschlagen. Aber auch ruhig, fähig und sehr, *sehr* zornig. Pontius Aquila, dachte ich, unterlag einem gewaltigen Irrtum. Er glaubte, *ich* hätte Kampfgeist?

Ich war eine von vielen.

Eine aus einer tapferen Schwesternschaft.

»Antonia?«, sagte ich und warf einen Blick dorthin, wo sie sich vom Rest von uns zurückgezogen hatte. Sie sah plötzlich aus, als wäre sie den Tränen nahe. »Was ist los?«

»*Meine* Waffe ...« Sie deutete auf ihren Armstumpf, der in einem einfachen Lederfutteral steckte, den sie außerhalb der Übungsarena trug. »Sie ist in der Truhe in meinem Zimmer, und wie du schon gesagt hast, können wir nicht riskieren zurück zur Kaserne zu gehen. Aber ohne sie bin ich nutzlos. Der Rest von euch kann sich anders behelfen, aber ich nicht. Ich kann nicht ohne meine eigene Klinge kämpfen und ich werde nur hinderlich für euch sein. Genauso gut könnt ihr mich zurücklassen.« Sie zuckte mit dem Kopf zu Lydia, die bewusstlos auf dem Bett lag.

Antonia tat mir – wegen ihrer bitteren Enttäuschung in diesem Augenblick – furchtbar leid, doch Neferet schüttelte den Kopf und seufzte übertrieben.

»Was?« Antonia warf ihr einen bösen Blick zu.

»Na ja ...« Neferet tauschte einen Blick mit Heron. »Eigentlich *wollte* ich es ja als Überraschung für einen besonderen Anlass aufheben.«

Verwirrt runzelte Antonia die Stirn.

»Aber wo du solch ein Theater machst …«

Neferet ging hinüber zu Herons Arbeitsplatte und kniete vor einem Korb voller ordentlich zusammengefalteter Leinentücher nieder. Trotz des Ernstes unserer Lage sah ich, wie der Hauch eines Lächelns um Herons Mundwinkel spielte.

Ich warf einen Blick zu Elka, aber die zuckte nur mit den Schultern.

Neferet hob den Stoffhaufen hoch und holte etwas darunter hervor, das aussah wie eine Kreuzung zwischen einem Beinschienenpanzer und einem der Furcht einflößenderen medizinischen Geräte von Heron, die mit einem Geflecht aus Lederriemen und Schnallen über Kreuz gebunden waren. Das Leder war weich und poliert, bis es satt glänzte, und auch alle Metallteile erstrahlten in frischem Glanz.

»Ich habe ihr gerade den letzten Schliff gegeben«, sagte Neferet, und hielt es Antonia entgegen. »Hier. Probier sie an.«

Seit dem Tag, an dem Antonia beschlossen hatte, dass ihre Verletzung sie nicht von der Arena fernhalten würde, hatte sie mit verschiedenen Apparaturen herumexperimentiert – mit unterschiedlichen Arten von Ausstattung, sodass ihr Armstumpf als Waffe dienen könnte. Sie hatte eine Reihe von Änderungen an der Konstruktion vorgenommen und jedes Mal mehr Kontrolle und Beweglichkeit erreicht. Und Neferet hatte eindeutig aufgepasst, was funktioniert hatte und was nicht.

Antonia ließ ihren Arm in eine Lederschiene gleiten.

Sie endete in einer halbmondförmigen Klinge, die aussah, als könnte sie mit Leichtigkeit auch durch den härtesten Lederstiefel schneiden. Neferet schnallte die Riemen fest und trat einen Schritt zurück. Mit einem breiten Grinsen im Gesicht verfolgte sie Antonias erste zögerliche Hiebe durch die Luft.

»Pass bloß damit auf«, sagte Heron. »Sie ist scharf.« Eine Untertreibung.

Antonia sah ihn mit hochgezogener Augenbraue an und grinste gefährlich. Dann wirbelte sie einmal komplett um ihre eigene Achse und ließ die gekrümmte Klinge in einer Abfolge von komplizierten Angriffsmustern, die in einem Überkopfbogen gipfelten, durch die Luft tanzen. Die Klinge pfiff, als sie ihren Waffenarm hoch über den Kopf riss und nach unten sausen ließ, sodass die gemeingefährliche Klingenspitze sich daumentief in die Holzoberfläche der Arbeitsplatte bohrte.

Leicht keuchend strich sie sich die Haare aus dem Gesicht und zog die Klinge wieder heraus. Mit einem Leuchten in den Augen drehte sie sich zu Neferet um und sagte: »Sie ist perfekt.«

Antonia streckte ihr die Hand entgegen und Neferet schüttelte sie. »Dann ist sie gerade gut genug für dich.«

Dafür, dachte ich. Dafür hatten wir gerade anfangen wollen zu kämpfen. Für unsere Leben, für unser Glück. Füreinander. Sorcha hatte für uns davon geträumt – und jetzt lag es an uns, einen Weg zu finden, diesen Traum am Leben zu erhalten.

»Wie spät in der Nacht ist es?«, fragte ich Heron.

Der Arzt sah auf das Gerät, das er eine *Klepsydra* nannte – eine griechische Apparatur, die mit Wasser Zeit maß – und sagte: »Die Sonne wird in vier Stunden aufgehen.«

Ich nickte. »Dann sollten wir in zwei bereit zum Abmarsch sein.«

Cai und Quint spannten eine Handvoll der Mädchen ein und führten sie mit aller gebotenen Vorsicht zu den Nebengebäuden, in denen die Streitwagen und Fuhrwerke untergebracht waren. Dort machten sie sich an die Arbeit und zerschlugen jede Speiche an jedem Wagenrad, das sie finden konnten. Gleichzeitig hasteten Elka und ich, zusammen mit Meriel und Damya, zum Sattelschuppen, wo wir alle Sattelgurte, Zügel und Zaumzeuge zerschnitten, die an den Haken an der Wand hingen. Dann, als wir damit fertig waren, liefen wir hinaus in den Hof, wo die Dunkelheit uns immer noch dabei half, unseren kleinen Aufstand geheim zu halten.

Die Pferde, die draußen im Hof angepflockt waren, waren unruhig. Sie waren es nicht gewohnt, die Nacht nicht in ihrem Stall zu verbringen, aber Ajanis sanfte Hände und ihr beruhigendes Flüstern ließen sie so weit zur Ruhe kommen, dass wir die zwei schnellsten Paare vor die Karren schirren konnten, während Cai und Quint ihre Kavalleriepferde sattelten. Meine Finger fummelten ungelenk an den Schnallen der Gurte herum, meine Handflächen schweißnass, und ich rechnete jeden Moment damit, erwischt zu werden. Immer wieder warf ich nervöse Blicke über meine Schulter, wo Aeddan unter dem Steinbogen stand, der zum Haupthaus führte und nach jeder kleinsten Bewegung Ausschau hielt.

Es gab keine. Und das machte mich noch nervöser.

Ich rief mir ins Gedächtnis, dass Aquila kein Mann der Armee war. Seine Wächter keine Soldaten. Und seine Gladiatorinnen waren es eher gewohnt, bewacht zu werden als zu bewachen. Sie waren Kämpferinnen, keine Strategen. Und da ich – wie man glaubte – sicher verwahrt in Tartaros war und die einzigen beiden »echten« Soldaten auf der Krankenstation in Ketten lagen, rechneten sie ganz bestimmt nicht mit einem Ausbruchversuch. Eine bedrückende Stille lastete schwer auf dem Ludus in den dunklen Stunden vor Sonnenaufgang.

Das würde nicht lange so bleiben.

»Möge die Göttin mit euch sein«, sagte ich, als wir fertig waren und die Mädchen sich versammelt hatten und auf Befehle warteten. »Wenn es losgeht, wird alles sehr schnell gehen. Es wird ein großes Durcheinander geben, und das werden wir brauchen, wenn auch nur eine von uns fliehen will. Wer auch immer entkommt, entkommt. Wer auch immer zurückbleibt … gibt nicht auf. Nicht aufgeben.«

Plötzlich warf Cai einen Blick gen Himmel und sagte: »Regen.«

»Gut«, sagte Quint. »Je mehr Hindernisse, umso besser für uns.«

Das hoffte ich verzweifelt. Die ersten Regentropfen hatten Pockennarben in dem breiten, glatt gerechten Sandweg hinterlassen, der zum Haupttor – und in die Freiheit – führte. Wolken bedeckten das Angesicht des

Mondes und ein Windstoß blies die Nässe unter den Dachvorsprung, unter dem ich stand, und kühlte meine fiebrig heiße Haut ... und ließ mich dann zittern.

Meine Antriebsfeder, die mich hat weitermachen lassen, seit Aeddan mich aus Tartaros befreit hatte, begann nachzulassen. Ich fühlte es. Wenn wir nicht bald handelten, war ich mir nicht sicher, ob ich überhaupt noch in der Lage sein würde zu handeln. Langsam rückten wir aus, das Zaumzeug der Pferde umwickelt mit Streifen von Herons Leinenbandagen, um jegliches Geräusch zu dämpfen, und blieben unter dem breiten Steinbogen stehen, durch den man in den Haupthof gelangte ... zu unserem Weg in die Freiheit.

Mir stockte der Atem, als der Wächter plötzlich seinen Kopf aus dem Wachturm streckte. Wir alle erstarrten, blickten wie gebannt nach oben. Als er die ersten Regentropfen spürte, fluchte der Wächter – ein ferner, schwacher Laut in der Nacht – und trat hinaus auf den Wehrgang, um sich von der Mauer herab zu erleichtern, bevor der Regenschauer zum Platzregen wurde. Als er auf einen Steinblock stieg und seine Tunika lüpfte, gab ich Ajani ein Zeichen. Zwar hatte sie ihren Bogen nicht, aber als sie Herons Skalpellvorrat plünderte, hatte sie sich die Messer herausgesucht, die so ausbalanciert waren, dass sie sich gut werfen ließen.

Es war gemein, einem Mann in solch einem Moment das Leben zu nehmen, aber die Gelegenheit war günstig, und ich würde sie nicht ungenutzt verstreichen lassen. Genauso wenig wie Ajani. Die Klinge schwirrte durch den Regen, drehte sich in der Luft und der Mann stürzte lautlos über die Ludusmauer. Lange standen wir alle reglos wie Statuen da und warteten darauf, dass Alarm geschlagen wurde.

Nichts.

Nur Regen und Dunkelheit.

»Gehen wir«, sagte Cai, nickte Quintus zu und winkte mich vorwärts. Ich sprintete über den Hof zu dem wuchtigen Bolzenriegel, der mit einem großen schweren Schloss gesichert war. An dem Schlüsselbund, den ich bei mir trug, gab es nur einen Schlüssel, der groß genug war, um zu passen, aber meine tauben Finger fummelten ungeschickt daran herum, wollten mir nicht gehorchen, glitschig vom Regen und vom Schweiß. Mein Herz dröhnte mir in den Ohren. Meine Messerwunde brannte wie Feuer und – mit ziemlicher Sicherheit – blutete ich wieder. Außerdem schien das Zeichen, das Aquila mir in den Arm geritzt hatte, zu zischen und zu prickeln, sandte sprühende Funken meinen Arm hoch und runter.

»Mach schon, Fallon«, murmelte ich vor mich hin. »Mach *schon* …«

Und dann hörte ich auf dem Wehrgang über mir das Getrampel von Füßen.

»Felix?«, rief eine Stimme. »Wo bist du?«

Stille, dann Fluchen. Als ich nach oben sah, blickte ich in die Augen eines zweiten Amazona-Wächters, der nach seinem Kameraden hatte sehen wollen. Er hatte den leblosen Körper unter sich auf dem Boden entdeckt und jetzt guckte er direkt auf mich herunter.

Uns blieb keine Zeit mehr.

Ich riss meinen Blick von seinem erstaunten Gesicht

los und machte mich wieder am Torschloss zu schaffen. Der Schlüssel schepperte im Schloss, und ich musste all meine Kraft aufbringen, um ihn umzudrehen. Aber dann sprang der Schließmechanismus auf und das Schloss fiel mit einem dumpfen Poltern zu Boden. Ajani warf noch einmal ein Messer, aber der zweite Wächter hatte sich bereits hinter die Brüstung geduckt und schrie aus Leibeskräften nach Verstärkung. Ich rief nach Cai und Quint, damit sie mir mit dem Bolzen halfen, aber Gratia war als Erstes da, schubste mich beiseite und schaffte es unter Aufbringung all ihrer Kräfte ganz alleine.

Dann waren Cai und Quint zur Stelle und schoben das Tor auf.

»Macht schon!«, blaffte Cai. »Ihr zwei – zurück zu den Karren! Wir haben das hier im Griff …«

Ich drehte mich um und rannte los, aber im Haupthaus brannte bereits Licht. Fackeln flammten auf, flackerten und qualmten im peitschenden Regen, als Aquilas Männer herbeirannten. Und nicht nur seine Männer. Auch die Amazona-Mädchen. Ich entdeckte Nyx, die über den Hof sprintete, ihre schwarzen Haare flatterten lose hinter ihr her. *Diesmal nicht,* dachte ich. Ich würde sie nicht nahe genug an mich heranlassen, damit sie beenden konnte, was sie begonnen hatte.

Ich gab den Achillea-Mädchen ein Zeichen und sie brüllten los, schlugen ihre provisorischen Waffen gegeneinander. Die losgebundenen Pferde bekamen Panik, gingen rückwärts und wieherten – schlugen mit den Hufen aus und schnappten mit den Zähnen, als die

Mädchen sie zu einer Barriere zwischen uns und den anderen zusammentrieben. Bereits nervös durch das Feuer, das ihre Scheune zerstört hatte und ihren Aufenthalt im Freien unter unbekannten Verhältnissen, waren die Tiere extrem schreckhaft, und das nutzten wir zu unserem besten Vorteil. Sobald Cai und Quint auf ihren Kavalleriepferden saßen und sie auf die Amazona-Gladiatorinnen zutrieben – die alle nicht sonderlich begeistert aussahen, bei der Aussicht eine Mauer aus Pferdeleibern zu durchbrechen –, eröffnete sich uns eine Bresche.

Gratia saß an den Zügeln auf einem der zwei Karren und schaffte es irgendwie, die Pferde unter Kontrolle zu halten. Mit angespannten Armmuskeln hielt sie die Zügel kurz und rief den Mädchen, die die anderen Pferde zusammentrieben, zu, dass sie sich beeilen und zum Karren rennen sollten. Ich rannte zu dem anderen und sprintete nach vorne zur ersten Sitzbank, wo ich Elka beim Lenken helfen konnte, falls nötig. Es war derselbe Karren, der mich zum Ludus gebracht hatte – eine Sklavin auf dem Weg zu einem Schicksal, das damals schlimmer ausgesehen hatte als der Tod – und jetzt war er meine Chance auf Rettung.

Ich stellte meinen Fuß auf den Karren, hielt mich seitlich am Geländer fest und hüpfte auf einem Bein neben ihm her, während ich versuchte, mein Gleichgewicht zu finden. Aber die Wagenbewegung zerrte an meinem Arm. Schmerz flammte auf, und ich spürte, wie mich eine Welle der Übelkeit übermannte. Ich versuchte es noch einmal und zuckte zusammen, als mein Blick auf die Ladefläche fiel. Eines der Gesichter, die zu mir sahen, gehörte Leander. Seitdem der Ludus angegriffen worden war, sah ich ihn zum ersten Mal. Er musste die Unruhe gehört und sich aus der Küche geschlichen haben und dann im allgemeinen Chaos auf die Ladefläche des Fuhrwerks gesprungen sein. Leander wollte wohl genauso wenig mit einem Ludus zu tun haben, der Aquila unterstand, wie wir.

Sein Gesicht war kreidebleich vor Angst, aber er streckte eine Hand nach mir aus, während ich an der Wagenseite hing und meine Füße nach Halt suchten.

»Domina!«, sagte er. »Lasst mich Euch helfen …«

Ich versuchte mich festzuhalten, aber seine Finger entglitten mir.

Und dann war plötzlich Nyx da. Packte mich. Mit offenem Mund und hasserfüllten Augen hielt sie mich am Arm fest, warf sich rückwärts und zog mich mit sich nach unten in den Schlamm. Elka hatte nichts mitbekommen – sie musste geglaubt haben, ich wäre sicher im Wagen – und trieb die Pferde mit den Zügeln und Zurufen an. Ich verlor endgültig den Halt. Der Wagen schoss vorwärts und donnerte durch das Haupttor hinaus, während ich stürzte.

Ich landete auf Nyx, und das war meine einzige Rettung. Mein Knie rammte sich direkt unter ihre Rippen und ich hörte, wie die Luft mit einem heftigen Zischen aus ihren Lungen entwich. Sicherheitshalber rammte ich ihr noch mal mein Knie in den Brustkorb, rappelte mich auf und ließ sie dort am Boden und nach Luft ringend liegen.

Da war immer noch ein ganzer Haufen Achillea-Mädchen, die den schwarz gekleideten Wächtern auswichen, während diese sich abmühten, das schwere Tor wieder zu schließen. Tanis, mit ihrem Leichenhaken, war eine von ihnen. Sie schrie meinen Namen, machte einen Schritt auf mich zu und strauchelte mit ihrem Bein, auf dem immer noch das Brandmal von dem Seil aus der Naumachie zu sehen war. Ich setzte mich in ihre Richtung in Bewegung, aber plötzliche stellte sich mir Nyx – mit bebender Brust und zornigem Blick – in den Weg.

Ihre Peitsche knallte durch die Luft und eines der Pferde buckelte und wich zwischen uns zurück.

»Fallon!«, schrie Tanis verzweifelt über den Lärm hinweg. »Hilf mir!«

Das Tor schloss sich. Ich würde es nicht mehr schaffen – egal, ob mit oder ohne Tanis –, doch in diesem Augenblick jagte ein verirrtes Streitwagenpferd mit weit aufgerissenen Augen hinter einem Mauerpfeiler hervor und direkt vor mich. Eine der kleineren Stuten, die zwar vor allem im Training zum Einsatz kam, dafür aber schnell und wendig waren.

»*Fallon*! Lass mich nicht zurück!«

Es war meine letzte Chance.

Lauf!, flüsterte mir Morrigan ins Ohr. *Bleib am Leben! Komm ein andermal zurück, um zu kämpfen!*

Oder sterbe. Mir blieb nichts anderes übrig. Ich sprang aufs Pferd.

»*Fallon!*«

Tränen der Hilflosigkeit brannten auf meinen Wangen, tief bückte ich mich auf den Rücken der kleinen Stute und schlug ihr auf die Schulter. Wie ein Rennpferd im Siegesendspurt raste sie durch die sich schnell schließende Lücke zwischen den eisenbeschlagenen Torflügeln. Ich warf einen Blick über meine Schulter zum Ludus, während wir die Straße hinuntersausten, und sah, dass noch immer ein paar Mädchen auf der falschen Seite des Tores gefangen waren. Zu viele von ihnen.

Das Letzte, was ich sah, war Tanis. Ihr Gesicht blass wie der Mond und ihre weit aufgerissenen Augen dunkel und starr vor Schreck. Sie starrte mir hinterher, als hätte ich sie gerade grausam im Stich gelassen. Und wahrscheinlich hatte ich das. Ich sagte mir, dass ich keine andere Wahl gehabt hatte. Dass es nicht anders ging. Dass ich zurückkommen würde …

Durch den letzten Spalt, bevor das Tor sich schloss, sah ich, wie einer von Aquilas Männern auf sie zukam, und auch Tanis sah ihn. Sie ließ den Leichenhaken fallen und hob beide Hände über den Kopf, zum Zeichen ihrer Ergebung.

Blitze zuckten über den Himmel und der Regen verwandelte sich in eine wahre Sturzflut.

VIII

Ich vergrub mein Gesicht in der Mähne meines Pferdes. Blind klammerte ich mich an die Stute und ließ sie laufen so schnell sie konnte, während alle von uns, die hatten entkommen können, auf der Via Clodia Richtung Süden galoppierten. Blitze peitschten gegen die Unterseite der tief hängenden Wolken und Matsch spritzte in großen Klumpen auf. In der Dunkelheit und dem unerbittlichen Regen waren wir erbarmungslos und schnell unterwegs, hielten nur einmal kurz am Straßenrand, um den Pferden eine Verschnaufpause zu gönnen.

Je weiter wir den Ludus hinter uns ließen, desto besser hätte ich mich eigentlich fühlen sollen. Aber dem war nicht so. Stattdessen hallten mir noch Tanis' Hilferufe in den Ohren. Und die schrecklichen Gedanken, dass Nyx uns auf den Fersen sein oder Aquila uns in Rom erwarten könnte, ließen mich nicht los und drohten mich zu ersticken. Cai versuchte mich zu beruhigen, damit ich mich für einen Moment ausruhte, aber ich konnte nicht. Ich musste in Bewegung bleiben, sonst würde ich zusammenbrechen. Mich zusammenrollen und dem fiebrigen Vergessen anheimgeben. Der Verband über der Wunde unter meiner Tunika war feucht, klebrig und fühlte sich heiß an. Nur die Dunkelheit und mein Umhang verbargen die Tatsache, dass Blut an meiner Seite herablief und sich in meinem Stiefel sammelte. Die Luft kratzte in meiner Lunge und meine Sicht verschwamm, während an den Rändern rote Feuerfunken sprühten.

»Wie viele?«, fragte ich Elka während einer Rast. Mir war schwindlig und schlecht, und ich war nicht in der Lage, die Köpfe selbst zu zählen. Oder vielleicht wollte ich auch einfach nur nicht wissen, wer zurückgeblieben war. »Wie viele von uns sind hier?«

»Zwölf«, antwortete sie. »Dreizehn, wenn du diesen lächerlichen Küchenjungen mitzählst. Plus den Soldaten und deinen finsteren Freund aus Aquilas eigenem Ludus.«

»Das ist alles?«

Sie biss sich auf die Lippe. »Die anderen haben es nicht heraus geschafft.«

»*Hilf mir, Fallon!*«, schrie Tanis' Stimme in meinem Kopf.

Ich kniff die Augen zu und wischte mir den Regen aus dem Gesicht. Dann drehte ich mich um und befahl allen aufzusteigen. Vor unserer Flucht hatte Elka mich gefragt, wohin wir gehen würden, und ich hatte ihr darauf keine Antwort geben können. Rom war vollkommen ausgeschlossen, hatten wir entschieden. Pontius Aquila hatte dort ein Haus, das riesige, weitläufige Domus Corvinus. Er hatte Diener. Freunde. Die Söhne von Dis. Augen und Ohren überall … und selbst in den verwinkelten Gassen und unübersichtlichen Stadtvierteln Roms hätten wir nicht gewusst, wo wir uns hätten verstecken sollen. Im Stadthaus, in dem der Ludus Achillea untergebracht war, wenn wir uns in Rom aufhielten, würde Aquila als Erstes nach uns suchen. Caesars Anwesen auf der anderen Seite des Flusses wäre vielleicht eine Option gewesen, wenn Caesar hier gewesen wäre, aber natürlich befanden sich Caesar und seine Popularen am anderen Ende der Welt und bekriegten sich mit den Optimaten, was seine römischen Mitbürger verärgert hatte – und einer der Gründe war, warum *wir* nun auf der Flucht waren. Charon, der Sklavenhändler, mein Mäzen in der Arena, besaß ein Haus in Rom, aber ich hatte keine Ahnung, wo oder wie ich es finden sollte. Cai auch nicht.

Gemeinsam kamen wir zu dem Ergebnis, dass es wohl das Beste wäre, die Stadt am östlichen Rand Richtung Süden zu umgehen. Wenn wir nur lange genug schneller als die Nachricht über unseren sogenannten »Gladiatorinnen-Aufstand« reisten, um Neapolis oder sogar die Provinz Sicilia zu erreichen, hatten wir vielleicht eine Chance. Es war also beschlossene Sache. Aber das sollte sich ändern, als wir uns den Mauern der Stadt näherten.

Der Regen hatte nachgelassen und feiner Dunst stieg vom Boden auf. In der Ferne konnte ich gerade so die

Silhouette der Sieben Hügel Roms ausmachen, gesprenkelt mit Villen und Tempeln, durchkreuzt von Straßen und offenen Markt- und Versammlungsplätzen. Ein summender menschlicher Bienenstock, der, je mehr wir uns ihm näherten, einem leeren, verwünschten Ort glich, die Fenster um diese Zeit und bei diesem Wetter noch geschlossen und keine Menschenseele auf der Straße.

Keine Seele bis auf eine …

Sie fuhr im Streitwagen eines Stammesfürsten hundert Schritte vor mir.

Der Wind trug eine Stimme zu mir, die klang wie ein Schleifstein auf Rost.

»Fallon …«

Mit zitternder Hand wischte ich mir den Regen aus den Augen.

Er war es. Arviragus.

Ich spähte in die sich lichtende Dunkelheit und konnte gerade so seinen waldgrünen Umhang und sein kastanienbraunes Haar ausmachen, wie sie in einem geisterhaften Wind flatterten, der durch die Fahrt in seinem Streitwagen hervorgerufen wurde. Er drehte sich nicht mal kurz nach mir um, aber ich wusste, warum er hier war.

Um uns zu einem sicheren Zufluchtsort zu führen …

Morrigan hatte seinen Schatten aus dem Land der Seligen Toten zurückgesandt, um mich und meine Freunde zu geleiten. Und ich würde ihm folgen. Als der Streitwagen kurz vor den Stadttoren an Fahrt aufnahm und drohte davonzufahren, krampfte ich mit benommenen Sinnen und vernebelter Sicht meine Hände fest in die Mähne meines Pferdes, um nicht herunterzufallen, und trieb es von Trab zu Galopp an.

Hinter mir hörte ich, wie Cai verzweifelt meinen Namen schrie und mich fragte, wo zum Hades ich hinwollte, als mein Pferd die anderen hinter sich ließ. Ich musste lachen. Denn wenn Arviragus in seinem Streitwagen mich *dorthin* führte … wenn Hades unser Ziel war … dann bei den Göttern – seinen, meinen und denen Roms – würde ich ihm bis ganz tief nach unten folgen.

Wie sich herausstellte, musste ich nicht ganz so weit gehen. Ich musste meinem Geisterkönig nur durch die Tore Roms folgen und durch ein Wirrwarr verlassener Straßen bis zu einer engen, kurvigen Gasse in einem fragwürdigen Teil der Stadt, nicht weit vom Circus Maximus. Aber als ich um die Ecke bog, war Arviragus verschwunden, und die Straße endete vor einer schlichten Steinmauer, in die nur eine einzige, schwere Tür mit einem kleinen vergitterten Fenster eingelassen war.

Ich stieg ab – besser gesagt: fiel von meinem Pferd –, taumelte durch knietiefen Matsch zu der Tür und hämmerte mit dem Ende meines Schwertknaufs gegen das Eichenholz. Der Streitwagen war nirgendwo zu sehen. Aber mit vom Fieber heiserer Stimmte brüllte ich Arviragus' Namen.

»Fallon!«, schrie Elka, packte mich bei den Schultern und zog mich von der Tür weg. Sie musste schon eine ganze Weile nach mir gerufen haben. »Bist du verrückt, uns in die Stadt zu führen? Was machen wir hier? Jemand wird die Wachen verständigen und uns verhaften lassen! Du weißt nicht einmal, wer hier lebt.«

Ich drehte mich zu ihr um, totale Verwirrung hatte sich meines Verstandes bemächtigt.

Hier leben? Niemand lebte hier. Arviragus war tot und hier war sein Gefängnis gewesen. Jetzt war es nichts weiter als ein kaltes, leeres …

»Was in Jupiters Namen wollt ihr?«, fragte eine schroffe, zornige Stimme.

Von der *anderen* Seite der Tür.

Ich wirbelte herum – hätte fast mein Gleichgewicht verloren und wäre kopfüber in den Matsch gefallen – und entdeckte ein zusammengekniffenes Paar Augen, das uns durch das Gitter hindurch anstarrte. Es weitete sich, als es mein Gesicht sah. Ich versuchte etwas zu sagen – irgendetwas –, aber die Augen verschwanden und das Gitter fiel mit einem Knall zu.

Ich spürte, wie sich ein hilfloses Schluchzen seinen Weg durch meine Kehle bahnte.

Dann hörte ich das Geräusch von Riegeln, die zur Seite geschoben wurden, und die schwere Tür öffnete sich.

»Fallon …? Seid Ihr das?« Ein Mann, gekleidet in einen abgegriffenen Umhang über einer Soldatenrüstung der Legion, packte mich bei den Schultern und zog mich mit meinem erschöpften Pferd im Schlepptau ins Innere.

Unfähig etwas Zusammenhängendes von mir zu geben, legte ich ihm dringlich eine Hand auf seine Brust und deutete mit einem Kopfnicken hinter mich. Einer nach dem anderen strömten Elka und die restlichen Achillea-Entlaufenen in den kargen, kleinen Innenhof, der kaum Platz für uns alle bot. Cai trat als Letztes ein und erteilte Quint den knappen Befehl, die Tür zu schließen. Pferde- und Menschenleiber kreisten mit mir in der Mitte, schaukelnd und schwindelerregend. Die Steinmauern drehten sich um mich herum, während ich darum kämpfte, auf den Füßen zu bleiben. Hier war der Ort, an dem Arviragus eingesperrt gewesen war. Der Ort, wo er gestorben war.

Der Ort, wo er im Türrahmen zum Gefängnis stand …

Er riss seine Augen auf, während sein Mund meinen Namen formte.

Danach nichts mehr. Nur Dunkelheit und Stille.

»Fallon …«

Etwas roch seltsam. Nicht unangenehm, nur … kräftig. Scharf. Wie Wacholderzweige, frisch geschnitten und aufgeschichtet für ein Lagerfeuer an Samhain.

Das muss es sein, dachte ich. *Mael will mich wecken, damit ich mich für das Fest ankleide* … Oder wahrscheinlich eher für eine Trainingsrunde vor dem Festmahl im Vergessenen Tal. *Ein Kampf wäre jetzt gut*, dachte ich. *Es gibt da etwas, wofür ich kämpfen sollte. Es gibt da jemanden …*

»Ich komme gleich«, hörte ich mich selbst flüstern. »Ich muss nur noch mein Schwert finden …«

Ich spürte, wie sich meine Hand auf dem Bett neben mir öffnete und schloss und nach dem Griff einer Waffe tastete. Aber stattdessen fand ich eine andere Hand. Warm, stark und voller Schwielen, Finger, die sich sanft um meine schlossen und sie festhielten.

»Schon gut, Fallon«, sagte dieselbe Stimme. Vertraut, beruhigend. »Du brauchst kein Schwert. Du musst jetzt nicht kämpfen. Du hast gewonnen.«

Ich schlug die Augen auf und entdeckte Cai, der auf mich hinunterschaute, sein besorgtes Stirnrunzeln glättete sich, als ich zu ihm hochblinzelte. »Habe ich das?«

Er nickte. »Das hast du.«

»Das ist gut«, sagte ich. »Gegen wen habe ich gekämpft?«

»Gegen dich selbst.«

Verwirrt schüttelte ich den Kopf, aber dadurch wurde mir nur schwindelig.

»Du hattest zwei Tage lang hohes Fieber und lagst im Delirium«, erklärte er. »Fast drei. Aber dank Neferet und Ajani ist dein Fieber wieder gesunken.«

Aha, dachte ich. *Das erklärt den Geruch.*

Neferet war von Heron ausgebildet worden und Ajani kannte sich gut mit dem Anrühren von Salben und Tinkturen aus. Gemeinsam mussten die beiden die Stichwunde versorgt haben, die Nyx mir beigebracht hatte. Jetzt, wo ich darauf achtete, bemerkte ich tatsächlich ein kühlendes Gefühl unter einem Leinenverband meine gesamte Seite entlang. Und das Spannungsgefühl einer Naht. Herons Medizintasche war bereits im Einsatz gewesen. Mir tat nur leid, dass ich diejenige gewesen war, die sie gebraucht hatte.

»Sie haben mir gesagt, dass du wieder gesund wirst«,

fuhr Cai fort, und sein Gesicht nahm einen strengen Ausdruck an. »Und das hast du bestimmt nicht deiner eigenen verdammten Sturheit zu verdanken, möchte ich hinzufügen. Du hättest mir sagen müssen, dass du verwundet warst.«

Mühsam setzte ich mich auf und hatte das Gefühl, aus einem langen Schlaf voller seltsamer Träume zu erwachen. Meine Arme und Beine fühlten sich schlaff an, aber mein Kopf begann sich zu klären. Und ich hatte großen Durst. Mit beiden Händen griff ich nach dem Becher mit wässrigem Wein, den Cai mir vom Tisch neben meiner Liege reichte. Ich trank in großen Schlucken, als wäre es der beste Jahrgang und keine dünne, saure Mischung. Ich trank aus und gab ihm den Becher zurück, sah mich in dem spärlich beleuchteten Zimmer um.

»Wo bin ich?«, platzte ich heraus.

»Du bist Gast in meiner bescheidenen Behausung«, polterte eine Stimme aus den Schatten hinter dem Fußende meines Bettes.

Mir klappte die Kinnlade herunter, als Arviragus in den Lichtkreis der Lampe trat.

»Und glaub mir, ich bin genauso überrascht wie du.«

Kein Schatten, sondern der Mann höchstselbst. So real wie das wirkliche Leben und genauso unmöglich.

Kein Geist. Kein Fantasiegespinst. *Lebendig …*

Ich fühlte Tränen in mir aufsteigen, als Cai ihm Platz machte, damit er sich auf die Kante der Liege setzen konnte. Ich umarmte Arviragus mit aller Kraft, die mir zur Verfügung stand – nicht gerade sehr viel – und er umschlang mich mit seinen großen, langen Armen und strich mir übers Haar, während ich an seiner Schulter weinte.

»Ich dachte, Ihr wärt tot«, schluchzte ich.

»Das war ich, liebes Mädchen«, murmelte er. »Das war ich.«

Ich sah hoch in sein Gesicht. »Was ist passiert?«, fragte ich. »Nach Caesars Triumph … ich dachte …«

»Ja, tja.« Er schnaubte. »Anscheinend hat es sich der gefürchtete alte General anders überlegt. Hat es nicht über sich gebracht, sich endgültig von seinem besten Feind zu trennen.«

»Das kann ich mir bei Caesar kaum vorstellen.«

»Ich schon.« Arviragus zuckte mit den Schultern. »Tatsächlich finde ich, dass ihm das ganz ähnlich sieht. Solange die Welt mich für tot hält, schadet es Caesar ganz und gar nicht, mich am Leben zu lassen und beschwichtigt den kleinen Winkel tief in seiner Seele, der sich dagegen aufgelehnt hat, so viele meines Volkes zu massakrieren. Ein Tyrann muss Wege finden, um mit sich selbst leben zu können. Mich am Leben zu lassen, war für Caesar einer – auch wenn dieses Leben nicht viel besser als der Tod war. Wenigstens nicht bis du und deine Schar Gladiatorinnen hier eingetroffen seid.«

Ich schluckte schwer, meine Kehle war wie zugeschnürt. Dass Arviragus lebte, war ein Trost, mit dem ich nicht gerechnet hatte. Nicht, nach allem, was passiert war. »Hat Cai Euch erzählt, dass …?«

»Sorcha?« Der Kummer in seinem Blick war genauso tief wie sein Mitleid. Er nickte. »Ich habe der Göttin ein Opfer für ihre sichere Reise dargebracht.«

Schweigend hielt er meine Hand, bis der Ansturm meiner Trauer vorübergezogen war und ich wieder in der Lage war, ihm in die Augen zu sehen.

»Welcher Irrsinn hat dich ausgerechnet hierher geführt?«, fragte er.

»Ihr. *Ihr* wart mein Irrsinn.«

Ich erklärte ihm, wie seine Erscheinung mich aus meiner Zelle und später durch die Straßen Roms gelockt hatte, und Arviragus schüttelte verwundert den Kopf. »Morrigans Wille ist manchmal eine sehr merkwürdige Sache«, sagte er.

»Merkwürdig vielleicht«, sagte Cai. »Aber in diesem Fall auch ein glücklicher Zufall.«

Ich sah zu ihm auf.

»Ich habe meine Zweifel, dass wir an der Stadt vorbeigekommen wären, wenn wir uns an unseren ursprünglichen Plan gehalten hätten«, erklärte er. »Kurz nachdem wir hier angekommen sind, hielten die Vigiles bereits nach uns Ausschau. Wahrscheinlich hätten sie uns auf der Straße nach Süden eingeholt, wenn wir weiter Richtung Neapolis gereist wären.«

Vigiles, dachte ich. Roms Schutztruppe. »So schnell verbreiten sich Nachrichten?«, fragte ich.

Er nickte. »Wir müssen einen Sattel oder ein Fuhrwerk übersehen haben. Oder einer der Wächter ist ohne Sattel geritten, um die Nachricht zu überbringen. Aber auf jeden Fall ist sie bei der örtlichen Garde angekommen. Es heißt, sie würden nach einer Bande entflohener, abtrünniger Gladiatorinnen aus dem Ludus Achillea suchen, die angeführt wird von keiner geringeren als

Caesars persönlichem Liebling Victrix. Und wie wir alle wissen …«

»Hat das römische Volk Spartacus noch nicht vergessen«, seufzte ich.

»Du wurdest als Rebellin und Anführerin von Rebellinnen abgestempelt.« Cai schüttelte missbilligend den Kopf. »Dadurch wirst du für Caesar zu einer politischen Last. Es wird eine Weile dauern, bis diese Nachricht *ihn* erreicht, aber wenn es so weit ist …«

»Woher weißt du das alles?«

»Ich habe eine Freundin, weißt du noch? Eine, die eingeweiht ist in die Geheimnisse der Stadt – und in die ihrer einflussreichen Männer.« Cai schenkte noch einen Becher verdünnten Wein ein und reichte ihn mir. »Ich habe Kass eine Nachricht zukommen lassen, sie über die Ereignisse informiert und sie gefragt, ob sie Näheres über die aktuelle Lage weiß.«

Kassandra. Ich erinnerte mich. Sie war nett zu mir gewesen – hatte mich sogar gerettet – mehr als einmal. Sie war eine Bordellsklavin, aber gleichzeitig auch eine geheime Informantin Julius Caesars. Ein gefährlicher Beruf – in beiderlei Hinsicht –, aber irgendwie schaffte sie es, sich mit Anmut in beiden Welten zu bewegen.

»Was hat sie dir erzählt?«, fragte ich.

»Sie hat mir die politische Lage im Land geschildert. Wir stecken in größeren Schwierigkeiten, als ich dachte.« Cai seufzte niedergeschlagen und ich wartete darauf, dass er weiterredete. »Schwere Unruhen brauen sich in der Republik zusammen, Fallon. Die Optimaten – die Männer, gegen die Caesar gerade kämpft – und die Popularen, diejenigen, die ihn in diesem Krieg unterstützen … sie sind das öffentliche Gesicht dieses Konflikts. Jeder sieht und kennt diese zwei verfeindeten Lager. Aber laut Kass lauert in den Tiefen das monströse Gesicht der Söhne von Dis und ihresgleichen.«

»Das ist ein zweischneidiges Schwert«, sinnierte Arviragus. »Das politische Klima ist genau der Grund dafür, *warum* Männer wie Aquila plötzlich meinen, so etwas wie die Söhne von Dis unterstützen und damit durchkommen zu können. Für den Römer ist das Bild in der Öffentlichkeit alles.«

Cai nickte. »Und Leute wie du und Sorcha, Fallon, – Caesars Favoritinnen, seine Heldinnen in der Arena und Lieblinge des Publikums – ihr seid nur Bauernopfer in einem viel größeren Spiel. Ihr dient sowohl zur Ablenkung als auch als Druckmittel.«

»Und in Aquilas krankem Hirn auch als Quelle einer obskuren Macht«, sagte ich und sah hinunter auf meinen Arm, wo die Schnittwunden, die er mir zugefügt hatte, langsam verheilten und als schmale weiße Linien mein Leben lang zu sehen sein würden. »Das dürfen wir nicht vergessen.«

Bei dem Gedanken rutschte Cai unbehaglich hin und her, nickte aber. »Ja«, sagte er. »In seinem Hirn. Und in denen seiner Anhänger.«

»Und deshalb ist Sorcha jetzt tot«, sagte ich und versuchte die Todesqualen, die diese Worte wieder in mir hervorriefen, zu unterdrücken. »Vergessen wir Aquilas kranke Pläne. Selbst wenn er jetzt sofort vom Angesicht der Erde verschwinden würde – welch angenehmer

Gedanke –, müssen wir, so wie es aussieht, einen Weg finden, unsere Namen reinzuwaschen. Unser aller Namen. Oder wir werden auf der Flucht sein bis ans Ende unserer Tage. So gezählt diese auch sein mögen.«

»Wir werden einen Weg finden«, sagte Cai. »Mach dir keine Sorgen.«

»Ja. Das werdet ihr.« Arviragus nahm meine Hand und drückte sie, seine Miene voller Anteilnahme. Aber in seinen Augen sah ich, für wie wahrscheinlich er das hielt. »Bis dahin musst du wieder zu Kräften kommen. Ich werde dir etwas zu essen holen.« Er nickte Cai zu und ließ uns alleine.

Eine Weile saßen wir schweigend da, saßen einfach und starrten uns an, und dann nahm Cai meine Hand in seine.

»Du hast mir einen ziemlichen Schrecken eingejagt, Fallon«, sagte er.

»Mir selbst auch.« Matt lächelte ich ihm zu. »Mehrmals sogar. Ich dachte, ich müsste in diesem Verlies sterben.«

»Aber stattdessen hast du einen Weg gefunden, da wieder rauszukommen.«

Ich schüttelte den Kopf. »Nein. Das habe ich nicht. Aeddan hat mich gefunden und rausgeholt.«

In Cais Gesicht spiegelte sich eine Fülle von Fragen wider, die er mir gerne gestellt hätte, aber er beschränkte sich auf eine. »Vertraust du ihm?«

Darüber dachte ich lange nach. Cai wusste über Aeddan – und über Mael – Bescheid, und wahrscheinlich fragte er sich, wie ich es aushielt, dem Mann, der meine erste große Liebe umgebracht hatte, auch nur ins Gesicht zu sehen.

»Ihm vertrauen?« Ich zögerte, aber ich kannte die Antwort bereits. »Ja. Das tue ich.«

Cai wartete.

»Aber zwischen ihm vertrauen und ihm vergeben, liegt eine ganze Welt, glaub mir«, seufzte ich. »*Mehrere* Welten.«

»Gut.« Er nickte. »Dann sollte es kein Problem sein, ihm für die Rettung zu danken und ihn hinaus in die Stadt zu schicken, damit er sich alleine durchschlägt.«

Ich runzelte die Stirn. »Und was, wenn sie ihn finden? Er ist ein bekannter Gladiator und aus Aquilas Ludus davongelaufen – sie suchen bestimmt auch ihn. Nein.« Ich schüttelte den Kopf. »Wenn wir ihn wegschicken, führt es die Vigiles vielleicht direkt zu uns.«

War das wirklich der Grund?, fragte ich mich selbst. Der Grund, warum ich zögerte, Aeddan loszuwerden? Oder wollte ich uns beide nur wegen dessen, was mit Mael geschehen war, quälen? Eine Art doppelte Buße? Ich konnte es ehrlich nicht sagen. Ich war mir über so vieles im Unklaren, nicht zuletzt darüber, was nun werden sollte. Ich wusste nicht, wohin wir gehen würden oder was wir tun würden. Wie wir unsere Namen reinwaschen konnten. Aber was ich tief im Grunde meines Herzens wusste, war, dass egal, wohin wir gingen, egal was uns erwartete, wir jeden Vorteil brauchen konnten, den wir kriegen konnten.

»Er ist ein guter Kämpfer«, sagte ich. »Und ich fürchte, so jemanden werden wir brauchen.«

»Ich hoffe, du hast recht.« Cai nickte und akzeptierte meine Entscheidung, auch wenn sie ihm nicht besonders gefiel. »Ich meine, damit, ihm zu vertrauen. Aber wenn er irgendwie zum Problem wird, dann musst du nur ein Wort sagen, Fallon, und ich ramme ihm gerne, ohne zu zögern, mein Schwert in die Eingeweide.«

Ich warf ihm einen vielsagenden Blick zu.

»Oder …«, er zuckte grinsend mit den Schultern, »ich könnte auch einfach beiseitetreten und dir dabei zuschauen.«

»Wir könnten losen.« Ich erwiderte sein Grinsen. »Und Elka würde sich ihn bestimmt auch liebend gerne vorknöpfen.«

Cai lachte. »Das würde sie gewiss. Sie war schon ein paarmal kurz davor, während du im Fieber lagst.« Er warf einen Blick über seine Schulter zur Tür, die hinaus in den Hof führte. »Sie hat dich sehr gern. Das haben sie alle.«

Plötzlich wurde ich rot vor Scham, als mir klar wurde, dass ich es bisher vermieden hatte, nach den anderen zu fragen. Nach Elka, Ajani und dem Rest. Abgesehen von der Anzahl, die Elka mir auf der Straße genannt hatte, wusste ich nicht einmal wirklich, wer es geschafft hatte herauszukommen. Und wer nicht. Fest kniff ich die Augen zu und sah Tanis' kreidebleiches Gesicht vor mir, als sie auf die Knie in den Matsch fiel. Aber dann schüttelte ich die Erinnerung ab und öffnete meine Augen. Ich konnte mich nicht für den Rest meines Lebens in Arviragus' Gefängnisheim verstecken. Schließlich war diese ganze Misere meine Schuld. Meine Schuld und meine Verantwortung.

Also konnte ich mich genauso gut zusammenreißen und mich meinen Freundinnen stellen.

Aber was sollte ich ihnen sagen?

Diesen Teil hatte ich mir noch nicht wirklich überlegt. Um mich zu sammeln, bat ich Cai, mich einen Augenblick alleine zu lassen, und sagte ihm, dass ich ihn im Hof treffen würde, wo die anderen warteten. Cai hatte mir erzählt, dass wegen Kassandras Warnung seit unserer Ankunft sich niemand hinaus in die Straßen Roms gewagt hatte. Niemand außer Leander, der jede Hintergasse in der Stadt kannte und wusste, wie man sich unsichtbar machte. So sehr es mich auch während der wilden Fahrt auf der Via Clodia geärgert hatte, dass er einer Gladiatorin einen Platz im Karren weggenommen hatte, musste ich doch, nach dem, was Cai mir berichtet hatte, zugeben, dass Leander in kürzester Zeit eine wichtige Rolle auf unserer Flucht eingenommen hatte. Wie auch immer diese enden würde.

Er hatte sogar eine saubere Tunika und einen Umhang für mich besorgt.

Ich kleidete mich an und kämmte meine Haarzotteln, so gut ich konnte mit den Fingern. Dann ging ich hinaus in den Hof zu meinen Luduskameradinnen. In den Tagen, in denen ich mich im Fieber hin- und hergeworfen hatte, waren sie fleißig gewesen. Zum Schutz vor Regen hatten die Mädchen zeltartige Planen im Hof aufgestellt und in der kurzen Zeit das Beste aus den kargen Vorräten in Arviragus' Behausung und dem, was Leander von seinen heimlichen Streifzügen mitbrachte, gemacht. Die Stimmung erinnerte mich an die Zeit, in der wir im Vorfeld zum Triumph auf Tournee gewesen waren. Unter den Planen waren Schlafmatten und Teppiche ausgelegt und zwei Kochfeuer glühten; an dem einen röstete ein Vogel und über dem anderen drehten sich zwei Hasen am Spieß.

Die Mädchen saßen über den Platz verstreut, unterhielten sich leise oder erledigten verschiedene Aufgaben. Am anderen Ende des Hofes saß Aeddan alleine auf einer Bank, schärfte sein Messer an einem Schleifstein mit solch einer Konzentration, als wüsste er bereits, an wem er es ausprobieren wollte.

Auf wackligen Beinen ging ich hinaus in den Hof und blinzelte gegen die Sonnenstrahlen an, die zwischen den Zeltplanen hindurch schienen. Gratia bemerkte mich als Erstes, grüßte mich quer durch den Hof und grinste bis über beide Ohren. Eine nach der anderen drehte sich zu mir um, um mich ebenfalls zu begrüßen. Ich spürte eine Welle der Erleichterung, als ich feststellte, dass anscheinend keine von ihnen mir die Schuld an den Geschehnissen gab. Da waren Neferet und Antonia, nebeneinander. Ajani und Elka. Meriel.

Tanis und Lydia fehlten natürlich …

»Wo ist Damya?«, fragte ich und sah mich um.

Gratia schüttelte den Kopf. »Sie hat es nicht rausgeschafft.«

»Oh …«

Ich ließ meinen Blick über die anderen schweifen, die es bis hierher geschafft hatten.

Drüben, dicht an der Mauer saß ein Mädchen, dem ich insgeheim einmal den Namen »Wölfin« gegeben hatte, wegen des Motivs auf dem Schild, das Sorcha ihr zu unserem Eidschwur geschenkt hatte. Sie hieß Hestia, und in den letzten Monaten hatte ich dabei zugesehen, wie sie im Thraex-Stil kämpfte und mit ihrer systematischen Entschlossenheit mehr Kämpfe gewonnen als verloren hatte. Sie saß neben einem griechischen Mädchen namens Nephele, die als Bettlerin in den Straßen von Athen aufgewachsen war, bis man sie aufgegriffen und verkauft hatte. Sie hörte nie auf zu lächeln – was mir ein Rätsel war – und ihr Lächeln wurde noch breiter, als sich unsere Blicke kreuzten.

Ich wandte meinen Blick von ihr ab und sah zu den anderen Mädchen.

Unter einer der Planen saß Vorya, eine Warnin von Elkas Nachbarstamm, die schon von Anfang an mit uns in der Sklavenkarawane gereist war, aber mit der ich mich, soweit ich wusste, nie länger unterhalten hatte. Um dasselbe Feuer saßen Kore und Thalassa – beide stammten von der Insel Kreta – und ein germanisches Mädchen namens Devana. Um die Hasen kümmerte sich ein nordafrikanisches Mädchen, deren Geburtsnamen ich nie erfahren hatte. Seit ihrer Ankunft im Ludus nannte sie sich selbst Anat – nach der Kriegsgöttin ihres Stammes – und weigerte sich, anders angesprochen zu werden.

Ich kannte keine von ihnen auch nur annähernd so gut, wie ich gerne gewollt hätte. Wie ich gesollt hätte.

Ich versprach mir selbst, dass sich das ändern würde.

»Damya und Tanis und ein paar der anderen haben es vielleicht nicht geschafft, Fallon, aber *wir* haben es«, sagte Ajani entschlossen. »Und das hätten wir nicht ohne dich.«

»Ganz richtig.« Elka nickte. »Also. Da du aufgehört hast zu brabbeln und zu schwitzen, kommen wir zur Sache. Was machen wir jetzt?«

Ich hatte gehofft, noch etwas länger auf den Beinen stehen zu können, bevor diese Frage an die Oberfläche ploppte. Aber natürlich ließ Elkas fröhlicher, furchtbarer Pragmatismus das nicht zu. Weitermachen, nicht zurückschauen. Es gibt immer etwas, das darauf wartete, bekämpft zu werden. Und auf mich wartete auf jeden Fall etwas, das bekämpft werden musste. Pontius Aquila.

»Ich gehe zurück«, sagte ich.

»Zurück?« Mit schiefgelegtem Kopf sah Ajani mich an. »Wohin zurück? Nach Hause?«

»Ja«, sagte ich und spürte, wie sich meine Hände zu Fäusten ballten. »Nach Hause.«

»Nach Britannien?«

»Nein.« Ich betrachtete die Lücken in unserer Truppe, wo die Mädchen hätten sein sollen, die wir zurückgelassen hatten.

»Ich gehe zurück zum Ludus Achillea.«

»Haben wir dieses Freudenfest nicht gerade erst verlassen?«, schnaubte Gratia.

Elkas Augen verengten sich. »Als du ›taktischer Rückzug‹ sagtest, hatte ich nicht gedacht, dass du das ernst meinst.«

»Natürlich habe ich es ernst gemeint«, sagte ich. »Sorcha hat alles dafür gegeben – sogar ihr Leben –, um mit dem Ludus einen sicheren Zufluchtsort für uns zu schaffen. Ich bin fest entschlossen, einen Weg zu finden, uns diesen Zufluchtsort zurückzuholen.«

»Vielleicht wäre es hilfreich, herauszufinden, wie man ihn euch überhaupt hat so leicht wegnehmen können«, sagte Aeddan von seinem Platz, abseits der anderen, aus. Gerade laut genug, damit wir uns alle umdrehten und ihn ansahen, während er seine Klinge in die Scheide steckte und den Schleifstein beiseitelegte.

»Was willst du damit sagen, Aeddan?«, fragte ich.

Er sah mich an. »Pontius Aquila muss jemanden im Ludus gehabt haben, der für ihn gearbeitet hat.«

»Du meinst jemand anderen als *dich*?« Elka warf einen bedeutungsvollen Blick auf den Helm mit dem schwarzen Federbusch, der neben ihm auf der Bank lag.

»Ich meine«, sagte Aeddan und ignorierte ihren Blick, »jemanden, mit dem er eine Attacke hat planen können. Lange bevor die Amazona-Gladiatorinnen oder ihre Wächter – mich eingeschlossen – überhaupt einen Fuß in eure Anlage gesetzt haben.«

Während er sprach, griff er unter den Helm und zog einen roten Lederbeutel hervor. Er wog ihn in einer Hand, und er gab einen dumpfen klimpernden Ton von sich. Münzen. Eine Menge Münzen. Elka runzelte die Stirn und alle anderen wurden sehr still.

Alle bis auf Leander.

Er hatte an einem der Kochfeuer gehockt und den Bratvogel am Spieß gedreht. Aber jetzt rutschte er umständlich vom Feuer weg, als würde er aufstehen und gehen wollen. Keine Ahnung wohin. Wir konnten nirgendwohin gehen.

»Was meinst du dazu, Sklave?«, rief Aeddan wie beiläufig. »Gibt es etwas, was du der versammelten Mannschaft mitteilen möchtest?«

Elka schnaubte spöttisch. »Das kann nicht dein Ernst sein.«

Ich war versucht, ihr zuzustimmen. »Willst du damit etwa sagen, dass Leander eine Art … ja, *was* denn, ist? Ein Verschwörer?«

»Nein.« Aeddan schüttelte den Kopf. »Dafür ist er nicht clever genug. Aber ich bin mir ziemlich sicher, dass er weiß, wer das *ist*. Und bisher hat er beschlossen, lieber den Mund zu halten.«

Aeddan warf mir den Lederbeutel zu. Er wog schwer in meiner Hand, als ich ihn auffing.

»*Das* habe ich ganz unten in seinem Reisegepäck gefunden«, sagte er.

Gratia warf Aeddan einen finsteren Blick zu. »Du hast seine Sachen durchsucht?«

»Ich habe alle eure Sachen durchsucht.«

»Du vertraust uns nicht«, sagte Neferet, und schüttelte missbilligend den Kopf.

»Ich vertraue niemandem«, blaffte Aeddan. »Und das solltet ihr auch nicht. Aber *er* war der Einzige, der einen Beutel voller Geld in seinem Gepäck verstaut hatte.«

Cai wandte sich von mir zu Leander um. »Woher hat ein Sklave so viel Münzgeld?«

»Die … Männer. Die Männer auf dem … dem Boot …«, stammelte Leander mit weit aufgerissenen Augen. »Die, die mich dafür bezahlt haben, den Mast zu fällen …«

Ich drehte den Beutel um und ein Strom glänzender

Münzen fiel zu Boden. Ein kleines Vermögen in Sesterzen. Mehr als eine Spitzengladiatorin für den Sieg bei einem der Hauptschaukämpfe im Circus Maximus bekommen würde.

Ajani drehte sich mit einem gefährlichen Fauchen auf den Lippen zu Leander um. »Lügner«, sagte sie. »Diese Hundesöhne hätten dir nicht mal halb so viel gezahlt.«

Auf Leanders Stirn stand ein Schweißfilm, und seine Augen zuckten unruhig hin und her, als würde er nach einer Fluchtmöglichkeit Ausschau halten. »Die Lanista …«, versuchte er es noch einmal, »auch sie hat mich belohnt für …«

»Schweig still.« Ich trat einen Schritt auf ihn zu.

»Herrin …«, sagte er und schluckte nervös. »Bitte …«

Ich lockerte das Schwert, das an meiner rechten Hüfte hing. »Sorcha hat dir diese Münzen nicht gegeben.«

Er schüttelte den Kopf. »Nein.«

»Wer war es?«

»Sie … es … es war für mein Schweigen«, beeilte er sich zu sagen. »Sie hat mir den Beutel gegeben und mir befohlen den Mund zu halten. Vergib mir …«

»*Wer?*«, fragte ich.

»Thalestris«, flüsterte er erstickt. »Ich sollte den Mund halten wegen der Lanista. Deiner Schwester, Herrin … Sie ist nicht tot. Wenigstens … noch nicht …«

Knurrend schubste ich Leander gegen die Steinmauer im Hof und presste ihm die Spitze meines Schwertes unters Kinn.

»*Was weißt du?*«, fragte ich durch zusammengebissene Zähne.

»In der Nacht, als der Ludus besetzt wurde«, sagte er und nackte Angst stand in seinen Augen, »schlief ich in einer Nische in der Küche. Ich bin aufgewacht von Kettengeräuschen, als Thalestris die gefesselte Lanista durch den Dienstboteneingang hinausgeschleift hat. Sie war bewusstlos und ihr Nachtgewand war blutig – aber die Tunika der Amazone war noch blutiger. Nach ihrem Gang zu urteilen, war Thalestris verwundet. Und sie hatte es eilig. Ganz furchtbar eilig. Als sie entdeckte, dass ich wach war, gab sie mir die Münzen, um sich mein Schweigen zu erkaufen.«

»Du verräterischer kleiner ...«

»Ich hatte Angst!«, kreischte er. »Sie sagte mir, dass Pontius Aquila mich noch mehr belohnen würde ... aber ich *weiß*, was *das* sehr viel häufiger bedeutet. Und darum habe ich beschlossen, den Ludus gemeinsam mit euch allen zu verlassen.«

Ich spürte, wie die Luft in meinen Lungen pumpte, als wäre ich gerade eine Meile gerannt. Mein Puls dröhnte in meinen Ohren, und ich presste Leander weiter gegen die Mauer, einerseits aus Wut, andererseits um mich selbst auf den Beinen zu halten.

Thalestris war nicht tot.

Sie war am Leben und – ich konnte es mir nicht anders erklären – machte gemeinsame Sache mit Pontius Aquila. Und sie hatte meine Schwester. Angesichts dieses blanken Verrats verschlug es mir den Atem. Doch weiter als zu dieser einen simplen Tatsache konnte ich nicht denken.

»Meine Schwester ist nicht tot ...«

Leander schüttelte den Kopf.

Ich spürte eine Hand auf meiner Schulter, als Cai neben mich trat. »Warum glaubst du, dass die Lanista immer noch am Leben ist?«, fragte er, und seine Finger packten fest zu, als rechnete er damit, dass ich die Antworten stückchenweise aus Leanders Leib herausschneiden würde.

»Weil Thalestris mehr will als nur ihren Tod«, sagte Leander. »Sie will Blutrache.«

Warum?, fragte ich mich. *Wofür*? Und im nächsten Augenblick wusste ich es.

Auch wenn Leander es gleich darauf laut aussprach: »Rache für den Tod ihrer Schwester.«

Ich ließ Leander los und wich taumelnd zurück.

Plötzlich ergab alles einen Sinn. Thalestris war nicht nur eine Figur in Aquilas Spiel. Sie hatte die ganze Zeit ihr eigenes gespielt. Mir fiel wieder der Tag ein, an dem ich die Krähe an meine Tür genagelt gefunden hatte und überzeugt gewesen war, dass Nyx hinter dem üblen Streich steckte. Sogar als sie leugnete, etwas davon zu wissen. Aber Thalestris war dagewesen, als ich das Blut von meiner Tür gewaschen hatte, und sie hatte mir gesagt, dass ich diese Warnung ernst nehmen sollte. Um Sorchas Willen.

»*Denk daran*«, hatte sie gesagt, »*der Lanista würde es das Herz brechen, ihre geliebte Schwester zu verlieren. Glaub mir. Das weiß ich.*«

Es hatte Thalestris das Herz gebrochen.

Nach dem schicksalhaften Kampf, bei dem ihre Schwester Orithyia das Leben verloren und meine sich ihren Platz als Lanista im Ludus Achillea gesichert hatte, hatte Thalestris sich eine Maske der Vergebung – sogar der tiefen Freundschaft übergestülpt –, aber tief in ihrem Innersten hatte sie jahrelang unerbittlich auf Rache gesonnen.

Hatte den Gedanken gepflegt, ihn genährt und ihn wachsen lassen … und ich konnte es verstehen.

Viele Jahre meines Lebens hatte ich meine Schwester tot geglaubt. Ich spürte immer noch den Hass in meinem Herzen glimmen, der für Caesar gebrannt hatte, für den Mann, den ich verantwortlich für ihren Tod gemacht hatte. Aber wie Thalestris es geschafft hatte, ihre wahren Gefühle so lange vor Sorcha zu verbergen … *das* konnte ich ganz und gar nicht verstehen. Als Primus Pilus und engste Vertraute meiner Schwester hätte sie Sorcha tausendfach auf tausend verschiedene Arten umbringen können. Bei einem Trainingskampf, mitten in der Nacht, durch einen Gifttrank … aber nein.

Sie wollte sie gebrochen.

Plötzlich begriff ich. Bevor sie starb, sollte Sorcha wissen, dass Thalestris auch ihre Träume getötet hatte. Ihr Kampf für die Freiheit der Achillea-Gladiatorinnen – ein Traum, den Thalestris aus reiner Boshaftigkeit in Pontius Aquilas gierige Hände ausgeliefert hatte. Zusammen mit Sorchas kleiner Schwester. Mir.

Der letzte Akt epischer Rache.

Ich drehte mich wieder zu Leander. »Woher weißt du das alles?«

»Einer der Vorteile als Sklave, Herrin.« Er grinste bitter. »Keiner geht davon aus, dass du zuhörst.«

»Jetzt höre ich zu«, sagte ich und ließ mein Schwert sinken.

»Als Nyx vor dem Triumph an Aquila verkauft wurde«, sagte er, »habe ich einen Karren mit ihrer Ausrüstung beladen, während Thalestris und sie sich unterhielten. Über dich, Herrin, und über die ehrenwehrte Achillea. Nyx war außer sich. Sie fühlte sich betrogen, sagte sie. Thalestris meinte, sie solle sich keine Sorgen machen – dass Nyx sich schon bald an dir würde rächen können … und dass *sie* sich an der Herrin rächen würde.«

In seiner Zeit im Ludus – während er mit gesenktem Kopf und zu Boden gerichtetem Blick kehrte und bediente –, musste Leander eine Menge gehört und gesehen haben. Mir fiel wieder ein, dass in der Nacht, als Nyx mich, Elka und Lydia zu diesem verfluchten Trinkgelage im Domus Corvinus geführt hatte, Leander den Schlüssel für die Tür beschafft hatte, damit wir uns rausschleichen konnten. Und mir fiel noch etwas ein. Er war dafür ausgepeitscht worden.

»Du hast nie jemandem erzählt, was sie gesagt haben?«, fragte ich. »Du hast Sorcha nie davon erzählt?«

»Damals hielt ich es nur für Gerede.« Er schüttelte den Kopf und ich sah aufrichtige Reue in seinen Augen. »Nichts weiter als Gerede. Ich hatte es fast augenblicklich wieder vergessen, so wie die meisten Dinge.«

»Warum hast du uns nicht schon früher erzählt, dass die Lanista entführt wurde?«, fragte Cai. »Das war weit mehr als bloßes Gerede.«

»Weil Thalestris mir nicht nur Münzen gegeben hat«, antwortete Leander. »Sie hat mir auch ein Versprechen gegeben. Sie sagte, wenn ich auch nur ein Wort über das verliere, was ich in jener Nacht gesehen habe, dann würde sie mich umbringen. Sie sagte, sie würde mich finden – mich zur Strecke bringen, egal wo ich mich verstecke – und mich aufschlitzen und meine Eingeweide den Geiern zum Fraß vorwerfen. Sie war sehr überzeugend.«

Ich versuchte, die aufkeimende Welle der Hoffnung, die mich überrollen wollte, zu unterdrücken. Wenn ich meiner Schwester helfen – sie retten – wollte, dann musste ich meine fünf Sinne beieinander halten. *Hör auf deinen Verstand, nicht auf dein Herz,* konnte ich sie fast sagen hören. *Wahrheit vor Hoffnung. Taktik vor Leidenschaft.*

»Aeddan – hast du gewusst, dass Thalestris noch am Leben ist?«

Er schüttelte den Kopf. »Pontius Aquila hat vielleicht darauf vertraut, dass ich ihm nicht in den Rücken falle, aber das heißt nicht, dass er mich zu seinen engen Vertrauten zählte. Ich wusste nicht, dass die Amazone für ihn gearbeitet hat, und ich habe nicht gesehen, was mit ihr oder deiner Schwester in der Nacht passiert ist, als der Ludus angegriffen wurde.«

Ich wandte mich wieder an Leander. »Hat sie sonst noch etwas gesagt? Thalestris?«

Leander nickte. »Als sie die Lanista durch die Küche hinausschleifte – bevor sie bemerkte, dass ich wach war –, redete sie wirres Zeug vor sich hin. Sie lachte und sagte, dass sie die Lanista fortbringen und sie zahlen lassen würde. Dass sie sie unter dem Licht der Jägerin

Mond der Göttin der Amazonen opfern würde. Wie durch ihr Blut ihr Stamm wieder mächtig werden würde. Ich glaube, sie ist wahnsinnig geworden, Herrin. Die Göttin Nemesis hat ihren Verstand befallen.«

Vielleicht war dem so. Aber wenigstens war Sorcha immer noch *am Leben*. Es gab immer noch eine Chance.

»Jägerin Mond … beim nächsten Vollmond«, ich drehte mich wieder zu Cai und den anderen, sah von Antlitz zu Antlitz, und war nach dem Fieber nicht in der Lage selbst darüber nachzudenken, was für einen Wochentag wir hatten. »Wann ist das? Weiß jemand …«

»In zwei Wochen«, sagte Neferet. »Zum Glück für Achillea haben wir noch Zeit.«

»Das kommt darauf an, wohin Thalestris sie gebracht hat«, sagte ich. »Leander?«

»Ach ja …«

»*Wohin?*«

Er nickte, hob eine Hand und ich sah, wie er angestrengt nachdachte. Die Muskeln an seinem Hals arbeiteten, er schluckte schwer und konzentrierte sich. »Korsika!«, sagte er schließlich. »Sie sind zur Insel Korsika gesegelt.«

Mitten im Mare Nostrum, dachte ich. Und ich spürte wie mein Herz mir in die Hose rutschte, so tief, wie diese tiefen Wasser, die ich nicht würde überqueren können.

IX

Ich hörte Quint stöhnen und sah hinüber in sein qualvoll verzerrtes Gesicht.

»Quintus?«, fragte Cai.

Er seufzte. »Ich hatte befürchtet, dass er das sagen würde.«

Da fiel mir wieder ein, dass Cai mir erzählt hatte, Quint käme von Korsika. Angestrengt versuchte ich mich daran zu erinnern, was ich sonst noch über diesen Ort wusste, und das Einzige, was mir einfiel, hatte Cai mir vor langer Zeit erzählt, als unser Sklavenschiff auf dem Weg zum Marktplatz nach Rom, wo ich verkauft werden sollte, an der Insel vorbeigesegelt war.

Damals hatte er gesagt, dass auf Korsika vor allem … ja, was nochmal lebten? Richtig. Ich erinnerte mich: *»Schafe. Bienen. Ein paar übellaunige Einheimische, die sogar zu störrisch sind, um als Sklaven zu taugen.«*

Das klang nach einer ziemlich genauen Beschreibung eines Amazonenstamms …

»Warum hast du das befürchtet, Quint?«, fragte ich.

»Ich wurde in einem Fischerdorf an der Ostküste Korsikas geboren«, sagte er. »Der Jüngste von fünf Jungen – daher der Name: Quintus. Meine Mutter schickte mich und zwei meiner Brüder aufs Festland, als ich zehn war.«

»Warum hat sie euch weggeschickt?«, fragte Elka.

Er verstummte und starrte auf den Boden zwischen seinen Füßen, ein seltsamer Ausdruck, halb Bedauern, halb Wut, blitzte in seinem Gesicht auf. »Weil sie nicht wollte, dass man uns ihr wegnahm«, sagte er. »So wie einen ihrer anderen Jungen. Mein Bruder Secundus …«

»Wer hat ihn ihr weggenommen?«

Quint hob den Kopf und sah ihr in die Augen, dann sagte er: »Die Amazonen.«

Cai und ich wechselten einen Blick.

»So nennen sie sich selbst«, fuhr Quint fort. »Sie sind keine *echten* – jeder weiß, dass es seit über einem Jahrhundert keine echten Amazonen mehr gibt –, aber sag ihnen das bloß nicht …« Er sah sich um und seine Kiefermuskeln arbeiteten. »Gibt's hier irgendwo noch etwas zu trinken?«

Arviragus holte ihm wortlos einen Becher Bier. Quint nahm einen tiefen Schluck und stieß einen Seufzer aus, während der Rest von uns sich um ihn herum versammelte, um seiner Geschichte zu lauschen.

»Am Anfang, vor hundert Jahren oder mehr, als die Griechen zum ersten Mal über das Mare Nostrum segelten und Korsika entdeckten, besiedelten sie es«, begann er. »Davor hatte niemand sonst der Insel wirklich Beachtung geschenkt, aber sie dachten, es würde vielleicht Sinn machen einen oder zwei Handelshäfen in den Buchten einzurichten, wo die Sumpffliegen keine allzu große Plage waren. Sie brachten natürlich Sklaven mit und einige dieser Sklaven, so wird erzählt, waren Amazonen. Echte. Oder wenigstens deren Töchter.«

Ich erinnerte mich daran, dass Gratia einmal etwas Ähnliches darüber erzählt hatte, dass die echten Amazonen vor langer Zeit ausgestorben waren, als wir nach der Naumachie an den Feuern am Strand saßen. Und als Quint seine Geschichte erzählte, klang sie wie Teil einer lang vergessenen Legende. Ich zwang mich zuzuhören und nicht dem Drang nachzugeben, sofort etwas zu unternehmen – *irgendetwas* –, was meiner Schwester aber nicht wirklich helfen, sondern nur mich selbst und meine Freunde in Gefahr bringen würde.

Die Jägerin Mond, sagte ich zu mir. *Wir haben Zeit …*

»Korsika ist ein zerklüftetes Land«, sagte Quint gerade. »Bergig, wo keine tückischen Sümpfe sind, voller schroffer Bergspitzen und versteckter Täler … und, tja, es stellte sich heraus, dass es der perfekte Ort für diese Damen war, um sich eines Tages ihren Herren zu widersetzen. Sie erhoben sich, rebellierten, flüchteten und gründeten eine kleine, gemütliche Siedlung nur für sich allein, versteckt auf der anderen Seite der Insel.« Er lachte kurz auf und trank noch einen Schluck Bier.

»Und niemand hat sie je zur Strecke gebracht?«, fragte Hestia skeptisch.

»Ihre griechischen Herren fassten den – wahrscheinlich weisen – Entschluss, dass sie mehr Ärger einbrachten, als sie wert waren, und ließen sie in Ruhe«, sagte Quint. »Die römischen Siedler nach ihnen – meine Leute –, beschlossen, es weiter so zu handhaben. Seitdem leben sie dort, fangen Fische mit ihren Speeren, brauen Met, erzählen sich Geschichten von längst vergangenem Ruhm … *und* gelegentlich preschen sie die Hügel zu einem mitternächtlichen Raubzug herunter und stehlen junge Fischer – meinen Bruder zum Beispiel – aus den Dörfern auf der anderen Seite der Insel, damit ihr Volk nicht komplett ausstirbt. Wahrscheinlich erklärt das meine Vorliebe für kaltherzige Kriegerfrauen«, brummte Quint und warf Elka einen bedeutungsschwangeren Blick zu.

Sie grinste ihn an. Kaltherzig.

»Nur ein einziges Mal konnten wir Vergeltung üben«, fuhr Quint fort, »da war mein Bruder Tertius als frischgebackener Rekrut der Legion beigetreten und unser Dorf hatte Rom um Schutz angefleht. Wir hatten Angst, dass uns die Rückkehr der Amazonen wieder einmal bevorstand. Er wurde mit einer Einheit in unser Dorf entsandt und tatsächlich gab es einen Überfall. Chaos und Verletzte. Aber sie nahmen ein paar dieser wilden Frauen gefangen und verkauften sie auf einer Auktion im Forum. Ich wette, Thalestris und ihre Schwester waren darunter.«

»Und wir alle wissen, wie *diese* Geschichte ausgegangen ist«, sagte Cai grimmig.

»Nein«, sagte ich. »Das wissen wir nicht. Denn sie ist noch nicht zu Ende.«

Ein Funken Vorfreude blitzte in Quints Augen auf.

»Kannst du mich dorthin bringen?«, fragte ich. »Zu ihrer Siedlung?«

Er nickte, und langsam breitete sich ein Lächeln auf seinem Gesicht aus. »Aber ja doch«, sagte er, »ich kann dich direkt vor ihre verfluchte Türschwelle führen.«

Ich wandte mich an Cai. »Wir brauchen ein Boot.«

Antonia stand auf. An ihrem Arm steckte wieder ihr schlichter Lederschaft, die sichelförmige Klinge hatte sie eingeölt und verstaut. »Eins, das groß genug ist für uns alle«, sagte sie.

»Das kann ich nicht von euch verlangen.« Ich schüttelte den Kopf. »Ich kann die Risiken, die uns erwarten, nicht einschätzen …«

»Du musst nichts verlangen. Nach meinem Unfall hätte Achillea mich aus dem Ludus fortschicken können.« Sie deutete auf Neferet, die neben ihr stand. »Uns beide. Aber das hat sie nicht. Wir sind es ihr schuldig, Fallon. Und dir auch.«

»Mir?«

Neferet nickte. »Du hättest uns einfach im Ludus zurücklassen und alleine fliehen können. Aber das hast du nicht.«

Gratia trat einen Schritt nach vorn. »Wir gehen mit dir, Fallon. Ehrlich gesagt, will ich dabei zusehen, wie du Thalestris ihren verräterischen Arsch versohlst.« Sie ließ ihre muskulösen Schultern kreisen, ihre Fingerknöchel knacken und grinste breit. »Und dir dabei vielleicht unter die Arme greifen, sollte sich die Gelegenheit bieten.«

Ich blickte alle direkt an. Jede von ihnen – von Elka, meiner besten Freundin, bis zu Devana, die ich kaum kannte – sah wild entschlossen aus. Mit einem Ziel vor Augen. Sogar in Aeddans Miene konnte ich lesen, dass er mir nach Korsika folgen würde, um meine Schwester zu retten.

Ich spürte eine Welle der Dankbarkeit. Ihnen allen gegenüber.

Leander trat vor. »Bitte, Herrin, lass mich auch mit dir kommen. Mein ganzes Leben lang habe ich so getan, als wäre ich der Held in meinem eigenen Epos. Aber ihr, ihr alle, seid echte Heldinnen. Gib mir die Chance, dein Vertrauen zurückzugewinnen – zu beweisen, dass ich mehr kann als Fisch und Wein zu stibitzen.«

»Aber den Beutel mit den Münzen geben wir dir nicht zurück«, sagte Elka.

Seine Schultern sackten kurz nach vorn, aber dann drehte er sich zu mir um. »Lass mich dir helfen, die Lanista zurück nach Hause zu holen«, sagte er leise.

Mit hochgezogenen Augenbrauen sah ich Cai an.

»Wir nehmen ihn besser mit«, sagte er. »Wer weiß, in was für Schwierigkeiten er sich bringt, wenn wir ihn zurücklassen.«

»Also gut, du Held.« Ich nickte. »Du kommst mit. Als einer von uns. Aber beim Atem von Morrigan, ich schwöre dir, solltest du auch nur daran denken, uns zu hintergehen, dann wirst du dir wünschen, dass Thalestris dich vor mir findet.«

Es war beschlossene Sache. Jetzt mussten wir nur noch wie in einem von Leanders Heldenepen zu einem

Land jenseits des Meeres reisen und in die Unterwelt hinabsteigen, um meine Schwester aus den Klauen des Todes zu befreien, und … sollten wir irgendwie *so weit* kommen, dachte ich bei mir … mit Sorcha zurückkehren und gemeinsam unser Zuhause vom dem Bösen säubern, das es befallen hatte.

Zwar mochte der Ludus Achillea nach dem legendären Helden Achilles benannt sein, dachte ich, aber selbst *er* hätte wahrscheinlich ein zweites Mal darüber nachgedacht, bevor er solch eine Reise angetreten hätte.

Mein nächster Gedanke war: *Wen kümmert Achilles?!*

Er war berühmt, weil er *eine* Amazone besiegt hatte.

Ich würde sie alle besiegen, wenn es nötig war, um meine Schwester zurückzubekommen.

Wir waren uns also alle einig. Pontius Aquila konnte warten. Sorchas Rettung stand als erster Punkt auf der Tagesordnung unserer fröhlichen Rebellenbande. Es galt noch eine Menge vorzubereiten, bevor wir aufbrechen konnten, nicht zuletzt brauchten wir ein Transportmittel, aber wenigstens hatten wir ein Ziel vor Augen. Sogar Arviragus' langjähriger Wächter – namens Junius – war übergelaufen, hatte sich unserer Sache angenommen und war umtriebig, wie ein Mann, der seinem Leben einen neuen Sinn gegeben hatte. Eine zielgerichtete, spürbare Dringlichkeit hatte Arviragus' Gefängniszelle und den Hof in einen summenden Bienenstock verwandelt. Zum größten Teil ging es dabei um Waffen. Und Kriegsbemalung. Die Mädchen hatten einstimmig beschlossen, dass, wenn wir es schon mit einer Bande sogenannter Amazonen aufnahmen, wir es im Furcht einflößenden Stil des Ludus Achillea tun würden.

Damals in der Nacht, als wir unseren Eid abgelegt und Sorcha sich den neuen Gladiatorinnen zum ersten Mal gezeigt hatte, war sie mit allen Insignien einer Cantae-Krieger-Prinzessin erschienen und hatte mit Färberwaid – einer tiefblauen Hautfarbe, die die Cantae und andere keltische Kriegerstämme im Kampf auftrugen – verschlungene Muster auf ihr Gesicht, ihre Arme und Beine gemalt. Meine Kameradinnen hatten sich davon inspirieren lassen, und deshalb hockten die meisten von ihnen heute Morgen über Feuerschalen im Haus und experimentierten mit den Pigmenten, die Leander – von Thalestris' Münzen – auf dem Markt besorgt hatte und mischten sie in Tiegeln an, um einen identischen Blauton hervorzurufen. Die Ergebnisse probierten sie an Quint aus, der nur zu gerne bei ihnen saß, gefangen und flachsend.

Sogar als ich nach draußen an die frische Luft trat, war das Gelächter noch zu hören. Dadurch fühlte sich mein Herz etwas weniger wie ein Bluterguss an, der jedes Mal schmerzhaft in meiner Brust pochte, wenn ich an Sorcha dachte. Fast pausenlos betete ich, dass Leander recht hatte und dass Morrigan – und Thalestris – meine Schwester wenigstens bis zur Nacht der Jägerin Mond am Leben lassen würden.

Meriel saß alleine draußen im Hof.

Wahrscheinlich hatte sie ausreichend permanente Färberwaid-Tätowierungen auf ihrer Haut, dass Kriegsbemalung für sie nicht wirklich von hoher Wichtigkeit war. Ich ließ mich in einiger Entfernung von ihr nieder und begann mein Schwert zu schärfen. Nach einer Weile verlagerte ich mein Gewicht auf die andere Seite, weil meine Wunde immer noch ein wenig schmerzte, und stellte fest, dass Meriel mich schweigend anstarrte, seit ich nach draußen gekommen war. Ich seufzte innerlich, drehte mich um und erwiderte ihren Blick.

»Hast du etwas auf dem Herzen, Meriel?«, fragte ich so freundlich wie möglich.

Sie schwieg lange, als würde sie darüber nachdenken, ob es Sinn machte, mir mitzuteilen, was ihr durch den Kopf ging. Aber Meriel war niemand, der eine Konfrontation – ob echt oder eingebildet, groß oder klein – scheute, also überraschte es mich nicht, als sie den Mund öffnete.

»Ich mag dich nicht, Fallon ferch Virico«, sagte sie endlich und sprach meinen vollen Namen mit übertriebener Betonung aus. Sie redete in ihrer Muttersprache, die ich trotz ihres schweren, harschen, nördlichen Akzents wegen der Ähnlichkeiten zu meiner eigenen – gerade so – verstand.

Ich nickte. »Ich weiß. Damals in der Gladiatorenschule, als Nyx und …«

»*Zum Henker* mit Nyx.« Meriel starrte mich finster an. »Ich kann auch ohne Nyx meine Gefühle einsortieren. Ich mochte dich schon vor meiner Geburt nicht.«

»Das scheint mir ein bisschen extrem«, sagte ich.

»Mein Stamm sind die Corieltauver.«

»Ah.«

Das erklärte eine Menge. Eigentlich alles. Tatsächlich

hatte ich wegen ihrer Tätowierungen und ihres Akzents immer so etwas vermutet. Und wegen ihres aggressiven, hitzigen Temperaments. Und es war mehr als ausreichend, um mich zu hassen. Ihr Stamm und meiner befanden sich in Blutfehde, wegen einer Kränkung, die viele Jahrzehnte zurücklag, noch bevor ich ein Hauch im Wind war … Lang genug, dass die meisten den Grund für die ganze Sache vergessen hatten, aber nicht die Sache an sich. Wahrscheinlich war auch ich mit Hass auf Meriel groß geworden. Im Prinzip jedenfalls. Damals als die treibende Kraft in meinem Leben mein leidenschaftlicher Wunsch gewesen war, in die Kriegerschar meines Vaters aufgenommen zu werden, war ich immer davon ausgegangen, dass ihr Stamm einer von denen sein würde, gegen die ich kämpfen würde, wenn es so weit war.

Wenn es so weit war …

So weit war es nie gekommen. Für keine von uns. Und jetzt waren wir hier.

»Also. Ich habe dich schon nicht gemocht, bevor ich dich kennengelernt habe.« Sie zuckte mit den Schultern. »Deine Bekanntschaft zu schließen hat daran nichts geändert.«

Ich lachte. »Auch gut.«

»Nyx dagegen mag ich«, fuhr Meriel fort. »Sie ist ein kaltherziges, giftiges Miststück, und sie würde dir beim Frühstück für eine zweite Schüssel Haferbrei die Kehle durchschneiden, wenn sie hungrig ist. Das gefällt mir. Das verstehe ich … Aber ich vertraue ihr nicht.« Mit ernster Miene drehte sie sich wieder zu mir um. »Dir vertraue ich.«

Das überraschte mich. »Tatsächlich?«

»Was bleibt mir anderes übrig?« Sie schnaubte. »Du bist ehrlich und ehrenhaft. Alles, was ich nicht bin. Ich wäre eine Närrin, dir nicht zu vertrauen.«

»Danke – sollte ich wahrscheinlich sagen.«

Sie nickte mit dem Kinn hinüber zum Gefängnishaus, zu den anderen. »Diese Mädchen … die meisten von ihnen kenne ich länger als dich. Die meisten von *ihnen* mag ich auch nicht. Aber wir haben uns einen Eid geschworen – füreinander zu kämpfen und zu sterben – und Nyx hat das nie verstanden. Haferbrei ist eine Sache. Blut eine andere und es ist sogar dicker. Wir alle haben einen Blutschwur geleistet, uns um unsere Luduskameradinnen zu kümmern. Und ich weiß, dass *du* dich daran halten wirst. Du und deine Lanista-Schwester – verdammt, wenn ich gewusst hätte, dass ich all diese Jahre in der Gladiatorenschule für das große Cantae-Göttinnen-Miststück Sorcha ferch Virico gekämpft habe! Bei den Zähnen von Lugh. Vielleicht hätte ich sie im Schlaf umgebracht, noch bevor man dich von zu Hause entführt hat. Und jetzt sieh mich an. Unterwegs ihren kostbaren Hals zu retten. Es ist eine seltsame, alte Welt, die uns die Götter gegeben haben, Fallon, und das ist die reine Wahrheit.«

Wir lachten leise zusammen und dann ging Meriel wieder nach drinnen. Ich sagte ihr, dass ich gleich nachkommen würde, aber ich hatte immer noch keine große Lust auf Gesellschaft. Stattdessen brachte ich mich vor der gleißenden Mittagssonne in einer Ecke im Hof unter einem der provisorischen Zeltdächer in Sicherheit und begann erneut meine Schwerter zu schärfen. Ich würde sie noch zu kleinen Fleischspießen zurechtschleifen, wenn wir nicht bald aufbrachen. Ich wünschte, Cai wäre hier, um mich abzulenken, aber er war in die Stadt gegangen, inkognito, um ein Schiff zu besorgen. Kaum war mir der Gedanke durch den Kopf geschossen, da sah ich, wie Junius durch das Eisengitter in der Außentür jemanden nach seinem Anliegen fragte. Es war Cai, als Händler verkleidet und mit tief ins Gesicht gezogener Kapuze. Junius öffnete die Tür gerade so weit, dass er hindurchschlüpfen konnte, und als er sie wieder schließen wollte, sah ich, wie Cai zögerte und sich umdrehte.

Jemand hatte von der Straße seinen Namen gerufen.

Für einen kurzen, panischen Moment, fürchtete ich, dass die Vigiles womöglich unser Versteck entdeckt hatten. Aber dann schlüpfte eine schlanke, in einen Umhang gehüllte Gestalt hinter Cai durch den Spalt über die Türschwelle. Kein Soldat oder Wächter, nein. Ein Mädchen.

Kassandra.

Cai machte kehrt und ging zu ihr, während sie sich ihre Palla aus dem Gesicht schob. Ihre Haare fielen ihr offen über die Schultern und ihre Wangen waren gerötet. Es sah aus, als wäre sie gerannt. Sie sprach leise und eindringlich, aber ich war zu weit weg, um zu hören, was sie sagte. Zuerst hörte Cai konzentriert und mit geneigtem Kopf nur zu. Kurz darauf schüttelte er den Kopf und lachte auf. Aber Kassandra war eindeutig nicht zum Scherzen zumute und sie war noch nicht fertig. Sie griff nach Cais Arm, doch er schüttelte sie plötzlich wütend ab.

Ich konnte immer noch nicht hören, worum es in dem Streit ging, aber ich hatte Cai selten so verärgert gesehen. Er hob eine Hand und – *das* hörte ich – befahl Kassandra, den Mund zu halten und ihm nie wieder solche Lügengeschichten zu erzählen. Weder ihm noch jemand anderem. Dann machte er auf dem Absatz kehrt und stolzierte ins Gefängnishaus. Kassandra rief ihm hinterher, aber ihre Rufe stießen auf taube Ohren. Er schlug die Tür hinter sich zu, und sie blieb im Hof stehen und starrte ihm mit ineinander verkrampften Händen nach.

Mir fiel wieder ein, dass ich einmal geglaubt hatte, die beiden hätten etwas miteinander. Seitdem hatte ich diese Angst längst begraben, aber plötzlich schwebte sie wieder wie eine geisterhafte Erscheinung über mir, flüsterte mir ins Ohr. Gnadenlos brachte ich dieses Flüstern zum Schweigen, steckte das Schwert, das ich gerade schärfte, in seine Scheide, und ging hinüber zu Kassandra. Sie brauchte einen Moment, bis sie mich überhaupt bemerkte. Dann drehte sie sich zu mir um und blinzelte mich verdutzt an, in Gedanken war sie meilenweit von dem Ort entfernt, an dem sie stand.

»Kassandra?«, fragte ich. »Was ist los?«

»Ich …« Sie zögerte kurz, und ihr Blick zuckte zwischen mir und dort, wo Cai verschwunden war, hin und her. Was auch immer sie hatte sagen wollen, erstarb auf ihren Lippen, und sie schüttelte den Kopf, verstummte, ihre Stirn in tiefe Sorgenfalten gelegt. Mir fiel auf, dass sie unter ihren geröteten Wangen blass und abgespannt wirkte, ihre Gesichtszüge traten deutlicher hervor als beim letzten Mal, als ich sie gesehen hatte, so als hätte sie zu viel Gewicht verloren. Und unter ihren Augen lagen Ringe.

»Kass ...« Ich legte eine Hand auf ihren Arm. »Geht es dir gut?«

Sie sah mich an und blinzelte, als hätte sie schon fast vergessen, dass ich da war.

»Nein«, murmelte sie. »Nein, mir geht es nicht gut.«

»Was ist los? Kannst du es mir sagen?«

Sie lachte schrill und schüttelte den Kopf. »Nein. Nur ...« Wieder wanderte ihr Blick in die Richtung, in die Cai davongegangen war. »Nur so viel: Ich ... träume, Fallon. Schreckliche Träume, in denen die Statuen im Forum umgeworfen und zertrümmert werden und die Straßen Roms sich mit Blut füllen. Ich habe Angst, dass uns etwas Furchtbares bevorsteht. Der Republik ... und denen, die Caesar treu ergeben sind. Vielleicht uns allen. Ich habe Angst, dass schreckliche Unruhen auf uns zukommen.«

In unserer kurzen gemeinsamen Zeit hatte ich Kassandra als sensibel und großzügig kennengelernt, obwohl sie bestimmt in die tiefsten Abgründe menschlicher Seelen geblickt hatte. Und jetzt ... böse Träume? Weltuntergangsvisionen? Sie hatte mir einmal erzählt, dass Mohnwein – und Schlimmeres – im Hause der Venus frei flossen. Vielleicht war sie dieser Gewohnheit anheimgefallen. Das könnte ich ihr kaum verübeln. Bei dem Leben, das sie führte ... Wahrscheinlich hätte auch ich versucht, mich zu betäuben.

Ich fragte mich, warum sie das Bedürfnis verspürte

hatte, Cai von ihren Ängsten zu erzählen – und warum er so darauf reagiert hatte. Dann fragte ich mich, ob nicht Kassandra vielleicht insgeheim Gefühle für Cai hegte. War sie deshalb zu ihm gekommen? Um ihn von dem waghalsigen Unternehmen abzubringen, zu dem ich ihn scheinbar verleitete? Ich konnte es ihr nicht verdenken. Aber ich verstand auch, warum Cai wütend war.

»Kass …« Ich musste ihren Arm rütteln, um ihre Aufmerksamkeit wieder auf mich zu lenken. »Warum bleibst du nicht hier? Mit uns? Schließ dich mir und dem Rest der Mädchen an und …«

»Und lerne um mein Leben zu kämpfen?« Sie lachte. Es war ein hohler Laut. »Das tue ich bereits, Fallon. Nur dass mir dabei nicht der Luxus zuteilwird, meine Feinde bluten zu sehen.«

Ich ließ sie los, und sie zog sich ihre Palla wieder über den Kopf, verbarg erneut ihr Gesicht vor den Augen Roms. Junius ließ sie wieder durch das Tor hinaus und noch lange, nachdem sie gegangen war, stand ich mit einem Wirrwarr an Gefühlen, das schwer auf meiner Brust lastete, im Hof. War da mehr zwischen Cai und Kass, als ich vermutete? Ich schüttelte den Kopf. Nein. Das würde er mir erzählen.

Würde er das? Wirklich?

Ich musste daran glauben, dass er das täte.

Als ich mich umdrehte, um wieder hineinzugehen, entdeckte ich Aeddan, der im Schatten einer Nische stand. Mit verschränkten Armen und ausdrucksloser Miene lehnte er an der Wand. Wahrscheinlich hatte er das ganze Gespräch zwischen Kassandra und Cai aus der Nähe mit angehört, und ich wartete darauf, dass er etwas sagte. Aber das tat er nicht.

Er drückte sich bloß von der Wand ab und ließ mich kopfschüttelnd stehen.

Später am Abend konnte ich Cai nicht finden. Seit seiner Begegnung mit Kass war er eine wandelnde Gewitterwolke gewesen. Quint hatte mir erzählt, dass er zurück in die Stadt gegangen sei, um weitere Vorkehrungen für unsere baldige Abreise zu treffen. Ich war mir nicht sicher, ob ich ihm das glaubte. Aber ich vertraute Cai. Und Kass vertraute ich auch. Ich war fest davon überzeugt, dass keiner von beiden mir je wehtun würde, und sollte es etwas geben, was die zwei untereinander klären mussten, dann würde ich sie dabei in Ruhe lassen.

Um mich von dieser Möglichkeit abzulenken, grübelte ich später am Abend mit Elka über das nach, was Kass über den Zustand der Republik gesagt hatte, und darüber, was sie Cai bereits über die Optimaten und Popularen und die heimlichen Machtkämpfe, die sich im Schatten dieser beiden Fraktionen abspielten, erzählt hatte. Pontius Aquila und seine Handvoll verkommener Anhänger ließen sich kaum leugnen – ich hatte sie mit eigenen Augen gesehen –, aber ich fragte mich, ob es *tatsächlich* möglich war, dass solche Praktiken so weit verbreitet waren, wie Kassandra anscheinend glaubte? Dass solche Männer Einfluss auf Roms Geschicke hatten? Ich wusste, dass sogar Caesar einst Hohepriester in dem seltsamen und geheimnisvollen Orden des Jupiters gewesen war, aber mir fiel es immer noch schwer, den Strategen mit dem Mystiker in Einklang zu bringen.

Elka verfolgte Theorien, die natürlich auf dem Kampf um die Vormachtstellung ihres eigenen Stammes beruhten.

»Die Menschen haben schon immer aus dem Tod Macht gezogen«, flüsterte sie leise, während sie die Glut in der Feuerschale zwischen uns schürte. »Und nicht nur aus dem Tod ihrer Feinde. Manchmal aus dem Tod ihrer Freunde. In Zeiten der Not bringen mein Stamm – die Warnen und andere wie sie – ihre Kriegsgefangenen hinaus in den Wald und kehren ohne sie nach Hause zurück. Als kleines Mädchen bin ich einmal über die Überreste von einem dieser Gefangenen gestolpert, als ich mich beim Holzsammeln verlaufen hatte. Er wurde durch die Blutadler-Folter hingerichtet. Aufgeschnitten und zwischen den Ästen eines Baumes als Opfergabe für unsere Götter und als Warnung für unsere Feinde aufgehängt.« Sie zuckte mit den Schultern und griff nach einem Becher Bier. »Manchmal, wenn es keine Gefangenen gab, haben sie auch einen von uns genommen. Sie bezeichneten es als ›Ehre‹. Und erzähl mir nicht, dass ihr Kelten etwas Derartiges nie tun würdet. Ich weiß, dass ihr es tut.«

Das stimmte. Die Druiden, die spirituellen Anführer meines Stammes, opferten Männer an die Sümpfe, um die Götter gnädig zu stimmen. Unsere Stammeskrieger nahmen die Köpfe ihrer Feinde als Kriegstrophäen. Man erzählt sich, dass einige Stämme – vor allem die Catuvellaunen – sie sogar als Fetische der Macht an Dachbalken und an den Türpfosten ihrer Häuser aufhängten. Meines Wissens hat mein Vater so etwas nie getan. Und seiner Kriegerschar hatte er es nie erlaubt.

Und vielleicht hatte er deshalb auf dem Schlachtfeld versagt, dachte ich. *Vielleicht war er deshalb ein schwacher König …*

Was, wenn man wirklich Macht – *echte* Macht – aus dem Tod anderer ziehen konnte? Oder zogen unbedeutende Männer daraus nur das Gefühl von Wichtigkeit? Ich dachte über Morrigan nach und darüber, was sie von *ihren* Getreuen forderte, und ich fragte mich: Was, wenn die Göttin eines Tages ein solches Opfer von mir verlangen würde? Das Leben eines anderen für etwas so Niederes wie politischen Machtgewinn?

Das würde sie nie tun, hielt ich lautlos dagegen. *Oder?*

Nicht einmal hier in Rom? Nicht einmal, wenn es bedeutete, Macht über die Römer und ihre Götter zu erlangen? Ich konnte es ehrlich nicht sagen. Aber allein bei dem Gedanken überlief mich ein kalter Schauder, den selbst die Wärme des Feuers nicht vertreiben konnte.

Am nächsten Morgen erreichte uns – endlich – die Nachricht, dass wir ein Schiff hatten. Cai überbrachte mir die Botschaft höchstpersönlich, und mir fiel auf, dass seine grüblerische Stimmung sich anscheinend über Nacht verzogen hatte. Meine eigenen düsteren Vorahnungen wurden ebenfalls vom frischen Wind der Vorfreude weggeweht. Wir würden Arviragus' Gefängnishaus noch heute, bei Einbruch der Dunkelheit, verlassen.

»Ich möchte mit euch kommen.«

Ich sprang hinten von der Ladefläche des Karrens herunter, auf dem Cai und ich gerade dabei waren, die Ausrüstung zu verstauen, starrte hoch in Arviragus' bärtiges Gesicht und wusste nicht, was ich antworten sollte.

»Nur wenn du meinst, dass ein alter Krieger nützlich für euch sein könnte«, sagte er.

»Äh …«

Bis zu diesem Augenblick war mir überhaupt nicht in den Sinn gekommen, dass er uns vielleicht begleiten *wollte*. Aber in seinem Blick stand nackte Angst – ich glaube, er fürchtete sich wirklich davor, zurückgelassen zu werden – und ich wusste nicht, was ich sagen sollte. Zwar hatte ich ihn, seit wir in seinem Gefängnishaus Unterschlupf gefunden hatten, nur ein- oder zweimal betrunken gesehen – und weder sturzbetrunken noch randalierend oder sich übergebend –, aber er war mit Sicherheit nicht mehr der Krieger, der er vor vielen Jahren gewesen war. Nicht mal annähernd. Und er war nicht gerade von unauffälliger Gestalt. Schon so war es riskant, uns alle zum Pier und an Bord des Schiffes zu bringen, ohne dass die Vigiles Wind davon bekamen.

»Ihr seid irgendwie … leicht zu erkennen, mein Fürst«, sprach Cai wenigstens einen meiner Gedanken aus.

Der Ausdruck auf Arviragus' Gesicht brach mir das Herz, als er nickte und sich mit hängenden Schultern abwand. Ich streckte eine Hand aus, doch Junius hatte das Gespräch mitangehört und kam zu uns herüber.

»Ich glaube, dabei kann ich behilflich sein«, sagte er.

Arviragus beäugte ihn misstrauisch.

»In meiner Truhe liegen mein Rasier-Set aus Soldatentagen und ein paar zivile Gewänder«, sagte er. »Die Tunika wird ein bisschen zu eng und der Umhang ein bisschen zu kurz sein, aber wenn Ihr gebückt geht und Euren Blick gesenkt haltet, werdet Ihr nicht wie der trampelnde, riesige, barbarische Hinterwäldler daherkommen, der Ihr seid. Kommt.«

Ich sah ihnen nach, wie sie in die Zelle gingen, in der Arviragus die letzten sieben Jahre seines Lebens verbracht hatte. Und wo er noch wer weiß wie viele mehr verbringen würde, bis sein großes Herz aufhörte zu schlagen und seine Seele, endlich, in die Hallen der glorreichen Toten auf den Glücklichen Inseln ins Jenseits einkehren konnte. Wenn wir ihn zurückließen.

Cai sah ihm ebenfalls hinterher.

»Du hältst es für keine gute Idee«, sagte ich.

»Seine Hände zittern.«

Ich hob meinen Arm und streckte meine Hand mit gespreizten Fingern aus. »Meine auch.«

Cai nahm meine Hand in seine. »*Deine* Kraft wird zurückkehren.«

»Seine auch.«

»Und wenn nicht?«

Dann eben nicht, dachte ich. Und Arviragus, die Legende, wurde zu Arviragus, dem Risiko. Aber ich hatte meine Entscheidung bereits getroffen. »Ich werde ihn nicht zurücklassen«, sagte ich. »So wie Tanis und die anderen …«

»Du hast es selbst gesagt, Fallon.« Er lächelte mich sanft an. »Das war nur ein taktischer Rückzug.«

»Richtig.« Ich nickte. »Und Arviragus ist ein Meisterstratege. Seine Erfahrung könnte nützlich sein.«

Ich wusste, dass ich fadenscheinige Gründe anführte, nur um ihn mitzunehmen, aber das war mir egal. Arviragus hatte sich mein Vertrauen verdient. Und wenn dieses Vertrauen fehl am Platz war … was dann? War ich gewillt, das Schicksal vieler zugunsten von einem aufs Spiel zu setzen, der seine Chance auf Ruhm schon vor langer Zeit gehabt hatte? Dessen Name bereits für immer als glänzender Silberfaden in den Liederteppichen der Barden eingewoben war? Ich fragte mich, was Sorcha an meiner Stelle tun würde.

Würde sie mein Leben riskieren, um seins zu retten?

Ich kannte die Antwort bereits, bevor ich die Frage überhaupt gestellt hatte: Ja.

Und Morrigan allein konnte darüber ein Urteil fällen.

Egal, ob richtig oder falsch, man musste Arviragus gesehen haben, als er wieder auftauchte. Seine zottige Mähne und sein Bart waren geschoren und er trug eine einfache Tunika mit Umhang. Sogar Cai musste zweimal hinsehen und der Hauch eines Lächelns zuckte um seine Mundwinkel. Arviragus hätte fast für einen gewöhnlichen Händler oder Bauern aus der Provinz durchgehen können, den seine Geschäfte nach Rom geführt hatten. Zwar konnte er die Körperhaltung eines Kriegers nicht vollständig verstecken, aber ich hoffte, dass die Leute ihn einfach für einen Exsoldaten oder Soldaten halten und den Augenkontakt mit ihm vermeiden würden.

Doch vor allem hoffte ich, dass er seine Kapuze nicht abnehmen und keinen Alkohol zu sich nehmen würde.

»Kommst *du* mit uns, Junius?«, fragte er seinen langjährigen Gefängniswächter. Schließlich gab es nichts mehr zu bewachen, wenn er weg war.

»In den letzten sieben Jahren bin ich die meiste Zeit nicht von deiner Seite gewichen«, schnaubte Junius. »Man sollte meinen, dass du froh wärst, mich von hinten zu sehen. Nein, ich bleibe hier. Meine Ablösung kommt erst in einer Woche. Bis dahin habe ich genug Zeit, mir etwas für ihn zurechtzulegen. Wahrscheinlich werde ich ihm erzählen, dass du dich zu Tode gesoffen hast und ich dich im Hof verscharrt habe.«

»Das glaubt er dir bestimmt.«

»Oh, gewiss. Und er wird es für sich behalten, weil er seine Legionärspension will.«

Die beiden Männer umfassten sich an den Handgelenken.

»Auf Wiedersehen, alter Freund«, sagte Junius.

»Leb wohl, alter Feind«, knurrte Arviragus.

Mir ging das Herz auf, als ich seine aufrechte Haltung sah und das flackernde Feuer, das irgendwo auf dem Grunde seiner Augen zum Leben erwacht war.

X

Der Umhang, den Leander für mich aufgetrieben hatte, war ein unförmiges, nichtssagendes Etwas mit einer weiten Kapuze – sehr nützlich, wenn man wie ich verzweifelt unerkannt bleiben wollte. Als Caesars viel gepriesene Victrix hatte mich mindestens die Hälfte der Bürger Roms bei mehr als einer Gelegenheit zu Gesicht bekommen, und die Chancen standen nicht schlecht, dass mich jemand erkennen würde, wenn ich ohne Kopfbedeckung durch die Straßen lief. Und nicht nur mich.

Wir mussten Elkas lange blonde Zöpfe hochstecken und unter einem farblosen Schal verstecken, den sie sich über den Kopf gelegt hatte. Ajanis unverwechselbares Gesicht verbargen wir hinter einem Schleier. Auch die anderen Mädchen verkleideten wir auf diese Art und Weise, und Cai und Quint mussten beide ihre Legionärsausrüstung in einer Truhe verstauen und sich in Gewänder kleiden, die Händler trugen, in der Hoffnung, dass sich niemand über ihren kurzen Soldatenhaarschnitt wundern würde.

Paarweise oder in kleinen Gruppen liefen wir hinunter zu den Anlegestellen am Fluss Tiber, nutzten dort die Deckung der Händlerbuden und das ständige Kommen und Gehen der Fußgänger und gingen in zeitlich unverdächtigen Abständen an Bord des Schiffs, das Cai für uns besorgt hatte. Das Schiff war ein tiefliegender Kahn mit Drachenbug und einem verschlissenen, verblassten Segel, das aussah als hätte es einst ein paar armen Plünderern aus dem Norden gehört. Seine Reling zierten die vom Meereswasser ausgeblichenen und an den Kanten abgesplitterten Schilde seiner ehemaligen Besatzung, und es sah durch und durch schäbig und kaum seetüchtig aus. Wahrscheinlich würde niemand auf die Idee kommen, an Bord dieses Schiffes nach einem Haufen flüchtiger Gladiatorinnen zu suchen.

Trotzdem würde ich erst erleichtert aufatmen, wenn wir die Hafenstadt Ostia hinter uns gelassen hatten, der Wind unsere Segel blähte und das Boot auf den Wellen des Mare Nostrum in westlicher Richtung nach Korsika tanzte. Und – flehte ich Morrigan an – zu meiner Schwester.

Bevor wir losgezogen waren, waren wir übereingekommen, dass Elka, Ajani und Gratia jeweils zwei der neueren Mädchen unter ihre Fittiche nehmen würden. Elka ging gebeugt wie ein altes Weib, begleitet von Devana und Nephele. Die Verkleidung mit dem Tuch über dem Kopf war für Elka hinreichend Vorwand, um sich schwer auf ihren »Gehstock« stützen zu können – einen langen Holzstab, der in ihren Händen fast genauso tödlich war wie ihre sonst übliche Speerklinge. Nur für den Fall, dass sie und ihre Schützlinge in Schwierigkeiten gerieten.

Ajani nahm Kore und Thalassa mit und musste den kleinen Bogen, den Leander für sie besorgt hatte, unter den dichten Schleiern verstecken, in die sie sich gehüllt hatte. Der Bogen war ein billig gemachtes Teil, nur wenig mehr als ein Kinderspielzeug, aber mit zwei vollen Köchern. Ajani hatte Tage damit zugebracht, den Bogen zu ölen und die Pfeile zu schärfen, jeden einzelnen Schaft hatte sie vorsichtig über einem Kohlebecken begradigt, damit sie ihr Ziel nicht verfehlten.

Gratia, in Begleitung von Vorya und Anat, ging ohne Ausrüstung. Bei einem Straßenkampf wären ihre bloßen Fäuste wahrscheinlich genauso wirkungsvoll wie alles andere, überlegte ich. Egal, welch andere Waffen wir noch zusammengetragen hatten, die Mädchen versteckten sie in Stiefeln, Bündeln oder unter Umhängen. Das war nicht besonders schwer – wir besaßen immer noch nur wenige Waffen und hatten vor allem Messer und Kurzschwerter auftreiben können. Unter diesen Umständen schätzte ich mich extrem glücklich, dass ich meine Eidschwerter unter meinem Umhang um die Hüfte gegurtet trug.

Es wurde spät, ich spielte nervös am Griff eines der Schwerter und meine Beinmuskeln hatten sich vom langen Stillsitzen verkrampft, als Meriel neben mir im Schatten des Verkaufsstandes eines Stoffhändlers in die

Hocke ging. Sie trug nur einen Dolch mit kurzer Klinge bei sich, der in ihrem Stiefel steckte, und ich hoffte verzweifelt, dass sie ihn nicht würde benutzen müssen. Denn wenn sie irgendjemanden mit dieser Klinge verwundete, musste derjenige schon weniger als eine Armlänge von ihr entfernt sein. Bei der Aussicht auf einen Kampf verlagerte ich unbehaglich mein Gewicht. Bis jetzt hatten wir Glück gehabt. Sie und ich hatten jetzt ungefähr eine Stunde gewartet, während sich die Sonne zu den Hügeln hinter dem Fluss neigte.

Ich warf einen Blick zurück zum Kai. Er war jetzt fast menschenleer, bis auf ein paar späte Lastenträger und ein paar vereinzelte Möwen, die nach Abfall suchten. Ich sah zum Schiff, konnte Cai oder Quint aber noch nicht im Bug entdecken. In unregelmäßigen Abständen erschien einer von ihnen – beide immer noch als Händler gekleidet – und stellte sich in den Bug des im Hafen liegenden Schiffes. Das war das Signal für eine unserer kleinen Gruppen, an Bord zu kommen. Unsere kleinen Reisetrupps machten sich dann auf den Weg und verschwanden über den Landungssteg auf unser Schiff und außer Sicht.

Meriel und ich waren die Letzten, die im Schutz der immer länger werdenden violetten Schatten warteten, während die Dunkelheit die Abenddämmerung verdrängte und die ersten Sterne Löcher in das Himmelszelt stachen. Antonia und Neferet waren zusammen mit Leander und Arviragus kurz zuvor an Bord gegangen. Jetzt war der Betrieb am Kai fast zum Erliegen gekommen und es würde nicht mehr lange dauern.

Meriel stieß mich leicht an die Schulter. »Das ist unser Signal.«

»Dann los.«

Wir waren so kurz vor dem Ziel. Einen Speerwurf – oder weniger – entfernt, als sie zwischen den Säulen des Pavillons der Händlergilde hervortraten. Ein halbes Dutzend Vigiles, alle schwer bewaffnet. Sie hatten eindeutig auf mich gewartet, bevor sie zuschlugen. Wir waren geradewegs in eine Falle gelaufen.

»Die da!«, rief einer von ihnen und zeigte auf mich. »Das ist sie!«

Wir rannten los und Meriel fluchte so heftig, dass selbst ihre blauen Tätowierungen erblassten. »Mit diesem verdammten Käsemesser bin ich keine Bedrohung!«, stieß sie hervor und schwang die kurze Klinge, die sie als einzige Waffe bei sich trug.

Nur einen Steinwurf vom Schiff entfernt traten drei weitere Vigiles hinter einem Stapel Kisten hervor und stellten sich zwischen den Landungssteg und uns. Zwischen die Freiheit und uns. Meriel kam schlitternd zum Stehen und drehte sich mit weit aufgerissenen Augen zu mir um. Ich zog meine Schwerter und bot ihr eins davon an.

Sie streckte ihre Hand danach aus – stürmte dann aber an mir vorbei und schrie: »Vergiss es!«

»Meriel!«

»Ich habe eine bessere Idee!«

Die Kais lagen voller Schiffe, Boote und allem möglichen Zubehör, Fischfangausrüstung inbegriffen. Und zwar ein ordentlicher Haufen davon: Krebskörbe, Netze und ein Bündel Fischspeere. In der Arena kämpfte Meriel im Stil eines Retiarius, mit Dreizack und Netz. Der Speer, den sie sich schnappte, hatte nur zwei Zinken statt drei und im Netz hingen Algenreste, aber ich glaube, das war ihr in diesem Moment egal. Sie drehte sich um, presste ihre Schulter gegen meine und gemeinsam traten wir den näher kommenden Vigiles entgegen.

Als Wachmänner Roms waren die Vigiles hartgesotten und sie waren brutal, eine wirkungsvolle Kraft, um für Frieden in der Stadt zu sorgen. Aber wenn sie kämpften, kämpften sie wie Straßendiebe. Ein paar der älteren Offiziere hatten der Legion angehört, aber die Mehrzahl der Männer, die tatsächlich durch die Straßen patrouillierten und es mit den rivalisierenden Händlergilden und ihren Schlägertrupps in den Stadtteilen aufnehmen mussten, waren nichts weiter als einfache Raufbolde. Sie waren groß und stark und uns in Gewicht und Muskelmasse weit überlegen.

Und als sie uns angriffen, gingen zwei von ihnen zu Boden wie nasse Sandsäcke.

Mir blieb keine Zeit, darüber nachzudenken, wie es sich anfühlte, mein Schwert erneut aus menschlichem Fleisch zu ziehen und mich dabei wegzudrehen, damit ich nicht in dem warmen roten Blut ausrutschte, das das Pflaster jetzt unter meinen Sandalen färbte. Ich dachte nur an das Leben der Mädchen auf dem Boot hinter mir. An Sorcha, die auf Rettung wartete …

»Fallon!«

Meriel schrie und instinktiv duckte ich mich, schlug dabei schmerzhaft mit dem Knie auf den Boden und rollte mich auf den Rücken. Die untergehende Sonne spiegelte sich rot auf der Klinge, die in hohem Bogen auf meinen Kopf zuschoss. Ich hob meinen Arm, um den Hieb abzublocken, doch plötzlich war das Schwert weg, steckte zwischen den Zacken von Meriels Fischspeer und wurde beiseitegewischt. Das Schwert flog durch die Luft, während sein Besitzer fluchte und ihm hinterhersprang, um es sich zurückzuholen.

Ich atmete tief durch, kroch aus der Nahkampfzone und bedankte mich keuchend für die Rettung. Meriel antwortete mit einem Knurren und packte mich am Handgelenk, um mich auf die Füße zu ziehen.

»Runter, Meriel!«

Mit der Schulter schubste ich sie beiseite und riss mein Schwert über den Kopf, als der Wächter hinter ihr seine Axt über den Kopf hob und brüllend zum Todesschlag ausholte. Er brüllte noch lauter, als er feststellte, dass er keine Axt – und auch keinen Arm – zum Zuhauen mehr hatte.

Noch ein Wächter, vielleicht zwanzig Schritt weiter vorn, blieb beim Anblick seines armlosen Kumpanen wie angewurzelt stehen, das flüchtige Entsetzen in seinem Blick verwandelte sich schnell in brennende Wut. Mit seinem kurzen Krummschwert ging er auf mich los. Ich wappnete mich für den Hieb, aber er kam nie. Stattdessen pfiff ein Pfeil an meinem Ohr vorbei und bohrte sich in seine Schulter. Das Geschoss war von der Anlegestelle gekommen – jemand auf dem Schiff musste bemerkt haben, dass wir noch nicht an Bord waren, und war an Deck gestiegen, um nach der Ursache für diesen

Radau zu sehen –, hatte den Wächter getroffen, sodass er sich in einem grotesken Tanz um die eigene Achse drehte und dann vor Schmerzen brüllend auf dem Kai zusammenbrach. Hätte Ajani ihren echten Bogen gehabt, dachte ich, würde er nicht brüllen. Dann wäre er tot.

Drei weitere Pfeile folgten schnell aufeinander, zwei davon trafen mitten ins Fleisch, und in Sekundenschnelle hatte sich der Kreis der Wächter, die Meriel und mich angreifen wollten, in alle Richtungen zerstreut. Das verschaffte uns eine Verschnaufpause, um hinter einem Stapel leerer Holzkäfige für Federvieh in Deckung zu gehen. Dort hockten wir Seite an Seite, hielten beide unsere blutverschmierten Waffen in der Hand und rangen nach Luft. Ich spähte zwischen den Latten eines Käfigs hindurch, um zu sehen, ob ich die Lage von hier beurteilen konnte. Die Zahl der Vigiles war geschrumpft, aber irgendwo war Alarm geläutet worden, und die schwache Hoffnung, dass Meriel und ich es beide unversehrt bis zum Landungssteg schaffen würden, verschwand plötzlich mit den letzten Sonnenstrahlen hinter dem Horizont.

Ein Peitschenknall lenkte unsere Aufmerksamkeit wieder auf die Händlerbuden.

Ich hörte, wie Meriel einen Eid flüsterte. Und einen Namen: »Nyx.«

Sie trat wie die geflügelte Nemesis in Erscheinung, kohlrabenschwarzer Umhang und tiefschwarze Rüstung, ihre Augen waren mit einem Kohlstift dick umrandet, als hätte sie Kriegsbemalung aufgetragen. Nyx bleckte die Zähne, fauchte und knallte noch einmal mit ihrer Peitsche. Ihre Augen wanderten suchend über den menschenleeren Kai und sie rief den Vigiles hinter sich zu, dass sie uns den Zugang zu den im Hafen angelegten Schiffen abschneiden sollten. Jeden Augenblick würden wir, ohne Chance auf Flucht, umzingelt sein.

Ich wollte hinter den Käfigen hervortreten, doch Meriel packte mich an der Schulter und zog mich zurück. »Beim letzten Mal bist du ihr entwischt«, sagte sie. »Das wird ihr nicht noch einmal passieren. Sie wird dich umbringen.«

»Das kann sie gerne versuchen …«

»Aber *mich* wird sie nicht umbringen«, unterbrach Meriel meine Prahlerei und brachte mich zum Schweigen.

»Meriel …«

»Sei nicht dumm, Fallon! Alle wissen es – im gesamten Ludus gab es nur eine Kämpferin, die du nie ganz besiegt hast. Nicht ohne Hilfe. Vielleicht ist Nyx nicht *besser* als du, aber sie weiß, wie sie dich *schlagen* kann.«

Da hatte sie nicht ganz unrecht.

»Wenn sie eine Freundin im Ludus hatte, dann komme ich dem am nächsten. Wenn eine von uns sich ihr stellt, dann sollte ich das sein. Geh«, sagte sie. »Ich halte sie auf, solange ich kann.«

Ich schüttelte den Kopf. »Ich lass dich nicht zurück.«

»Dann wird keine von uns von hier fortkommen«, fauchte sie. »Sei keine Närrin – geh!«

Hinter mir drangen Rufe an mein Ohr, ich warf einen Blick über die Schulter und sah, dass Hektik an Bord des

Schiffes ausgebrochen war. Die Matrosen beeilten sich abzulegen, bevor die Vigiles sie erreichten. An der Reling riefen Cai und Elka uns zu, dass wir uns beeilen sollten. Und Ajani hatte einen neuen Pfeil in ihren Bogen gespannt. Ich zögerte und drehte mich wieder zu Meriel.

»Geh, Fallon!«, drängte sie mich erneut. »Auf dem Schiff brauchen sie *dich*, nicht mich. Und die Lanista braucht dich am meisten von allen.«

»Meriel …«

»Geh!«

Und dann trat sie hinter den Käfigen hervor und ging ruhigen Schritts auf Nyx zu. Mit einem frustrierten Fauchen rammte ich meine Schwerter zurück in ihre Scheiden. Nichts konnte mich davon abhalten, mit ihr herauszutreten. Nichts, bis auf den Gedanken an meine Schwester. Und die Schiffsladung geflüchteter Gladiatorinnen, die geschworen hatten, ihr Leben zu riskieren, um mir bei ihrer Rettung zu helfen. Wie Meriel es gerade tat.

»Ich habe kein Problem mit dir, Meriel.« Nyx' Stimme drang bis in mein Versteck.

»Doch, Nyx«, antwortete Meriel. »Das hast du.«

Ich hörte, wie sie einen Kriegsschrei aus Prydain ausstieß, und ich hörte das Knallen von Nyx' Peitsche. Ich rang mit mir, drehte mich dann aber um und rannte zum Schiff. Die Matrosen hatten bereits die Leinen gelöst und das Schiff legte gerade vom Kai ab. Ich sah, wie der Landungssteg wackelte und ins Wasser fiel, als sich der Spalt zwischen dem Boot und der Anlegestelle vergrößerte. An der Schiffsreling reihte sich jetzt ein Gesicht neben das andere – mit offenem Mund drängten mich alle, *schneller* zu rennen! Ich senkte den Kopf, meine Arme und Beine pumpten, und als ich den Rand des Steinkais erreichte … sprang ich.

Fast hätte ich es nicht geschafft. Mein Fuß blieb an der Reling hängen, und ich fuchtelte wie wild mit den Armen durch die Luft auf der Suche nach etwas, woran ich mich hätte festhalten können. Und dann war Cai da und hielt *mich* fest. Er zog mich an Deck und drückte mich an seine Brust. Dort verharrte ich für einen Moment, schwer atmend. Dann befreite ich mich aus seinen Armen, drehte mich um und beugte mich über die Reling. Auf dem Kai stand Meriel immer noch aufrecht, immer noch kämpfend. Ich hatte ihre Geschicklichkeit schon vorher bewundert – es schien immer fast, als würde sie in ihrer Retiarius-Ausrüstung tanzen – und wären wir in der Arena, hätte ich sie jetzt angefeuert. Stattdessen schlug mir das Herz bis zum Hals, als unser Boot an Fahrt aufnahm und wir uns von ihr entfernten.

Als sie schließlich unter einem Haufen Wächter zu Boden ging, konnte ich nichts weiter tun, als wie betäubt und mit Entsetzen zuzuschauen. Nyx war zu weit weg, als dass ich ihr Gesicht hätte klar erkennen können, aber ich beobachtete, wie sie von dem am Boden liegenden Mädchen wegtrat, an den Rand der Kaimauer ging und unserem Schiff hinterherstarrte.

Ich stellte mir vor, dass sie dort genauso lange verharrte wie ich.

Wir hatten uns nicht zum letzten Mal gesehen, doch

in meinem Herzen wusste ich, dass dasselbe nicht für Meriel galt. Und es fühlte sich an, als lastete ein schwerer Stein auf meiner Brust.

»Einige schaffen es nicht«, sagte eine Stimme neben mir. »Es ist nicht deine Schuld. Aber du solltest wissen, dass du wahrscheinlich noch mehr verlieren wirst, wenn du deinen eingeschlagenen Weg fortsetzt.«

Ich drehte mich zu dem Kapitän des Schiffes um, der mich mit vor der Brust verschränkten Armen aus seinen dunklen Augen anstarrte. Charon, der Sklavenhändler. Der Mann, der mich gefangen genommen und verkauft, mich mehr als einmal gerettet hatte und jetzt alles aufs Spiel setzte, um mir dabei zu helfen, meine Schwester zu retten.

»Ist es der richtige Weg?«, fragte ich.

»Da fragst du den Falschen.« Er schüttelte den Kopf. »Ich bin ein Sklavenhändler, Fallon. Ich kann etwas gleichzeitig richtig und falsch finden. Nur so kann ich nachts schlafen.«

»Sie werden uns verfolgen.« Ich nickte zu der Anlegestelle – und dem Mädchen –, die wir bereits weit hinter uns gelassen hatten. »Oder?«

Charon lachte leise. »Das können sie gerne versuchen«, sagte er. »Aber sie werden uns nicht kriegen. Oder hast du es vergessen? Ich habe viel Erfahrung damit, Häfen eilig im Deckmantel der Dunkelheit zu verlassen.«

Er legte eine Hand auf meine Schulter und drückte sie sanft. Dann ließ er mich allein und rief seiner Besatzung leise Befehle zu. Still und heimlich glitt das Schiff über den breiten schwarzen Fluss, wie ein dunkles, lautloses

Meerestier, das auf den nächtlichen Wellen des Tibers ritt. Überall um uns herum flackerten die Lampen wie Glühwürmchen in den Fenstern und wurden weniger und weniger, während wir die Stadt weit hinter uns ließen.

Das Schiff war mit einer spärlichen Besatzung bemannt, und so waren Cai, Quint, Aeddan, Leander und Arviragus gezwungen, sich ebenfalls hinter die Ruder zu klemmen, bis wir es hinaus aufs offene Meer geschafft hatten und die Segel setzen konnten. Die Mädchen aus dem Ludus boten ihre Hilfe an, aber Charons Matrosen war es mit so vielen Frauen sowieso schon mulmig zumute, und dann auch noch mit welchen, die Männeraufgaben genauso gut bewältigen konnten wie sie selbst. Finster murmelten sie etwas über Frauen und Unglück vor sich hin, aber ich fragte mich, ob einige von ihnen vielleicht einfach nicht von Gratia und ihresgleichen an den Rudern in den Schatten gestellt werden wollten.

Ich sagte ihr das halb im Scherz, während wir im Heck des Schiffes standen und in Richtung Rom starrten, das schon lange in weiter Ferne verschwunden war. Gratia lachte nicht, aber das hatte ich auch nicht wirklich von ihr erwartet. Keine von uns war zum Scherzen aufgelegt. Nicht, nachdem wir gesehen hatten, wie Meriel zu Boden gegangen war.

»Wir haben eine Menge Mädchen zurückgelassen«, sinnierte Gratia und griff Charons Gedanken auf. »Eine Menge Freundinnen.«

Ich spürte, wie sich das stumpfe Messer der Schuld in mein Herz bohrte. »Ich weiß. Es tut mir leid …«

»Nein.« Gratia warf mir einen scharfen Blick zu. »Nein, Fallon. *Dir* muss nichts leidtun. Ich dachte, Nyx wäre meine Freundin. Das dachte ich wirklich. Ich habe auch sie verloren. Und die Tatsache, dass ich – dass keine von uns – ihr genauso wichtig war, macht es nicht weniger schmerzhaft. Was sie Lydia angetan hat, und Meriel, das war Verrat. Was sie dir angetan hat? Unverzeihlich.«

»Sie glaubt, ich hätte ihr etwas weggenommen. Etwas Wertvolles.«

»Ansehen. Ruf.«

»Sorcha.«

»Tja, das ist etwas, was Nyx inzwischen gelernt haben sollte. Man besitzt Menschen nicht.« Sie schnaubte – wahrscheinlich wegen der Ironie dieser Worte, die eine Sklavin zu der anderen sagte. »Wenigstens nicht ihre Herzen. Und wenn du sie verlierst, dann warst du nicht stark genug oder es nicht wert, sie zu behalten.«

Ich drehte mich um und betrachtete Gratia, überrascht und ein bisschen beschämt, weil ich nie vermutet hätte, dass sie zu solchen Gedanken überhaupt fähig wäre. Zu solchen *Gefühlen*. Ich hatte immer nur ihre Abgebrühtheit gesehen. Als Kämpferin und auch als Mensch. Wahrscheinlich hatte ich immer gewusst, dass noch viel mehr in ihr – in allen Achillea-Gladiatorinnen – steckte, als nur kämpferisches Geschick und Überlebenswille. Aber wenn man seine Tage damit zubrachte, denselben Personen in der Arena gegenüberzustehen, mit denen man jeden Morgen das Brot teilte, dann hatte man eine natürliche Tendenz sie zu reduzieren – auf einen Marmorblock statt der fertigen Skulptur.

Ich rief mir wieder ins Gedächtnis, was Sorcha mit ihrer Idee von einem Novus Ludus Achillea bezweckt hatte. Sie wollte einen Ort, an dem wir mehr sein konnten als nur Rivalinnen. Wir waren Menschen. Individuen. Lebewesen mit Herz und Verstand, nicht nur aus Fleisch und Knochen, und wir verdienten eine Chance, unser Leben voll und ganz zu leben. Das wollte ich. Für mich, für Gratia. Für uns alle. Für meine Schwester und meine Schwestern.

Korsika, schwor ich mir insgeheim, war nicht das Ende.

Es war der Anfang.

Nachdem Gratia mir Gute Nacht gesagt hatte, machte ich mich auf die Suche nach Neferet. Ich wollte sie fragen, ob sie irgendetwas in ihrer Tasche dabei hatte, um meinen Magen und meine Nerven zu beruhigen. Anscheinend war ich nicht die Erste.

»Seekrank«, lautete ihre Diagnose, dann reichte sie mir einen Becher Wasser, in den sie eine Prise Pulver kippte. »Trink das. Und dann geh dich hinlegen. Es macht dich schläfrig und vielleicht ein bisschen benommen. Also halt dich fern von der Schiffsreling und versuch, etwas zu schlafen.«

Ich trank das Schlafmittel und machte mich auf die Suche nach einem Platz an Deck, wo ich nicht im Weg war und mich zusammenrollen konnte. Ich quetschte mich hinter einen Stapel zusammengelegtes Segeltuch in der Nähe des Schiffshecks, wickelte meinen Umhang eng um mich und zog mir die Kapuze über den Kopf. An

Deck war es still geworden, abgesehen von dem Knarzen der Ruder und dem Gemurmel der Matrosen, das mich schon bald in den Schlaf lullte.

Und mir ruhelose Träume bescherte. Träume von zu Hause …

»Du meinst Britannien?«, hörte ich Cai sagen.

Ich wollte ihm antworten, aber mein Kopf war zu schwer und mein Mund wollte sich nicht öffnen. Und dann stellte ich fest, dass er sowieso nicht mit mir redete.

»Durovernum«, antwortete Aeddan. »Dorthin zurück könntest du sie schicken.«

Was? Nein, das konnte er nicht …

Gesprächsfetzen rollten heran und entfernten sich wieder wie Wellen am Strand.

»… länger sie in Rom bleibt, umso kürzer wird sie am Leben bleiben …«

Das war Aeddan.

»… zieht Gefahr an wie eine Blume Bienen …«

»… heimgehen, dorthin zurück, wo sie wirklich hingehört …«

Cais Stimme klang gedämpft. So sehr ich mich auch anstrengte, ich konnte seine Worte nicht auseinanderklauben.

»… das Leben, das ihr zugestanden hätte. Das Leben einer Königin.«

Ich habe das Leben einer Gladiatorin, Aeddan, dachte ich. Das ist das Leben, das ich jetzt will …

Und dann hörte ich Cai sagen: »Ich höre.«

Was? Warum? Hör nicht auf ihn, Cai …

Ich wollte aufstehen und die beiden konfrontieren,

aber der Traum ließ mich nicht. Ich war wie gelähmt. Ich lag nur dort, während sie darüber diskutierten, was mit mir geschehen sollte. Ihre Stimmen drangen in meine Ohren und wieder hinaus, wandelten und veränderten sich, verfingen sich in den Segeln und wurden vom Wind und den Wellen zurückgeworfen.

»… mit ihrer Schwester oder ohne sie …«

Ich hörte mich selbst stöhnen. Es würde kein »ohne« Sorcha geben.

»… eine Königin … will nichts …«

»Und wir beide wissen, dass sie nicht freiwillig gehen wird.«

»Doch, das wird sie«, sagte Aeddan. »Wenn *du* es ihr befiehlst.«

Ganz sicher nicht!

»… sag ihr, dass du sie nicht hier haben willst.« Aeddans Stimme wurde klarer. »Dass du *sie* nicht willst. Das sollte kein Problem sein, wenn du sie nicht liebst. Aber wenn du sie liebst, Caius Varro, dann *belüge* sie.«

Ich kämpfte gegen den weichen schwarzen Nebel an, der mich einwickelte, mich hinabzog. Ich wollte Cais Antwort hören – und wie heftig er dieses Ansinnen von sich weisen würde.

Aber es folgte nur Schweigen.

Und während er schwieg, spürte ich, wie mir das Herz brach.

Dann gewann die Dunkelheit die Oberhand, und ich fiel in einen bodenlosen, traumlosen Brunnen. Als ich später wieder erwachte, riss ich die Augen auf, richtete mich kerzengerade auf, sah mich hektisch im schwachen

Licht der frühen Morgendämmerung um und suchte das Deck nach Cai und Aeddan ab, doch sie waren nicht da. Die einzigen Geräusche waren das Knarzen und das Geplätscher des Schiffs. Das Flüstern der Ruder. Und das Echo ihrer Stimmen aus meinem Traum.

Bis die Sonne aufging, war mein Traum zu einem beunruhigenden Wirrwarr verblasst. Ich stand an der Reling und starrte aufs Meer hinaus, während seine Farbe sich von einem tiefen Kobaltblau zu einem funkelnden Türkis wandelte, und der Himmel golden erstrahlte.

»Fallon?« Cai legte mir eine Hand auf den Rücken zwischen meine Schulterblätter, und ich spürte, wie sich meine Muskeln unter seiner Berührung anspannten. Er musste es auch gespürt haben. »Was ist los?«

Ich atmete tief durch, drehte mich um und lächelte ihn an.

»Nichts«, sagte ich. »Ich bin nur … müde. Ich habe nicht viel geschlafen.«

Ich würde Cai nicht die Schuld an meinem Albtraum geben. Im Gegensatz zu Kassandra würde ich nichts anderes als den Stress der letzten Tage für meinen Traum verantwortlich machen. Und Neferets starken Schlaftrunk. Ich vermied es kategorisch, ihn mit der Erscheinung von Arviragus in meiner Gefängniszelle zu vergleichen. *Die* war auch nicht real gewesen, allerdings bedeutungsvoll … am Ende. Doch das hier nicht. Nicht Cai. Ich weigerte mich zu glauben, dass er zu solch einer Verschwörung mit Aeddan fähig wäre.

»Und wie war deine Nacht?«, fragte ich. »Was habe ich verpasst?«

Er hob seine Hände mit den Innenflächen nach vorn und grinste kläglich. »Schwielen«, sagte er. »Rudern ist noch schlimmer als Schwertkampf.« Die Haut an seinen Fingern war stellenweise voller Blasen, an anderen aufgeplatzt und ich zuckte an seiner Stelle zusammen. »Quint war überglücklich, weil er einen Grund hatte, zu Elka zu gehen und sie anzubetteln, seine Wunden zu verbinden.«

Ich zog die Augenbrauen hoch. »Ach ja.«

»Hat nicht geklappt.« Cai schüttelte den Kopf. »Sie hat ihn an Ajani weitergereicht, die Mitleid mit dem armen Kerl hatte und ihn gerade mit einer ihrer Salben bestreicht.«

Ich lachte – nur ein klein wenig erleichtert – drehte mich wieder um, lehnte mich an die Reling und sah hinaus ins ewige Nichts. Nirgendwo Land in Sicht. Wir hatten es geschafft, wir waren draußen auf dem Mare Nostrum und hatten Rom und Aquilas Jäger hinter uns gelassen.

»Das war die Schwielen wert«, sagte Cai und grinste, als er meine Miene sah.

»Wir haben es geschafft«, sagte ich und traute meinen Augen nur halb. »Wir sind außerhalb von Aquilas Reichweite.«

Cai nickte. »Fürs Erste«, sagte er. »Charons Männer sind vielleicht Sklaven …«

»Und Piraten und Schurken und skrupellos, wann immer es ihnen nützt …«

»Aber sie sind gute Kerle.«

Das waren sie. Genau wie Cai.

Wenn ich aus irgendeinem anderen Grund auf dieser Galeere gewesen wäre, hätte ich mich glücklich in der warmen, duftenden Brise und der Pracht von Meer und Himmel verlieren können, sowie der Tatsache, dass wir das einzige Schiff weit und breit waren. Wie auch immer Charon und seine Männer es geschafft hatten, er hatte Wort gehalten. Sie hatten uns den Fluss hinuntergebracht, am Hafen von Ostia vorbei und hinaus aufs offene Meer.

Das hätte mich nicht überraschen dürfen. Charon war schließlich ein Meister der List und Tücke und er war motiviert. Er hatte mir einmal erzählt, dass er seit Jahren hoffnungslos in meine Schwester verliebt war. Das hatte ich nicht vergessen, und ich hatte diese alte Zuneigung schamlos ausgenutzt, als wir Pläne für unsere Flucht geschmiedet hatten. Cai war im Bilde. Und er hatte keinen Einspruch gegen diese offensichtliche Manipulation erhoben, als ich vorgeschlagen hatte, dass wir uns wegen einer Transportmöglichkeit an den Sklavenhändler wandten.

»Ich hoffe, dass *du* nie wieder gefangen genommen wirst«, sagte Cai. »Ich bin mir ziemlich sicher, dass wir mit diesem kleinen Abenteuer Charons guten Willen bis an die Grenze strapazieren werden, und ich weiß nicht, woher ich noch ein Schiff beschaffen sollte.«

»Du würdest eins finden.« Ich grinste. »Irgendwie.«

Cai nickte, aber ich sah, dass er mit seinen Gedanken bereits woanders war. Sein Blick war abwesend, auf den Horizont gerichtet, wo die Hügel Roms schon lange hinter uns verschwunden waren. Irgendwie spürte ich, ohne ihn fragen zu müssen, dass er über seinen Streit mit Kass nachdachte, und ich spürte, wie sich mein Magen ein wenig verkrampfte. Ich fragte mich, ob er es bedauerte, sie zurückgelassen zu haben …

»Cai?«

»Hmm?« Er blinzelte und sah mich an.

»Ist alles in Ordnung?«, fragte ich und war mir bewusst, dass diese Frage unter den gegebenen Umständen seltsam klang.

Er lächelte mich an. »Bist du jetzt hier, bei mir?«, fragte er.

Ich nickte.

»Dann ist alles absolut perfekt.«

Er küsste mich und ließ mich stehen, um etwas zu essen für uns zu besorgen. Ich erhob mich, streckte mich und schlug mir Kassandra aus dem Kopf. Was Cai gesagt hatte stimmte – solange wir zusammen waren, *war* alles gut. Als ich mich dehnte, merkte ich, wie die verheilende Haut um meine Wunde herum spannte, aber ich verspürte keinen stechenden Schmerz mehr. Das war eine Erleichterung. Ich musste in Kampfform sein für das, was vor uns lag. Was auch immer das sein mochte. Die Wunde an meinem Unterarm – durch Aquilas von Dämonen geschmiedete Silberfeder verursacht – prickelte immer noch ein bisschen, wenn ich daran dachte, aber ich gab mir große Mühe, *nicht* daran zu denken. Meine Kraft hatte mich nicht verlassen und meine Hände ballten sich auf meinen Befehl hin immer noch zu festen, starken Fäusten. Ich hielt diese Faust dicht vor mein Gesicht und starrte lange auf die weiß hervortretenden

Knöchel. Als ich sie lockerte, öffneten sich meine Finger so weit wie die Schwingen eines Vogels.

»Er hat keine Macht über mich«, flüsterte ich mir selbst zu, während ich das Blut zurück in meine Fingerspitzen schüttelte. »Meine Kraft ist Morrigans Kraft. Sie wird mich nicht verlassen.«

Die Segel waren gehisst und die Ruder eingezogen worden, nachdem wir das offene Meer erreicht hatten. Sie flatterten und blähten sich über meinem Kopf. An Deck stand ein Wasserfass, und ich ging hin, um meinen Durst zu stillen, vorbei an Arviragus, der auf der anderen Seite des Schiffes an der Reling stand und gedankenverloren hinaus auf den Horizont starrte. Mir fiel auf, dass seine nach vielen Jahren der Gefangenschafft in einer sonnenlosen Zelle blasse Haut eine leicht grünliche Färbung angenommen hatte. Aber in seinen Augen lag auch ein neues, waches Funkeln und er streckte seinen Kopf in den frischen Wind und sog die Luft ein – wie ein Hund, der lange im Zwinger gewesen war und nun zum ersten Mal wieder auf Jagd losgelassen wurde –, sodass ich ein stummes Dankesgebet an Morrigan sandte, weil sie mich in meinem Delirium zu ihm geführt hatte. Er war wieder frei. Und was auch sonst geschehen mochte, allein *das* war ein Geschenk, von dem ich nie dachte, dass ich es würde geben können.

Ich lächelte vor mich hin, als ich zurückging und mich auf den Stapel zusammengefaltetes Segeltuch, neben dem ich geschlafen hatte, niederließ, um darauf zu warten, dass Cai mit unserem Frühstück zurückkehrte. Tatsächlich knurrte mein Magen bei dem Gedanken an

Essen, und ich wertete das als gutes Zeichen für die Rückkehr meiner Kräfte.

Die anderen Mädchen hatten sich in kleinen Gruppen auf dem Deck verteilt. Wahrscheinlich waren einige von ihnen noch nie zuvor auf dem offenen Meer gewesen. Und selbst für die, die es schon kannten – mich selbst und Elka eingeschlossen – war es eine beunruhigende und seltsame Erfahrung. Nicht nur der Wellengang, sondern auch, dass das Land hinter uns verschwunden war, und es keinerlei Anzeichen dafür gab, dass vor uns noch mehr liegen könnte als Wasser und noch mehr Wasser. Ich sah mehr als eine furchtlose Gladiatorin nervöse Blicke über die heranrollenden Wellen werfen und nach terra firma Ausschau halten.

Irgendwann aber wich das mulmige Gefühl purer, gereizter Langeweile.

»Was ist los mit ihnen?«, fragte Cai mich, als wir mit dem Frühstück fertig waren und die Sonne hoch am Himmel stand. Auch er hatte die zunehmende Ruhelosigkeit unter meinen Gladiatoren-Kameradinnen gespürt.

»Ich glaube, sie brauchen eine Beschäftigung«, sagte ich.

Darüber dachte Cai einen Moment lang nach und sagte dann: »Ich habe eine Idee.«

Er winkte mich herüber zur Schiffsflanke, griff über die Reling und holte zwei der Rundschilde herauf, die die Seiten zierten. Ich lachte und schüttelte den Kopf. »Weißt du noch, was beim letzten Mal passiert ist, als du und ich gekämpft haben und ein Schild involviert war?«, fragte ich.

»Du hast mir die Rippe gebrochen.« Er grinste ebenfalls. »Wie könnte ich das vergessen?«

»Und dieses Risiko willst du noch einmal eingehen?«

»Nein, das will ich nicht.« Mit hochgezogenen Augenbrauen warf er mir einen Blick zu. »Nach dir und diesem Bären sehe ich neuerdings doch lieber zu, wie *andere* sich verletzen.«

»Oh, das höre ich gerne«, sagte Quintus, der gerade vorbeischlenderte.

Mir fiel auf, dass Quint keine Probleme mit dem Seemannsgang hatte. Wahrscheinlich, weil er aus einem korsischen Fischerdorf stammte, wo er bestimmt in einem Ruderboot über die hüpfenden Wellen gefahren war, noch bevor er überhaupt gelernt hatte, an Land zu laufen.

»Was hörst du gerne?«, fragte Elka und stemmte sich von der Bank an Deck hoch, auf der sie vor sich hingedöst hatte.

»Kämpfen«, sagte Cai. »Wir gegen dich. Na ja, Quint gegen dich.«

Elka schnaubte, verschränkte die Arme vor der Brust und musterte Quint von Kopf bis Fuß. »Solche wie du kämpfen nicht, Soldatenjunge«, sagte sie. »Ihr versteckt euch bloß hinter euren Schilden und wartet, bis die echten Kämpfer sich verausgabt haben.«

»Das stimmt nicht!«, protestierte Quint. »Und außerdem? Das nennt man Strategie. Und es ist nicht so einfach, wie du glaubst.«

Eine nach der anderen kamen die Mädchen herbei, angezogen von dem Kampfgerede.

»Ihr kämpft wie Insekten«, höhnte Vorya. »Es ist stumpfsinnig. Langweilig.«

»Ich wusste nicht, dass Krieg unterhaltsam sein sollte«, erwiderte Quint.

»Dann hast du *uns* nie kämpfen sehen«, sagte Kore und erntete dafür ein Schulterklopfen von Thalassa. »Oder du würdest so etwas nicht sagen. Wir versetzen dein Blut in Wallungen, so viel ist sicher!«

Elka und ich tauschten einen Blick und ich verbarg ein Grinsen hinter vorgehaltener Hand. Wir beide kämpften erst seit weniger als einem Jahr als Gladiatorinnen, aber die jungen Mädchen auf diesem Boot waren eine ganz neue Generation von Hitzköpfen, hungrig, sich draußen in der Arena zu beweisen. Nephele nickte heftig zur Bekräftigung, und ich war mir ziemlich sicher, dass sie erst vor zwei Monaten ihren Eid abgelegt hatte. Sie hatte einen echten Schaukampf bisher noch nicht einmal gesehen.

Angesichts von Quints Behauptung schien das keine Rolle zu spielen. Und er beharrte unerschütterlich auf seinem Standpunkt. »Genau darum geht es doch«, sagte er als Antwort auf Kore. »Nicht wahr?«

»Was meinst du?«, fragte Devana.

»In Wallung zu geraten?«, sagte Anat mit gespielter Unschuld und Quint lief feuerrot an. »Wieso?«

»Wovon ich spreche, ihr albernen Dinger, ist Disziplin. *Zusammenarbeit*. In einer Gruppe. Es ist ja schön und gut hinauszugehen und Mann gegen Mann zu kämpfen. Aber was, wenn euch eine ganze Armee angreift?«

Devana zuckte mit den Schultern. »Wir kämpfen? Genauso wie von Mann zu Mann.«

»Eben *nicht*!«, sagte Quint triumphierend, als hätte sie soeben klipp und klar seinen Punkt bewiesen. Die Mädchen sahen sich bloß achselzuckend an, und Quint stieß einen Seufzer aus und probierte es noch einmal. »Seht mal«, sagte er. »Von allen Seiten kommen Angreifer auf euch zu. Von oben regnen Pfeile und Steine auf euch nieder. Männer hinter euch, Männer vor euch, Männer zu eurer Rechten und zu eurer Linken; wenn ihr zu Boden geht, wird eure eigene Armee geradewegs über euch hinweg trampeln. Also geht ihr besser nicht zu Boden.«

»Klingt grauenhaft«, sagte Hestia. »Unehrenhaft.«

»Wie kann da überhaupt jemand überleben?«, fragte Devana.

Quint hievte das Schild hoch. »Verteidigung.«

»Ich bevorzuge Angriff«, sagte Gratia, streckte ihren Arm aus, ballte ihre Hand zur Faust und ließ dabei ihre Fingerknöchel einen nach dem anderen laut knacken.

»Dann sehen wir uns am Ufer des Flusses Styx wieder«, sagte Quint, schwang den Schild plötzlich seitwärts und schlug Gratias Faust weg, als handele es sich um eine nervige Pferdebremse. »Allerdings wirst du dort lange vor mir eintreffen. Weil ich heimkehren und direkt in die Taverne gehen werde, wo ich mir einen kühlen Krug Wein genehmige, um auf einen erfolgreichen Feldzug anzustoßen. Und auf noch einen. Und noch einen. Und derweil wird die Sonne eure Knochen auf dem Feld bleichen.«

Die Mädchen rutschten unbehaglich hin und her und Quint lenkte ein.

»Ihr findet es stumpfsinnig, ich weiß«, sagte er mit einem Seufzer. »Eine seelenlose Art zu kämpfen. Aber das ist es nicht. Es ist Training. Genau wie ihr trainiert. Stimmt's, Decurio?«

»Mein Unteroffizier würde euch Damen nie belügen«, sagte Cai mit einer großherzigen Geste. »Und er hat ein paar der besten Soldaten trainiert, die je meinem Kommando unterstanden. Warum gebt ihr ihm nicht eine Chance?«

Blicke wurden getauscht, Schultern gezuckt und dann stand Ajani auf und sagte: »Na ja, bis meine Füße wieder auf trockenem Boden stehen, habe ich nichts Besseres vor …«

»Gut!« Quint klatschte in die Hände. »Holt euch alle einen Schild.«

Die Mädchen gingen zu beiden Seiten an die Schiffsreling, wo die vom Salzwasser ausgeblichenen Rundschilde in all ihrer vergangenen Pracht an Haken hingen. Wie alle anderen hievte auch ich eins an Bord und zuckte leicht zusammen, weil das Ding so schwer und unhandlich war.

Das blieb nicht unbemerkt. Neferet ging auf mich los wie eine Mutterente auf ein aufmüpfiges Küken. »Du nicht, Fallon«, sagte sie. »Du wirst dir deine Fäden ziehen, und ich weigere mich, dich noch mal zuzunähen.«

»Komm«, sagte Cai, packte meine Hand und führte mich zur Seite. »Wir setzen uns und schauen wie die großen Generäle dem Kampf aus der Ferne zu.«

Widerstrebend folgte ich ihm, nur sein Arm, den er um meine Taille legte, als wir nebeneinandersaßen, versöhnte mich ein wenig. Ich hatte ganz vergessen, wie gut es sich anfühlte, mich manchmal einfach nur an ihn zu lehnen, und zum ersten Mal seit ich heute Morgen aufgewacht war, entspannte ich mich.

Auf der gegenüberliegenden Seite ließen sich Aeddan und Arviragus vor der Reling nieder, um das Training zu beobachten. Ich fragte mich, was Arviragus wohl dachte, während er einer Gruppe junger Kriegerinnen dabei zusah, wie sie die Techniken erlernten, durch die sein Stamm dezimiert worden war. Ich war mir selbst nicht ganz sicher, was ich davon halten sollte. Aber die Cantae waren nie so wie die Arverner besiegt worden. Tatsächlich waren nicht viele so besiegt worden.

Quint forderte die Mädchen auf, nicht zu kämpfen, sondern sich lieber zu verteidigen. Er wollte sehen, ob wir so wie die Legionen als eine Einheit zusammenarbeiten und auf Befehle wie ein einziger Körper reagieren konnten. Und er hatte recht gehabt. Die Schildarbeit der Legionen war *bei Weitem* nicht so einfach wie sie aussah. Als Erstes unterrichtete er seine Schar Gladiatorinnen in der Formation des *Testudo* – der wichtigen »Schildkröten«-Verteidigung der Legionen –, bei der die Soldaten in der ersten Reihe einer Kampfeinheit ihre Schilde als stabilen Verteidigungswall nach vorne ausrichteten, während die Reihen dahinter sie über ihre Köpfe hielten und so einen Verteidigungspanzer bildeten. Die Rundschilde boten weniger Deckung als das schwerere rechteckige *Scutum* der Legionäre, aber für die Mädchen war es von Vorteil, weil sie leichter waren. Trotzdem mussten sie lernen, sich als eine Einheit zu bewegen, wie Tänzerinnen in einer Tanztruppe, während Quint eine Reihe Tonfolgen auf einer Trillerpfeife blies, die er bei sich trug, um die Formationswechsel anzuzeigen.

»Siehst du?«, sagte Cai, während er mit seinem Schwert auf die Feinheiten des Verteidigungsmanövers deutete. »Die Beinarbeit ist der Schlüssel, genau wie bei einem Zweikampf – Elka! *Rechter* Fuß! –, sonst verknotet man sich. Gut, Hestia! Sauber ausgeführt …«

»Vorya hatte recht – sie sehen *tatsächlich* wie ein Insekt aus!«, staunte ich. »Wie eines von diesen Gliederviechern mit all diesen Beinen.«

»Ganz genau.« Cai grinste mich an. »Und du weißt ja, wie schwer es ist, diese Viecher zu zerquetschen!«

Ja, das wusste ich. Einmal, während eines besonders heißen Monats im Ludus, waren sie zu einer regelrechten Plage geworden, und es hatte kaum etwas gebracht, wiederholt mit einer Sandale auf diese kleinen Monster einzuschlagen. Ich konnte mir vorstellen, dass es mit einer sauber ausgeführten Testudo-Formation genauso war. Ich beobachtete, wie Quint die Schildreihen abschritt, nach Schwachstellen suchte und ab und zu mit der flachen Seite seines Schwertes auf eines schlug, um Lücken anzuzeigen, die geschlossen werden mussten. Es war eine faszinierende Lektion in Legionärsdisziplin, und ich fühlte mich wie damals als kleines Mädchen, wenn ich dabei zugesehen hatte, wie Sorcha eine neue Technik erlernte, die für mich aufregend und geheimnisvoll war – bis ich die Tricks dahinter verstanden hatte.

»Jetzt reicht's«, murmelte ich, als Quint eine kurze Pause ankündigte.

Ich sprang auf und schnappte mir einen freien Schild, nicht mehr länger in der Lage untätig herumzusitzen, wenn es eine neue Kampftechnik zu erlernen gab. Genau wie als kleines Mädchen wollte ich unbedingt hinter die Tricks kommen. Neferet sah aus, als würde sie gleich wieder losschnattern, aber ich stoppte sie.

»Wenn ich hier nicht kämpfen kann«, sagte ich, »werde ich auch nicht kämpfen können, wenn wir Sorcha und Thalestris finden, oder?« Ich steckte meinen Arm durch die Schildgurte und reihte mich ein. »Besser ich finde das früher als später heraus.«

Sie hatte meiner Logik nicht wirklich etwas entgegenzusetzen und begnügte sich schließlich mit einer Art verärgertem, fachmännischem Knurren, das sie während ihrer Zeit mit Heron aufgeschnappt haben musste. Ich grinste, schenkte ihr aber keine weitere Beachtung und testete meine Kraft, konzentrierte mich auf Quints Anweisungen. Sowohl als Cantae-Kriegerin als auch als Achillea-Gladiatorin fühlte sich für mich die Kampfart der Legionen – zunächst – vollkommen fremd an.

Und nicht nur für mich, sondern für uns alle.

Man musste sich erst daran gewöhnen. Um es milde auszudrücken.

In der ersten Stunde von Quints Drill stolperten wir kreuz und quer übereinander, hauten uns mit den Schilden und, wie Cai es vorausgesagt hatte, stellten uns gegenseitig ein Bein. Es wurde eine Menge geflucht – und eine Menge gelacht – und dann, nach und nach, begannen wir mit einem gewissen Grad an Präzision von Testudo zu Karree zu gestaffelter Formation und zurück zu wechseln. Als wir das Training beendeten, waren wir alle verschwitzt, hatten Muskelkater und gratulierten uns gegenseitig zu unserem neu gefundenen Verteidigungsgeschick.

Cai verlieh uns den Namen »Legion Achillea« und Quint stand mit in die Hüfte gestemmten Händen in unserer Mitte und sah außerordentlich selbstzufrieden aus – vor allem als Elka, auf dem Weg ihren Schild zu verstauen, an ihm vorbeiging und ihm liebevoll gegen die Schulter boxte.

Die Ablenkung hatte für eine andere Stimmung an Bord gesorgt. Die meisten von uns schienen sogar vergessen zu haben, dass wir auf dem offenen Meer segelten, ohne einen Streifen Land in Sicht. Es fühlte sich eher an, als würden wir auf einem Vergnügungsschiff über einen friedlichen See gleiten.

Aber diese Leichtigkeit war nicht bis in alle Winkel des Schiffs vorgedrungen. Arviragus war unter Deck verschwunden – um seine Seekrankheit mit einem Schluck aus dem Fass zu heilen, sagte Leander, aber ich vermutete, dass die Erinnerung durch eben diese Manöver besiegt worden zu sein, zu schmerzhaft für ihn gewesen war. Aeddan grübelte stumm auf seinem Aussichtsplatz im Schiffsheck vor sich hin, beobachtete alles mit Adleraugen und blickte finster drein. Und als die Mädchen sich zerstreuten, warf ich einen Blick über die Schulter und entdeckte Charon im Schiffsbug. Er hatte die Arme vor der Brust verschränkt und ein abwesender, nachdenklicher Blick überschattete sein attraktives Gesicht.

Ich drückte Cais Arm und ging quer übers Deck, um mit dem Sklavenhändler zu reden.

Charon nickte mir zur Begrüßung zu, seine dunklen Augen stur auf den Horizont vor uns gerichtet. Ich stützte mich neben ihn auf meine Ellbogen und blickte in dieselbe Richtung. Erst hielt ich es für Einbildung, aber als ich genauer hinsah, entdeckte ich einen schmalen, dunklen Flecken in weiter Ferne, der ganz allmählich größer wurde, während wir auf ihn zu segelten.

»Du denkst darüber nach, was uns vielleicht erwartet, wenn wir am Ziel unserer Reise angekommen sind«, sagte ich leise. »Stimmt's?«

»Du etwa nicht?«, erwiderte er.

»Du meinst, ob ich mich frage, ob wir meine Schwester tot oder lebendig finden?« Ich sah ihn von der Seite an und zuckte mit den Schultern. »Das tue ich. Aber andererseits habe ich Sorcha einen Großteil meines Lebens für tot gehalten.«

Charon nickte und starrte aufs Wasser hinaus. »Der Gedanke, sie gerade erst gefunden zu haben, nur um sie erneut zu verlieren, muss unerträglich sein«, murmelte er.

Wahrscheinlich sprach er mehr zu sich selbst als zu mir. Ich wandte mich wieder der größer werdenden Silhouette am Horizont zu. »Ich glaube nicht, dass Morrigan so grausam wäre«, sagte ich.

»Deine furchterregende Kriegsgöttin.« Er sah mich mit hochgezogenen Augenbrauen an. »Die nach der

Schlacht – wie man mir zu verstehen gegeben hat – im Blute ihrer Feinde badet und deren Augen verspeist? *Sie* wäre nicht so grausam?«

Ich lächelte ihn an. »Sie hat mich schon einmal zu Sorcha geführt; sie wird es wieder tun.«

»Und was, wenn wir schwachen, unwürdigen Menschen zu spät kommen, sollten wir sie endlich finden?«, fragte er.

»Das werden wir nicht«, sagte ich und spürte, wie das Lächeln auf meinen Lippen erstarb. »Aber selbst wenn wir zu spät kämen, um sie zu retten, wären wir genau rechtzeitig, um sie zu rächen.«

XI

Das Meer brandete an die zerklüfteten Umrisse der wilden korsischen Küste, als hätte es schon viel zu lange kein Land mehr geküsst. Nördlich und westlich von uns hatte das Wasser die Farbe der türkisen Fayence-Krägen, die Kleopatra um den Hals trug, und die Wellen funkelten und waren mit einem feinen Netz aus Schaumperlen überzogen. Schulen silbrig glänzender Fische flitzten und tanzten im Schatten des Galeerenbugs, während wir im Windschatten majestätischer Klippen segelten. In weiter Ferne konnte ich gerade noch das Profil einer weiteren Insel – Sardinien, wie man mir gesagt hatte – südlich von uns erkennen.

Wir segelten zwischen den beiden Inseln, folgten der korsischen Küste und umrundeten schließlich eine hochaufragende Landzunge, die sich nach Osten zog, plötzlich in die Knie ging und sich in einen schimmernden

Strand verwandelte, der um eine tiefe, geschützte Bucht herum verlief, umgeben von bewaldeten Hügeln, hinter denen die Berge wieder schroff anstiegen.

Cai sah zu Quintus: »Ist das der Ort?«

Quint nickte. Er warf einen Blick über seine Schulter zu Charon auf dem Kapitänsdeck und deutete auf eine Stelle am Ufer. Der Sklavenhändler gab Befehl und die Matrosen steuerten das Schiff in diese Richtung.

»Glaubst du, dass sie Wächter aufgestellt haben?«, fragte Elka Quint.

Er schüttelte den Kopf. »Nein. Niemand kommt hierher.«

»Wegen der Amazonen?«

»Ihr Ruf hat schon vor meiner Geburt ausgereicht, um diesen Ort zu bewachen und zu beschützen«, sagte er. »Einige sagen, er sei verflucht.«

Ich sah, wie Charon zusammenzuckte und einen Blick über seine Schulter zum Schiffskapitän warf, der die Unterhaltung mitangehört hatte. Charon packte Quint an der Schulter und drehte ihn von dem Mann weg. »Ich rate dir, solche Worte nicht vor der Besatzung zu äußern, mein Freund. Matrosen sind ein abergläubischer Haufen.«

Charon hatte uns bereits verständigt, dass seine Männer nicht mit uns an Land gehen würden, wenn wir vor Anker gegangen waren. Sie waren Sklaven und Matrosen, keine Kämpfer. Und keine Geldsumme der Welt – selbst wenn ich eine erwähnenswerte gehabt hätte – hätte sie vom Gegenteil überzeugen können. Aber ich machte mir Sorgen, dass sie in dem Augenblick, wo wir uns selbst überlassen waren, kehrtmachen und ohne uns zum Festland zurücksegeln würden. Das sagte ich Charon auch.

Er schüttelte den Kopf. »Ich werde hierbleiben. Du wirst ein Schiff haben, das auf dich wartet, Prinzessin«, sagte er. »Das verspreche ich.«

»Und *ich* bleibe hier, um sicherzustellen, dass er dieses Versprechen auch hält«, mischte Aeddan sich in das Gespräch ein.

Charon legte seinen Kopf schief und sah Aeddan an. »Du vertraust mir nicht?«

»Du bist von Beruf Dieb.« Aeddan zuckte mit den Schultern. »Ein Halunke. Der Anführer von Dieben und Halunken. Ich bringe dir genauso viel Vertrauen entgegen wie jedem anderen in deinem Berufszweig.«

Ich stöhnte innerlich, aber Charon lächelte nur. Er drehte sich zu mir um. »Und du, Fallon, vertraust du mir? Ihm?«

»Ich vertraue darauf, dass du hier sein wirst, wenn ich zurückkomme«, sagte ich. »Ob Aeddan hier sein wird oder nicht, tja … ich lass mich überraschen.«

»Ich nehme gerne Wetten entgegen, ob er bei unserer Rückkehr mit dem Gesicht nach oben oder unten im Wasser schwimmt«, sagte Elka trocken.

Aeddan starrte sie nur ausdruckslos an – und sie starrte genauso ausdruckslos zurück –, aber das war alles, was er ihr als Antwort zukommen ließ, und dafür war ich dankbar. Ich hatte mich damit abgefunden, dass er anscheinend entschlossen war, sich auf unserer Mission »nützlich« zu machen und dass ihn nichts davon abbringen würde, außer eine von uns warf ihn über Bord. Vielleicht lag Elka mit ihrer vorgeschlagenen Wette ganz richtig. Mein Traum von Aeddans Doppelzüngigkeit, von seinem Versuch Cai zum Lügen zu bringen … damit ich fortging … stieg aus den Tiefen meiner Erinnerung an die Oberfläche, wand sich wie eine Seeschlange und sorgte dafür, dass ich mich erneut fragte, was genau eigentlich Aeddans Motive waren. Und ob ich ihm wirklich trauen konnte oder nicht.

Oder Cai …

Nein. Aeddan war der Einzige, bei dem ich Zweifel hatte. Auch wenn ich ihm meine Flucht aus Tartaros verdankte. Ich biss mir auf die Zunge, runzelte die Stirn und ging, um meine Ausrüstung zu überprüfen.

Nach Quints Anweisungen gingen Charons Männer im Norden der Bucht vor Anker und ließen ihr einziges Beiboot zu Wasser, um mich, Cai und die anderen ans Ufer zu bringen. In dem kleinen Boot hatten nur zwei Personen Platz, plus ein Mann an den Rudern, daher würde es eine Weile dauern. In mir brodelte die Ungeduld. So stark, dass meine Nerven tatsächlich zum Zerreißen gespannt waren, ohne dass ich es wirklich bemerkt hätte. Denn gleich nachdem das Ruderboot kehrtgemacht hatte, um zurück zum Schiff zu fahren, und ich und Cai alleine waren, drehte ich mich zu ihm um.

»Ich …« Mein Verstand sagte mir, nicht davon anzufangen. Es zu vergessen.

»Fallon?«, sagte er. »Was ist los?«

»Hast du … gestern Nacht mit Aeddan geredet? Auf dem Schiff, als alle anderen geschlafen haben?«

Halb erwartete ich, dass er lachte oder es leugnete. Warum sollte er mit Aeddan reden? Aber er tat nichts dergleichen und die Erinnerung an das Gespräch legte sich wie ein Schatten vor seine klaren haselnussbraunen Augen. Ich schloss meine Augen und mir wurde es schwer ums Herz. Es war kein Traum gewesen. Wenigstens nicht dieser Teil. Und jetzt gab es nur zwei Möglichkeiten. Zwei Antworten, um die schreckliche, lautlose Leere von Cais Antwort zu füllen.

»Es ist nicht so, wie du denkst«, sagte er.

Ich schüttelte den Kopf und wandte mich ab.

»Fallon …«

»Nein.« Ich fuhr wieder herum und Zornesröte stand auf meinen Wangen. »*Cai*. Ich habe es gehört.«

»Was hast du gehört?«

»Ich habe gehört, was ihr gesagt habt – oder was du *nicht* gesagt hast!«

Mit offenem Mund sah er mich verwirrt an. »Was …«

»Du hast *gezögert*. Als Aeddan dir gesagt hat, du sollst mich anlügen – mir sagen, dass du mich nicht liebst –, damit ich fortgehe. Du hast nicht Nein gesagt.«

»Dieses Zögern, das du gehört hast«, sagte Cai scharf, »war nur, weil ich versucht habe, mir zu überlegen, wie ich deinem Stammesangehörigen am besten erkläre, was für eine Art von Mädchen du bist, ohne ihm erst mal eine reinzuhauen. Fallon … wenn alles, was du gehört hast, dieses Zögern war, dann hast du den wichtigsten Teil verpasst.«

»Und der wäre?«

»Der Teil, in dem ich Aeddan gesagt habe, dass er

geradewegs zur Unterwelt seiner Wahl fahren kann, bevor ich bei so etwas mitmachen würde. Eins musst du verstehen, Fallon …« Der Ausdruck auf seinem Gesicht war verletzt. Mehr als verletzt. Wütend. »Etwas sehr Wichtiges. Ich würde jede Chance auf ein gemeinsames Glück mit dir opfern, wenn ich glauben würde, dass dein Leben dadurch besser oder glücklicher wird. Und ich würde es mit einem Lächeln auf meinem Gesicht und einem Lied in meinem gebrochenen Herzen tun. Aber ich würde dich *nicht* anlügen. Niemals. Und dir zu sagen, dass ich dich nicht liebe, wäre die offenkundigste Lüge, die mir je über die Lippen kommen könnte.«

Hilflos sah ich zu, wie sich sein verletzter Blick in Enttäuschung wandelte. Traurig schüttelte er den Kopf, und ich fing an zu glauben, dass ich einen schrecklichen Fehler gemacht hatte.

»Ich dachte, wir wären übereingekommen, uns gegenseitig als Ebenbürtige zu behandeln«, sagte Cai leise.

»Cai …«

»Du vertraust mir *wirklich* nicht, oder, Fallon? Wann wirst du genug an mich glauben, damit du akzeptieren kannst, dass ich an dich glaube?«

»Das tue ich …«

»Im Ludus hast du mir nicht einmal gesagt, dass du verwundet warst.«

»Was …«, stotterte ich. »Ich habe es niemandem gesagt!«

»Du hast es *mir* nicht gesagt.« Er machte eine lange Pause. »Hast du es Aeddan gesagt?«

Ich brachte es nicht über mich, ihm zu antworten.

Hatte er recht? Vertraute ich Aeddan tatsächlich mehr als Cai? Und was in aller Welt sagte das über mich aus? Dass ich dem Mann Schwäche gestehen konnte, der meine erste große Liebe umgebracht hatte, aber nicht dem Mann, den ich jetzt liebte? Hatte ich *so* große Angst vor dem, was Cai mit meinem Herzen tun könnte, sollte ich es ihm je ganz und gar überlassen? Anscheinend sprach mein Schweigen Bände.

»Nun gut«, sagte er. Eine erschöpfte Resignation schwang in seiner Stimme mit. Ein dumpfer, verletzter Schmerz.

»Ich habe es dir nicht gesagt, weil ich nicht wollte, dass du glaubst, ich käme nicht alleine zurecht«, sagte ich. »Ich wollte einfach nicht, dass du das Vertrauen in *mich* verlierst. Dass du denkst, ich könnte uns da nicht rausholen …«

»Aber ich *vertraue* dir. Wie oft muss ich dir das noch sagen?«

»Bis ich es selbst glaube.«

Er lachte, ein freudloses, müdes Lachen. »Ich weiß nicht, ob ich solch einen langen Atem habe, Fallon.«

»Vertrauen beruht auf Gegenseitigkeit.«

»Ich weiß nicht, was du damit meinst.«

Kass, wollte ich sagen.

Aber das Ruderboot war wieder da. Und uns blieb keine Zeit mehr zu streiten.

»Wir sind noch nicht fertig«, sagte Cai, bevor Antonia und Neferet an Land traten.

Ich nickte, drehte mich zum Wasser und sah zu, wie die beiden durch die knietiefe Gischt wateten und sich an den Händen hielten, um sich gegenseitig zu stützen. Im Laufe der nächsten Stunde füllte sich der Strand langsam mit Gladiatorinnen, und wir bekamen keine Gelegenheit mehr, unseren Streit zu Ende zu führen. In Wahrheit wünschte ich, wir hätten nie damit angefangen. Das ungute Gefühl auf der falschen Seite zu stehen, saß wie ein Stachel in meiner Haut, und jedes Mal, wenn ich einen Blick hinüber zu Cai warf, wollte ich seine Hände ergreifen und die zornigen Worte wegküssen, die ich ihm entgegengeschleudert hatte.

Aber das würde warten müssen.

Nicht weit von unserem Landeplatz entfernt mündete ein Fluss ins Meer. Die fruchtbare Erde, die er von den Hügeln herabtrug, färbte den Sand am Strand und markierte die Stelle, wo Trinkwasser auf Meerwasser traf. Und von dort aus würden wir unseren Aufstieg in den Wald aus Kiefern, Zedern und Olivenbäumen beginnen. Der Himmel über uns war strahlend blau mit vereinzelten, kleinen Wolken, aber unter den Bäumen verursachten die tiefgrünen Schatten mir eine Gänsehaut auf den Armen. In den vor uns ansteigenden Hügeln war es still, und es schien, als würden sogar die Vögel diesen Ort meiden.

Meine Gladiatorenkameradinnen standen in einem lockeren Halbkreis um mich herum, schweigend und eindrucksvoll, ihre Gesichter, Arme und Beine mit Kriegsfarbe bemalt. Ich spürte, wie die Muster auf meiner Haut sich zusammenzogen und kribbelten, als ich vorausging, ein Schauder der Vorfreude angesichts des bevorstehenden Kampfes lief mir über den Rücken und ich spürte dieselbe angespannte Erwartung bei den anderen. Die Kampfbereitschaft. Sogar Neferet, die geschworen hatte, nie wieder eine Waffe in die Hand zu nehmen, trug eine Miene zur Schau, bei deren Anblick ich jetzt schon jeden bedauerte, der ihre Entschlossenheit, sich an diesen Eid zu halten, auf die Probe stellen wollte. Sie schob den Gurt ihrer Medizintasche auf ihrer Schulter höher, Leander an ihrer Seite. Er würde bei ihr bleiben, hinter jeglichem Kampfgeschehen, das vielleicht auf uns wartete, um ihr mit den Verletzten zu helfen – sollte es dazu kommen. Zu wissen, dass sie mit ihren Verbänden, Gerätschaften und Salben da war, beruhigte mich angesichts dessen, was womöglich vor uns lag. Angesichts der Tatsache, dass ich meine Eidschwestern in Gefahr brachte, um meine leibliche Schwester zu retten. Und ich weigerte mich den Gedanken, dass sie vielleicht gar nicht hier war, sodass wir sie retten konnten, überhaupt erst zuzulassen.

Arviragus hatte auf Färberwaid verzichtet, aber er brauchte es auch nicht wirklich, um einschüchternd zu wirken. Und an Leander hätte Kriegsbemalung eher albern ausgesehen – obwohl ich annahm, dass er wenigstens ein paar Tricks aufgeschnappt hatte, während er uns beim Training daheim im Ludus zugeschaut hatte, nachdem ich gesehen hatte, wie er die Klinge schwang. Fast musste ich lächeln, als ich ihn beobachtete. Endlich war der Küchenjunge der Held in seiner eigenen Geschichte, und er schien entschlossen, das Beste daraus zu machen.

Cai und Quint ihrerseits hatten ihre volle Kampfmontur angelegt, der scharlachrote Helmbusch flatterte in der Meeresbrise. Sie waren das perfekte Abbild eines gnadenlosen Legionärs. Die strenge, soldatenhafte Miene in Cais Gesicht unter dem Helm war mir vertraut, aber es war unheimlich zu sehen, wie hart Quints Blick geworden war.

»Danke, dass du uns hergebracht hast, Quintus«, sagte ich, bevor wir losmarschierten.

»Dank mir nicht«, sagte er. »Du tust das hier für deine Schwester, Fallon, aber ich tue es für mich selbst. Und für den Bruder, zu dessen Rettung ich nicht zurückgekehrt bin.«

Er drehte sich um, betrat den Pfad und ich warf einen Blick zu Elka, die ihm mit nachdenklichem Gesichtsausdruck hinterhersah. Ihre blauen Augen klebten an Quints Rücken, bis er unter den Bäumen verschwunden war. Ich winkte die anderen vorwärts und wir folgten ihm. Der Pfad wand sich neben einem kleinen sprudelnden Bach entlang, über weiße mit Moos bedeckte Steine, unter den Ästen von uralten Bäumen hindurch. Er war ausgetreten von vielen Jahren der Nutzung, aber stellenweise war er steil und nach einer Viertelstunde Aufstieg schnauften wir alle. Arviragus erklomm den geschlängelten Pfad in Quints Fußstapfen direkt vor mir, das blanke Schwert in seiner Hand schwang von Seite zu Seite wie der Schwanz einer jagenden Katze. Sein Kopf war ständig in Bewegung, mit den Augen suchte er das zerklüftete Gelände zu beiden Seiten ab, und er war derjenige, der den ersten Angriff noch vor dem Rest von uns ahnte.

Ich konnte fast sehen, wie sich ihm die Nackenhärchen aufstellten, als er sich zu mir umdrehte, seine Augen fast schwarz im schwindenden Abendlicht, und sagte: »Ich habe kein gutes Gefühl …«

Und zu mehr blieb ihm keine Zeit.

Der Pfeil bohrte sich in den Staub zwischen meinen Füßen. Ich schrie auf, sprang hinter eine stämmige, knorrige Kiefer in Deckung und rief den anderen zu, dasselbe zu tun. Ich sah, wie Ajani Neferet vom Weg schubste und Kore und Hestia duckten sich hinter einen Felsen. Der Rest der Mädchen war hintereinander auf dem Pfad aufgereiht, mit Gratia als Schlusslicht, und ich hoffte verzweifelt, dass der Bogenschütze, der uns angegriffen hatte, alleine war. Wenn nicht, wären die Mädchen leichte Beute und ich könnte nichts dagegen tun. Cai plumpste neben mir in die Hocke, als zwei weitere Pfeile wie Hornissen durch die Luft surrten, und Arviragus kam von der anderen Seite um den Baum herumgestolpert, während ein weiteres Geschoss ihn am Ohr streifte.

»Verdammt will ich sein!«, fluchte er und presste seine breiten Schultern gegen die raue Rinde des Baums. »Darin war ich mal sehr viel besser.« Er fasst sich ans Ohr und hatte blutige Fingerspitzen.

»Ich kann mir gar nicht erklären, wie all diese Jahr in einer Gefängniszelle Euch so haben außer Form kommen lassen«, sagte Cai und gestikulierte wie wild zu Quint, der vor uns mit Elka in Deckung gegangen war.

»Ich glaube, es war der Wein«, brummte Arviragus trocken.

Ich rutschte um den Baumstamm herum, spähte in die Richtung, aus der der Pfeilregen gekommen war und rechnete mit einer weiteren Salve. Nichts. Wir warteten und traten erst wieder auf den Pfad, nachdem eine ganze Weile vergangen war. Unheilvolle Stille hatte sich wieder über den Wald gelegt, und irgendwann sprangen Elka und Quint den Fußweg hinunter und die anderen Mädchen stiegen zu uns hinauf.

»Ich glaube, es ist eindeutig«, sagte Quint leise. »Wer auch immer auf uns geschossen hat, hat wahrscheinlich keine Pfeile mehr.«

»Wenn das der Fall ist«, sagte ich, »sind sie wahrscheinlich dorthin zurückgerannt, woher sie gekommen sind, um Alarm zu schlagen. Damit haben wir jegliches Überraschungsmoment verloren, das wir vielleicht gehabt hätten.«

»Wir brauchen kein Überraschungsmoment«, sagte Antonia. »Wir sind aus dem Hause Achillea und wir gewinnen, egal, ob unsere Feinde mit uns rechnen oder nicht.«

Zustimmendes Gemurmel von den anderen und mein Herz schlug höher angesichts des Mutes – und der Loyalität – meiner Weggefährten, als wir den geschwungenen Pfad weiter hinaufstiegen. Ziemlich kurz hintereinander stellten wir fest, dass wir das Überraschungsmoment *nicht* verloren hatten. Aber unser Bogenschütze auch nicht, der, wie sich herausstellte, überhaupt nicht davongelaufen war.

Auch wenn er anscheinend *tatsächlich* keine Pfeile mehr hatte.

Der große Fischkorb kam aus dem Nichts geflogen, traf Quint mitten auf die Brust und warf ihn zu Boden. Ein zweiter Fischkorb folgte dem ersten sogleich, purzelte durch die Luft, als wäre er von einem Katapult abgefeuert worden, und kam direkt auf mich zu. Aber ich hatte meine Schwerter bereits gezückt. Meine rechte Klinge wehrte den Korb ab, und meine linke enthauptete säuberlich eine Goldbrasse von stattlicher Größe, die ungelenk durch die Luft flog.

Kurz hatte ich Gelegenheit, meine ausgezeichneten Reflexe zu bewundern, bevor ich feststellte, dass mein Schwung mich an die Kante des Pfads getragen hatte – der unter meinen Füßen wegbröckelte, während ich meine Schwerter fallen ließ, wild mit den Armen ruderte und ins Nichts griff in dem Versuch, mein Gleichgewicht zu halten. Ich hörte Cai alarmiert aufschreien, als ich über den Abgrund stolperte, mein eigener Schrei blieb mir in der Kehle stecken, und dann ging ein scharfer, schmerzhafter Ruck durch meinen Arm, der mir fast die Schulter aus dem Gelenk riss.

Ich baumelte mitten in der Luft und sah hinauf in Elkas verbissenes Gesicht.

»Ich hab *das* hier unter Kontrolle!«, fauchte sie über ihre Schulter. »Jagt *ihr* mal lieber die Fischwerferin, damit sie nicht Alarm schlagen kann!«

Ich hörte, wie sich rennende Schritte den Pfad hinauf entfernten.

»Männer«, brummte Elka durch zusammengebissene Zähne, während sie sich anstrengte, mich hochzuziehen. »Sie stehen mehr im Weg herum, als dass sie von Nutzen wären, stimmt's? Thalassa, Nephele – kommt her und packt mich an den Beinen! Festhalten ...«

Ihr zweifacher Griff um mein Handgelenk war schmerzhaft, aber ich musste trotzdem keuchend lachen, während ich meine Füße gegen die Felswand stemmte und mit meiner freien Hand nach oben langte. »Ach ja, Männer«, knurrte ich und mühte mich ab zu klettern. »Allerdings ... erinnere ich mich ... an eine Zeit, als du ... mir lieber ... selbst ... den Fuß abgehackt hättest ... als mir zu helfen ...«

»Das war ... vorher ... bevor ... wir uns kennengelernt haben ...«

Ein letzter Ruck und ich war oben, rollte mich rücklings auf den Trampelpfad. Die anderen Mädchen plumpsten auf ihr Hinterteil, während Elka und ich dort lagen und kurz nach Luft schnappten. Sie drehte ihren Kopf herum und grinste mich an.

»Aber«, fuhr sie fort, »meine Charakterstärke hat dich gerettet.«

»Diesmal zolle ich eher deiner Armstärke Anerkennung«, sagte ich und rappelte mich auf. »Komm schon.«

Ich streckte ihr eine Hand entgegen und dann drehten wir uns gemeinsam um, um den anderen Mädchen aufzuhelfen. Elka strich sich das schweißnasse Haar mit ihrem Unterarm aus dem Gesicht und dann rannten wir alle los, krabbelten einen fast senkrechten Hang hinauf und quetschten uns durch einen schmalen Spalt in der Felswand. Ich hörte, wie Cai Quint anscheinend Befehle zubrüllte, und als ich auf der anderen Seite heraustrat, sah ich, dass die beiden das Fischermädchen zu Fall gebracht hatten, Quints Hand an ihrer Kehle hielt sie zu Boden gedrückt. Seinen anderen Arm hatte er erhoben, Waffe gezückt und bereit zuzuschlagen.

»Quintus!«, schrie ich. »Warte!«

Ich marschierte vorwärts, ungeachtet der Tatsache, dass ich immer noch nach Luft rang. Nach einem Blick von mir zog Cai Quint von unserer Angreiferin weg. Erstaunt sah ich, dass sie aus der Nähe betrachtet kaum mehr als ein Kind war. Ein gefährliches Kind vielleicht, aber sie konnte nicht älter als fünfzehn Jahre sein. Vielleicht jünger. Jünger als die Mädchen, die Elka gerade dabei geholfen hatten, mich die Klippe hochzuziehen. Außer dass die Augen des Mädchens alles anderes als kindlich blickten. Sie lag dort wie versteinert und starrte giftig zu mir hoch, und ich zog meine Doppelklingen und beugte mich nach unten, um sie vor ihrer Kehle zu kreuzen.

»Thalestris«, sagte ich und kam gleich zur Sache. Unter diesen Umständen sah ich keinen Grund, warum ich darum herumreden sollte.

Die Augen des Mädchens verengten sich.

»Kennst du sie?«

Sie antwortete nicht.

Quint trat wieder zu mir und blickte auf das Mädchen herab. »Mir ist gerade eingefallen – vielleicht spricht sie kein Latein«, sagte er. »Lass es mich anders versuchen.«

Ich hielt meine Schwerter bereit, als er neben ihr in die Hocke ging. Er sprach Griechisch zu ihr – ich kannte den Klang der Sprache, wenn auch nicht die Bedeutung der Worte – und nach einer Weile antwortete sie ihm.

Ihre Antworten waren knapp, aber sie schienen Quint zufriedenzustellen. Er stand auf und drehte sich zu mir um.

»Sie ist hier«, sage er. »Thalestris. Sie ist im Oppidum – im Kern der Siedlung – und sie hat deine Schwester. Sorcha lebt. Thalestris will sie heute Nacht, wenn der Mond aufgeht, der Amazonengöttin Kybele opfern. Dieses Mädchen hier hat Fische gefangen für die Festriten, die im Anschluss stattfinden. Aber sie wird uns von hinten an das Oppidum heranführen. Sie sagt, aus dieser Richtung rechnen sie mit keinem Angriff.«

»Und warum genau will sie das tun?«, fragte Elka misstrauisch wie immer.

»Weil ich ihr gesagt habe, wenn sie es nicht tut« – Quint grinste kalt – »wird Fallon sie in so kleine Stücke zerhacken, dass sie selbst als Fischfutter nichts mehr taugt.«

»Aber das hättest du mir auch selbst sagen können«, sagte das Mädchen zwar mit starkem Akzent, aber in perfektem Latein zu mir. »Statt dich diesem … *Mann* unterzuordnen.« Der Spott triefte förmlich von ihren Lippen und sie blickte höhnisch zu Quint.

»Du sprichst Latein?«, fragte ich und bemühte mich, meine Überraschung zu verbergen.

»Ich kann gut genug in eurer Zunge reden.« Trotzig reckte sie das Kinn.

»Es ist nicht *meine* Sprache«, sagte ich und ging vor ihr in die Hocke. »Und wenn du sie gut genug verstehst, solltest du auch verstanden haben, dass ich mich keinem Mann unterordne. Aber dieser hier spricht die Wahrheit. Ich bin nicht grausam, aber ich bin auch nicht gnädig. Nicht heute. Nicht, wenn das Leben meiner Schwester in Gefahr ist. Hilf uns und alles wird gut. Halte uns auf und du wirst sterben.«

»Ich glaube, dann bleibt mir wohl nicht wirklich eine Wahl, oder?«, sagte sie trocken.

Ich bewunderte ihren Mut. Es sah noch nicht einmal nach Prahlerei aus, als sie aufstand und sich den Staub abklopfte. Dann drehte sie sich ohne uns eines weiteren Blickes zu würdigen um, begann den Pfad hinaufzuklettern und brummte etwas über die Verschwendung von gutem Fisch vor sich hin.

Cai schloss zu mir auf. »Fallon«, sagte er und legte mit einem besorgten Stirnrunzeln eine Hand auf meinen Arm. »Ist alles in Ordnung mit dir?«

»Mir geht es gut«, sagte ich und schüttelte seine Hand ab, obwohl ich das eigentlich gar nicht wollte.

Er presste seine Lippen zu einem dünnen weißen Strich zusammen und nickte schroff. »Gut.«

»Gehen wir weiter«, sagte ich und gab den anderen zu verstehen, dass sie uns folgen sollten.

Je höher wir kamen, desto steiler wurde der Pfad. Ich drehte mich um und warf einen Blick über meine Schulter auf die Reihe der Gladiatorinnen, die mir den Berg hinauf folgte. Von meinem Aussichtspunkt sahen sie wie eine bewaffnete Schlange aus, die sich mit einer Reihe runder verschiedenfarbiger Schuppen auf dem Rücken den Pfad hinauf schlängelte. Wir hatten gemeinschaftlich entschieden, die Schilde vom Schiff mitzunehmen und trugen sie nun auf unseren Rücken.

Nur für den Fall. Ich hoffte, wir würden sie nicht brauchen. Aber ich würde nie wieder die Gelegenheit auf einen Vorteil bei einem Kampf ausschlagen und wenn die Amazonen wie die Cantae und die Arverner – und soweit ich sagen konnte fast jeder, der nicht Soldat der römischen Armee war – einzeln kämpften, dann würden unsere neu erlernten Verteidigungsstrategien vielleicht von Nutzen sein.

Wenn es zum Kampf kam.

Und im Grunde meines Herzens wusste ich, dass es das würde.

Thalestris würde nicht kampflos aufgeben, aber ich fragte mich, ob das auch für ihre Amazonenkameradinnen galt. Waren sie wirklich die furchterregende Kämpferschar aus den Legenden? Kriegerfrauen angestachelt durch die Magie ihrer Götter, Gegnerinnen legendärer Helden? Unsere mürrische junge Gefangene machte keinen besonders mystischen Eindruck. Während unseres Aufstiegs schaute ich mich um – betrachtete, was einst wohl eine blühende Siedlung gewesen war. Hier und da fanden sich steinerne Ruinen unter den Bäumen, aber nichts deutete darauf hin, dass sie in letzter Zeit bewohnt worden waren. Und dann erreichte der Pfad den Gipfel und vor uns breitete sich eine weite Terrassenlandschaft aus. Ich entdeckte die Überreste von Festungen und Mauern, zerfallenen Gebäuden und Steinsäulen. In der Mitte lag eine geräumige, mehr oder weniger runde Einfriedung, wie eine natürliche Arena, bewacht von mehreren riesigen steinernen Wächtern, gemeißelt in Form von Waffen und Kriegern mit finsteren Gesichtern. Nach Quints Beschreibung musste das das Oppidum sein – die Siedlung, die von den ursprünglichen Einwohnern der Insel errichtet und dann aufgegeben worden war, um schließlich von den Amazonen in Besitz genommen zu werden, nachdem sie ihren griechischen Herren entflohen waren.

Der Ort sah verlassen aus, still und reglos, seit Langem unbewohnt. Bis auf …

Nicht weit voraus war Quint vor einem leicht ausgehöhlten Felsbrocken stehen geblieben, in dessen flachen Mulde man vielleicht schwachen Schutz vor den Naturgewalten finden konnte. Er starrte in die schattige Nische, und als ich seinem Blick folgte, wusste ich warum. Unter dem niedrigen Felsvorsprung standen Käfige. Leer, aber groß genug, um einst je ein bis zwei Insassen beherbergt zu haben. Ich beobachtete, wie Elka eine Hand ausstreckte und sie auf Quints Schulter legte.

»Quintus«, sagte sie leise. »Du weißt nicht –«

»Doch«, sagte er. »Das tue ich. In einen davon haben sie ihn gesteckt. Ich weiß es.«

»Quint …«

»Es spielt keine Rolle mehr.« Er schüttelte ihre Hand ab. »Kommt. Gehen wir weiter.«

Ich warf einen Blick zurück zu Arviragus, der unsere junge Amazonengefangene fest im Griff hatte, und so, wie sie die Käfige anstarrte, wusste ich, dass Quint recht hatte. Genau dafür waren sie verwendet worden. Aus Arviragus' Miene konnte ich ablesen, dass auch er ihren eigentlichen Zweck erkannte hatte.

»Wo sind deine Leute?«, fragte ich das Mädchen.

Kalt sah sie mich an. »Mach dir keine Sorgen«, sagte sie und ließ ihren Blick über meine Schulter wandern. »Sie kommen.«

»Was?«, fuhr ich sie an. »Du hast gesagt, sie würden uns nicht erwarten …«

»Das tun sie nicht!«, sagte sie und deutete hinter mich, wo gerade die bleiche runde Silhouette des Vollmonds am dämmerigen Abendhimmel aufging. »Sie kommen für das Opfer.« Dann zeigte sie auf einen grob behauenen Hinkelstein in der Mitte der Lichtung, eine Säule aus einem einzigen Stein geschlagen, dunkler als die ihn umgebenden Felsen und höher als der größte Mann. Im schwindenden Licht entdeckte ich, dass Seile um ihn herum gebunden waren.

Seile, die meine Schwester Sorcha an den Stein fesselten und dafür sorgten, dass sie sich nicht bewegen konnte.

Das Opfer.

Sorchas Kopf hing nach unten, die Haare verdeckten ihr Gesicht. Bei ihrem Anblick sog ich scharf die Luft ein, und plötzlich überfiel mich eine erstaunlich lebhafte Erinnerung aus meiner Kindheit. Als ich fünf oder sechs Jahre alt gewesen war, war Durovernum von Plünderern angegriffen worden, die in Booten mit flachem Kiel die ganze Strecke den Fluss Dwr hinaufgekommen waren. Sie hielten sich selbst für ziemlich mutig, waren aber in Wirklichkeit einfach zu dumm, um zu begreifen, mit wem sie sich angelegt hatten. Der Kampf war kurz gewesen, brutal, und – auf ihrer Seite – tödlich bis zum letzten Mann. So ziemlich das Einzige, was die Plünderer geschafft hatten, war ein Kiefernwäldchen in der Nähe der Stadtmauer in Brand zu stecken. Ich erinnerte mich noch an meine kindliche Wut, weil es einer meiner Lieblingsplätze zum Spielen gewesen war. Ich erinnerte mich auch noch an den Geruch – den scharfen, stechenden Geruch von brennendem Kiefernsaft.

Ich konnte es schmecken. Ätzender grüner Rauch. Nur ein Hauch im Wind …

»Seht genau hin!«, zischte ich. »Wir sind nicht allein!«

Eine Untertreibung.

Der Mond ging vor uns auf, die Sonne ging hinter uns unter, und das Oppidum verwandelte sich in eine steinerne Schüssel voller nebliger violetter Schatten. Aber in der Ferne sah ich dünne schwarze Rauchsäulen aufsteigen und die Äste der Olivenbäume wurden von Flammen orange beleuchtet.

»Runter!«, flüsterte ich gestikulierend. »Leise!«

Arviragus legte eine Hand über den Mund des Amazonenmädchens und zog sie mit sich hinter einem Felsbrocken nach unten. Die anderen taten es ihnen gleich und suchten Deckung hinter Felsen und Bäumen. Ich sah Quint gebückt rennen und hinter einem Hügel verschwinden. Dann fesselten der Geruch von Feuer und das Geräusch vieler Füße meine ganze Aufmerksamkeit. Korsikas Amazonen strömten unter den Bäumen hervor. Zwanzig, vielleicht dreißig insgesamt. Mehr als doppelt so viele wie wir.

Zu viele.

Viel zu viele, um gegen sie alle zu kämpfen …

Ich fühlte Verzweiflung in meiner Brust aufwallen, als sie die Lichtung betraten. In ihren Händen hielten sie lange Ketten, an denen seltsame Laternen schwangen – kugelförmige Eisenkäfige, gefüllt mit Kiefernharz, die Quelle des beißenden grünen Rauchs. Sie brannten grellorange mit blauen Flammen und sahen aus wie schwelende Seelen, die auf den Schlachtfeldern gefangengenommen worden waren. Als sie die Lichtung des Oppidums betraten und sich im Kreis aufstellten, gingen ein paar der jüngeren Mädchen herum und zündeten mit ihren Lampen Fackeln an Pfählen an. Kurz darauf war die Lichtung in ein unheimliches, zwielichtiges Leuchten getaucht.

Als die Fackelanzünderinnen sich zu ihren Schwestern im Kreis gesellten, konnte ich Thalestris nicht unter ihnen entdecken. Gemeinsam begannen die Amazonen mit ihren Füßen auf den bloßen Erdboden zu stampfen – zuerst im selben Takt. Aber dann verwandelte sich der Rhythmus langsam, wurde komplizierter, mit versetzten Schlägen und betontem Stampfen. Es erinnerte mich an die mit Tierhäuten bespannten Trommeln der Cantae-Krieger, die sie mit aufs Schlachtfeld nahmen, um unsere Feinde einzuschüchtern. Als das Tempo sich steigerte, schneller und lauter wurde, begannen die Amazonen ihre Lampenketten hin und her zu schwingen. Noch ein Stampfen und ein Mädchen aus dem Kreis ließ ihre Lampe in einem feurigen Bogen über ihrem Kopf kreisen, gefolgt von dem Mädchen neben ihr … und dem daneben, bis die Lichtung voller brüllend feuriger Leuchtkreise war. Während ich mit offenem Mund zusah, wandelten sich die Formen, die sie in die Luft zeichneten, und der Kreis, den sie bildeten, löste sich auf, während jede Amazone in einen ganz eigenen Tanz verfiel – anders als die anderen und doch Teil eines großen Ganzen. Einzigartige Schnörkel flossen in wilden Mustern von einer Amazone zur nächsten, als wären sie Geschichtenerzählerinnen, die eine Geschichte von der einen zur anderen weitergaben. Es war ein faszinierendes Schauspiel – anders als alles, was ich bisher gesehen hatte – und ich begann die Geschichten um die Amazonen und ihren Furcht einflößenden Kriegszauber, den sie als Geschenk von den Göttern erhalten hatten, zu verstehen.

Die Flammenkugeln wirbelten schneller und schneller, zeichneten flackernde Kreise in die dunkler werdende Luft, als würden rote und goldene Blumen in der Dunkelheit erblühen, und das Zischen der lodernden Flammen klang wie die furchterregenden Schreie wilder Tiere. Die Amazonen bewegten sich wie Tänzerinnen, peitschten ihre Feuerbälle durch die Luft, sodass sie sich um Hälse und Arme wickelten und dann wieder zurück und durch die Luft schnalzten wie Nyx' Peitsche und nur um Haaresbreite Fleisch verfehlten. Sie schwangen sie in verschnörkelten Bögen, sprangen über die Ketten hinweg und duckten sich unter ihnen hindurch, und während sie tanzten, steigerten sie das Tempo ihrer Füße bis zu einem einzigen Donnerhall. Die Feuerbälle flogen in hohen Bögen über ihre Köpfe und schlugen dann mit einem Funkenregen auf den Boden …

Und dann Stille.

Ohrenbetäubend nach dem brüllenden Kriegstanz.

Ich war noch geblendet von den Flammen, die mir die Sicht getrübt und zickzackförmige Leuchtspuren durch mein Sichtfeld gezogen hatten. Ich kniff die Augen zusammen. Als ich sie wieder öffnete, standen die Amazonen unbeweglich wie Statuen in ihrem Kreis, die Feuerketten hingen seitlich herab, Rauchfahnen stiegen von den immer noch brennenden Käfigen auf.

Und in diesen qualmenden Kreis stolzierte Thalestris, in Kriegermontur.

Sie trug keine Laterne, nur einen schlanken Speer in einer Hand und ein Messer mit langer Klinge in der anderen. Ich spürte, wie sich jeder Muskel in meinem Körper anspannte, als sie den Kreis durchquerte und vor dem Hinkelstein, an dem Sorcha festgebunden war, stehen blieb. Ich sah, wie meine Schwester den Kopf hob und Thalestris' Blick erwiderte, in ihren Augen brannte der Trotz.

»Kybele!«, rief Thalestris mit weit ausgebreiteten Armen flehend gen Himmel. »Schwarze Steinmutter! Hüterin der Grenze zwischen den Lebenden und den Toten! Nimm dieses Blutopfer an, sodass wir uns reinwaschen können von der Schande, die unsere Schwester Orithyia mit ihrer Schmach und Niederlage über uns gebracht hat!«

In diesem Augenblick kam es mir wie eine verdrehte Version der Eidrituale im Ludus Achillea vor. Wie etwas, das man durch einen öligen dunklen Rauchschleier in einem krummen Bronzespiegel sieht. Etwas, das Pontius Aquila und seinen Söhne von Dis gefallen würde … mich schauderte bei dem Gedanken.

Einen Moment lang herrschte unheilvolle Stille unter den versammelten Kriegerfrauen und dann zerriss ein kollektiver Kriegsschrei aus ihren Kehlen die Nacht. Ich spürte, wie Panik sich um mein Herz krallte. Es gab nichts, was wir in diesem Augenblick – gegen einen Ring aus Flammen schleudernden Kriegerfrauen – hätten tun können, um meine Schwester zu retten. Bei einem Frontalangriff würden die Achillea-Kämpferinnen geradewegs in ihren Tod rennen und *das* würde ich nicht zulassen.

Also machte ich mich bereit, das Einzige zu tun, was mir einfiel. Sie alleine angreifen und hoffen, dass ein einzelnes Ziel schwerer zu treffen war. Hoffen, dass ich Sorcha erreichen würde, bevor …

Thalestris hob ihr Messer.

Die Flammenkäfige wirbelten wieder umher. Schneller und schneller …

Und dann, über den ganzen Lärm hinweg, hörte ich den schrillen Ton von Quintus' Signalpfeife, als er dreimal einen kurzen Pfiff ausstieß.

»*Legion Achillea*!«, ergriff Cai sofort das Kommando. »In Formation aufstellen!«

Ich fuhr herum und entdeckte ihn oben auf einem Felsen – mit hoch erhobenem Schwert und bereit gehaltenem Schild – und ich war aufgesprungen und auf dem Weg, noch bevor sein Kommando in der Luft verebbte. Im Laufen griff ich über meine Schulter nach hinten und hakte den Schild los, der auf meinem Rücken hing, und zog mit der rechten Hand das Schwert von meiner linken Hüfte. Ich sah, wie die anderen Achillea-Mädchen aus ihren Verstecken sprangen und es mir gleichtaten.

Die Amazonen reagierten sofort. Die im Kreis aufgestellten Kämpferinnen fuhren nach außen herum und ihr Kriegsgebrüll wandelte sich von jubelnd zu zornig. Ihr Heiligtum war entehrt worden, ihre Zeremonie unterbrochen. Das war kein Übergriff, den sie auf die leichte Schulter nehmen würden.

Gut, dachte ich und fühlte wie die Kriegsbemalung auf meinen Wangen Risse bekam, während ich die Zähne fletschte. *Dann los …*

Im Chaos des Augenblicks befreite sich unsere junge Gefangene aus Arviragus' Griff, stieß ihren eigenen schrillen Kriegsschrei aus, sprang wie ein junges Reh einen gewundenen Pfad zur einen Seite der Anlage hinauf und verschwand hinter einem der gemeißelten Steinwächter. Arviragus wollte ihr hinterherrennen, aber ich hielt ihn auf.

»Arviragus!«, brüllte ich. »Wir kümmern uns um die Amazonen – geh du zu Sorcha!«

Beim Klang ihres Namens hob Sorcha ihren Kopf vollends und unsere Blicke trafen sich. Ich sah, wie ihr Mund meinen Namen formte, und obwohl ich ihre Stimme nicht hören konnte, floss die Kraft meiner Schwester in meine Arme.

Dann wurde mir der Blick auf sie abgeschnitten, verdeckt von einer Phalanx aus Amazonen, die auf uns zuschritt. Und plötzlich wurde uns klar, dass die Lampen, die sie trugen, keinesfalls nur zeremonieller Art waren. Morrigan sei Dank hatte Quint es anscheinend auch bemerkt. Von seinem hohen Aussichtspunkt aus pfiff er eine scharfe, rasche Folge auf seiner Trillerpfeife und die Achillea-Gladiatorinnen sprangen augenblicklich in Testudo-Formation, als hätten wir unser ganzes Leben dafür trainiert, der Legion beizutreten.

Es *rettete* uns das Leben.

Die Taktik der Legionen. Geflissentlich ignorierte ich die Ironie daran.

Die brennenden Eisenkäfigkugeln schwirrten aus der Dunkelheit auf uns zu wie Steine von einem Katapult, schlugen auf den Schutzpanzer unserer Mauer aus Schilden und die Dunkelheit explodierte in einem Funken- und Ascheregen. Die Amazonen zogen sich zurück, formierten sich neu und griffen uns wieder an – von drei Seiten. Die Pfeife ertönte. Und so wie wir es stundenlang auf dem Schiff geübt hatten, wechselten wir die Position und formten ein Karree zur Verteidigung. Mit angewinkelten Schilden, die wir nebeneinander hochhielten, ließen wir diesen zweiten wilden Feuerkettenansturm von unserer hölzernen und eisenbeschlagenen Verteidigungslinie abprallen. Der Donner des Aufpralls war, als würde ein Gott höchstpersönlich auf unsere Schilde hämmern.

Aber unsere Schilde hielten.

Unsere Klingen stießen wie Schlangenzungen hervor und trafen manchmal Fleisch.

Und wir rückten vor.

Schritt für trainierten Schritt. Wenn Quints Trillerpfeife über den Lärm hinweg erklang, verlagerten wir uns in die eine oder andere Richtung. Bei jedem Angriff flog Kiefernharz in dicken, klebrigen Flammentropfen aus den Eisenkäfigen am Ende der Ketten. Gefährlich und verheerend schmerzhaft klebte das Zeug auf jeglichem Fleisch, mit dem es in Berührung kam, und brannte sich durch die Haut bis direkt auf den Knochen. Wir hatten nicht vor, es so weit kommen zu lassen. Aber wir konnten sie nicht ewig abwehren. Hinter der splitternden Holzbarriere warf ich einen Blick auf Cai zu meiner Linken und sah, dass er kämpferisch das Gesicht verzogen hatte, seine Zähne in einem wilden Grinsen entblößt.

»So ist es also in Wirklichkeit in der Legion?«, fragte ich ihn atemlos.

»Nein«, sagte er und trat nach links, als eine weitere Reihe von Pfeifensignalen die Luft zerschnitt. »Das hier macht viel mehr Spaß!«

Bei jedem Pfiff aus Quints Trillerpfeife vollzogen wir die Schrittfolgen eines tödlichen Tanzes aus Formationen der römischen Legion. Wir verlagerten und drehten uns, reihten unsere Schilde aneinander und rückten vor, wechselten die Positionen und griffen überraschend an, vereitelten die Anstrengungen der Amazonen, uns aufzureiben oder zu verbrennen. Im Schutze unserer Formation rückten wir vor, drängten die Amazonen – die wie die Berserkerkriegerinnen aus den Legenden kämpften und sich gegen unsere Verteidigungslinie warfen – langsam zurück, in Richtung der abrupt ansteigenden Hügel.

Hinter unserer Mauer aus Schilden sah ich links und rechts die Reihe entlang. Zu meiner Rechten hielten

Gratia und Elka in der Mitte unseres breiten Keils die Stellung. Elka stieß brüllend einen Schwall Warnen-Flüche aus und Gratia bleckte die Zähne wie ein Tiger auf der Jagd. Zu meiner Linken ärgerten Cai und Ajani die Angreiferinnen mit schnellen Schwertstichen durch die schmalen Lücken unserer Formation. Auf der anderen Seite von Ajani sah ich, wie Antonia sich tief hinter ihrem Schild bückte und mit dem sichelförmigen Waffenschaft, der an ihrem Arm befestigt war, nach den Beinen einer Amazone schlug. Ein hässlicher Schrei sagte mir, dass sie einen Treffer gelandet hatte, und plötzlich ließ der Sturm der Angreiferinnen nach, während ihre Kameradinnen die verwundete Frau von unserem Vormarsch wegzogen.

Der Drang, die Formation aufzubrechen und durch diese Lücke zu stürmen, war fast überwältigend. Die Cantae-Kriegerin in mir hätte es getan. Die Gladiatorin hätte es auch getan.

»Haltet die Stellung!«, rief die Legionärin in mir. »In Formation vorrücken!«

Thalestris und ihre Schwestern sahen ein, wie sinnlos ihre Attacken waren, und zogen sich hinter eine Erderhebung zurück. Dann flogen die Pfeile. Aus dieser Position konnten sie uns unendlich lange abwehren. Wäre da nicht eine Sache …

Cai und ich begriffen es gleichzeitig.

Die Hitze der Feuerketten kam nicht mehr länger in Wellen. Stattdessen war sie zu einer konstanten, brutalen Präsenz geworden, die gegen unsere Gesichter drückte. Die Schilde, die wir von Charons Boot mitgenommen hatten, waren vielleicht alt und ramponiert, die grelle Farbe der Muster verblasst und abgeblättert von Wind und Salzwasser, aber sie waren stabil und gut verarbeitet. Sie hatten den Schlägen der Eisenkäfige getrotzt, waren zwar stellenweise eingerissen und abgesplittert, hatten aber gehalten. Womit wir nicht gerechnet hatten, war, dass das brennende Harz an den Schilden festklebte.

Und brannte. Heftig brannte.

Hinter unserem Wall aus Schilden war die Luft fast zu heiß zum Atmen und der glühende Flammenschein blendete uns. Es würde nicht mehr lange dauern, bis wir die Schilde aufgeben mussten. Aber vielleicht würde es noch ausreichen, um …

»*V*!«, brüllte ich. »V-Formation! Von mir ausgehend, Achilleanerinnen!«

Cai warf mir aus weit aufgerissenen Augen einen Blick zu. Ich glaube, er dachte, ich sei im Kampf dem Wahnsinn verfallen.

Aber dann rief er laut: »Richtet eure Flügel an Fallon aus! *Bewegt euch*!«

Wieder glitten die Mädchen nahtlos ineinander, hoben ihre brennenden Schilde über die Köpfe, fächerten sich auf und ließen sie dann wieder vor ihre Gesichter sinken, sodass sie nach vorn zeigten, während wir einen Keil mit scharfen Winkeln formten. Mit mir an der Spitze.

»Vorwärts! Doppeltes Tempo!«, schrie Cai.

Wir griffen im Sturm an – ein einziger, solider Feuerkeil – eine wilde, brüllende Flamme, die nichts aufhalten konnte. Nicht einmal eine Meute mythischer Amazonenkriegerinnen. Wir trieben sie zurück, erstürmten den Erdhügel wie der Götter eigene Furien, die personifizierte flammende Rache mit brennenden Scheiben himmlischen Feuers. Kriegsgebrüll wandelte sich zu Alarmschreien, als wir angriffen, über die Erderhebung stürmten und mit einem Satz unter unseren Feinden landeten.

Die Amazonen ließen ihre Feuerketten fallen und stolperten zu ihren Schwertern und Kriegsäxten, während wir unsere Attacke weiter vorantrieben. Die kombinierte Hitze der Flammen war nicht mehr zu ertragen, unsere Linie brach auseinander und wir gingen zum Nahkampf über, griffen mit Schwertern und Flammen an und tauchten in das Chaos einer verzweifelten Schlacht ein.

Ich sah, wie Hestia von einer Kriegerin mit langen Gliedmaßen, die einen Knüppel schwang und von links nach rechts tänzelte, um dem knisternden Feuer auf Hestias Schild auszuweichen, auf ein Knie gezwungen wurde. Es sah aus, als hätte sie die Gladiatorin besiegt, aber als die Amazone ihr eine Handbreit zu nahe kam, machte sie Bekanntschaft mit Hestias heimtückisch gebogener Sica-Klinge, mit der diese als Thraex-Kämpferin in der Arena nur allzu gut umzugehen wusste.

Sie krümmte sich vor Schmerzen und ging zu Boden, und Hestia war augenblicklich wieder auf den Beinen, schüttelte den qualmenden, jetzt völlig ramponierten Schild von ihrem Arm ab und machte einen Schritt über ihre gefallene Gegnerin hinweg, um sich eine andere zu suchen. Auch Elka hatte keinen Schild mehr, aber dadurch hatte sie umso mehr Bewegungsfreiheit, um den kurzen Speer, den sie mit an Land genommen hatte, wie eine Sense zu schwingen, einer Amazone damit das Schwert aus der Hand zu schlagen und für eine kreisrunde Öffnung um sich herum zu sorgen.

Ich sah Körper auf dem Boden liegen, konnte aber keines der Achillea-Mädchen darunter ausmachen.

Und dann blieb mir keine Zeit mehr, mich umzuschauen.

Vorya brüllte eine Warnung, und ich wirbelte auf dem Absatz herum, als eine Frau mit langen grauen Zöpfen einen Eichenstab auf meinen Kopf zu schwang. Ich hatte immer noch meinen Schild – mit flackernden Flammen, verkohlten Holzlatten und abgesplitterten Kanten – und ich ließ den Hieb abprallen. Der Stab kratzte über die Oberfläche meines Schildes, Flammen und Harz spritzten und blieben an der Waffe der Amazone kleben, wodurch mein feuriger Vorteil sich nun plötzlich gegen mich richtete.

Die Amazonen-Matriarchin bestand ganz und gar aus sehnigen Muskeln und sonnengebräunter Haut, mit Augen wie geschliffene schwarze Flusskiesel, hart und kalt. Sie kämpfte mit Präzision, Entschlossenheit und vollkommen emotionslos. Und sie war dabei zu gewinnen … bis sie zu einem Hieb weit ausholte und mir so den Hauch einer Chance bot. Ich duckte mich unter dem Schlag hinweg und rammte ihr aus der Hocke mit voller Wucht meinen Kopf ins Gesicht. Ich fühlte, wie ihre Nase brach. Blut sprudelte hervor und sie wich vom

Schmerz geblendet zurück. Ich sprintete hinüber zu Arviragus, der immer noch an den Fesseln sägte, die meine Schwester gefangen hielten.

»Diese … Frauen …«, knurrte er, während er verzweifelt auf eine Vielzahl komplizierter Knoten einhackte, die Sorcha gefesselt hielten, »… haben zu viel Zeit … und zu viele verdammte *Seile* … zu ihrer Verfügung!«

»Sorcha!« Schlitternd kam ich vor ihr zum Stehen und packte sie bei den Schultern. »Sorcha – sieh mich an …«

»Du hättest nicht wegen mir kommen sollen«, sagte sie mit rauer, kratziger Stimme. »Keine von euch.«

»Im Ludus zu bleiben, war nicht wirklich eine Option, Sorcha«, sagte ich. »Und du hast doch nicht wirklich geglaubt, dass du mich noch einmal zurücklassen kannst, oder?«

Ich rechnete mit einer trockenen Antwort. Oder wenigstens einer hochgezogenen Augenbraue.

Aber es kam nichts. Ich sah meiner Schwester ins Gesicht, und fast war es, als wäre eine Flamme in ihrem Inneren erloschen. Sie kniff die Augen zu, um meinem Blick auszuweichen. Unter dem Vorhang aus Haaren war die eine Seite ihres Gesichts voller Blutergüsse.

Ich atmete erschrocken ein, als ich ihre Verletzungen sah. »Was haben sie dir angetan? Geht es dir gut? In deinem Zimmer im Ludus habe ich Blut gesehen …«

»Von ihr«, presste Sorcha zwischen zusammengebissenen Kiefern hervor. »Nicht von mir. In einem fairen Kampf hätte Thalestris niemals die Oberhand gewonnen.«

»Nyx hat ihr geholfen, oder?«

Sie nickte, Wut und herbe Enttäuschung zeichneten sich auf ihrem Gesicht ab. »Ich bin eine Närrin, kleine Schwester. Ich habe alles völlig falsch eingeschätzt und jetzt ist alles verloren. Alles …« Bittere Tränen traten zwischen ihren Wimpern hervor und liefen ihr über die Wangen. »Es tut mir so leid …«

»Sorcha?«

»Alles ist weg … alles …«

Ihr Kopf rollte zur Seite und ich bekam Angst um sie. Das … *das* war nicht meine Kriegerschwester. Sie würde nicht so einfach aufgeben. Was hatte Thalestris ihr angetan? Was hatte sie ihr gesagt?

Das war leicht zu erraten. Sie hatte ihr vom Ludus erzählt. Und von Pontius Aquila. Und hatte Sorchas Träume zerstört.

Ein schriller Schmerzensschrei drang durch die chaotische Dissonanz der Kampfgeräusche, ich blickte auf und sah, wie noch eine der Amazonen zu Boden ging. Gefallene Mädchen – größtenteils ihre – lagen über die Lichtung verteilt. Ich konnte nicht sagen, ob sie tot oder verwundet waren, aber anscheinend waren die legendären Amazonen nach einem jahrelangen Leben in völliger Abgeschiedenheit außer Form. Das Blatt hatte sich jedenfalls zu unseren Gunsten gewendet. Die Amazonen hielten – noch – die Stellung, aber obwohl sie uns zahlenmäßig überlegen waren, setzten die Achillea-Mädchen ihnen hart zu. Wenn die Amazonen nicht aufgaben und bis zum bitteren Ende kämpften … würden sie verlieren. Und es würde das reinste Gemetzel werden.

»Fallon …« Ich drehte mich um und sah, wie Sorcha dem zunehmenden Blutbad mit Entsetzen zusah. »Mach diesem Wahnsinn ein Ende.«

»Ich lass dich hier nicht allein …«

»Geh!«, fauchte Sorcha und ein Funke ihres eigentlichen Ichs flammte auf. »Sorg einfach dafür, dass … dass dieser Kampf aufhört!«

Ich warf einen Blick zu Arviragus, der mit den Schultern zuckte, während er gleichzeitig an einem Knoten von der Größe meiner Faust weitersägte. »Tu, was sie sagt«, knurrte er. »Ich schaff das schon. Irgendwann …«

Kurz zögerte ich. Sorcha sah flehentlich zu mir auf.

»*Bitte,* Fallon«, sagte sie und ihre Stimme klang wie eine offene Wunde. »Ich will nicht noch mehr tote Mädchen auf dem Gewissen haben. Nicht noch mehr Blut an meinen Händen. Nicht noch mehr Zerstörung … Sorg dafür, dass es *aufhört.*«

Wie? Wie sollte ich das tun? Ich war mir nicht mal sicher, ob ich das überhaupt wollte. Ich wollte mich an Thalestris rächen, genauso sehr, wie sie sich an meiner Schwester hatte rächen wollen …

Es reicht.

Der Gedanke ließ mich plötzlich innehalten. In diesem Moment begriff ich, dass ich auf die eine oder andere Weise in genau demselben Teufelskreis gefangen war wie Thalestris. Und zwar schon seit Sorcha zum ersten Mal aus meinem Leben verschwand, als ich noch ein kleines Mädchen gewesen war. Alles, was ich gewollt hatte, war Rache, bis zu dem Moment, als ich sie wiedergefunden hatte, lebendig und gesund und mein. Aber als man sie mir ein zweites Mal genommen hatte … war dieser Rachedurst erneut erwacht. Hatte übergegriffen auf meinen Drang nach Vergeltung an Thalestris und ihrem Stamm, und ich hatte meine Ludusschwestern mitten hineingeschleppt.

Sie wurden verletzt. Sie verletzten andere. Und es war noch nicht mal ihr Kampf, genauso wenig wie der der Amazonen. Es gab nur ein Problem, so sehr es vielleicht auch *meiner* sein mochte, war ich doch nur ein einzelnes Mädchen mit zwei Schwertern, und ich konnte den Kampf nicht mit meinen Klingen stoppen. Aber vielleicht …

Vielleicht konnte ich ihn mit meinen Worten stoppen.

XII

Ich trat einen Schritt von Sorcha zurück und schrie so laut ich konnte: »Aufhören!«

Ich musste noch dreimal schreien – zweimal in verschandeltem Griechisch –, bevor es überhaupt jemand bemerkte. Cai und Quint waren seltsamerweise die Ersten, die ihre Schwerter hochhielten. Wahrscheinlich weil sie es gewohnt waren, auf Befehle zu reagieren.

»Aufhören!«, schrie ich noch einmal mit rauer Kehle. »Gratia! *Verdammt noch mal* – stell das Mädchen wieder hin!«

Gratia sah mich an, als wäre ich verrückt geworden, stellte aber endlich das Amazonenmädchen, das sie in einer rippenzerquetschenden Umarmung vom Boden gehoben hatte, wieder auf die Beine. Das Mädchen fiel auf ihre Knie und rang mit hochrotem Gesicht nach Luft. Nach und nach verebbten auch die anderen Zweikämpfe. Nur der zwischen Elka und Thalestris tobte weiter. Die beiden rangen verbissen mit ihren Speeren darum, sich gegenseitig zu entwaffnen. Als meine Rufe Elka für einen Sekundenbruchteil ablenkten, schaffte Thalestris es, sie von sich zu stoßen, und beide zogen sich in Verteidigungshaltung zurück.

Wie ein Paar hungriger Tiger umkreisten sie sich, warteten auf eine günstige Gelegenheit.

»Achilleanerinnen!«, schrie ich ein letztes Mal. »*Lasst eure Waffen fallen!*«

Jetzt hielten sie mich *tatsächlich* für verrückt. Ich konnte es auf ihren Gesichtern ablesen. Waffen fallen lassen? Wir waren gerade dabei zu gewinnen. Aber dann warf ich meine eigenen Schwerter von mir – alle beide –, um ihnen zu zeigen, wie ernst es mir war.

»Elka!« Ich schritt durch die Menge der Kämpfer. »Tu es.«

Man musste es ihr hoch anrechnen, dass meine teure Freundin mir genug Vertrauen entgegenbrachte, um zu tun, was ich sagte.

Elka ließ ihren Speer zu Boden fallen. Thalestris stand still wie eine Statue, ihren Speer immer noch wurfbereit. Aber für den Augenblick rührte sie sich nicht. Ich bin sicher, dass sie meinen Befehl, die Waffen fallen zu lassen, für einen Trick hielt.

Elka behielt ihre Gegnerin im Auge, wandte sich aber an die beiden Mädchen in nächster Nähe – Hestia und Kore – und blaffte sie an: »Ihr habt sie gehört. Macht schon. Schwerter auf den Boden!« Sie drehte sich zu dem Mädchen auf der anderen Seite – Antonia – und starrte auf die Waffe, die an ihrem Arm befestigt war. Fragend hob Antonia eine Augenbraue.

»Vielleicht kannst du einfach deinen Arm hochhalten«, sagte Elka.

Dann trat Ajani vor und gab dem Rest unserer Mädchen zu verstehen, dass auch sie ihre Waffen fallen lassen sollten. In dem Moment, als sie es taten, rückten die Amazonen immer noch vor Waffen strotzend näher und umzingelten uns.

Thalestris drehte sich im Kreis und brüllte: »Tötet sie!«, während sie ihren Speer über den Kopf schwang und zu einem tödlichen Hieb ausholte, der direkt auf Elkas Kopf zielte. Doch der Stab der Amazonen-Matriarchin, deren Nase ich mit einem Kopfstoß blutig geschlagen hatte, blockte ihren Schlag ab.

»Warte!«, rief die Kriegerin mit den grauen Zöpfen.

»Komm mir nicht in die Quere, Areto!«, fauchte Thalestris und stemmte sich gegen den Stab.

»Es ist unehrenhaft, einen unbewaffneten Gegner zu töten«, presste die Frau namens Areto durch zusammengebissene Zähne hervor.

Sie spannte ihre Muskeln bis zum Bersten an, warf Thalestris zurück und hielt sie in Abwehrhaltung in Schach. Die anderen Amazonen waren wie versteinert, sichtbar zerrissen von dem Konflikt in ihren eigenen Reihen, aber es hatte den Anschein, als wäre Aretos Befehl ein schwacher Damm, der die Flut zurückhielt. Und sollte ich mich verschätzt haben, würden sie mich und meine jetzt unbewaffneten Freundinnen in Stücke reißen.

»Dieser Kampf ist überhaupt unehrenhaft«, sagte ich und richtete meine Worte an alle Amazonen, aber insbesondere an Areto.

»*Ihr* habt ihn angefangen«, sagte sie.

»Nein.« Mit ausgestrecktem Arm deutete ich auf Thalestris. »Sie hat angefangen.«

»Lügnerin«, fauchte Thalestris mich mit gebleckten Zähnen an. Sie sah aus, wie eine Katze auf Jagd. »Ich will nur geschehenes Unrecht wiedergutmachen und die Göttin beschwichtigen, damit wir Amazonen wieder neu erblühen. Der Lebenssaft deiner Römer liebenden Schwester für das Blut meiner Schwester Orithyia – wertvolles, heiliges *Amazonen*blut –, das den Sand der verfluchten, römischen Arena getränkt hat.«

»Deine Schwester ist in einem ehrenhaften Kampf gestorben«, sagte ich, dann wandte ich mich wieder an Areto. »Du behauptest, es sei unehrenhaft, einen unbewaffneten Gegner zu töten. Und doch würdest du meine Schwester wie ein wildes, brüllendes Tier an den Altar gefesselt eurer Göttin opfern? Ohne ihr überhaupt die Gelegenheit zu geben, sich zu verteidigen? Das hältst du für eine eurer Göttin würdige Beute?« Ich wandte mich wieder an die anderen. »Was für Kriegerinnen seid ihr?«

»Wir sind Amazonen!«, riefen ein paar vereinzelte Stimmen. »Wir sind …«

»Die Amazonen sind ein Mythos!«, brüllte ich sie nieder. »Überbleibsel. Bilder auf Vasen, in Stein gehauene Denkmäler. Griechische Männer haben euch als Sklavinnen hierher gebracht. Aber sie sind fort. Warum lebt ihr immer noch als Sklavinnen?«

Thalestris wurde blass vor Wut. Aber die anderen hörten mir mit ihren immer noch bereit gehaltenen Waffen zu. Und ich wusste, dass das, was ich als Nächstes sagen würde, mein Todesurteil bedeuten könnte. Ich stand in der Mitte ihres Oppidums, unbewaffnet, und konnte das kalte Eisen einer jeder ihrer Klingen spüren, als würden sie sich bereits in meine Haut bohren.

»Was soll ein Tod bewirken?«, fuhr ich fort. »Was für eine Art von Göttin ist diese Kybele, dass ihr hofft, sie zu beschwichtigen und etwas von eurer vergangenen Größe wiederzuerlangen, indem ihr das Blut einer Frau verschüttet, die – eigentlich – eure Schwester sein sollte?«

»Sie hat meine Schwester getötet!« Thalestris' Stimme wurde schriller. »Sie hat Orithyia kaltblütig ermordet …«

»Du meinst, sie hat sie in einem fairen Kampf besiegt!«, entgegnete ich. »In einem Zweikampf, zu dem sie beide gegen ihren Willen gezwungen wurden, von *Männern*! Und welche Ehre hätte Orithyia für sich errungen, wenn Sorcha nicht mit dem ganzen Ausmaß ihrer Kämpferseele um ihr Leben gefochten hätte? Du hast es selbst gesagt, Areto. Es ist unehrenhaft, Wehrlose umzubringen. Der Ausgang dieses Kampfes war zu töten oder getötet zu werden. Und die Niederlage deiner Schwester war nicht unehrenhaft. Weder ein Makel, noch eine Schande …«

Die Kriegerfrauen tauschten Blicke untereinander.

»Die einzige Schande hier ist, was Thalestris im Namen niederer Rache getan hat …«

»Wiedergutmachung!«

»*Rache*!« Mit krampfhaft geballten Fäusten machte

ich einen Satz auf sie zu. »Und dafür hast du unseren ganzen Ludus an einen Mann – einen *Mann* – verraten, der uns erneut versklaven wird, damit er uns zwingen kann, uns gegenseitig umzubringen, um unsere Seelen dann an *seinen* dunklen Gott zu verfüttern!«

Das hatte gesessen. Wenigstens für den Augenblick.

Thalestris' Gesicht verzog sich zu einer halb wütenden, halb jämmerlich gequälten Miene. Fast hatte ich Mitleid mit ihr. Fast. Ich wandte mich von ihr ab, bevor das Mitleid eine Chance hatte, Fuß zu fassen, und sah, wie das Fischermädchen, das uns auf dem Pfad angegriffen hatte, und ein paar der jüngeren Kriegerinnen miteinander flüsterten. Unbehaglich traten sie von einem Fuß auf den anderen, warfen Thalestris mit gerunzelter Stirn Blicke zu. Was ich gerade beschrieben hatte, war für sie eindeutig *unter* der Würde ihres Stammes.

Ich drehte mich um, wandte mich direkt an diese Frauen und das Fischermädchen übersetzte meine Worte ins Griechische, während ich sprach. »Thalestris hat Sorchas Leben eingetauscht gegen das Leben der jungen Kriegerfrauen, denen sie in einem Eid geschworen hat, sie zu beschützen und zu trainieren«, sagte ich. »Ohne zu zögern, hat sie uns an die Grausamkeit eines Mannes ausgeliefert, der sich wie ein Blutsauger an unserer Stärke und unseren Seelen labt. Das hat sie getan. Wissentlich.« Ich schüttelte traurig den Kopf. »Meine Schwestern sind für mich das, was eure für euch sind«, sagte ich. »Und ich würde um den Verlust einer jeden einzelnen bittere Tränen weinen. Aber ich frage euch: Ist das Leben einer Einzelnen – unfreiwillig und im Auftrag eines *männlichen* Tyrannen genommen – das Leben so vieler verwandter Seelen wert?«

Das Gemurmel unter den jungen Amazonen wurde lauter.

Die älteren tauschten Blicke.

»Meine Schwester hat mir erzählt, was eure Königin Penthesilea einst gesagt hat«, fuhr ich fort und sah den Tag, an dem Sorcha mir diese Worte zitierte hatte, während wir gemeinsam die in Stein gemeißelte legendäre Königin und ihre Kriegerinnen betrachtet hatten, glasklar vor mir. »›Wir sind nämlich nicht sehr verschieden von den kraftvollen Männern‹ …« Ich trat einen Schritt vor und trug mein Anliegen direkt den jungen Mädchen vor: »›Sondern solchen Kampfesmut, wie jene haben, haben auch wir; gleich sind die Augen und die Knie, alles ist gleich, gemeinsam ist wiederum allen das Licht und die reichlich strömende Luft. Was sonst hat den Männern ein Gott besser gemacht?‹« Ich sah von einer zur anderen. »Helft mir zu beweisen, dass sie wahr gesprochen hat. Helft mir zu zeigen, dass wir den Männern nicht nur gleichen, sondern besser sind als sie.«

Da drehte Areto sich um und sagte mit leiser Stimme: »Legt eure Waffen nieder.«

Genauso gut hätte es ein gebrüllter Befehl sein können. Alle Amazonenkriegerinnen warfen augenblicklich ihre Waffen zu Boden. Alle, bis auf Thalestris. Areto wartete noch einen Moment, dann trat sie vor und nahm ihr die Waffe aus der geballten Faust.

»Es reicht, Kind«, sagte sie. »Orithyias Ehre bleibt unbefleckt. Deine sollte das auch.«

»Thalestris.« Ich trat vor und streckte ihr meine Hand entgegen. Wenn ich mit ihr Frieden schließen konnte, würde ich das tun. Wenn auch nur aus dem einfachen, berechnenden Grund, dass dadurch der Weg, den der Rest von uns beschreiten würde, sicherer wäre. »Wirst du diese Vendetta aufgeben und uns helfen, uns das zurückzuholen, was uns gehört?«

Sie wollte nichts davon wissen. Der Kummer und der Zorn, den sie mit sich herumgeschleppt hatte, hatten ihre Seele ausgehöhlt, und es war nichts übrig geblieben, was sich hätte mit Vergebung anfreunden können. Stattdessen starrte sie mich nur hasserfüllt an.

»Wie?«, presste sie zwischen zusammengebissenen Zähnen hervor und schenkte meiner ausgestreckten Hand keine Beachtung. »Wie hast du mich überhaupt gefunden?«

Ich ließ meine Hand wieder sinken und schwieg. Dann eben nicht.

Nachdem ich eine Ewigkeit geschwiegen hatte, brach sie unseren Augenkontakt ab und richtete ihre Aufmerksamkeit woanders hin, ihr Blick wanderte über die Gesichter in meinem Rücken. Ihre Augen verengten sich zu Schlitzen, und ich warf einen Blick zurück und sah, dass sie sich Leander, den Küchensklaven, aus unserer kleinen Schar herausgepickt hatte. Er grinste entschuldigend mit all dem frechen Schalk, der ihm zu eigen war, und zwinkerte ihr zu. Kurz fragte ich mich, ob sie sich gleich auf ihn stürzen und ihm den Hals umdrehen würde, aber sie tat nichts dergleichen. Sie kehrte ihm – uns allen – einfach den Rücken zu und ging auf eine Ansammlung kleiner, strohgedeckter Häuser am Rande des Oppidums zu. Sie bückte sich tief, betrat eines davon durch die Tür und kurz darauf kam sie mit einem kleinen ledernen Reisebeutel, den sie sich um den Oberkörper geschlungen hatte, und einem Fischspeer in der Hand, wieder heraus.

Sie beachtete die Achillea-Schar nicht, sondern wandte sich an ihre Amazonenschwestern.

»Möge die Göttin euch vergeben«, sagte sie in ihrer rauen, unmelodischen Stimme. »Ich werde es nicht.« Dann ging sie an ihnen allen hocherhobenen Hauptes und mit für die Ewigkeit trotzigem Blick vorbei und verschwand in den tiefen Schatten der uralten Olivenbäume, die den Berghügel hinter dem Oppidum bekleideten.

Als sie fort war, schien sogar die Luft vor Erleichterung aufzuatmen.

»Ihr werdet euch hier ausruhen«, sagte Areto. »Und wenn die ersten Sonnenstrahlen sich zeigen, werdet ihr fortgehen.«

Ihr Tonfall ließ keinen Spielraum für Diskussionen.

»Und Thalestris?«, fragte ich.

»Sie hat ihre Wahl getroffen und sie wird nicht zurückkehren. Sollte sie das tun, weiß sie, dass sie dafür sterben wird. So ist es bei uns Brauch.«

Ich hatte nicht erwartet, dass meine Schwester mir Blumen zu Füßen werfen oder mich mit Lorbeeren bekränzen würde. Aber ein einfaches Dankeschön wäre nett gewesen. Stattdessen hielt sie mir eine heftige Standpauke, weil ich mich selbst und meine Achillea-Schwestern leichtfertig in Gefahr gebracht hatte.

»Du *weißt*, du hättest nicht wegen mir kommen dürfen«, sagte sie – noch einmal –, während Neferet in dem Haus, das Areto uns zur Verfügung gestellt hatte, ihre Wunden versorgte.

Ich blinzelte Sorcha an, als ich feststelle, dass sie mich immer noch ausschimpfte, und seufzte.

»Du hättest mich meinem Schicksal überlassen sollen, Fallon«, fuhr sie fort. »In dem Augenblick, in dem du frei warst, hättest du schnell und weit fortlaufen sollen. Du bist die Tochter eines Königs. Ohne den Schutz des Ludus hättest du nach Hause gehen sollen, wo du deinen rechtmäßigen Platz vor dem Feuer in der großen Halle in Durovernum hättest beanspruchen und Rom und Caesar und mich uns selbst überlassen sollen.«

Ich saß dort und schäumte innerlich vor Wut, weil alle versuchten, mich nach Hause zu schicken, ohne mich auch nur nach meiner Meinung zu diesem Thema zu fragen, aber ich schwieg. Etwas in Sorcha war durch ihre Gefangenschaft beschädigt worden. Irgendeine Grundfeste in ihr drin war erschüttert worden und hatte einen fast irreparablen Riss bekommen, und ich musste vorsichtig sein oder sie würde von innen heraus zerbrechen. Ich kannte meine Schwester. Ich wusste, dass sie weder ihr Vertrauen noch ihre Freundschaft leichtfertig gewährte und Thalestris hatte sie beides geschenkt. Jahrelang.

Jetzt war sie wütender auf sich selbst als auf ihren Ersten Speer, weil sie sich selbst die Schuld gab, so blind gewesen zu sein. Natürlich würde sie sich das nicht so leicht eingestehen, und so ließ sie ihren Zorn am nächstbesten Opfer aus, das sie finden konnte. An mir.

»Du hättest an dein *eigenes* Überleben denken sollen«, fuhr sie fort. »Nicht an *meins*. Habe ich dir denn *nichts* beigebracht, kleine Schwester?«

»Du hast mir beigebracht, dass unsere Taten wichtiger sind als woher wir stammen oder an welchem Feuer wir sitzen«, sagte ich schulterzuckend und bemühte mich, meine eigene Wut im Zaum zu halten. »Du hast mir beigebracht, dass meine Gladiatorenkameradinnen – jede Einzelne von ihnen, sogar *du*, Sorcha – die Chance verdienen, ihr eigenes Schicksal zu bestimmen.«

»Fallon …«

»Diejenigen von uns, die entkommen sind, sind infamia und in den Augen Roms Rebellen und haben ohne den Ludus Achillea keine Chance dazu«, argumentierte ich. » Und diejenigen, die immer noch Aquilas Gefangene sind? Sogar noch weniger. Ich will sie nicht auf dem Gewissen haben. Du etwa?«

Sie runzelte die Stirn, und ich wusste, ich hatte einen wunden Punkt getroffen. »Natürlich nicht. Aber trotzdem hättest du dich nicht für mich in Gefahr bringen dürfen …«

»Und wie genau«, unterbrach ich sie, »hätte ich deiner Meinung nach ohne die Hilfe meiner legendären Kriegerschwester an meiner Seite den Ludus zurückerobern sollen?«

»Wie oft muss ich es dir noch sagen?«, fuhr sie mich böse an. »Ich bin nicht das, wofür du mich hältst, Fallon! Nicht mehr …«

Ich seufzte frustriert. »Bei den verdammten Zähnen von Morrigan! Du willst doch nicht ernsthaft sagen, dass wir unsere Freundinnen, unsere Gladiatorenkameradinnen – unser Zuhause, verdammt noch mal – in den Händen dieses irren Mistkerls Pontius Aquila lassen sollen, oder?«

Ich sah, wie das einen Funken in ihren Augen entfachte. Aber ich sah auch, wie nackte Angst, der Schmerz durch Thalestris' Verrat und die Enttäuschung über sich selbst ihn wieder zu ersticken drohte. Doch das würde ich nicht zulassen.

»Er will *seinen* Gott mit unserer Göttin messen?«, sagte ich nachdrücklich, um es noch deutlicher zu machen. »Seine Aaskrähen gegen den Großen Raben? Er wird *verlieren.*«

Sorchas Augen verengten sich zu Schlitzen, während sie mich ansah. Ihr altes Krieger-Ich war immer noch da, immer noch eine schwach glimmende Glut. Es war noch nicht vollständig erloschen.

»Hast du einen schlauen Plan, kleine Schwester?«, fragte sie.

»Ich arbeite daran«, sagte ich und beließ es dabei. Fürs Erste.

Jedenfalls hatte Sorcha keine Chance gegen mich, wenn sie glaubte, sich vor diesem Kampf drücken zu können. Ich würde diesen Kriegerfunken zu einer Flamme entfachen. Und ich würde diese Flamme füttern, bis sie ein Leuchtfeuer war.

Wir schlugen unser Lager mit den Rücken zu den Hügeln

auf, die sich hinter dem Oppidum erhoben. Ich versuchte, meine Ungeduld, hierbleiben zu müssen, zu zügeln. Aber auch wenn wir die uns angebotene Gastfreundschaft nicht dankbar angenommen hätten, hätten wir es auf keinen Fall geschafft, den Pfad in der Dunkelheit wieder zurück zum Schiff hinabzusteigen. Als ich ein kleines Feuer entfacht und meine Schlafstatt daneben hergerichtet hatte, kam Antonia und erzählte mir, dass Neferet und Leander halfen, die Verletzten der Amazonen zu versorgen – nachdem sie sich um unsere eigenen gekümmert und Sorcha einen Schlaftrank verabreicht hatten, die bereits tief schlummerte.

»Morgen früh sollte sie reisefähig sein, sagt Neferet«, versicherte Antonia mir. »Vielleicht nur etwas langsamer.«

»Gut«, sagte ich. »Ich will nichts weiter, als meine Schwester nach Hause bringen.«

Antonia nickte und kehrte dorthin zurück, wo Neferet immer noch bei der Arbeit war und Wunden versorgte. Aber bevor sie sich umdrehte, hatte ich das Zögern und die Frage in ihren Augen gesehen: *Wohin nach Hause*? Ich seufzte. *Das* würde ein wenig komplizierter werden, als ich gerade bereit war, mir Gedanken zu machen. Ich sah über das Feuer hinweg zu der Stelle, wo Quint und Cai ihre Schlafstatt neben einem kleinen, ordentlichen nach den Regeln der Legion entzündeten Feuer ausrollten und fragte mich: *Was nun?*

Cai sah, dass ich sie beobachtete, kam herüber und hockte sich neben mich. Er war immer noch in voller Montur und seine Rüstung quietschte. Ich atmete tief ein, sog den Geruch nach Leder und Metall auf, und es juckte mich in den Fingern, sie nach den Schnallen auszustrecken, die seinen Brustpanzer festhielten, um sie zu öffnen …

»Was willst du jetzt tun?«, fragte er mich.

Du, dachte ich. Nicht *wir* …

Ich zuckte mit den Schultern. »Ich will nur nach Hause«, sagte ich.

Als er keine Antwort gab, drehte ich mich zu ihm und sah ihn an. Ein Nachtvogel sang irgendwo in der Ferne und der Feuerschein tanzte auf Cais Gesicht. Auf den Schwielen seiner Hand, die er gedankenverloren rieb. Unvermittelt starrte ich auf seine Hand und erinnerte mich an die Kohlezeichnung auf Pergamentpapier, die er mir von ihr geschickt hatte. Ich hatte sie in meiner Truhe in meiner Zelle im Ludus aufbewahrt.

»Nach Hause in den *Ludus,* Cai«, sagte ich.

Er nickte und lächelte mich an – auf seinem Gesicht lag ein unsicherer Ausdruck, den ich mit einem Kuss ersticken wollte. Eine Flut unausgesprochener Worte schien sich zwischen uns zu ergießen und ich wusste nicht, wie ich sie überqueren sollte. Denn auf der Brücke über diese Kluft stand Aeddan. Und direkt hinter ihm Kassandra. Und hinter ihr … Schatten. Gestalten, die ich nicht erkennen konnte, aber von denen ich irgendwie wusste, dass sie sich zwischen Cai und mich stellten.

»Wir werden eine Wache für die Nacht aufstellen«, sagte Cai und brach das Schweigen. »Mich und Quint.«

Ich runzelte die Stirn. »Areto hat uns ihre Gastfreundschaft in gutem Glauben angeboten«, sagte ich. »Ich möchte nichts tun, was sie kränken könnte.«

»Ich mache mir keine Sorgen um Areto«, sagte Cai.

Dem hatte ich nichts entgegenzusetzen. Irgendwo dort draußen war Thalestris. Und Areto mochte darauf vertrauen, dass ihr Stolz oder ihr Kodex oder ihre Göttin Kybele höchstpersönlich, sie davon abhalten würden, heute Nacht zurückzukommen, aber Cai war viel zu sehr Offizier der Legion, um allein darauf zu vertrauen. Das konnte ich ihm nicht verübeln.

»Wir brauchen keinen Graben und keinen Wall anzulegen und wir brauchen auch nicht Patrouille zu laufen«, sagte er. »Ich gebe mich mit einem einzigen Wachtposten dort oben zufrieden.« Er zeigte auf eine Stelle, wo eine Felszunge einen natürlichen Ausguckpunkt bot. »Siehst du? Einfach und diskret und keine Beleidigung für unsere großzügige Gastgeberin. Ich übernehme die erste Wache. Quint die zweite.«

»Ich übernehme auch eine«, bot ich an.

»Du«, sagte Cai und hob eine Augenbraue, »wirst es dir bequem machen und tief schlafen.«

»Aber …«

Er legte einen Finger auf meine Lippen. »Nach dieser vortrefflichen Rede, hast du es dir verdient, Fallon«, sagte er. »Glaub mir. Caesar blickt voller Stolz auf seine eigenen Redekünste und selbst er hätte dich für diese Genialität mit Lorbeeren bekränzt …«

Plötzlich schien er zu bemerken, dass er immer noch meine Lippen berührte. Sein Blick flackerte von seinen Fingern zu meinen Augen und zurück, und er fuhr sich mit der Zunge über den Rand seiner Zähne. Ich nahm seine Hand und drehte seine Handfläche um, sodass ich meine Wange in sie schmiegen konnte. Cai machte einen Laut, tief in seiner Brust, und zog mich in eine Umarmung.

»Gestatte es dir einmal selbst, dich auszuruhen, Fallon«, murmelte er in mein Haar. »Und erlaube anderen an deiner Stelle stark zu sein. Ich verspreche, sie werden dich nicht enttäuschen. *Ich* werde dich nicht enttäuschen.«

»Ich weiß«, sagte ich.

Ich lehnte mich an ihn, solange er mich ließ. Bis er mich sanft eine Armlänge von sich schob und seinen Kopf hinabbeugte, um mich zu küssen.

»Erste Wache«, sagte er. »Weißt du noch?«

Ich sah zu ihm auf und sagte mir, dass er nicht die erste Wache nahm, um sich davor zu drücken, unsere Unterhaltung vom Strand zu Ende zu führen. »Du kannst jederzeit kommen und mich zur Ablösung holen«, sagte ich. »Wenn Quint sich nicht von Elka losreißen kann.«

Ich nickte hinüber, wo Elka sich, zu meiner eigenen großen Überraschung, neben Quint an das kleine Feuer gesetzt hatte, das er errichtet hatte.

»Ich werde das im Hinterkopf behalten«, sagte Cai, dann küsste er mich noch einmal, erhob sich und ging auf seinen Wachtposten.

Nachdem er fort war, drehte ich mich um und entdeckte, dass das junge Amazonen-Fischermädchen ganz alleine saß und die Klinge ihres Dolches mit einem Stein schliff. Sie hatte sich nicht zu ihren Schwestern gesellt. Ich ging zu ihr hinüber, ließ mich nieder und streckte meine Hände aus, um sie am Feuer zu wärmen. Eine Weile saßen wir schweigend, bis sie ihre Klinge fertig geschärft hatte und sie zurück in die Scheide an ihrer Hüfte steckte.

»Du hast heute gut gekämpft«, sagte ich mit einem Nicken auf ihre Waffe.

»Na ja, vielleicht.« Sie zuckte mit einer Schulter und starrte in die Flammen. »Aber auf der falschen Seite.«

»Du hast es nicht gewusst.«

»Ich hätte es aber wissen sollen.« Sie schüttelte den Kopf. »Ich habe Thalestris mit tauben Ohren zugehört. Bin ihr blind gefolgt.«

»In vielerlei Hinsicht verstehe ich, was Thalestris dazu bewegt hat«, sagte ich. »Ich habe selbst lange so gelebt. Ich habe Ehre über alles andere gestellt. Ich habe Rache für den einzigen Weg nach vorn gehalten. Ich war eine Närrin.«

»Aber was du heute gesagt hast war weise – und wahr.« Sie drehte sich zu mir um, ihre Augen leuchteten im Feuerschein. »Die Männer, die unsere Mütter gegen ihren Willen hierher gebracht haben, sind tot und lange fort, und trotzdem leben wir in völliger Abgeschiedenheit, haben uns eine mehr schlechte als rechte Existenz auf Fisch, Sand und unseren eigenen blassen Worten über eine irgendwann in der Zukunft stattfindenden Rache aufgebaut. Wozu? An wem? Als Thalestris deine Schwester hierher brachte – eine mächtige Kriegerin, die das Blut unserer eigenen Leute vergossen hat – und sie an den Altar fesselte, habe ich geglaubt, was sie uns erzählt hat. Ich dachte, ein Opfer würde alles wiedergutmachen. Jetzt sehe ich, dass es das nicht hätte. Ich glaube, die Göttin hätte sich für immer von uns abgewandt.«

»Ich habe auf die harte Tour gelernt – und lerne immer noch –, dass jedes Mal, wenn ich dachte, meine Göttin hätte mich verlassen, ich mich in Wahrheit von ihr abgewandt hatte.« Ich legte ihr eine Hand auf den Arm. »Du willst ein Opfer? *Bring* ein Opfer. Riskier etwas. Überschreite die Grenzen, die man um dich herum errichtet hat, und nimm dein Leben selbst in die Hand.«

Da verstummte sie, und ich spürte, wie meine Worte schwer auf ihr lasteten. Ich wollte sie mit dieser Last nicht alleine lassen. »Wie heißt du?«, fragte ich.

Sie schwieg so lange, dass ich dachte, sie würde mir nicht antworten. Aber als ich mich erheben wollte, sagte sie: »Kallista. Mein Name ist Kallista.«

Ich setzte mich wieder und sah ihr eine Weile zu, während sie sich wieder daranmachte, ihre Klinge zu schärfen. »Wo hast du gelernt, Latein zu sprechen, Kallista?«, fragte ich und bemühte mich um einen leichteren Ton. »Ich dachte, dein Stamm hasst Rom – und alles Römische.«

»Das tun wir.« Sie zuckte mit den Schultern, lächelte jetzt ein wenig, starrte aber immer noch ins Feuer. »Ich meine, *sie* tun das … Ich war davon nie wirklich überzeugt. Man hat mir beigebracht, die Römer zu hassen, aber es ist schwer, sie alle zu hassen, wenn ein paar Römer … nett sind.«

In diesem Augenblick erinnerte sie mich so sehr an mich selbst. Ich war mit dem Hass auf Rom und die Römer und speziell auf einen davon aufgewachsen. Und dann hatte sich alles geändert. Na ja – vielleicht nicht alles. Ich konnte immer noch nicht nachvollziehen, wie die Römer dachten, und billigte einen großen Teil der römischen Kultur nicht, aber ich hatte auch Römer wie Cai und seinen Vater kennengelernt. Soldaten wie Junius. Ich hatte sogar viel entdeckt, das ich bewunderte. Sogar – Morrigan steh mir bei – in Julius Caesar selbst.

Der große, verfluchte Tyrann, der nett zu mir gewesen war.

»Wer war nett zu dir?«, fragte ich Kallista.

Sie sah mich an und sagte: »Mein Vater.«

Natürlich. Sie musste ein Sprössling von einem der gestohlenen Jungen von der anderen Seite der Insel sein, und es war nicht besonders schwer sich vorzustellen, dass er vielleicht nett zu seiner Tochter gewesen war. Vielleicht sogar liebevoll. Ich fragte mich …

»Wie heißt er?«, fragte ich.

»Secundus. Sein Name ist Secundus. War.«

Secundus. Der zweite Sohn. Der zweite von fünf.

»Was ist mit ihm passiert?«, fragte ich und plötzlich schnürte mir ein Kloß die Kehle zu.

»Sumpffieber«, sagte Kallista. »Vor vier Sommern. Es war ziemlich schlimm. Erst hat es meine Mutter dahingerafft. Dann ihn. Wir wollten ihn sogar über die Berge bringen, zurück in das römische Dorf, in der Hoffnung, dass sie ihm vielleicht helfen könnten, aber er war zu schwach.«

Quints Bruder war noch vor vier Jahren am Leben gewesen, dachte ich.

Die Käfige, die wir gesehen hatten, waren schon sehr viel länger nicht mehr benutzt worden. Vielleicht hatte Secundus hier zwischen den Amazonen ein sehr viel freieres Leben geführt, als Quint gedacht hatte. Vielleicht sogar eins in Liebe. Mit einer Tochter, die er gern gehabt hatte … Als ich Kallista näher betrachtete, fiel mir ihre Ähnlichkeit mit Quint auf, und ich fragte mich, warum ich es nicht schon vorher gesehen hatte. Vielleicht, weil ich einfach nicht danach gesucht hatte. Sie hatte denselben ockergelben Hautton, dieselben Sommersprossen und graublauen Augen. Vielleicht hätte sie unter anderen Umständen sogar etwas von seinem Sinn für Humor gehabt.

Abrupt stand ich auf und streckte dem Mädchen die Hand entgegen.

Stirnrunzelnd sah sie zu mir hoch.

»Komm mit«, sagte ich. »Es gibt da jemanden, dem ich dich richtig vorstellen möchte.«

Quint saß immer noch – wenig überraschend – neben Elka. Und zwar weil *sie* – was vielleicht etwas überraschender war – immer noch neben *ihm* saß. Das Feuer, das er entfacht hatte, brannte hell genug, um Quints Gesichtszüge deutlich durch die flimmernde Hitze zu erhellen und Feuerfunken in den Nachthimmel aufsteigen zu lassen.

Ich öffnete den Mund, um sie einander richtig vorzustellen, aber die Worte hatten meinen Mund noch nicht verlassen, da hörte ich ein leises Aufkeuchen. Ich drehte mich um und sah, wie Kallista ihren Onkel anstarrte.

Sie sah ihn an – sah ihn *richtig* an, ohne seinen Helm auf dem Kopf oder sein Schwert an ihrer Kehle, ohne den Schleier aus Angst, der ihr die Augen auf dem Pfad vernebelt hatte, als sie uns mit Pfeilen und Fisch aus dem Hinterhalt beschossen hatte – und sie wusste Bescheid. Ich hörte sie atemlos das Wort »Vater …« murmeln, und der Kloß, der mir die Kehle zugeschnürt hatte, wurde noch enger.

Quint sah mit verwirrtem Stirnrunzeln von mir zu dem Mädchen und zurück. Sosehr er auch hierhergekommen war, um seinen Schmerz, nicht einmal den Versuch unternommen zu haben, seinen Bruder zu retten, zu lindern, schien Quint nicht in den Sinn gekommen zu sein, dass er – wenn auch nicht seinen Bruder – vielleicht jemand anderen finden könnte, der von derselben Blutslinie abstammte wie er.

»Quintus, das ist Kallista«, sagte ich.

»Äh, das Fischermädchen, nicht wahr?«, sagte er.

»Ihr Vater hat ihr Latein beigebracht, Quint.«

Er blinzelte mich kurz an. »Das ist nett …«

»Dein *Bruder*, Quintus.«

»Mein …«

Er brauchte immer noch eine Weile. Als könnte er das, was ich ihm erzählte, einfach nicht fassen. Und dann klappte ihm endlich die Kinnlade herunter und sein Blick wanderte zu dem Mädchen, das neben mir stand.

»Du bist … Mein Bruder Secundus ist dein … Vater?«

»War.« Kallista nickte und ihre Augen füllten sich mit

Tränen. »Er hat mir immer erzählt, du wärst der idiotischste von seinen Brüdern …«

Quint blieb ein ersticktes Lachen in der Kehle stecken. »Das hat er *mir* auch immer erzählt.«

Sie biss sich auf die Lippe – wahrscheinlich um sie vom Zittern abzuhalten. »Er hat dich so sehr vermisst«, sagte sie und ihre Stimme brach. »Er …«

Da sprang Quint auf, umarmte sie und Kallista gab sich dieser Umarmung hin. Ich warf einen Blick zu Elka und sah, dass sie heftig blinzelte ob dieser Begegnung, der Schimmer nicht vergossener Tränen stand in ihren Augen, und mir zog sich das Herz in der Brust zusammen. Wir beide hatten den Ausdruck auf Quints Gesicht gesehen, als er die leeren Käfige in der Höhle am Ende des Pfads entdeckt hatte. Seine Hoffnungen – welcher Art auch immer sie gewesen waren – waren in diesem Moment zerbrochen. Kallista zu finden war für ihn die Reise vielleicht wert gewesen.

Elka und ich entfernten uns diskret und gingen zurück zum anderen Feuer, um Onkel und neu gefundener Nichte die Gelegenheit zu geben, sich besser kennenzulernen. Elka schwieg eine Weile und stocherte gedankenverloren mit einem Stock im verkohlten Holz herum.

»Familie«, brummte sie schließlich. »Das ist … so 'ne Sache, nicht wahr? Eine wichtige Sache, meine ich. Manchmal.«

»Immer«, sagte ich.

»Vielleicht für dich.« Sie nickte mit dem Kinn zu Quint. »Und für ihn …«

»Für dich auch.«

Über die Flammen hinweg zog sie eine blonde Augenbraue hoch.

»Was glaubst du, sind *sie*?« Mit einer Handbewegung deutete ich auf die Achillea-Mädchen, die sich in Grüppchen um die Feuer auf der anderen Seite der Lichtung gescharrt hatten. »Was glaubst, bin *ich*, du sturköpfige Eselin?«

»Abgesehen von einem ständigen Dorn in meinem Schuh?« Sie lachte grunzend. Dann runzelte sie die Stirn und verfiel wieder in Schweigen. Als sie erneut das Wort ergriff, zuckte sie mit den Schultern, was wahrscheinlich lässig aussehen sollte, aber mehr nach einem Zittern aussah. »Wahrscheinlich hast du recht.« Sie seufzte. »Tja ... wahrscheinlich war es gut, solange es angedauert hat. Ich meine, zu jemandem zu gehören und all das.«

»Wovon sprichst du?«

»Du hast deine Schwester wieder, Fallon«, sagte sie. »Darum sind wir hierhergekommen. Es ist vorbei – die Suche, das Abenteuer ... Und jetzt? Gehen wir alle wieder getrennte Wege.«

»Warum sagst du so etwas?«

»Was sonst bleibt uns hier noch zu tun? Es war schon schlimm genug, als wir nur infamia waren. Jetzt sind wir schlichtweg flüchtige Rebellinnen.«

»Sind wir nicht.«

»Doch, *sind* wir.« Sie schnaubte frustriert ob meiner Sturheit. »Du kannst dir gerne etwas anderes einreden, kleine Füchsin, aber ich bin hier die Pragmatische, weißt du noch?«

Ich schnaubte im Gegenzug. »Und haben deine pragmatischen Ohren mir nicht zugehört, als ich dir in Herons Krankenstation gesagt habe, dass wir zurückkehren und uns den Ludus wiederholen, sobald wir Sorcha gerettet haben?«

»Oh, nein, ich habe zugehört«, sagte sie. »Ich bin nur davon ausgegangen, dass du mal wieder deinen verrückten kleinen Fuchsverstand verloren hattest.«

Ich schüttelte den Kopf und sie legte ihren schief und sah mich argwöhnisch an.

»Du hast das ernst gemeint«, sagte sie.

»Todernst.«

»Den Ludus zurückerobern.«

»Mhmm.«

»Mit welcher Armee?«

Ich öffnete meinen Mund, stellte aber fest, dass ich darauf nicht gleich eine Antwort hatte. Elka hatte recht. Ich warf einen Blick auf unsere Gladiatoren-Schwestern. Wenn wir auch weit besser abgeschnitten hatten als unsere Gegnerinnen, hatten wir trotzdem beeindruckend viele Verletzungen einstecken müssen. Keine von uns war ohne Schnitte oder Prellungen unterschiedlichen Grades davongekommen. Neferet vermutete, dass Hestia sich vielleicht einen Knochen in ihrem Handgelenk gebrochen hatte, und Anat hatte eine schlimme Verbrennung an der Schulter davongetragen, als ihr Schild während unseres wilden Angriffs zerbrochen war. Dann war da noch Gratia, die allen erzählte, dass es ihr bestens ginge – obwohl mehr als ein Dutzend Stiche nötig gewesen waren, um eine tiefe Wunde an ihrem Oberschenkel zu nähen. Wahrscheinlich hatte die großzügige Menge an Met, die sie von den Amazonen bekommen hatte, bevor Neferet angefangen hatte zu nähen, großen Einfluss auf Gratias Einschätzung zu ihrer Wunde gehabt.

Selbst vor diesem Kampf wären wir zu wenige gewesen, um in einer offenen Schlacht gegen Nyx und Aquilas Aufgebot an Gladiatorinnen und Dis-Kriegern anzutreten. Wenn wir in unserem *jetzigen* Zustand in den Ludus zurückkehrten, würde uns das nichts weiter einbringen, als in Ketten gelegt zu werden. Und dann würden wir unweigerlich in einem von Pontius Aquilas schrecklichen Munera-Kämpfen enden. Ich runzelte die Stirn, wandte meinen Blick von Elka ab und suchte in der Dunkelheit nach einer Antwort. Mein Blick wanderte wieder zu Kallista und Quint, die immer noch die Köpfe zusammensteckten, und dann weiter zum Schein der Amazonenfeuer, die durch die Bäume flackerten, gleich hinter den zerfallenen Mauern des Oppidums.

»Wir brauchen keine Armee«, sagte ich und antwortete endlich auf Elkas Frage. »Wir brauchen einen Kriegertrupp.«

»Der Unterschied will sich mir nicht erschließen.«

Ich spürte, wie sich ein Lächeln auf meine Lippen legte, während sich ein noch verschwommener, halb geformter Plan in meinem Kopf zusammensetzte. »Als ich ein kleines Mädchen war«, sagte ich, »wollte ich nichts mehr, als in die Fußstapfen meiner Schwester zu treten und der königlichen Kriegerschar meines Vaters beizutreten. *Krieger,* Elka. Keine Soldaten. Keine Söldner. Nicht Aquilas Mörder. Nicht einmal Gladiatorinnen als

Einzelkämpferinnen. Nein. Was wir brauchen sind Krieger. Nicht viele, aber furchterregend und als eine große Familie kämpfend.«

Sie schüttelte den Kopf. »Wir sind nicht genug.«

»Nein.« Mein Blick wanderte wieder zu Kallista. »Aber wir werden es sein.«

XIII

Am Horizont ging die Sonne auf, als wir mit unserem Frühstück aus Fisch und Krabbenfleisch, eingewickelt in Weinblätter auf einem Bett aus weichen, gerösteten Getreidekörnern, fertig waren und es mit einem Becher kalten Quellwassers hinunterspülten. Das Mahl hatte man uns auf die flachen Steine am Rande unseres Lagers gestellt, irgendwann vor Sonnenaufgang. Auch wenn sie nur widerwillig war, ließ sich an der Gastfreundschaft der Amazonen nichts aussetzen. Sie wurde nur übertroffen von ihrem Enthusiasmus, uns unseres Weges zu schicken, dachte ich, als Areto und eine kleine Gruppe der älteren Stammesmitglieder kamen, um uns zu verabschieden.

Ich vermutete – nein, *hoffte* –, dass es zu ihrem Leidwesen eine kleine Verzögerung geben würde, bevor wir sie wieder ihrer zerklüfteten Einsamkeit überließen.

Während wir die letzten Vorkehrungen für unsere Abreise trafen, warf ich immer wieder Blicke in die Richtung, in die Cai und Quint verschwunden waren, und wartete nervös auf ihre Rückkehr. Sorcha bemerkte meine Unruhe und fragte mich, was los sei.

»Nichts«, murmelte ich. »Nichts …«

Dann sah ich, dass sich unter den Bäumen etwas bewegte und ich drehte mich grinsend zu ihr um.

»Nur … dass hier mein schlauer Plan kommt.«

Sorcha drehte sich um und entdeckte Kallista und mehr als ein Dutzend ihrer Kriegerschwestern – Mädchen, die, wie mir Kallista in der Nacht zuvor erzählt hatte, ebenfalls Zweifel an der Lebensart der Amazonen hegten. Gemeinsam erklomm die Gruppe junger Frauen den steilen Pfad von den Hütten unter den Kiefern. Sie trugen Reiseumhänge über ihren verschlissenen Tuniken und hatten sich Bündel über ihre Schultern geworfen oder um ihre Oberkörper geschlungen. Alle trugen ihre Waffen bei sich, und ein paar hatten sogar ihre Wangen und ihre Stirn mit Symbolen bemalt, die meiner Kriegsbemalung und der meiner Schwestern, die wir bei unserer Ankunft aufgelegt hatten, gar nicht so unähnlich sah. Sie marschierten hocherhobenen Hauptes und so mutig und furchtlos auf uns zu, wie sie nur konnten, wenn man bedachte, was sie vorhatten.

Ich wartete.

Kallista trat vor und räusperte sich.

Keine der älteren Amazonen beachtete sie. Zunächst.

»Ich werde die Gladiatorinnen auf ihrer Reise begleiten«, sagte sie nur ein klein wenig zu laut.

Nun hatte sie ihre Aufmerksamkeit.

Ich fragte mich, ob Kallistas Stimme wegen der Reise an sich oder wegen der Ankündigung derselben gegenüber den älteren Amazonen leicht zitterte. Egal warum, lautlos bejubelte ich ihre Tapferkeit.

»Was ist los, du Küken?«, sagte Areto über ihre Schulter – allerdings erst nach einer ausreichend langen, einschüchternden Pause.

»Ich werde mit ihr gehen und ihr dabei helfen, sich ihr Heim zurückzuerobern«, fuhr Kallista fort und reckte ihr Kinn vor. »Das werden wir alle.«

Areto betrachtete sie mit steinerner Miene. »Ach ja?«

Sie nickte ernst.

»Es ist nicht unser Kampf.«

»Aber es ist unserer.« Kallista trat einen Schritt vor. »Weil wir beschlossen haben, ihn zu unserem zu machen.«

»Kallista …«

»Ich bin es *leid*, mich auf dieser Insel zu verstecken, Areto!« Ihr Arm schnellte vor und sie deutete auf die Mädchen, die sie bei sich hatte. »Das sind wir alle! Ich bin es so leid, mir jeden Abend zu versichern, dass ich von etwas Großem abstamme, nur um jeden Morgen aufzuwachen und Speerwerfen in der Lagune zu üben mit nichts weiter als Fischen zum Ziel. Die *Fische* sind es leid!«

Eine der älteren Amazonen – die mit der langen Narbenwulst, die sich von ihrem Haaransatz über ihre Gesichtshälfte bis in den Kragen ihrer Tunika zog – verschränkte die Arme und durchbohrte Kallista mit ihrem

Blick. »Was, wenn wir euch nicht ziehen lassen, ihr Küken?«

Die anderen Mädchen standen im Schulterschluss hinter Kallista, stumme Rebellion troff ihnen aus allen Poren und Trotz funkelte in ihren Augen, aber nicht eine von ihnen öffnete den Mund, um zu protestieren. Das schien der alten Kriegerin zu genügen. Sie rümpfte die Nase und wandte sich ab.

»Nein«, sagte sie. »Geht zurück in eure Häuser.«

»Wir haben keine Häuser!« Kallista versagte die Stimme vor lauter Protest. »Wir haben Hütten. In die es hineinregnet. Mit Böden aus Lehm und harten Betten.«

»Du sehnst dich nach Erholung?«, fragte Areto. Ihr Tonfall war barsch, aber für einen Sekundenbruchteil meinte ich, etwas anderes in ihrem Blick gesehen zu haben, das vielleicht so etwas wie Achtung gewesen war. Oder verschleierter Stolz.

»Ich sehne mich nach mehr als nach den Steinen und Bäumen auf dieser Insel und nach den Selbstgesprächen, die ich führe, nur damit ich etwas anderes als den Gesang der Vögel und des Windes höre«, erklärte Kallista mit einer Verzweiflung, die ich in meiner Seele fühlen konnte.

»Ah.« Die älteste der Frauen blieb ungerührt. »Du sehnst dich nach Abenteuer. Du weißt nichts von der Welt der Männer. Sie werden dich auf üble Art und Weise verspotten, kurz bevor sie dich in den Tod schicken.«

»Nur wenn ihr uns trainiert habt, schwächer als sie zu sein«, blaffte Kallista zurück und schien sich nicht mehr länger darum zu sorgen, ob man sie dafür bestrafen würde, ihre Meinung zu sagen oder nicht. »Weniger wert. Ist es das, was du mir sagen willst? Das alles, was du uns beigebracht hast, nur dazu dient, mich – uns – unfähig zu machen in einer Welt zu leben und zu kämpfen, die nicht nur aus anderen Mädchen mit Schwertern besteht?«

Die ältere Frau ballte ihre Fäuste an den Seiten, sodass die Knöchel weiß hervortraten, und kurz glaubte ich, dass sie Kallista für ihre Unverschämtheit tatsächlich schlagen würde. Aber dann trat plötzlich Arviragus in die Anspannung zwischen den Amazonen.

Das war sehr mutig von ihm.

»Was, wenn …«, begann er in versöhnlichem Tonfall, während die Anführerinnen der Amazonen ihre hartherzigen Blicke auf ihn richteten. »Was, wenn ich einen Kompromiss vorschlagen würde? Eine mögliche Lösung in dieser ausweglosen Situation? Diese jungen Frauen sind die Zukunft dieses Stammes. Es ist verständlich, dass ihr sie nicht einfach in die Obhut von Fremden geben wollt, wenn ihr dafür nichts im Gegenzug erhaltet. Was, wenn wir euch stattdessen einen Handel anbieten? Gewissermaßen einen Tausch.«

Sorcha und ich tauschten einen verwirrten Blick und ich packte ihn am Arm. Das war *nicht* Teil meines Plans. »Mein Fürst, was …«

Er hob eine Hand, um mich zum Schweigen zu bringen.

»Ehrwürdige Kriegermutter«, sagte er und richtete seine Worte an die Amazone mit dem Narbengesicht,

»mein Name ist Arviragus von den Arvernern. Einst war ich in der Welt der Männer als Vercingetorix bekannt. Aber ich glaube, dass du selbst hier, an diesem Ort, von mir gehört hast.«

Das hatte sie. Das hatten sie alle. So viel war aus ihren Gesichtern abzulesen – in denen sich vor allem Überraschung und argwöhnischer Respekt spiegelten –, während sie mit unbeweglicher Miene zusahen, wie Arviragus über seine Schulter nach dem Schild, den er auf seinem Rücken trug, griff und ihn Areto vor die Füße warf. Er schnallte seinen Schwertgürtel ab und warf ihn dem Schild hinterher.

Mir stockte der Atem.

»*Das* habe ich nur einziges Mal zuvor getan«, sagte er.

»Warum tust du es dann jetzt?«, fragte Areto. »Diesmal hat deine Seite gewonnen.«

Arviragus grinste matt als Antwort auf diesen Seitenhieb. »Ich tue es als Zeichen meines Respekts«, sagt er, »und im Namen meiner Kameradinnen als Unterpfand für die Verhandlungen … und als Gesuch nach einer Zuflucht für mich.«

»Zuflucht?«, fragte das Narbengesicht.

»Ich kann nicht nach Rom zurückkehren«, sagte er. »Und auch nicht in das Land, das einst mir gehörte. Und ich will nicht als Verstoßener für den Rest meiner Tage, die mir von den Göttern und diesem mutigen Mädchen – er deutete auf mich, ohne mich anzusehen – gewährt wurden, durch die weite Welt ziehen.«

Mein Herz brach ein wenig in meiner Brust.

Areto und die vernarbte Frau warfen einander Blicke zu.

»Lieber«, fuhr Arviragus fort, »stelle ich mich als Geisel zur Verfügung im Austausch für alle jungen Kriegerinnen, die sich Fallons und Sorchas Sache anschließen wollen. In meinem Volk gibt es keine größere noch ehrenhaftere Tradition als die des Geiselaustausches. Wir lassen unsere Kinder bei anderen Stämmen aufwachsen, um den gegenseitigen Frieden zu sichern.« Er nickte zu Kallista und den anderen. »Ich bin nicht jung, aber Caesar höchstpersönlich kann bezeugen, dass ich einen anständigen, meist wohlgesitteten Gast abgebe. Und sollte eines eurer Mädchen nicht nach Hause kehren, dürft ihr mir das Leben nehmen.«

Die beiden Frauen drehten sich zueinander und entfernten sich, in eine leise Unterhaltung vertieft. Sorcha legte eine Hand auf Arviragus' Schulter.

»Das ist Wahnsinn«, sagte sie.

Ich trat neben sie. »Sie hat recht, Arviragus – hört auf sie!«, sagte ich. »Ich finde einen anderen Weg. *Wir* finden einen anderen Weg.«

»Ich glaube nicht, dass es einen anderen gibt, schlaues, kleines Ding«, sagte er und legte eine Hand auf meine Schulter.

Sorcha schüttelte entschieden den Kopf. »Ihr seid gerade erst einer Gefangenschaft entkommen – einem Todesurteil – und da wollt Ihr Euch in eine zweite begeben?«

»Ich habe aus einem Grund überlebt, Sorcha«, sagte er. »Du und Fallon, ihr wart meine einzigen Freunde, mein einziger Trost. Ich tue das freiwillig, und ich glaube, dass Morrigan mich *darum* so lange am Leben gelassen hat. Du brauchst diese Mädchen und ich brauche einen abgeschiedenen Ort, an dem ich den Rest meiner Tage verbringen kann. Vielleicht kann ich diesen Frauen zeigen, dass nicht alle Männer hassenswert sind oder beschimpft werden müssen. Oder vielleicht können auch sie mir ein oder zwei Dinge beibringen. Aber egal, was dabei herauskommt, immerhin wird mir die Seeluft gut tun, und ich kann mich ein wenig körperlich betätigen, indem ich ein oder zwei undichte Hüttendächer stopfe. Und der Honigwein hier ist ganz vorzüglich.«

»Ein Jahr.«

Ich drehte mich um und sah, dass Areto und die vernarbte Frau zurückgekommen waren.

»Ein Jahr«, wiederholte die Frau. Sie richtete ihren stechenden Blick auf Sorcha und mich. »Wenn diese jungen Frauen nicht nach einem Jahr zu uns zurückkehren, wird er sterben. Langsam. Schmerzhaft. Mit Feuer und Eisen und …«

»Verstanden!«, blaffte ich. Ich wollte kein detailliertes Rezept für das Ableben meines Freundes hören, für den Fall, dass ich die Mädchen, die ich in extreme Gefahr führen würde, nicht wieder gesund und munter nach Hause schickte.

Arviragus verdrehte nur die Augen und zwinkerte mir zu.

»Dann sind wir uns ja handelseinig«, sagte er.

Er zog seinen Dolch und schnitt sich einmal damit über die Handfläche. Eine dünne Linie Blut quoll hervor und Areto machte dasselbe. Sie reichten sich die Hände und ich sah, dass Respekt – und vielleicht auch ein ganz winziger Funken Faszination – in ihren Augen schimmerte. Ich konnte es ihr nicht verübeln. Arviragus war absolut faszinierend.

Mein Kindheitsheld. Mein Freund.

Ich schuldete ihm mehr als ich ihm je würde zurückzahlen können und ich würde ihn sehr vermissen.

Wieder einmal.

Die Sonne stand noch immer in unserem Rücken, als wir das Oppidum der Amazonen verließen und uns an den Abstieg den gewundenen Pfad hinunter machten, zurück in die Bucht, wo – wie ich still und leise hoffte – Charon und sein Boot auf uns warteten. Sorcha war blass nach der ganzen Tortur, und ich sah, wie sie ihre Kiefer zusammenpresste, nachdem sie über einen Stein auf dem Pfad gestolpert war. Aber als ich eine Hand ausstreckte, um sie zu stützen, warf sie mir einen Blick zu, der mir – ziemlich scharf – zu verstehen gab, dass sie zurechtkam, danke auch, und nicht die Hilfe ihrer kleinen Schwester benötigte. Ich grinste verstohlen und fühlte, wie mir leichter ums Herz wurde, wie es unbeschwert, stark und frei in meiner Brust schlug, den Schwingen eines Vogels gleich. Zum ersten Mal seit vielen Tagen fühlte es sich an, als würde alles gut werden.

Hinter uns fing Elka an leise zu singen – ein Stammeslied der Warnen, das wir alle aus dem Ludus kannten. Wir hatten es sie singen hören, wenn sie Waffen putzte oder eingeteilt war, zum Dienst beim Stallausmisten oder manchmal sogar, wenn sie im Hof trainierte. Wir alle kannten die Worte, auch wenn sie nicht unsere waren, und eine nach der anderen stimmten Elkas Luduskameradinnen in das Lied mit ein und sangen mit ihr. Sogar die Amazonenmädchen nickten im Takt der mitreißenden Musik, lächelten und plauderten auf Griechisch miteinander, während wir unseren Weg hügelabwärts fortsetzten.

Wir erreichten die sanfteren Hügelabhänge, wo der Pfad durch eine zerklüftete Schlucht führte, die hoch oben von Bäumen beschattet wurde, deren Baumkronen sich zu einem grünen Tunneldach zusammenschlossen. Heimlich behielt ich Sorcha immer noch im Auge, als Leander zu uns aufschloss, grinsend jeweils einen Arm um unsere Schultern legte – was er daheim im Ludus *nie* gewagt hätte – und heller als die Sonne strahlte. In der Nacht zuvor hatte ich Sorcha erzählt, dass es im Wesentlichen dem Küchenjungen zu verdanken war, dass wir sie überhaupt gefunden hatten, und darum schüttelte sie nur nachsichtig den Kopf.

»Ich habe gehört, dass ich dir zu großem Dank verpflichtet bin, Leander«, sagte sie.

Er nickte und seine dunklen Augen strahlten vor Zufriedenheit.

»Ja, Domina!«, sagte er. »Aber nicht der Rede wert. Ich wusste, dass es gut gehen würde.« Er wedelte sorglos mit den Händen durch die Luft. »Immerhin sind wir Helden, nicht wahr …«

Ein Geräusch – ein Zischen, gefolgt von einem nassen, klatschenden Laut, so, als würde ein junger grüner

Zweig brechen – und Leander verstummte abrupt. Sein Körper versteifte sich, zuckte, seine Brust wölbte sich nach vorn und wie durch eine Art bösen Zauber erschien die schimmernde rote Spitze einer Speerklinge, stach aus der Mitte seiner Tunika hervor.

Sorcha schrie auf, und ich packte Leander, damit er nicht umfiel.

Er drehte sich zu mir, in seinem Gesicht stand eher Überraschung als Schmerz oder Entsetzen. Aber als er seinen Mund öffnete, um etwas zu sagen, war alles, was herauskam, eine helle Blutblase. Dann fiel er kopfüber auf den Pfad, der Fischspeer ragte schamlos aufrecht mitten aus seinem Rücken heraus. Sorcha fiel neben ihm auf die Knie, und ich sah auf und entdeckte Thalestris, die hoch oben am Rand der Klippe stand, eine schwarze Silhouette gegen den blassblauen Himmel.

Für einen Augenblick stand sie dort und starrte auf mich herunter.

Ich schrie ihren Namen, scheuchte einen erschrockenen Schwarm Schwalben auf, der hoch in die Luft flatterte, während sie sich bedächtig und langsam umdrehte und wieder in der Wildnis der korsischen Hügel verschwand.

Wir begruben Leander unter den knorrigen Ästen eines uralten Olivenbaums mit all den Riten, die einem gefallenen Krieger zustanden.

Ich starrte hinunter in die Grube, die wir ausgehoben und die seine letzte Ruhestatt sein würde, weit weg von seiner Nische in der Ludusküche, und flüsterte ein Gebet zu Morrigan, damit sie seine Seele auf ihrem Flug begleitete. Als Cai und Quint den letzten, größten Stein anhoben und ihn vorsichtig auf Leanders Grab platzierten, sah ich mich um und stellte fest, dass die meisten der Achillea-Mädchen rot geweinte Augen hatten. Die Ironie daran – endlich wurde Leander all die Aufmerksamkeit der Gladiatorinnen zuteil, die er sich immer gewünscht hatte – entging mir nicht. Ich hoffte, dass sein Schatten noch lange genug hier verweilt, es gesehen und gelächelt hatte.

»Nervtötender, kleiner Halunke«, murmelte Ajani und starrte auf das Grab herunter.

»Er hatte dich auch gern«, sagte ich und wischte mir die Träne weg, die sich unter meinen Wimpern hervorgestohlen hatte und meine Wange hinabgelaufen war.

Kallista und die anderen jungen Amazonen waren in die Hügel gegangen, um Thalestris zu jagen, kehrten aber mit unblutigen Waffen zurück. Schon bevor sie gegangen waren, hatte ich gewusst, dass die Suche nach ihrer mörderischen Schwester fruchtlos sein würde. Genauso wie ich wusste, dass Thalestris sich auch mich oder Sorcha als Ziel für ihren Speer hätte aussuchen können.

Sie hatte Leander gewählt. Eine Bestrafung für ihn, die Erfüllung eines Versprechens.

Und eine Botschaft an uns. Wir hatten sie nicht zum letzten Mal gesehen.

An Sorchas Gesichtsausdruck, als wir gemeinsam wieder auf den Pfad traten, um unseren Weg fortzusetzen, konnte ich ablesen, dass sie dasselbe dachte.

»Ich werde seinen Tod rächen, kleine Schwester«, sagte sie schließlich, ohne mich anzusehen. »Thalestris wird mit Blut für ihren Verrat zahlen. Für *jeden* Verrat, den sie begangen hat. Genau wie Nyx.«

Als ich sah, wie die Funken von Sorchas altem Feuer wieder zum Leben erwachten, verspürte ich eine plötzliche wilde Genugtuung. »Ich hatte gehofft, dass du das sagen würdest.«

Sorcha sah mich von der Seite an. »Und warum?«, fragte sie argwöhnisch.

»Weil …«

Ich beschleunigte meine Schritte wie ein Jagdhund, der endlich Beute witterte. Die Bäume teilten sich vor uns, und in der Ferne, tief unter uns, kam das schimmernde blaue Becken der Bucht in Sicht – zusammen mit dem Schiff, das immer noch vor Anker lag und uns nach Hause bringen würde.

»Sag es mir nicht …«, sagte Sorcha. »Das ist alles Teil deines schlauen Plans.«

XIV

Unser Schiff hüpfte über die Wellen, der Atem von Zephyr, einem der Windgötter, blähte unsere Segel und beschleunigte unseren Weg. Unter den Mädchen lag Vorfreude in der Luft, obwohl auch ein Hauch von Unsicherheit zu spüren war. Ich konnte es ihnen kaum verübeln – je näher wir Rom kamen, desto größer wurde meine Sorge, dass ich meinen schlauen Plan, den Ludus zurückzuerobern, nicht ganz bis an sein logisches Ende durchdacht hatte. Zum einen wäre es noch untertrieben, zu behaupten, dass Sorcha – auch wenn ihre Seele auf dem Wege der Besserung zu sein schien – nicht sehr überzeugt von der Rolle war, die sie in diesem Plan spielen sollte.

Als wir uns das erste Mal zusammengesetzt hatten, um unsere Möglichkeiten zu erörtern, erzählte ich ihr zunächst einmal, womit wir es überhaupt zu tun hatten.

Als sie hörte, was seit ihrer Entführung im Ludus alles passiert war, war sie entsetzt. Wütend. Angewidert und entrüstet von Pontius Aquilas Machenschaften.

»Rebellion.« Sorcha verzog den Mund, als sie das Wort aussprach. »Innerhalb der Mauern *meines* Ludus'. Was für ein Haufen Pferdemist.«

»Es ist eine Lüge und eine garstige noch dazu«, pflichtete Charon ihr bei. »Aber eine, die tief nachhallt, und wir alle wissen, warum.«

»Ja. Das haben wir Spartakus zu verdanken, dem ewig Unvergesslichen«, schnaubte Sorcha abfällig.

Und an dieser Stelle hatte Elka einen Stoßseufzer von sich gegeben.

»Könnte jemand mich *bitte* mal aufklären?«, fragte sie. »Was hat das alles – was haben *wir* – mit diesem Spartakus zu tun? Ständig werft ihr mit seinem Namen um euch, und ich komme nicht dahinter, warum.«

Cai drehte sich zu ihr um. »Es ist erst ein paar Jahre her, dass Spartakus, der vom Legionär zum Sklaven und dann zum Gladiator wurde, einen Aufstand angeführt hat, der *direkt* das Kernland von Italien bedrohte«, erklärte er. »Einige glauben sogar, dass er und seine Anhänger Rom selbst hatten erobern wollen. Die Plebejer haben es nicht vergessen und die Patrizier haben es nicht vergeben. Wenn die Worte Gladiator und Rebellion im selben Satz fallen, werden die Menschen … reizbar.«

»Nervös«, ergänzte Quint.

Charon nickte finster, sein Blick fixierte Sorcha.

»Und jetzt hat Aquila den Grundstein dafür gelegt,

dass die Geschichte von einem Aufstand der Gladiatorinnen im Ludus zur offiziellen Version wird«, sinnierte ich. »Man wird uns als Kriminelle und Verräter der Republik brandmarken. Man wird uns gnadenlos verfolgen und kreuzigen. Außer wir kommen ihm zuvor.«

»Wie sollen wir ihm zuvorkommen?« Sorcha beugte sich nach vorn, ihre Augen verengten sich.

»Wir benutzen das Volk – und dessen Erregbarkeit – *gegen* ihren Tribun.«

»Ich höre …«

»Wir können uns den Ludus nicht durch rohe Gewalt zurückholen«, sagte ich. »Nicht ohne eine Armee – die Caesar uns schon aus dem einfachen Grund niemals zur Verfügung stellen würde, weil Aquila die Besitzurkunde in seinen Händen hält, in der Thalestris ihm die Gladiatorenschule überschrieben hat. Selbst wenn du jetzt in Erscheinung treten würdest, um deinen Anspruch geltend zu machen, glaube ich nicht, dass das etwas bringen würde. Niemand wird wissen, dass Aquila den Ludus durch Betrug an sich gebracht hat.«

»Die Rechtslage ist ohne Zweifel kniffelig«, sagte Cai und kratzte sich nachdenklich über die Bartstoppeln an seinem Kinn. »Man müsste vor Gericht gehen, und es kann Monate, wenn nicht gar Jahre dauern, bis der Fall geklärt ist.«

»Und soweit ich das beurteilen kann«, sagte ich, »hält sich Caesar penibel an die Rechtsprechung.«

»Das muss er.« Quint zuckte mit den Schultern. »Er steht in der Öffentlichkeit.«

»Richtig«, fuhr ich fort. »Also – wie schon gesagt –

nutzen wir die Öffentlichkeit zu unserem Vorteil und fordern Aquila heraus.«

Cais Augen funkelten. »Ihn herausfordern?«

»Ja, wir stellen uns ihm. In aller Öffentlichkeit.« Ich verspürte wilde Vorfreude angesichts dieser Idee. »Bevor Aquila die Chance hat, den Mythos einer Rebellion zu verbreiten, bieten wir ihm die Stirn und stampfen diese erfundene Geschichte in Grund und Boden.«

»Wie machen wir das?«, fragte Elka.

»Wir kündigen Spiele an«, sagte ich. »*Große, bedeutende* Spiele – genau wie die im Circus Maximus –, aber wir lassen sie auf dem Feld draußen vor dem Ludus Achillea stattfinden. Wir legen ein Datum und eine Uhrzeit fest und geben bekannt, dass die Hauptattraktion des Tages eine Revanche zwischen der Victrix aus dem Triumph und ihrer Nemesis Nyx sein wird – ein Gladiatorinnenkampf, der alles bisher Dagewesene übertreffen wird! Dazu noch das Versprechen auf ein Rudel wilder Amazonen und sie werden nach solch einem Schauspiel lechzen.«

Elka grinste mich wild an.

Cai betrachtete mich mit einem Ausdruck, der fast Bewunderung glich.

Quint war allerdings nicht ganz überzeugt. »Was, wenn sie die Herausforderung nicht annehmen?«, sagte er. »Was, wenn Aquila den Köder nicht schluckt?«

Darüber musste Elka lachen. Sie schlug ihm auf den Rücken. Er verschluckte sich und lief rot an – ob von dem heftigen Schlag oder weil sie ihm Beachtung geschenkt hatte, konnte ich nicht sagen.

»Du kennst dieses Miststück Nyx nicht so gut wie wir«, sagte sie. »Eine Gelegenheit, ihre Rechnung mit Fallon zu begleichen? Sie würde Aquila an der Kehle packen und ihm seine Eingeweide durch den Rachen herausziehen, wenn er es wagen sollte, sich ihr in den Weg zu stellen.«

Quintus wandte sich an mich. »Und du hältst es für eine *gute* Idee gegen diese Kreatur zu kämpfen? Na dann viel Spaß.«

»Auch dazu habe ich ein paar Ideen«, sagte ich und warf einen Blick zu Sorcha.

Sie legte ihren Kopf schief und sah mich argwöhnisch an, doch fürs Erste schwieg ich. Diese Ideen – vor allem, was *ihre* Rolle in diesem ganzen Drama betraf – waren immer noch nicht ganz ausgereift und darum behielt ich sie lieber für mich. Für den Augenblick. Wie so oft in den letzten Tagen sprang ich im Geiste zurück zum Hafen und zu meinem letzten Gespräch mit Meriel, bevor sie sich geopfert hatte, damit ich fliehen konnte. Sie hatte recht gehabt: In einem Zweikampf hatte ich Nyx noch nie richtig besiegt. Der Streitwagensturz, der unseren Wettstreit während des Triumphs beendet hatte, war in vielerlei Hinsicht ein Gemeinschaftswerk gewesen. Und schieres grausames Glück. Und daher war Quints sarkastische Sorge um mich bei solch einem Zusammentreffen nicht ganz unbegründet.

Ich wusste nicht, ob ich Nyx in einem Zweikampf würde besiegen können.

Aber vielleicht … nur vielleicht, musste *ich* das auch gar nicht.

»Eine interessante Idee«, sagte Cai und rieb sich immer noch das Kinn, während er über die Logistik nachdachte. »Und du hast recht. Es könnte jeglichem Gerücht über einen Aufstand zuvorkommen. Aber durch eine Herausforderung zu einem Wettstreit außerhalb des Ludus', gewinnen wir den Ludus noch lange nicht zurück.«

»Nein«, gab ich zu. »Tun wir nicht. Aber während alle Aufmerksamkeit auf dem Feld vor dem *Haupt*tor der Anlage liegt …«

Ich lächelte meine Freunde an und zuckte unschuldig mit den Schultern.

»Oh.« Quintus zwinkerte, an seiner Miene war abzulesen, dass er begriffen hatte. »Oh … verstehe.«

Aus Sorchas Argwohn wurde regelrechtes Misstrauen. »Ich nicht.«

Ich holte tief Luft und legte eine Hand auf ihre Schulter. »Weißt du noch, wie der Marmorfries im Ludus angebracht wurde und ich dir gesagt habe, dass du darüber nachdenken solltest, wieder zu kämpfen, Schwesterherz?«, sagte ich. »Tja, es ist an der Zeit für Penthesilea, ihre Amazonen aufs Schlachtfeld zu führen. Und dieses Mal … wird sie gewinnen.«

Der Streit, der zwischen uns ausbrach, wäre es wert gewesen, in die Annalen einzugehen. Als er vorbei war – aber *nicht* beendet – hatte sich das Deck um mich und Sorcha herum geleert, und alle anderen hatten sich eine Beschäftigung gesucht, die es nicht erforderte, unseren Weg zu kreuzen. Als Sorcha schließlich ihre Hände in die Luft warf und eine halbe Schiffslänge Abstand zwischen uns brachte, um weit weg von mir wütend vor sich hin zu brüten, war der Wind zu einer sanften Brise abgeflaut, und ich konnte gerade so das Festland am Horizont ausmachen.

Vergiss Sorcha, dachte ich bei mir und warf einen Blick gen Himmel. *Es bleibt noch Zeit, sie zu überzeugen. Zumindest Zeit bis zu Aquilas Munera.* Ich suchte nach Lücken in den Wolken, die über den taghellen Himmel zogen, als könnte ich durch sie hindurch den Mond und die Sterne sehen. Zwei Wochen. Uns blieben zwei Wochen, um meinen Plan in die Tat umzusetzen. Danach wäre es zu spät. Dann würde Aquila stattdessen seine Munera abhalten und Achillea-Mädchen würden sterben.

Das würde ich *nicht* zulassen.

Und Sorcha auch nicht, das wusste ich tief in meinem Herzen.

Ich sah zum Schiffsbug und stellte fest, dass sich Charon zu ihr gesellt hatte, um mit ihr zu reden. Ich bewunderte seinen Mut. Und um ganz ehrlich zu sein, seine Selbstlosigkeit. Denn das, wovon er gerade meine Schwester zu überzeugen versuchte, barg ein großes Risiko für ihn selbst. Für sein Herz, seine Ehre – so seltsam ich es auch fand, Charon besaß tatsächlich eine ihm eigene, spezielle Ehre – und für seine eine, unmögliche, winzige Chance auf eine Art von Glück, nach dem er sich seit Jahren sehnte.

Ich sah, wie er eine Hand hob, während sie sich unterhielten, – knapp davor Sorchas Gesichtshälfte zu berühren, auf der immer noch die Narben des Streitwagenunfalls zu sehen waren, der ihrer Karriere als Gladiatorin ein Ende gesetzt hatte – und ich sah, wie sie ihre Hand nach seiner ausstreckte, um sie beiseite zu schieben …

Doch sie tat es nicht.

Was auch immer Charon ihr erzählte, Sorcha hörte ihm zu – vielleicht gab sie nicht nach, *noch* nicht –, aber sie hörte zu. Mit ineinander verschränkten Händen standen sie da und sie wandte sich nicht von ihm ab. Nicht sofort. Als sie seine Hand schließlich losließ und ging, blieb er noch lange stehen, mit erhobener Hand, als würde er das Gesicht meiner Schwester streicheln. Als würde sie dort stehen und es zulassen.

Später fragte ich Charon nicht danach, worüber sie sich unterhalten hatten, und er schien nicht gewillt, es mir mitzuteilen. Aber er machte weiter, als wäre unser Plan immer noch in vollem Gange und darum hatten wir noch eine Menge zu erledigen, bevor wir an Land kamen. Nicht zuletzt mussten wir uns etwas einfallen lassen, wie wir nicht nur die Achillea-Gladiatorinnen, sondern auch noch einen Trupp Amazonen – lauter ausgemergelte Kriegermädchen, die wenig mehr als Lumpen und schlechte Manieren besaßen – in die Stadt schmuggeln konnten. Die erste von vielen Hürden. Als Cai dieser Sorge Ausdruck verlieh, saß ich gerade mit Charon vor dem Kapitänszelt und schmiedete Pläne. Der Sklavenhändler lächelte ihn milde an.

»Mach dir keine Sorgen, Decurio«, sagte er. »Diese Mädchen werden weder die Aufmerksamkeit der Legion noch die der römischen Vigiles auf sich ziehen.«

»Werden sie nicht?« Cai sah ihn mit hochgezogenen Augenbrauen an. »Dann legen wir also in einem kleineren Hafen an?«

»Nein.« Charon sog tief die Luft ein und schien zu schnuppern, aus welcher Richtung der Wind blies. »Ich werde an meinem üblichen Platz vor Anker gehen. Am Landungssteg am westlichen Ufer des Tiber. Innerhalb der Mauern Roms.«

Cai folgte dem Blick des Sklavenhändlers und sah, dass dessen Männer das blasse, verblichene Segel einholten und es durch eines mit leuchtenden Streifen ersetzten. Ich erkannte die Farben von dem allerersten Schiff wieder, auf dem ich mit Charon gesegelt war. Sogar ich musste zugeben, dass damit und nachdem die Schilde von der Schiffsreling abgenommen und unter Deck verstaut worden waren, das Schiff komplett anders aussah. Es sah aus wie eine von Charons Sklavengaleeren aus seiner Flotte.

»Verstehe.« Cai nickte. »Und … dann hast du auch einen Plan, wie du die Amazonen unbehelligt von den römischen Autoritäten durch die Stadt kriegen willst.«

»Das habe ich.« Charon nickte und stemmte sich auf die Füße, während die Mannschaft geschäftig über Deck lief. »Aber er wird ihnen nicht besonders gefallen.«

Er bedachte uns mit einem übermütigen, leicht raubtierhaften Grinsen und ging dann zu seinen Männern, um sich mit ihnen zu besprechen.

Cai drehte sich zu mir um, und ich hob entschuldigend meine Schultern, weil ich noch keine Zeit gehabt hatte, um mich mit *ihm* zu besprechen. Aber ich hatte erst einmal sichergehen wollen, dass das, was ich zusammen mit Charon ausgeheckt hatte, überhaupt möglich war, bevor ich das nächste Mosaikteilchen an seinen Platz legte. Und die Form dieses nächsten Teilchens hing von Cai ab.

»Und was ist mit dir und dem Rest deiner Achillea-Kohorte?«, fragte er mit hochgezogenen Augenbrauen. »Ich nehme an, dafür habt ihr auch einen Plan?«

Ich nickte, schenkte ihm mein strahlendstes Lächeln und sagte: »Du hast mir doch mal erzählt, dass dein Vater ziemlich stolz auf seinen Wein ist?«

Das Festland lauerte immer imposanter am Horizont, und für einen kurzen Augenblick war ich alleine an Deck und sah zu, wie der Hafen von Ostia uns über die Wellen entgegenkroch. Ich hatte das Gefühl, auf einem Feld zu stehen, in Sonnenlicht getaucht, und zu verfolgen, wie der Himmel immer dunkler wurde, während sich Gewitterwolken am Horizont zusammenbrauten. Die Ruhe vor dem Sturm.

Cai und ich hatten über meinen Plan gesprochen, waren alle möglichen Tücken und Hindernisse durchgegangen und hatten uns die bestmögliche Vorgehensweise zurechtgelegt, die uns eingefallen war – auch wenn wir dafür die Gastfreundschaft von Cais Vater in seiner Abwesenheit ausnutzen mussten. Da der Senator mit einer Handelsdelegation nach Brundisium aufgebrochen war, stand mitten im Zentrum der Hauptstadt ein großer Marmorpalast leer, in dem wir einen Trupp rebellischer Gladiatorinnen verstecken konnten. Wie wir dorthin gelangten, war eine reine Frage der Logistik – die Art von Logistik, die ich Charon überließ, der verschlagen grinste, als ich ihm zusammen mit Quint und Aeddan von meiner Idee erzählte.

Quint war sofort mit an Bord. Aeddan hatte die Stirn gerunzelt, und ich sah, wie sich Gewitterwolken in ihm zusammenbrauten, aber vor den anderen wollte er keine abweichende Meinung äußern, und ich ließ ihn vor sich hin brüten. Für meinen Teil waren meine einzigen Bedenken gegenüber diesem Plan, dass ich den Senator nicht mit hineinziehen wollte, falls wir erwischt wurden.

»Wenn mein Vater hier wäre, Fallon«, hatte Cai mir versichert, »dann weiß ich – aus tiefstem Herzen –, dass er der Erste gewesen wäre, der wegen dieser aberwitzigen ›Rebellion‹-Anschuldigung den Mund aufgemacht hätte.«

»Selbst wenn er damit seine Karriere riskiert hätte?«

»Das hätte er nicht. Aber ja, selbst dann.« Cai lehnte sich über die Reling hinaus und starrte nach Osten. Zu seinem Zuhause. »Er ist mein Vater.«

Ich stand neben Cai, schloss die Augen und Erinnerungen an *mein* Zuhause – an Prydain und Durovernum und meinen eigenen Vater – überfielen mich.

Während ich dort so stand, spann ich für einen Augenblick lang einen Tagtraum.

Ich hatte meine Schwester wieder. Wir hatten ein Schiff und waren frei, und wir hätten genauso gut nach Westen anstatt nach Osten segeln können, um die iberische Halbinsel herum und den ganzen Weg bis zur Insel der Mächtigen. Ich stellte mir vor, wie Sorcha und ich, begleitet von unserer eigenen königlichen Kriegerschar aus Gladiatorinnen, geradewegs bis vor die Tore Durovernums marschierten, direkt vor die Tür zur großen Halle unseres Vaters. König Virico Lugotorix würde seine lang verschollenen Töchter mit Tränen in den Augen, offenen Armen und großen schäumenden Fässern voller gutem dunklen Cantae-Bier willkommen heißen und uns sein ganzes Land und Vieh geben. Wir würden unser eigenes Dorf bauen und heiraten, wen wir wollten. Charon würde sein Leben als Sklavenhändler aufgeben und Sorcha würde ihm endlich ihr Herz öffnen. Mein Vater würde Cai als einen würdigen Anwärter um die Hand seiner Tochter anerkennen und meine Schwester und ich würden gemeinsam ein Königreich aufbauen und regieren. Und kein Stamm – weder die Trinovanten, noch die Catuvellaunen oder die Corieltauver – würden es wagen uns anzugreifen.

Es würde Frieden herrschen …

Und die Mädchen, die wir im Ludus Achillea zurückgelassen hatten, würden den Preis dafür zahlen.

Mit ihrem Leben.

Die Söhne von Dis würden sie kämpfen und töten lassen und sich nach ihrem Ableben an ihren mutigen Herzen laben. Und alles wäre meine Schuld. Die angenehme, alberne Wunschvorstellung nach Hause zurückzukehren zersplitterte in tausend Stücke um mich herum. Die Arena war jetzt mein Zuhause, dachte ich. Und diese Mädchen meine Familie. Ich würde mit der ganzen Kraft meiner Seele für sie kämpfen. Für ihre Freiheit. Und zu Morrigan beten, dass ich nicht scheiterte.

»Fallon?« Ich hörte Cais Stimme dicht hinter mir. »Geht es dir gut?«

Ich versuchte ein Ja hervorzubringen.

Aber in diesem Augenblick fühlte ich mich so verloren. Ich wusste, was ich zu tun hatte und warum ich es tun musste, aber ich wusste ehrlich gesagt nicht, ob ich es schaffen würde. In diesem Augenblick hatte ich das Gefühl, dass ich versagen würde. Ich würde fallen, besiegt werden und eines grausamen Todes sterben. Und ich wusste nicht, ob ich das Recht hatte, andere in dasselbe Schicksal zu führen. Trotz des strahlend blauen Himmels über mir fühlte ich mich plötzlich, als wäre ich wieder in Tartaros, hinter Gittern und starrte in die schwarzen Augen des Mannes, der mir nach dem Leben und meiner Seele trachtete. Diesem Wahnsinn wollte ich mich freiwillig stellen?

Ich zweifelte an meiner eigenen geistigen Gesundheit.

»Hast du Angst, vor dem, was kommt?«, fragte Cai mich.

Ich drehte mich um, schaute hoch in seine haselnussbraunen Augen und brachte es nicht über mich zu lügen. »Ja«, sagte ich.

Er lächelte über meine Antwort und sagte: »Gut.«

»Macht mich das nicht zu einem Feigling?«

»Nein. Allmächtige Juno, Fallon, nein.« Er packte mich an den Schultern, sein Gesicht dicht vor meinem, und ich konnte in seinen Augen ablesen, dass er das nicht nur sagte, damit ich mich besser fühlte. Er meinte es so. »Es macht dich *menschlich*«, fuhr er fort. »Und es sorgt dafür, dass du auf der Hut bleibst. Caesar hat mir einmal – am Vorabend einer Schlacht – gesagt, dass er keine Männer unter seinem Kommando haben will, die nicht den gesunden Menschenverstand besitzen, Angst vorm Sterben zu haben. Er wollte Männer, die *leben* wollen. Nur Narren oder völlig verzweifelte Männer stürzen sich blindlings ins Gefecht, ohne auch nur einen flüchtigen Gedanken daran zu verschwenden, was sie aufs Spiel setzen, wenn sie nicht wieder am anderen Ende herauskommen.«

»Ich bin in dem Glauben aufgewachsen, dass ein Krieger keine Angst kennt«, sagte ich. »Dass nur Mut zählt.«

Darüber dachte er einen Moment nach. »So kann man es wahrscheinlich auch sehen«, sagte er. »Aber für mich bedeutet echter Mut, wenn man mit der Angst eng vertraut ist – ich meine, wenn man sie bis *hinein* in die Knochen spürt – und dann trotzdem losgeht und kämpft.«

Ich dachte daran, was Pontius Aquila in meiner Gefängniszelle zu mir gesagt hatte. Wie er mich verspottet hatte, als er sagte, dass er mir meinen Mut, meine Tapferkeit nehmen und sie sich zu eigen machen würde.

Na gut, dachte ich. *Er kann sie haben.*

Stattdessen würde ich, so wie Cai es gesagt hatte, meine Angst behalten. Und *damit* würde ich Aquila, seine widerwärtigen Söhne von Dis, Nyx und alle, die mich töten wollten, in die Knie zwingen.

Ich zog Cais Kopf zu mir herunter, damit ich ihn küssen konnte.

»Du hältst nicht weniger von mir«, fragte ich, »jetzt,

wo du weißt, dass die Angst meine ständige Begleiterin auf dem Schlachtfeld ist?«

»Nein.« Er grinste. »Ich finde, du wählst deine Begleiter sehr weise. Na ja, bis auf Quint vielleicht. Der ist nicht ganz richtig im Kopf.«

Ich lachte. »Stimmt. Aber mit seiner Hilfe wird Aquila sich seine Toga zwischen die Beine klemmen und abhauen. Er und seine erbärmlichen Söhne von Dis.«

Ein finsterer Ausdruck zuckte über Cais Gesicht. So kurz, dass ich es für Einbildung hielt. »Ganz genau«, sagte er, während sein Blick von meinem Gesicht über meine Schulter schweifte. »Und seine Söhne von Dis ...«

»Wir werden sie schreiend über den Fluss Styx zurück in den Hades schicken«, sagte ich.

Ich hatte erwartet, den gleichen Funken in Cais Augen zu finden, aber sein Blick hatte sich umwölkt und war abwesend. Ich legte eine Hand auf seinen Arm, aber es war deutlich zu sehen, dass er gerade meilenweit weg war.

»Cai?«

Er blinzelte mich an, als würde er sich eben erst daran erinnern, dass ich auch noch da war, und lächelte. Doch als er seinen Mund öffnete, um etwas zu sagen, wurden wir von Charon unterbrochen, der ihn von der Kapitänsbrücke rief. Cai schüttelte den Kopf, als würde er einen unwillkommenen Gedanken vertreiben wollen.

»Bin gleich wieder da«, sagte er und küsste mich auf den Scheitel.

Fragend sah ich ihm nach, wie er über Deck schritt. Immer noch schwebten unausgesprochene Dinge – die

Schatten auf der Brücke über die Kluft – zwischen Cai und mir in der Luft.

Wenn das alles vorbei ist, dachte ich, *werde ich mit ihm zu unserem geheimen Platz im Ludusgarten gehen, mich neben ihn setzen und diese Dinge totreden. Und dann, wenn sie tot sind, werde ich vergessen, dass es sie je gegeben hat, und ich werde Cai im Mondschein küssen, bis es mir so verkommt, als hätten sie überhaupt nie existiert.*

Ich machte auf dem Absatz kehrt, um nach Elka zu suchen, und stieß fast mit Aeddan zusammen, der plötzlich direkt hinter mir stand. Er trug immer noch seinen schwarzen Umhang und seine schwarze Rüstung. Ein Schatten auf der Kluft-Brücke. Ich unterdrückte einen ungeduldigen Seufzer und machte einen Schritt zur Seite, um an ihm vorbeizugehen – doch er tat es mir spiegelverkehrt gleich und stellte sich mir in den Weg.

»Was gibt's, Aeddan?«, fragte ich und scheiterte kläglich daran, den genervten Tonfall in meiner Stimme zu unterdrücken.

Er ignorierte es oder es fiel ihm nicht auf. Ich sah ihn an und stellte fest, dass er zu Cai und Charon hinüberstarrte. Ich verschränkte die Arme, zog eine Augenbraue hoch und wartete, bis er wieder zu mir sah.

»Beunruhigt es dich nicht, dein ganzes Vertrauen in die Hände des Mannes zu legen, der dich aus deiner Heimat entführt und dich in die Sklaverei verkauft hat?«, fragte Aeddan.

Ich zuckte mit den Schultern. »Nicht mehr, als es mich beunruhigt, dir *überhaupt* zu vertrauen.«

Auch das ignorierte er. »Und der Römer?«

»Falls du Cai meinst, dann …«

»Er wird dich verraten.«

Schatten auf der Brücke über die Kluft …

Ich wischte das Flüstern in meinem Kopf beiseite, starrte Aeddan an und wurde plötzlich wütend. »Du weißt nicht, wovon du sprichst.«

»Doch, ich glaube schon«, sagte er. »Ich weiß, wovor die Hure ihn gewarnt hat, bevor wir Rom verlassen haben. Weißt du es?«

Ich spürte, wie meine Wut zu brodeln begann. »Ihr Name ist Kassandra …«

»Es ist *schlimm*, Fallon«, blaffte er. »Sehr schlimm.«

Schatten.

»Was ist schlimm?« Meine Geduld reichte noch für zwei Worte aus seinem Mund. Vielleicht drei. Mehr sollte Aeddan allerdings auch nicht brauchen, um mich davon zu überzeugen, ihm zuzuhören.

Er zögerte kurz, dann sagte er: »Cais Vater.«

Mit diesen Worten hatte ich nicht gerechnet. Ganz und gar nicht.

»Senator Varro?« Ich runzelte die Stirn. »Was ist mit ihm? Ist etwas passiert …«

»Er ist *einer* von ihnen, Fallon!«

Verständnislos starrte ich Aeddan an.

Er schüttelte frustriert den Kopf. »Einer der Söhne von Dis.«

Ich brach in Gelächter aus, genau wie Cai mit Kass im Gefängnishof.

Allein der Gedanke war lachhaft. Senator Varro –

elegant und eloquent, der freundliche und fürsorgliche Senator Varro, ein mit Auszeichnungen versehener Held der Legionen und ein respektierter Staatsmann der Republik – konnte unmöglich eins von diesen Monstern sein. Das war absurd.

»Es ist wahr«, sagte Aeddan.

Ich starrte ihn eindringlich an, es musste ein Scherz sein. Aber Aeddans Miene blieb humorlos.

»Senator Varro ist ein Kriegsheld«, sagte ich. »Ein ehrenhafter Mann. Er hat unter Pompeius dem Großen in der Legion gedient ...«

»Und das macht ihn zu einem *ehrenhaften* Mann?« Aeddan starrte mich mit offenem Mund an. »Die Fallon, die ich kannte, hätte so etwas nie gesagt. Wenn er zu den Legionen gehört hätte, die kamen, um *unser* Land zu erobern, wäre er dann auch ehrenhaft gewesen?«

»So habe ich das nicht gemeint ...«

»Das ist egal.« Er schüttelte den Kopf und warf mir einen vernichtenden Blick zu. »Ich sag dir jetzt etwas, was ich über den geschätzten Senator Varro aus meiner Zeit, die ich bei Pontius Aquila verbracht habe, weiß, Fallon. Seit Pompeius' Tod hat Varro Caesar öffentlich unterstützt, aber das ist eine *Lüge*, Fallon. Er hasst Caesar, genauso wie viele seiner Senatskumpane, diese hinterhältigen Schlangen. Er hasst ihn und fürchtet ihn. Varro ist heimlich auf der Seite der Optimaten – der *römischen* Fraktion, die Caesar gerade in Hispania bekämpft.«

»Er ist also nicht mit Caesars Politik einverstanden«, sagte ich, während mir immer mulmiger zumute wurde bei der Wendung, die dieses Gespräch genommen hatte. »Das heißt aber noch lange nicht, dass er ein Teil dieses kranken, subversiven Kultes ist.«

»Dieses kranken, *politisch* subversiven Kultes, Fallon. Sei nicht so naiv«, höhnte er. »Die Söhne von Dis glauben, dass die Gladiatoren-Opfer ihnen Macht verleihen. Die Art von Macht, die sie verwenden können, um den mächtigen Julius Caesar zu stürzen. Ganz gleich, ob jemand wie Varro ihren Glauben teilt oder *nicht*, sie können für ihn trotzdem ein sehr nützliches Mittel zum Zweck sein. Dazu kommt noch die köstliche Ironie, dass Caesars eigene, hochgeschätzte Verkörperung seiner Siegesgöttin Victoria die Hebel für seinen Niedergang in Gang gesetzt hätte. Nämlich *du*.«

Mein Blick wanderte nach unten, und ich stellte fest, dass ich meinen Arm dort umklammerte, wo Aquila sein Zeichen in meine Haut geritzt hatte. Ich löste meine Finger, als wären sie mit etwas Heißem in Berührung gekommen, und versteckte meinen Arm hinter meinem Rücken.

»Ich bin dem Mädchen zurück ins Bordell gefolgt, Fallon«, sagte er. »In dieser Nacht. Sie hat mir alles erzählt, was sie weiß.«

»Lügner. Sie wollte mir nicht sagen …«

»Ich bin nicht du. Ich bin nicht so höflich.«

Ich starrte ihn böse an, wollte am liebsten auf dem Absatz kehrtmachen und diesem Unsinn den Rücken kehren, aber trotz meines Widerwillens musste ich unbedingt wissen, was er in Erfahrung gebracht hatte. »Und was hat sie dir erzählt?«, blaffte ich ihn an. »Was für einen Beweis hatte sie? Gehört Varro auch zu ihren … ihren Kunden?«

»Nein.« Aeddan schüttelte den Kopf. »Es gibt da einen jüngeren Senator namens Fabius. Ein häufiger Gast im Bordell. Ein Narr, ja, und berauscht vom Mohnwein. Aber laut der Hu …« Er unterbrach sich selbst, als er meinen Blick sah und verbesserte sich. »… laut Kassandra hat immer alles, was er erzählte, wenn er zu tief in den Becher geschaut hatte, sich als wahr herausgestellt. An diesem Tag hat er wie ein Wasserfall über geheime Zusammenkünfte geplappert, über ›Blutopfer‹ und darüber, dass er schon bald jemand sein wird, mit dem man rechnen muss … Dass der ›große dunkle Gott‹ seinen ›Söhnen‹ die Kraft verleihen würde, um es mit einem Tyrannen aufzunehmen. Dass ›sein Herr‹ schon bald einer der mächtigsten Männer Roms sein würde …«

»Hör dir doch mal selbst zu!« Ich schüttelte den Kopf. »Du schenkst tatsächlich dem Geschwätz aus dritter Hand eines prahlenden, betrunkenen Bordellkunden Glauben, Aeddan!«

Das war es also, dachte ich, und verstand endlich, warum Cai gezögert hatte, mir überhaupt von seinem Gespräch mit Kass zu erzählen. Ich hatte die ganze Zeit nichts zu befürchten gehabt. Es war lächerlich und peinlich – nichts weiter als die Wahnvorstellungen eines betrunkenen, verdorbenen Mannes – und er hatte mir bestimmt nichts davon erzählt, weil er befürchtet hatte, dass ich dann weniger von einem Mann halten würde, den ich eigentlich bewunderte. Seinem Vater. Senator Varro war nett zu mir gewesen. Hatte mich akzeptiert.

Mich. Eine Gladiatorin, infamia, Liebling des schmutzigen Volkes und völlig ungeeignet, um auch nur mit jemandem wie dem Sohn eines Senators gesehen zu werden. Kassandra – und Aeddan – lagen mit ihrer Einschätzung völlig falsch. Und ich kam nicht umhin mich zu fragen, was zumindest Aeddans Beweggründe sein könnten.

»Hat Kassandra dir erzählt, ob dieser Narr, wie du ihn selbst nennst, Varro je beim Namen genannt hat?«, fragte ich.

Aeddan wurde unsicher. »Nein«, gab er zu. »Aber wenn dieser Fabius ein Schützling von Senator Varro ist …«

Ich hob eine Hand, um noch mehr von diesem Unsinn zuvorzukommen. »Ich habe genug gehört. Sei versichert, dass *ich* die Erste sein werde, die die Kriegshörner erschallen lässt, wenn mir auch nur so viel wie ein Schatten von einem dieser kranken Bastarde über den Weg läuft, glaub mir … Aber du haust auf Schatten ein, die noch nicht einmal da sind.«

»Tue ich das?« Ausdruckslos sah er mich an. »Sag mir eins, Fallon. Hast du auch nur von einem der Männer in der Nacht in den Katakomben des Domus Corvinus das Gesicht gesehen?« Seine Augen durchbohrten mich. »Glaubst du, sie waren einfache Bürger? Die mächtige Elite Roms war auf diesem Fest. Woher weißt du, dass Senator Varro nicht einer von ihnen war?«

»Woher willst du wissen, *dass* er es war?«

»Ich weiß es nicht. Du hast recht. Und ich will auch gar nicht in die Lage kommen, es mit Sicherheit sagen zu können. Alles, was ich sagen will, ist … pass lieber auf dich auf. Halte deine fünf Sinne beisammen – *und* dein Herz.«

»Wie kannst du so etwas nur sagen?«, fragte ich und wurde wieder wütend. Wie konnte er es wagen, auch nur *so zu tun*, als ob ihm etwas an meinem Herz läge. Nach allem, was er getan hatte … »Ist das so eine Art verquere Eifersucht, Aeddan? Denn ich weiß – *ich weiß* –, dass Cai mich nie verraten würde. Für nichts auf der Welt …«

»Nicht einmal für seinen *Vater*, Fallon?« Aeddan schüttelte den Kopf. »Bei Lughs Zähnen! Und du willst uns auch noch in das *Haus* dieses Mannes führen. Das ist Wahnsinn. Gefährlicher Wahnsinn.«

»Selbst wenn ich dir glauben würde – was ich nicht tue –, was *genau* befürchtest du, könnte Senator Varro uns von der anderen Seite des Ionischen Meeres aus antun, Aeddan?«

»Er muss nicht anwesend sein, um seinen mächtigen Einfluss auf seinen Sohn geltend zu machen, Fallon. Denk darüber nach – wenn wir erst einmal dort sind, wird Cai von all den Dingen umgeben sein, die ihn an den Mann erinnern, der ihn großgezogen hat, der für ihn gesorgt hat …«

»Du hast unrecht …«

»Ich *weiß*, wie die Römer denken!«, blaffte er. »Ihre Eltern stehen für sie sogar noch über den Göttern. Sie *beten* ihre Vorfahren an! Und wenn – *wenn* – es darauf ankommt … was glaubst du, für wen sich dein gut aussehender Decurio entscheiden wird, Fallon?«

Ich schwieg einen Moment. Dann sagte ich: »Für mich.«

»Über Blutsbande?«

Er starrte mich an, und ich meinte, einen Funken Mitleid in seinen Augen zu sehen. Das machte mich noch wütender. Wie konnte er es wagen, mich zu bedauern? »Hör auf, Aeddan. Ich weiß bereits, dass du versucht hast, Cai zu überreden, mich heimzuschicken …«

»Zu deinem eigenen Besten …«

»Und ich weiß, was er dir geantwortet hat …«

»Es sind *Blutsbande,* Fallon!«

»So wie die Blutsbande, die du mit Maelgwyn geteilt hast?«, höhnte ich. »Das hat dich nicht davon abgehalten, ihm ein Messer ins Herz zu rammen!«

In dem Augenblick, in dem die Worte aus meinem Mund waren, bedauerte ich sie auch schon. Aeddan sah aus, als hätte ich ihn mit einer eisernen Faust mitten ins Gesicht geschlagen. Verzweifelt wünschte ich, dass er einfach fortging. Die Freiheit, die ihm blieb, ausnutzte und fortging, sobald das Schiff anlegte. Von mir fortging.

»Es tut mir leid«, sagte ich. »Ich weiß nicht, was du von mir erwartest, Aeddan …«

»Von dir *erwarten,* Fallon?« Sein Kopf fuhr zu mir herum und sein Blick bohrte sich durch meine Haut. »Ich erwarte nichts. Du hast dir schon alles von mir genommen, was ich je gehofft hatte, dir bieten zu können. Ich habe nichts. Ich bin nichts. Ich habe keinen Stamm, keinen Torques, kein Haus … Ich habe keinen Bruder – wie du mir so liebenswürdig in Erinnerung gerufen hast. Keine Familie. Keine Ehre. Dank dir, Fallon ferch Virico, habe ich nichts Geringeres als meine Seele verloren.«

»Warum bleibst du dann? Warum unterwirfst du dich mir derart?«, fuhr ich ihn an. »Dort draußen wartet eine ganze weite Welt. *Geh*, Aeddan.«

»Das ist die Ironie daran.« Er lachte bitter. »Ich kann nicht. Ich habe alles verloren, und jetzt kann ich nur noch dafür sorgen, *dich* nicht zu verlieren. Das Einzige, was ich sowieso nicht hätte haben können. Du kannst mich verfluchen, mich anspucken, meine Warnungen ignorieren und so tun, als gäbe es mich nicht, aber ich werde dich nicht verlassen. Ich werde alles tun, was ich tun muss, um dich zu beschützen. Deine Sicherheit, dein Leben … dein … *Du* – die Summe meines gesamten Nichts – bist das Einzige, was mir geblieben ist.«

Ich starrte ihn an, sprachlos und fassungslos.

»Ich erwarte nichts«, murmelte er noch einmal, sein Blick driftete von mir weg. »Aber ich werde nicht gehen.«

Stille breitete sich zwischen uns aus, nur durchbrochen von dem Schnappen des neuen Segels über uns, als es den Wind einfing und sich voll aufblähte, und in diesem Augenblick begriff ich, dass etwas, was ich immer für wahr gehalten hatte, in Wahrheit falsch war. Aeddan sah seinem Bruder nicht im Geringsten ähnlich. Überhaupt nicht. Ich war in dem Glauben aufgewachsen, er und Mael wären wie zwei Wandteppiche, gewoben aus denselben Fäden. Die Muster waren natürlich anders, aber die Ähnlichkeiten überwogen bei Weitem die Unterschiede. Zumindest hatte ich das immer geglaubt. Ich hätte mich nicht stärker täuschen können.

Aeddan war völlig anders als sein Bruder.

Und aus irgendeinem Grund fiel es mir dadurch plötzlich noch schwerer, ihn für Maels Tod zu hassen. Ein Unfall? Nein, das war es nicht wirklich gewesen. Die beiden hatten mit der vollen Absicht gekämpft, dem anderen das Leben zu nehmen. Ich kannte das Gefühl – die rote Wut, die sich mitten im Kampf auf einen senkt, das blinde Verlangen zu töten, zu gewinnen, koste es, was es wolle. Aeddan hatte es sein eigen Fleisch und Blut gekostet.

Genau wie er über Cai und seinen Vater geredet hatte. Blut. Verrat. Ich wusste, dass er sich in Varro täuschte. Und ich wusste, tief in meinem Herzen, dass selbst, wenn er recht hätte … Cai – der mutige, ehrliche, überaus ehrenhafte Cai – das Richtige tun würde.

Was auch immer »das Richtige« war.

XV

Du bist also nicht nur ein Sklavenhändler, sondern auch noch ein Schmuggler.«

»Ein erfolgreicher Geschäftsmann weiß sich breit aufzustellen.«

Quint nickte in offener Bewunderung von Charons Ehrlichkeit. Oder vielleicht auch seiner Methoden. Wie vorauszusehen gewesen war, hatte Charon recht gehabt, dass den Amazonen sein Plan, wie er sie durch die Stadt bringen wollte, nicht gefallen würde. Kallista und die anderen nahmen die Botschaft, wie er nicht nur ihre Waffen, sondern auch die Mädchen selbst die Via Clodia hinauf bis direkt vor die Tore des Ludus Achillea schmuggeln wollte, nicht besonders freundlich auf.

Die Waffen waren noch einfach. Nachdem wir am Westufer des Tibers, innerhalb der Mauern Roms, festgemacht hatten, hatten Charons Männer einen Käfigwagen besorgt. Genauso einen wie den, mit dem Elka und ich als Sklavinnen durch Gallien gekarrt worden waren. Nur, dass dieser hier einen doppelten Boden hatte – gerade geräumig genug, um eine Fülle unvermuteter Eisenwaren unter einer Schicht Stroh zu verbergen.

Die Mädchen allerdings sollten in aller Öffentlichkeit versteckt reisen. Sie fuhren im Käfigkarren mit eisernen Sklavenringen um den Hals und mit Fuß- und Handfesseln versehen. Ich hatte eine Menge Überzeugungsarbeit leisten müssen, bis sie mir geglaubt hatten, dass wir sie wirklich nicht zum Verkauf auf den Sklavenmarkt fuhren. Kallista hatte mir Bluteide und Versprechen abgerungen, und ich glaube, einmal hatte sie mich sogar vorsorglich verflucht, nur für den Fall, dass sich am Ende herausstellen sollte, dass ich sie belogen hatte.

Es muss hart gewesen sein, in einem Amazonenstamm aufzuwachsen.

Aber als Charon und ich zum ersten Mal unseren Plan geschmiedet hatten, wie wir unsere neuen Kriegerinnen in den Ludus Achillea einschleusen wollten, hatten wir uns eine sogar noch härtere Geschichte für sie zurechtgelegt, damit ihre Lieferung an die Gladiatorenschule glaubwürdig klang.

»Ich werde Nyx erklären, dass meine Zulieferer diesen Haufen Liebestäubchen in Tunesien aus einem Piratenbordell mitgebracht haben, das vor ein paar Monaten abgebrannt ist«, schlug Charon vor. »Ich werde ihr sagen, dass ich sie der ehrwürdigen Achillea zum Kauf angeboten hatte und dass sie sie bereits gekauft und bezahlt hat. Zum Beweis für den Handel werde ich sogar die Verkaufsurkunde mit Sorchas Siegel« – er zeigte auf Sorcha – »bei mir haben.«

Sie lächelte schon fast, als sie ihn mit hochgezogener Augenbraue ansah und vorne in ihre Tunika griff, um das Siegel hervorzuholen, das ständig an einer Kette um ihren Hals hing. Ich fragte mich, warum sie es ihr nicht abgenommen hatten, als man sie gefangen nahm, aber andererseits – laut Pontius Aquilas Lüge und daher für den Rest der Welt – war Sorcha tot. Und das Siegel nützte keinem etwas.

»Nyx wird die Annahme der Lieferung kaum verweigern«, fuhr Charon fort. »Schon gar nicht, wenn sie eine komplett neue, angriffslustige Ernte von potenziellem Munera-Fraß für ihren Herren geliefert bekommt. So wie ich sie kenne, wird sie die Lorbeeren für diesen Handel wahrscheinlich sogar selbst einheimsen.«

Ich betrachtete die Amazonen über meine Schulter, keine von ihnen ähnelte auch nur im Entferntesten dem einzigen Mädchen, das ich kannte, das tatsächlich in einem Bordell arbeitete. Vielmehr erweckte jede Einzelne von ihnen den Eindruck, als würde sie einem Mann in ihrem Schlafzimmer lieber die Kehle durchtrennen als irgendetwas anderes zu tun.

»Meinst du wirklich, dass Nyx das alles glauben wird?«, fragte ich.

Charon zuckte mit den Schultern. »Wahrscheinlich hängt das davon ab, ob sie je in einem tunesischen Piratenbordell gewesen ist.«

»Auch wieder wahr.«

Es war riskant, aber andererseits … das war der ganze verfluchte Plan.

Sorcha würde in Charons Haus in der Stadt bleiben und ihm dabei helfen, unsere beiden verschiedenen Ziele zu koordinieren. Für sie war es nicht so schwer, sich in relativer Anonymität durch die Stadt zu bewegen – der Ruhm, den sie sich als die vielgepriesene Achillea während ihrer Zeit in der Arena erworben hatte, war verblasst. Für ihre glühenden Anhänger war sie aus den Augen, aus dem Sinn. Und die elegante Patrizierin, die sie nun abgab, hatte fast keine Ähnlichkeit mehr mit der wilden mythischen Kreatur, die sie einst gewesen war.

Dasselbe konnte man allerdings nicht von ihrer kleinen Schwester und ihren Kameradinnen behaupten. *Wir* mussten eine komplett andere Strategie fahren. Und darum legten wir kurz im Hafen von Ostia an, an der Mündung des Tibers, wo er sich ins Meer ergoss, um eine Ladung leerer Fässer an Bord zu holen. Ich wollte das Risiko, mich mit den Achillea-Mädchen in Zweier- oder Dreiergrüppchen von Bord zu schleichen, nicht eingehen. Eine Wiederholung des Szenarios, in dessen Folge wir Meriel verloren hatten, würde ich nicht noch einmal zulassen. Aber mir war nur die eine Idee gekommen, wie wir das vermeiden konnten, und nachdem ich sie mit Cai, Charon und den anderen besprochen hatte, waren wir übereingekommen, dass sie zwar gewagt, aber unsere beste – und wahrscheinlich *einzige* – Chance mit Aussicht auf Erfolg war.

Eine Geschichte, die Antonia einmal beim Abendessen im Ludus erzählt hatte, hatte mich darauf gebracht. Sie handelte von einem Helden aus ihrem Land namens Odysseus und davon, wie er und seine Kriegerschar in eine Stadt eingedrungen waren, indem sie sich im Inneren eines hölzernen Pferdes versteckt hatten. Da wir gerade keines *davon* zur Hand hatten, mussten wir uns etwas anderes einfallen lassen.

»Was auch immer vorher hier drin war, es muss ein billiger Jahrgang gewesen sein«, murmelte Ajani und rümpfte die Nase, während sie eines ihrer langen Beine nach oben schwang und vorsichtig in das leere Fass kletterte. »Und ein muffiger dazu.«

»Sei nicht so hochnäsig.« Gratia verdrehte die Augen und unterdrückte ein Knurren, während sie versuchte, ihren muskulösen Körper so zusammenzurollen, dass sie klein genug war. »Wenigstens hast du Platz zum Atmen.«

»Das ist nicht unbedingt von Vorteil«, keuchte Neferet. »Bis wir unser Ziel erreichen, werde ich betrunken sein von den Dünsten.«

Das Schiffsdeck war voller murrender Gladiatorinnen.

»Plötzlich kommt einem ein Sklavenkäfig wie ein angenehmes Reisegefährt vor …«

»Die glücklichen Amazonen …«

»In meinem Fass ist eine Ratte, und ich glaube, sie ist betrunken …«

»Ach, seid doch nicht so ein Haufen Prinzessinnen!« Antonia verdrehte die Augen, während sie behände in ihr Fass sprang. »Ich finde, es ist eine brillante List.«

»Das findest du nur, weil Fallon die Idee wegen deiner

lächerlichen Geschichte vom Trojanischen Pferd hatte«, sagte Vorya und kauerte sich widerwillig in ein Fass.

»Genau«, pflichtete Elka ihr bei. »Und das Pferd hat wahrscheinlich besser gerochen.« Sie deutete auf Antonias Waffenprothese. »Wenigstens kannst du dir deine eigenen Luftlöcher bohren, während du da drin steckst.«

Antonia grinste nur und zeichnete mit ihrer sichelförmigen Klinge einen kleinen Kreis in die Luft.

»Es ist nicht weit«, sagte ich und schenkte den rauen Holzsplittern, die sich in meine Haut bohrten, als ich in mein eigenes Fass kletterte, keine Beachtung.

»Das will ich hoffen«, knurrte Elka, als Quint den Deckel von ihrem Fass hob.

»Ist es nicht, versprochen.«

Das war es auch nicht. Na ja … nicht *sooo* weit. Nur eine kurvenreiche Straße hinauf und durch das Tor zum weitläufigen Varro-Anwesen, hoch oben auf dem Caelius-Hügel. Es war in der Tat eine verzweifelte List, aber wir waren alle übereingekommen, dass es der einzige Weg war, Charons Schiff zu verlassen, ohne sofort verhaftet zu werden. Selbst wenn die römischen Stadtwachen nach uns Ausschau hielten, würde niemand auf die Idee kommen, eine Schiffsladung Alkohol anzuhalten, der auf Geheiß eines der wohlhabendsten und mächtigsten Senatoren durch die Stadt gekarrt wurde. Wenigstens hofften wir das.

Ich machte es mir so gut es ging in dem Eichenfass bequem, während Charons Männer den Deckel zunagelten. Ich atmete so langsam und flach wie ich konnte und versuchte, den schwindelerregenden Geruch des schon lange geleerten Weins und die leichte Panik, die enge Räume in mir hervorriefen, nicht zu beachten. Es fühlte sich an, als hätte man mich beerdigt, so wie in Neferets Geschichten über die Bestattungen von ägyptischen Königen, für immer gefangen in der Dunkelheit, bis in alle Ewigkeit versiegelt in Sarkophagen. Als sie die Fässer endlich an Deck brachten und sie dann umkippten, um sie den Landungssteg hinunterzurollen, musste ich jedes Quäntchen Selbstbeherrschung aufbringen, das ich noch hatte, um nicht laut zu schreien oder mich zu übergeben.

Vorausgesetzt, die anderen schafften das auch, und wir gelangten durch die Stadt, ohne entdeckt zu werden, würde ich bei einer ganzen Meute weinbefleckter Gladiatorinnen tief in unbezahlbarer Schuld stehen.

Die Fahrt durch die verwinkelten Straßen der Hauptstadt war nervenaufreibend. Jedes Mal, wenn der Wagen langsamer wurde oder anhielt, befürchtete ich, dass man uns entdeckt hatte. Bei jeder Stimme, die ich rufen hörte, war ich mir sicher, dass die Vigiles uns zur Kontrolle anhielten. Als ich endlich fühlte, wie mein Fass vom Wagen abgeladen wurde, schnürte mir Angst die Kehle zu. Ich hatte keine Ahnung, ob wir tatsächlich an unserem Bestimmungsort eingetroffen waren. Genauso gut konnten wir auch ins Forum gelenkt worden sein, um verhaftet und abgeführt zu werden.

Ich hielt den Atem an, als der Deckel über meinem Kopf aufgestemmt wurde und das rosafarbene Licht der untergehenden Sonne sich in meinen vom Wein durchtränkten Sarg ergoss. Kurz war ich geblendet, aber dann sperrten Cais Kopf und Schultern das Zwielicht aus, als er sich nach unten bückte, mich aus dem Fass heraushob und mich auf meine wackeligen Beine stellte.

Ich sah, wie er versuchte, keine Miene zu verziehen, aber es war sinnlos. Aus nächster Nähe war mein Geruch nur schwer auszuhalten. Er wich einen Schritt zurück und brachte mit angehaltenem Atem ein dünnes Willkommenslächeln zustande.

»Willkommen im Domus Varro, Tochter des Bacchus«, sagte er und strich mir eine zerzauste, feuchte Haarlocke hinters Ohr.

Ich verdrehte die Augen. Bacchus, der römische Gott des Weins, starrte wahrscheinlich von seiner violett befleckten Liege hoch oben auf dem Olymp auf uns herab und lachte sich schlapp.

Quint war nicht einmal annähernd so diplomatisch wie Cai.

»Uff!«, rief er und wedelte mit einer Hand vor seinem Gesicht herum, als er Gratia und Elka aus ihren Fässern heraushalf. »Ihr riecht wie ein Kantinenzelt voller Legionäre, nachdem sie einen gallischen Weinberg geplündert haben!«

Das stimmte voll und ganz. Aber es hatte auch funktioniert. Wir waren in Sicherheit. Ich ließ meinen Blick über die steinernen Gewölbebögen im Weinkeller von Cais Vater und über meine Kameradinnen schweifen und konnte mir ein Grinsen nicht verkneifen. Zum ersten Mal seit unserer verzweifelten Flucht aus dem Ludus wagte ich zu hoffen, dass wir unser Zuhause nicht zum letzten Mal als *unser* Zuhause gesehen hatten.

Zu Hause …

Wenn es um Orte zum Aufwachsen ging, dann gehörte Domus Varro zu den ganz besonderen. Die Art von Zuhause, die ich mir nie hätte erträumen können in all den Jahren, die ich wie ein wildes Reh durch die Wälder Durovernums tollte, über moosbedeckte Baumstämme hüpfte, in verborgenen Quellen badete und abends ins Bett kletterte, um es mir unter einem Fellstapel gemütlich zu machen, während das frisch geschnittene Stroh in der Matratze unter mir raschelte und die Eulen draußen vor meinem Fenster vom Dachvorsprung meines kleinen Rundhauses riefen.

Eine Welt – *Welten* – entfernt von den luftigen, eleganten, mit Marmor und Mosaik ausgelegten Hallen und Innenhöfen Roms. Ich vermisste Durovernum immer noch. Manchmal so schmerzhaft, dass es sich wie gebrochene Knochen anfühlte. Und doch, während ich mich jetzt bis zum Kinn in das warme, nach Lavendel duftende Wasser im Tepidarium-Becken des Badehauses gleiten ließ, staunte ich vage darüber, wie leicht es mir gefallen war, mich an diese Art von Leben zu gewöhnen. Ich fragte mich: Sollte ich je nach Hause zurückkehren, nach Durovernum, wie würde ich mit der engen Kupferwanne zum Baden in der Ecke meiner Hütte klarkommen? Würde ich die Geräumigkeit römischer Häuser vermissen, das Echo der Stimmen in den Säulengängen? Den weiten Himmel Italiens, der sich nachts zu den Sternen hin öffnete, ohne dass die üppigen, weit verzweigten Äste uralter, mächtiger Eichen das Sichtfeld umrahmten? Wie anders wäre ich jetzt, wenn ich hier aufgewachsen wäre, sinnierte ich, während ich mich halb träumend unter den herrlichen Deckengemälden auf dem Wasser treiben ließ.

Die anderen Mädchen hatten sich zurückgezogen, nachdem sie die Weinreste des Tages abgewaschen hatten, aber ich war hier geblieben, genoss den Frieden und die Stille nach der Tortur der letzten Tage. Als ich in der Ecke des Beckens ein kaum vernehmbares Plätschern und Spritzen hörte, öffnete ich die Augen und stellte fest, dass die Fackeln in ihren Halterungen bereits weit heruntergebrannt waren und der Dampfwirbel, der von der Wasseroberfläche aufstieg, den Raum in einen funkelnden Nebelschleier hüllte.

Aber selbst in diesem dämmrigen Licht sah ich Cai – zumindest seinen Kopf und seine Schultern –, wie er am blau gefliesten Rand auf der anderen Seite des Beckens lehnte und zu mir herüber starrte. Die Wassertröpfchen auf seinen Schultern und seiner Brust reflektierten den flackernden Lichtschein der Fackeln und entfachten ein Feuer in den Tiefen seiner haselnussbraunen Augen. Ich verspürte ein Flattern in meiner Brust wie von aufgescheuchten Vögeln, und mein Pulsschlag dröhnte in meinen Ohren, als er sich vom Rand abstieß und sich in die Mitte des Beckens treiben ließ.

Das ihm eigene, seltene, heimliche Lächeln umspielte seine Mundwinkel, aber in Cais Augen flackerte Unsicherheit auf, während er näher schwamm. Auch ich spürte es. Im Geiste sprang ich zurück zu dem Tag, an dem Cai mir gesagt hatte, dass er mich liebte – demselben Tag, an dem Caesar mich für die Rolle der Victoria ausgewählt hatte. Aber wie gut kannten wir uns *wirklich*, fragte ich mich in diesem Augenblick. Seitdem war er die meiste Zeit auf Feldzug gewesen. Und davor … als wir uns zum ersten Mal begegnet waren, schien mein Leben mitten in einem Wirbelsturm gefangen gewesen zu sein. Man hatte mir meine Identität und meine Seele geraubt – eine ehemalige Prinzessin, die zur Sklavin geworden war, ihrer Welt entrissen und in eine andere hineingeworfen – und damals schien alles gefährlich und ungewiss. Alles außer Cai.

Alles außer dem Soldaten, der die Rüstung des Feindes trug.

»Ich weiß noch, wie ich dich zum ersten Mal gesehen habe«, sagte ich, als Cai, eingehüllt in den vom plätschernden Badewasser aufsteigenden Dampf, näher kam.

»Am Kai. In Massilia.« Er nickte wehmütig. »Ich meine mich zu erinnern …«

»Lauter Metall und Leder. Die Person darunter war kaum zu erkennen.«

»Nichts davon trage ich jetzt«, grinste er. »Du darfst deine Augen an mir laben.«

Ich lachte. Aber ich sah nicht weg.

»Ich weiß noch, wie du mich *da* angeschaut hast«, sagte er. »Die Flammen auf meinem Gesicht spüre ich immer noch.«

»Ha.« Ich spritzte ihm eine Handvoll Wasser ins Gesicht. »Und ich weiß noch, wie du *mich* angeschaut hast.«

»Fairerweise muss man sagen«, fuhr er fort, »dass auch nicht viel von dir zu sehen war. Du warst mehr Straßenstaub und Wut als Mädchen.«

»Das stimmt«, musste ich ihm recht geben. »Allerdings erinnere ich mich daran, wie Charon dir sagte, dass wir alle noch etwas hermachen würden. Du hast ihm nicht geglaubt.«

»Das hätte ich mal besser sollen.«

»Ich habe ihm auch nicht geglaubt!« Ich angelte mir einen Badeschwamm aus einem Korb am Beckenrand und reichte ihn Cai, drehte mich um und hob meine Haare von meinen Schultern. »Damals wusste ich noch nicht, dass ihr Römer solche Bäder habt. Zu Hause hatte ich einen Fluss. Und eine enge Kupferwanne für besondere Anlässe …«

Cai schwieg, fuhr mit dem Schwamm in langsamen und sanften Kreisen über meine Schultern und meinen Rücken, drückte das Wasser über meinem Nacken aus.

»Manchmal frage ich mich, ob du – ob alle Römer, die ich kennengelernt habe – mich immer noch als Barbarin sehen«, sinnierte ich. »Ob du dich manchmal nicht doch fragst – selbst nach alldem, was du Aeddan gesagt hast –, ob ich glücklicher wäre unter meinen Fellen, unter dem Strohdach meiner Hütte …«

Seine Hand auf meinem Rücken erstarrte, das Wasser aus dem Schwamm tröpfelte mein Kreuz hinab. »Wärst du das?«

Ich ließ meine Haare fallen und drehte mich langsam im Wasser um, bis ich ihn ansah. »Wärst *du* da, unter diesen Fellen, unter dem Strohdach, neben mir?«

»Unter Stroh … unter Marmor und Glas … unter den Sternen mitten in der Wüste, Fallon«, sagte er mit stockender Stimme. »Ich würde in einer Berghöhle neben dir liegen, wenn du das wollen würdest. Und sollte ich dich je als etwas anderes betrachtet haben als ebenbürtig – und mehr als das –, dann schäme ich mich zutiefst dafür.«

»So sehr wie ich mich schäme, weil du recht hattest – mit dem, was du am Strand in Korsika gesagt hast. Dass ich es nicht über mich gebracht habe, dir voll und ganz zu vertrauen. Ich habe *dich* nicht als ebenbürtig behandelt.«

Er schüttelte den Kopf. »Ist schon gut. Ich verstehe ...«

»Nein.« Ich schnaubte ein wenig. »Es ist *nicht* gut, und du musst wirklich aufhören, so verständnisvoll zu sein, Cai. Ich tue nicht immer das Richtige und, ja, so wichtig es für mich auch ist, dass du mir vertraust, so wichtig ist es auch, dass du mich hinterfragst. Mich herausforderst. Mich davon abhältst, unter Beweis stellen zu wollen, dass ich stark genug bin, um niemanden zu brauchen. Denn ich *brauche* dich.«

Verzweifelt ...

Er nahm mein Gesicht in beide Hände. Auf seinen Lippen und seinen Wimpern lagen Wassertropfen. »Du hast mich«, sagte er und fixierte mich eindringlich.

»Ist es Wahnsinn?«, fragte ich. »Es mit Aquila und seinen Monstern aufzunehmen ... Meine Freundinnen könnten dabei ums Leben kommen, wenn wir das durchziehen, Cai. Meine Schwester. Ich ... Du.«

»Du tust es, weil du es für richtig hältst.«

»Aber *ist* es das?«

Da sah er mich an, mit diesen klugen Augen, die mir immer alle meine Geheimnisse, Sorgen und seltsamen, vagen Ängste abzulesen schienen.

»Also gut.« Er seufzte. »Ich müsste lügen, wollte ich behaupten, dass es nicht Momente gab, in denen ich ernsthaft darüber nachgedacht habe, es dir auszureden. Dich nach Zypern oder Bithynien zu bringen. Oder zurück zu deiner strohgedeckten Hütte in Durovernum.« Er legte seine Stirn in Falten. »Aber ich habe gehört, was du diesen Mädchen in Korsika gesagt hast – was du deiner Schwester schon die ganze Zeit im Ludus gesagt hast – und du hast recht. Zusammen seid ihr stärker als jede Legion aus Männern, und ihr verdient einen Ort, wo diese Stärke weiter gedeihen kann. Als ich klein war, hat mein Vater nach dem Tod meiner Mutter fast den Verstand verloren. Sie war die wahrhaft Starke in ihrer Verbindung gewesen. Es hat ihn eine Menge Kraft gekostet, sich wieder aufzurichten, und ich glaube ein Teil von ihm ist immer noch schwach. Verletzt.«

»Bei meinem Vater war das auch so«, sagte ich.

»Wir Männer glauben, wir regieren die Welt.« Cai lachte kurz auf. »Doch das stimmt nicht. Du *verdienst* den Ludus Achillea, Fallon. Du und der Rest dieser verrückten, wundervollen – gelegentlich ziemlich furchterregenden – Mädchen. Und ich werde alles tun, was ich kann, um euch zu helfen, ihn zurückzugewinnen. Auch wenn ich einer aus dieser elendigen Spezies Mann bin.«

Ich wischte die Wassertropfen von seinen Lippen, einen nach dem anderen.

»Du bist alles andere als elendig, Caius Antonius Varro«, sagte ich.

Unter meinen Fingerspitzen wurde sein Lächeln breiter. Ich legte meine Arme um seinen Hals und er schlang seine um mich und schwamm mit mir in die Mitte des Beckens, wo das Wasser so tief war, dass meine Zehen den Boden nicht mehr berührten. Und dann küsste er mich, und ich gab mich dem Gefühl von seiner Haut auf meiner hin, als er nicht mehr weiterschwamm, sondern sich gemeinsam mit mir unter die Wasseroberfläche sinken ließ und wir nur noch die Luft des anderen atmeten.

XVI

Seit wir im Domus Varro angekommen waren, hatte ich keine Nacht länger als die Hälfte geschlafen. Jeden Morgen wachte ich weit vor Sonnenaufgang auf und mein Herz pochte heftig wegen Träumen, an die ich mich nur noch halb erinnerte, und der mich beinahe ständig begleitenden Angst, dass ich irgendeinen Aspekt unseres großartigen Plans noch nicht bedacht haben könnte. Dass ich womöglich etwas übersehen haben könnte, was uns zu Fall bringen und unseren mühselig zurechtgelegten Plan in tausend Scherben zerspringen lassen würde.

Die Krux war folgende: Pontius Aquila wollte, dass wir kämpften? Dann würden wir kämpfen. Wir würden den Volkstribun herausfordern, den falschen Herren des Ludus Achillea und den Anführer der Söhne von Dis. Wir würden ihn hinter den Mauern unserer – *unserer* –

Gladiatorenschule hervorlocken und wir würden gegen seine Kämpfer in der größten Schlacht seit Caesars Vierfachem Triumph antreten.

Direkt auf dem Feld vor den Mauern des Ludus.

Als ich den ersten Funken dieser Idee angesprochen hatte, war Charon der Erste gewesen, der sie mit offenen Armen begrüßte. Tatsächlich stammten die meisten Einzelheiten zum möglichen Ablauf von ihm. Ich weiß nicht, ob das Ganze ohne seine zahlreichen Verbindungen zu den römischen Händler- und Handwerkergilden auch nur im Entferntesten machbar gewesen wäre.

Ich war auf dem Weg zum Scriptorium, einem zentral gelegenen Raum im Haus, den wir als eine Art Hauptquartier mit Beschlag belegt hatten. Cai wartete dort auf mich. Gerade eben war ich die Schriftrollen mit der Herausforderung zum Turnier losgeworden, die nun als Bekanntmachung an allen öffentlichen Plätzen in der ganzen Stadt auftauchen würden, und den Beutel voller Denare, um dafür zu zahlen. Cai hatte die Einzelheiten auf Pergamentpapier verzeichnet, während ich, immer noch verblüfft, dass die Linien und Formen, die er in ordentlichen Reihen auf die Seiten schrieb, eine Bedeutung hatten, aber im Vertrauen darauf, dass er wusste, was er tat, dabei zugesehen hatte. Danach hatte ich Quint aufgesucht, damit er die Schriftrollen zum Oberhaupt der Bekanntmachungsmaler und Ausrufer im Forum bringen konnte.

Ich dachte über Charons segensreich nützliche Verbindungen nach – und über das, was Aeddan gesagte hatte, als er mich davor warnte, mein Schicksal in die

Hände des Mannes zu legen, der überhaupt erst für mein Sklavendasein verantwortlich war –, als ich um die Ecke in einen Korridor bog, der durch das Atrium des Domus führte. Ich hatte nicht damit gerechnet, dass sonst noch jemand hier sein würde.

Und schon gar nicht der Herr des Hauses.

Wie angewurzelt blieb ich stehen.

Aber Senator Varro hatte meine Schritte auf dem Marmorfußboden gehört und drehte sich um.

Er sollte nicht hier sein, dachte ich verzweifelt. Wenigstens nicht für den nächsten Monat …

Aber er *war* hier. In diesem Augenblick. Und als seine dunklen Augen mich fixierten, kam ich mir vor wie ein Reh auf einer Lichtung, das seinen Kopf hob und feststellte, dass es von Jagdhunden umzingelt war.

»Fallon?«

Beim Klang seiner Stimme stockte mir der Atem und blanke Angst erfasste mich.

Ich konnte mich nicht bewegen, konnte nicht kehrtmachen und wegrennen …

Ich hörte Aeddans Stimme in meinem Kopf: »*Er wird dich verraten …*«

Plötzlich konnte ich nur noch daran denken, dass er mich gewarnt hatte wegen meines blinden Vertrauens in den Jungen, den ich liebte. Und in seinen Vater. Ich fragte mich, ob eines der Gesichter hinter diesen grässlichen Masken in dieser schrecklichen Nacht im Domus Corvinus tatsächlich Cais Vater gewesen war …

»Fallon!«

Der Senator schritt durch den lichtdurchfluteten

Raum, mit blitzenden Augen und ausgestreckten Händen, um mich an den Schultern zu packen.

»Mein liebes Mädchen!«, rief er und zog mich in eine feste, unerwartete Umarmung. »Du bist in Sicherheit! Jupiter sei Dank, ich habe mir solche Sorgen gemacht.«

Vor lauter Schreck wurde ich kurz stocksteif und schwankte leicht, bevor ich seine Umarmung erwidern konnte.

Aber als ich es tat, wurden all meine übrig gebliebenen Ängste und unheilvollen Ahnungen von mir fortgeschwemmt, wie Regen, der an Blättern abperlte und im Erdboden versickerte. Das hier war der Vater von Caius Antonius Varro. Und ich hatte *nichts* zu befürchten.

Als der Senator mich endlich eine Armlänge von sich wegschob und mein Gesicht aufmerksam studierte, lag aufrichtige Sorge in seinem Blick. »Ich habe Gerüchte gehört, Fallon«, sagte er. »Schreckliche Geschichten über Dinge, die im Ludus Achillea vorgefallen sein sollen …«

Das hatten anscheinend alle.

»Geschichten über einen Aufstand«, fuhr er fort, »und Blutvergießen. Ich habe gehört, dass die Lanista von ihren Schützlingen ermordet wurde und dass Soldaten der Legion diesen Aufstand unterstützt, ja sogar mitgeholfen haben. Ich habe gehört, dass einer von ihnen Cai war.«

»Das ist nicht …«

»Aber da du *hier* bist, kann das nur heißen, dass an den Gerüchten nichts dran ist. Natürlich ist an ihnen nichts dran! Wo ist Caius?« Sein Blick wanderte durch den Raum. »Geht es meinem Sohn gut?«

»Es geht ihm gut, Herr. Er ist im Scriptorium …«

Bevor ich noch ein weiteres Wort äußern konnte – über das, was wirklich geschehen war, über meine immer noch sehr lebendige Schwester oder über Pontius Aquila –, hatte Senator Varro sich bereits umgedreht und hastete die Marmorhalle hinunter in Richtung Scriptorium. Ich glaube, er wäre gerannt, wenn die mehrfach gewickelten Stofflagen seiner Toga es ihm gestattet hätten. Ich folgte ihm dicht auf den Fersen.

»Caius!«, rief er und stürmte durch die geschnitzte Eichendoppeltür. »Caius!«

»Vater!«

Cai fuhr herum. Er hatte neben dem Schreibtisch gestanden, auf dem immer noch ein Tintenfass und ein Stapel Pergamentpapier lagen. Sein Blick zuckte zwischen mir und seinem Vater hin und her, verwirrt und überrascht. Und – ich fragte mich, ob ich mir das nur einbildete – besorgt. Kassandras Warnung musste ihm immer noch durch den Kopf spuken.

»Ich … Ich dachte, du wärst auf dem Weg nach Griechenland«, stotterte er. »Was … Was machst du hier?«

»Ich war noch nicht ganz in Brundisium, da erreichte mich die Nachricht über die Vorfälle im Ludus Achillea«, erklärte der Senator. »Ein Aufstand im Stile von Spartakus, wurde mir berichtet! Und mein eigener *Sohn* als Verräter daran beteiligt.«

»Ich war nicht daran beteiligt. Und es gab keinen Aufstand …«

»Natürlich nicht.«

»Wie hast du überhaupt davon erfahren …«

»Ich habe Informanten, Caius.« Senator Varro ignorierte die Verwirrung seines Sohnes und schien es wichtiger zu finden, sich zu versichern, dass es Cai auch wirklich gut ging. »Du kannst mir später erzählen, was *wirklich* passiert ist. Zuerst möchte ich, dass du meinen Leibarzt aufsuchst.«

»Warum? Mir geht es gut.«

»Mal abgesehen von diesem Ludus-Unsinn – hast du etwa vergessen, dass du vom Legionärsdienst wegen einer Verletzung freigestellt wurdest?« Varro sah seinen störrischen Sohn streng an. »Danach hast du eine lange Reise auf dich genommen, Gefangenschaft, Flucht und nur die Götter wissen, was sonst noch, und das alles – wie ich vermute – unter brutalen Umständen. Du bist zu dünn und du hast Schatten unter den Augen. Du wirst meinen Arzt aufsuchen.«

»Vielleicht, wenn ich Zeit habe. Im Augenblick bin ich zu beschäftigt ...«

»*Jetzt*, Caius.« Varro starrte Cai unheilvoll an. »Ich werde einen Sklaven schicken, damit er den Mann holt. Und du wirst dich untersuchen lassen.« Er drehte sich zu mir. »Ihr beide, sollte ich sagen. Du, mein liebes Mädchen, siehst fast noch schlimmer aus als *er*. So geht das nicht.«

»Mir geht es gut. Ich habe in letzter Zeit nur nicht so gut geschlafen ...«

»Dann soll mein Arzt dir einen Trank zubereiten, bevor du zu Bett gehst.« Er hielt eine Hand hoch. »Keine Widerrede.«

Nachdem all das gesagt war, drehte der Senator sich

um und durchquerte mit großen Schritten den Raum, die Angelegenheit war für ihn eindeutig erledigt. Als er die Eichentüren hinter sich zuzog, blinzelte ich Cai verwundert an. Gerechterweise musste man sagen, dass er selbst ein wenig verwirrt dreinblickte, aber er schüttelte es ab und streckte mir eine Hand entgegen.

»Hatte ich erwähnt, dass mein Vater ein wenig überfürsorglich ist?« Er lächelte kläglich.

Ich dachte an meinen eigenen Vater. Wie er gewillt gewesen war, mich mit einem Jungen zu verheiraten, den ich nicht geliebt hatte, nur um zu verhindern, dass ich Kriegerin wurde. Um mich vor mir selbst zu schützen. Wahrscheinlich konnte ich es Varro nicht wirklich übelnehmen.

Ich seufzte und ergriff Cais Hand. »Ich kenne das Gefühl.«

Er zog mich an sich und küsste mich auf die Stirn.

»*So* schlimm sehe ich nicht aus, oder?«, fragte ich, als er mir eine Haarsträhne aus dem Gesicht strich.

Cai lachte. »Ich finde, du siehst perfekt aus«, sagte er. »Aber andererseits kann ich das wohl kaum beurteilen. Wenn man meinem Vater Glauben schenken darf, dann bin ich selbst schon auf halbem Weg über den Fluss Styx.«

Ich sah auf den Pergamentstapel auf dem Schreibtisch des Skriptoriums und nahm den Griffel, mit dem Cai unsere Herausforderung an Pontius Aquila geschrieben hatte.

»Glaubst du, dein Vater wird versuchen, uns aufzuhalten?«, fragte ich. »Wenn er erfährt, was wir vorhaben?«

»Das kann er versuchen.« Cai zuckte mit den Schultern. »Aber ich glaube nicht, dass er das wird. Mein Vater mag zwar durch und durch Politiker und Geschäftsmann sein, aber eines kann ich mit Gewissheit über ihn sagen: Er ist ein Mann, der Ungerechtigkeit hasst. Ich glaube, wenn er erst einmal weiß, was hier wirklich gespielt wird, dann wird er mehr als freudig das tun, was er tief in seinem Herzen für das Richtige hält.«

Es war beruhigend, mein eigenes Gefühl in Bezug auf Cai in seiner Meinung über seinen Vater widergespiegelt zu finden.

Sollten Kass und Aeddan doch glauben, was sie wollten.

Ich würde an das Gute in den Menschen glauben, von denen ich wusste, dass sie gut waren. Ich spürte, wie ein Gewicht, von dem ich nicht einmal wirklich gewusst hatte, dass es auf mir lastete, von meinen Schultern genommen wurde. Dort lasteten noch andere, aber wenigstens war dieses eine weg.

»Ist das, was wir hier planen, verrückt?«, wollte ich wissen und fragte mich – nicht zum ersten Mal –, wie um Himmels willen wir solch einen gewagten Plan durchziehen und uns den Ludus zurückholen wollten.

»Verrückt? Vielleicht.« Cai hob mein Kinn, damit ich ihm in die Augen schaute, als er mich anlächelte. »Oder vielleicht ist es auch einfach nur das, was du eben tust. Du *kämpfst*, Fallon. Ich werde an deiner Seite kämpfen. Das werden wir alle.«

»Natürlich werden wir das.« Ich drehte meinen Kopf und entdeckte Quint, der durch die Doppelflügeltür spähte, durch die der Senator gerade verschwunden war.

»War das der gute, alte Senator Varro, der gerade in Richtung Ställe davongestürmt ist?«, fragte er.

»Ja.« Cai nickte. »Anscheinend ist die Nachricht über die ›Rebellion‹ im Ludus schneller gereist als der geflügelte Merkur und hat seine Griechenlandpläne durchkreuzt.«

»Das wird aber zu keinem Hindernis für unseren Plan, oder?«, runzelte Quintus besorgt die Stirn.

Cai schüttelte den Kopf. »Das glaube ich nicht. Mein Vater hält nicht besonders viel vom Volkstribun. Ich habe es Fallon schon gesagt, ich vermute, dass er uns eher unterstützen wird.«

Da kam mir ein Gedanke. »Cai …«

Er drehte sich zu mir um.

»Erzähl deinem Vater nicht, dass Sorcha noch am Leben ist«, sagte ich. »Sie ist unsere Geheimwaffe. Sie muss geheim *bleiben*. Ohne sie geht nichts. Und nichts geht, wenn jemand auch nur vermutet, dass sie noch am Leben sein könnte. Wenn auch nur die geringste Andeutung hinter die Mauern des Ludus dringt und Aquila zu Ohren kommt, werden wir scheitern.«

Cai runzelte die Stirn, es war ihm sichtlich unangenehm, seinen Vater zu täuschen – wenn auch nur durch einen Akt der Unterlassung –, aber ich glaube, er wusste, dass ich recht hatte. Wir hatten es noch nicht einmal Cais freigelassenem Diener, einem Jungen namens Actaeon, gesagt, den wir immer wieder als Botenjungen zu Charon schickten. Wo Sorcha ausharrte, versteckt und in Sicherheit und – wie ich vermutete – ruhelos und schlecht gelaunt.

»Verstehe«, sagte Cai. »Ich werde kein Wort über deine Schwester verlieren.«

Die restlichen Einzelheiten zu unserem Plan – und zur Herausforderung – teilten wir Senator Varro nur zu gerne mit. Tatsächlich war das vorteilhaft für uns. Im Laufe des letzten Jahres, seit der Vierfache Triumph geendet und Caesar die Stadt auf einem Feldzug verlassen hatte, war die Forderung nach Spielen immer lauter geworden. Das Volk langweilte sich schnell, vor allem im Anschluss an die Triumphe – einem ganzen Monat voller grausamer Spektakel, die ihren Appetit nach Aufregung und Blutvergießen gesteigert hatten.

Natürlich wusste das Volk nichts von den Söhnen von Dis.

Es wusste nur, was man ihm gesagt hatte.

Über mich und meine Freunde … über unseren sogenannten Aufstand.

Wir mussten sie jetzt nur noch ausreichend anstacheln – ohne sie in Angst und Schrecken zu versetzen –, damit wir sie als Schutzschild und als Absicherung gegen unsere Verhaftung benutzen konnten, wenn wir uns wieder in der Öffentlichkeit blicken ließen. Also streuten wir das Gerücht, dass die abtrünnige Victrix sich selbst und ihre Kriegerschar dem Volkstribun und seinen edlen Kämpfern stellen würde für einen Richtspruch – und eine Verhandlung in Form eines Kampfes. Und dort, vor aller Augen, sollte entschieden werden, wie schuldig wir in dieser Angelegenheit waren.

Dann schickten wir die Ankündigungen hinaus.

Die Stadt befand sich augenblicklich in heller – und fieberhafter – Aufregung; so wurde mir zumindest berichtet.

Der Senator seinerseits war dabei behilflich, andere wichtige Mitglieder des Senats davon zu überzeugen, dass dies eine sehr viel bessere – und sicherere – Art war mit einem Rebellenaufstand umzugehen als damals bei Spartakus. *Und* es brachte den zusätzlichen Vorteil, das Volk von der gegenwärtigen politischen Lage abzulenken. Mit dem stillschweigenden Einverständnis der Männer an der Macht wurden also Zuschauertribünen auf dem Feld vor dem Ludus errichtet, in dessen Mauern, wie man uns mitteilte, Pontius Aquila sein Lager aufgeschlagen hatte. Und am Tag des Wettkampfes würden wir unbehelligt dorthin reisen dürfen. Die Vorstellung, dass dieser verachtenswerte Mann im Quartier der Lanista wohnte, ging mir durch Mark und Bein, aber ich tröstete mich mit dem Gedanken an all das wilde Hämmern und Sägen der Zimmerleute, die eine provisorische Arena direkt vor der Mauer bauten. Ich hoffte inbrünstig, dass es den gnädigen Tribun bis spät in die Nacht wachhalten würde.

Endlich war es so weit. Alles, was getan werde konnte, war getan. Jetzt mussten wir nur noch in Erscheinung treten. Und kämpfen. Und gewinnen. Ich fühlte mich, als wären meine Nerven Blitze, die unter meiner Haut Funken sprühten und wild zuckten. Mein Herz voller Donner, als wäre es eine Sturmwolke. Heute Abend würden wir uns unser Zuhause zurückholen.

Oder bei dem Versuch sterben.

Cai und Quint waren mit den Gladiatorinnen bei den Ställen und Aeddan und ich waren auf dem Weg dorthin. Wir marschierten durch einen langen, hellen Korridor in einem Flügel des Hauses, den ich nicht so gut kannte. Aeddan lief drei Schritte vor mir und war genauso kratzbürstig und schweigsam wie immer. Ich wusste, dass wir uns beeilen sollten, aber aus mir unerklärlichen Gründen verlangsamte ich plötzlich meinen Schritt, als wir uns einer mit Schnitzereien und Silberbeschlägen reich verzierten Ebenholztür näherten. Bisher war sie immer verschlossen gewesen, aber heute stand sie eine Handbreit offen, und flackernder Lichtschein fiel in den Korridor. Ich wusste nicht warum, aber irgendwie zog mich dieses Licht an. Ich blieb vor der Tür stehen, zögerte kurz und schob sie dann vorsichtig auf.

»Fallon?«, sagte Aeddan, blieb stehen und drehte sich mit genervter Miene zu mir um. »Was machst du da?«

Meine Neugier befriedigen, wäre vielleicht die einfachste Antwort gewesen.

Auf Morrigans Flüstern hören, wäre der Wahrheit wahrscheinlich nähergekommen.

Der Raum hinter der Tür war fensterlos und unmöbliert, mit einer hohen, breiten Doppeltür auf der anderen Seite, die nach draußen auf den Hof führte, wenn ich den Grundriss des Hauses richtig im Kopf hatte. Aber ich hatte sie ganz sicher noch nie offen stehen sehen. Tatsächlich schien es, als wäre dieser Raum eine lange Zeit verschlossen und verriegelt gewesen. Die Luft war drückend und erinnerte an eine muffige, stickige Gruft.

Oder an ein Heiligtum …

Als ich hineintrat, sah ich, dass an einer Wand reihenweise Abdrücke von Alabastergesichtern an metallenen Wandleuchtern befestigt waren. Ich hatte von dem römischen Brauch gehört, Grabmasken von Toten anzufertigen, und ich nahm an, dass es sich darum handelte. Die Gesichter waren vor leuchtenden Lampen platziert, und der zarte, durchsichtige Stein verwandelte den Schein der Flammen in ein sanftes, unheimliches Leuchten, das den Raum erhellte.

»›*Sie beten ihre Vorfahren an*‹«, hatte Aeddan auf dem Schiff zu mir gesagt. Als er versucht hatte, mich vor Senator Varro zu warnen. Und vor Cai …

An der gegenüberliegenden Wand waren eine zeremonielle Rüstung und Waffen ausgestellt. Brustpanzer und Helm waren poliert, bis sie glänzten, und durch das sich darin reflektierende Licht sah die Rüstung aus, als wäre sie aus geschmolzenem Gold gemacht. Sie musste Senator Varro gehört haben, dachte ich. Natürlich hatte sie das. Während seiner Zeit als Soldat war er ein gefeierter General und dieser Raum war wahrscheinlich ein heiliger Ort für ihn gewesen. Ein Ort, an dem er zu seinen Göttern hatte beten können. Ihnen für seine Siege danken.

Ihnen seine Opfer darbringen …

Plötzlich gefror mir das Blut in den Adern.

In einer Nische am anderen Ende des Raumes gab es noch eine Lampe. Eine einzelne, flackernde Flamme, die etwas beleuchtete, das wie ein Altarstein aussah. Und oben auf dem Stein stand eine Waage. In einer der

Waagschalen lag eine einzelne Feder, geschmiedet aus glänzendem Silber.

Die Narbe auf meinem Arm prickelte, und ich hörte, wie Aeddan scharf die Luft einsog, während mir jeglicher Laut in der Kehle stecken blieb. Er wusste genauso gut wie ich, was wir gefunden hatten. Senator Decimus Fulvius Varro – Cais geliebter Vater – war einer der Söhne von Dis. Kassandra hatte die ganze Zeit recht gehabt. Und niemand hatte ihr geglaubt. Fast niemand.

»Geh«, brachte ich krächzend hervor. »Aeddan ... such Cai. Bring ihn hierher ... *beeil dich* ... das muss er sehen ...«

»Fallon ...«

Ich drehte mich zu ihm um. »Du hattest *recht*«, fauchte ich. »Ist es das, was du hören willst, Aeddan? Dass du recht hattest mit Varro? Ja, das hattest du. Ich war blind. Ich war eine Närrin. Und jetzt befinden wir uns in großer Gefahr. Also geh schon! Such Cai und bring ihn hierher! Bevor es zu spät ist ...«

Aeddan zögerte einen Moment. Dann machte er auf dem Absatz kehrt und marschierte ohne ein weiteres Wort aus dem Raum. Ich drehte mich wieder um, ging auf den Altar zu, als würde mich eine unsichtbare Kraft dorthin ziehen. Die Narbe auf meinem Arm brannte scharf und schneidend, als ich meine Hand ausstreckte, um die leere Waagschale zu berühren. Sie wippte sanft auf und ab, und sogar in diesem Zwielicht sah ich die Blutflecke, die ihre glänzende Oberfläche trübten.

Dieser Anblick, der unanfechtbare Beweis, dass Kassandra die ganze Zeit über recht gehabt hatte – dass sein

Vater einer der Söhne von Dis war – würde Cai das Herz brechen. Aber er musste mir ohne jeglichen Zweifel glauben. Denn ich wusste nicht, ob ich es ohne den Beweis der Waage direkt vor mir selbst geglaubt hätte.

»Nun, Fallon«, unterbrach Varros Stimme meine entsetzten Gedanken. »Es ist unhöflich, Räume zu betreten, ohne dass man dazu eingeladen wurde.«

Ich schloss die Augen und schluckte schwer, Angst ballte sich plötzlich in meinem Magen zusammen. Als ich mich umdrehte, erkannte ich den Mann, der vor mir stand, fast nicht. In dem schwach beleuchteten Raum war sein Gesicht genauso starr und in Stein gemeißelt wie eine der Masken, die an der Wand hingen. Seine Augen, sonst immer so wach und so freundlich, waren schwarz.

»Es war alles eine Lüge«, sagte ich mit rauer, krächzender Stimme. »Alles, von Anfang an, nicht wahr? Ihr seid nie nach Brundisium aufgebrochen. Es gab keine Handelsdelegation. Ihr wusstet über den Angriff Bescheid, den Pontius Aquila auf den Ludus geplant hatte. Ihr seid einer der Söhne von Dis.«

»Nun, ja.« Varro breitete seine Hände aus und lächelte bescheiden. »Ihr Anführer, um genau zu sein. Pontius Aquila meint zwar, dass *er* das sei, aber Aquila ist in Wirklichkeit nicht mehr als eine nützliche, folgsame Marionette. Er glaubt verbissen an seine dunklen Götter, und mir kommt es gelegen, ihn an sie glauben zu lassen. Er hält *dich* für eine Art göttliches Werkzeug.« Er kicherte. »Ich finde einfach nur, dass du eine wunderbare Waffe bist. Eine, die ich plane, wirkungsvoll gegen den Möchtegerndiktator Caesar einzusetzen, – zum Teil – dank deiner Verwegenheit und der deiner Freunde. Und meines eigenen lieben Sohnes.«

»Ich verstehe nicht.«

»Ach, komm schon. Die Herausforderung zu dem Wettkampf, an der ihr alle so fleißig gearbeitet habt?« Er schloss die Tür hinter sich und kam auf mich zu. »Brillant. Ich wollte nur Caesars hochgeschätzten Ludus an mich bringen, während er mir den Rücken zukehrte. Es sollte eine vor allem private Kränkung für ihn werden. Aber wegen dir, liebe Fallon, kann ich dem jetzt noch eine öffentliche Beleidigung hinzufügen. Und niemand wird je behaupten können, dass ich es war.«

»Ich kann das.«

»Oh, liebes Kind.« Er schüttelte den Kopf und lächelte nachsichtig. »Dafür wirst du nicht lange genug leben.« Sein Blick schweifte ab zu den Gesichtern an der Wand und seine Miene wurde nachdenklich. »Aber du kannst ruhig im Jenseits schlafen, in der Gewissheit, dass du maßgeblich daran beteiligt warst, den Willen des Monsters zu brechen, das die Republik mit seiner Hure, der ägyptischen Königin, beschmutzt hätte. Die Republik, für die meine Vorfahren gekämpft haben.«

»Ich glaube, Ihr überschätzt meine Wichtigkeit bei Weitem, Senator.« Ich wich einen Schritt vom Altar zurück. »Ich bin nur eine niedere Gladiatorin.«

»Du bist Caesars niedere Gladiatorin«, sagte Varro. »Das ist der Unterschied. Der Mann mag zwar ein Monster sein, aber er hat ein großes Herz. Das hat ihn stark gemacht. Doch es ist auch seine größte Schwäche.

Weißt du, Caesar liegen die Menschen, die er als ›sein‹ betrachtet, sehr am Herzen. Und durch einen schlauen Trick der Schicksalsgöttinnen gehörst du dazu. Ich habe mich nach dem Triumph lange mit ihm unterhalten, und zwar darüber, dass er den Geist seiner geliebten verstorbenen Tochter in dir sieht. Du, seine Victrix, das glorreiche Symbol seines Triumphs.«

Als er an den Altar trat, pflückte er die Feder aus der Waagschale und hielt sie vorsichtig zwischen zwei Fingern, drehte sie so, dass sich das Licht der Lampe in ihr spiegelte.

»Du bist eine bemerkenswerte junge Frau, Fallon«, fuhr er fort, als würden wir über so etwas Nichtssagendes wie das Wetter plaudern. »Und Caesar ist nicht der Einzige, den du mit deinem – wenn auch barbarischen – Charme betört hast.« Er legte eine Hand auf sein Herz. »Auch ich fühle mich dir verbunden. Sogar zu dir hingezogen. Vielleicht nicht auf demselben Gebiet wie die hoffnungslose Sehnsucht, die mein Sohn für dich mit sich herumträgt, aber fast habe ich das Gefühl, du wärst die Tochter *meines* Herzens, Fallon. Nicht Caesars. Vielleicht werde ich, wenn du tot bist, deiner mit einer Maske in diesem Raum gedenken.«

Er deutete mit der silbernen Feder auf die Wand aus gespenstischen Gesichtern und ein Schauder der Abscheu rann durch meinen ganzen Körper. Dann drehte er sich um und deutete mit der Feder auf mich, als wäre sie ein Dolch. Er machte noch einen Schritt auf mich zu, als plötzlich die Ebenholztür aufschwang und ich vor Erleichterung fast aufkeuchte, da Cai das Heiligtum betrat. Quint und Antonia waren bei ihm. Antonia hatte ihre sichelförmige Klinge an ihrem Arm befestigt.

»Zurück, Vater«, sagte Cai. »*Bitte* …«

»Caius …«

»Sofort!«

Das schabende Geräusch der Schwertscheiden, als Cai seine Doppelklingen zog, reichte, damit der Senator den Mund schloss und einen Schritt von mir zurückwich. Aber eine gefährliche Wut flammte in seinen Augen auf, während er seinen Sohn, den Decurio, finster anstarrte.

»Fallon«, sagte Cai, »komm zu mir.«

Ich ging rückwärts, in Richtung von Cais Stimme und behielt seinen Vater im Auge. Ich war fast bei ihm, als die Doppeltüren zum Hof aufsprangen und gleißendes Tageslicht in den Raum flutete, gefolgt von sieben Männern mit der Rüstung und den Insignien der Stadtwache.

Mit Aeddan an der Spitze.

»Euer Wagenlenker wartet auf Euch, Varro, mein Herr«, sagte er mit einer ehrfürchtigen Verbeugung vor Cais Vater.

»Dieselbe hinterhältige Schlange wie eh und je«, sagte ich und starrte Aeddan an, als könnte ich ihn mit meinem Blick in Flammen aufgehen lassen.

Er erwiderte meinen Blick unnachgiebig und zuckte mit den Schultern. »Wenigstens bleibe ich mir treu.«

»Danke, Aeddan«, sagte Varro. »Du bist ein ergebener Sohn von Dis und du wirst belohnt werden.«

Cai trat einen Schritt vor. »Vater …«

»Nein, Caius!« Varro brachte ihn mit einer Handbewegung zum Schweigen. »Ich werde keinen weiteren

Widerspruch von dir dulden. Das ist kein Spaß, Junge, und du hast keine Ahnung, was auf dem Spiel steht. Du verstehst es nicht – das weiß ich –, aber es wird nicht mehr lange dauern, dann wirst du begreifen, dass ich das für die Republik tue. Für *dich*, mein Sohn.«

»Ich bin nicht dein Sohn«, sagte Cai, widerstreitende Gefühle – Trauer, Enttäuschung, Verrat … Liebe – verzerrten sein Gesicht. »Nicht mehr. Du hast das Recht, mich als solchen anzusprechen verwirkt.«

Varros Lippen verschwanden in einem harten Strich, und seine attraktiven Gesichtszüge verzerrten sich zu einer bitteren Grimasse. »Das Mädchen darf keinen Schaden nehmen«, sagte er zu Aeddan und den Vigiles. »Mein *Sohn* … darf nicht getötet werden. Was mit den anderen passiert, ist mir egal.«

Aeddan nickte und zog das Schwert, das an seiner Hüfte hing, aus der Scheide. Sein Mund verzog sich zu einem Lächeln, aber seine Augen blieben kalt. »Und die Ludus-Herausforderung?«, fragte er.

»Muss wie geplant stattfinden.« Varro war unnachgiebig. »Sieh zu, dass du sie dort hinbringst, und zwar in Kostüm und bereit zu kämpfen.«

»Ich werde nicht verlieren«, sagte ich.

»Oh, doch, das wirst du, meine Liebe.« Sein Blick ruhte mit einem Ausdruck blanker Zufriedenheit auf mir. »Du glaubst bestimmt, dass du in Topform bist, aber es ist erstaunlich, wie subtil, kaum wahrnehmbar die Muskelkraft schwindet, wenn man über mehrere Nächte hinweg, kleine Mengen Schierling im Wein zu sich nimmt. Ich glaube, wenn es so weit ist und das *cornua-*

Horn erklingt, um den Kampf einzuläuten, wirst du feststellen, dass deine Kräfte nicht mehr das sind, was sie einst waren. Deine Reflexe einen Sekundenbruchteil langsamer. Deine Sicht ein klein wenig verschwommen … Oh, ja, du *wirst* verlieren. Und mit dieser Niederlage sind auch alle Siege von Caesar dahin. Dieser Makel wird wie Pech an ihm kleben. Und er wird sich ausbreiten. Und das Volk wird sich gegen ihn wenden.«

Aeddans Miene blieb teilnahmslos, als sich unsere Blicke kreuzten.

»Dein unreines Herz werde ich Pontius Aquila zum Festschmaus überlassen.« Senator Varro lächelte mich mit einem Ausdruck purer Bosheit an. »Wenn ich großes Glück habe, wird der Geist des Schierlings mich vielleicht auch von ihm erlösen.«

Dann warf der Anführer der Söhne von Dis einen letzten, kaltherzigen Blick auf seinen Sohn, bevor er sich umdrehte und durch die Doppeltüren hinausschritt, die Falten seines Gewandes mit der purpurnen Bordüre blähten sich hinter ihm. Aeddan schloss die Türen, sodass der Raum wieder in einen düsteren Schimmer getaucht war, und die Vigiles, die Varro zurückgelassen hatte – dem Anschein nach alles abgebrühte Kerle, wahrscheinlich Veteranen aus der Legion – fächerten sich in einem losen Kreis um uns herum auf.

Wortlos reichte mir Cai eins seiner Schwerter und stellte sich neben mich, um meine Flanke zu decken. Quint stellte sich auf meine andere Seite. In Erwartung des bevorstehenden Kampfes begann Antonia leise vor sich hin zu summen und drehte sich um, um mir Rückendeckung zu geben, auf der Schneide ihrer sichelförmigen Waffe spiegelten sich die Flammen.

Doch zahlenmäßig waren wir ihnen unterlegen, zwei gegen einen. Zumindest dachte ich das.

Im Hof entfernten sich die Geräusche von Hufen und das Knarzen von Varros Wagenrädern und verschwanden schließlich in der Ferne. Aeddan stand immer noch an der Tür, lauschte und wandte seine Aufmerksamkeit dann wieder dem Raum zu. Ich fasste den Griff meines Schwertes fester, als er über den Marmor gefliesten Boden schritt … *durch* den Kreis der Vigiles hindurch … und sich zwischen mir und Quint in Verteidigungsposition aufstellte. Ich sah, wie er einen Blick mit Cai wechselte.

»Er ist weg«, sagte Aeddan.

»Gut«, antwortete Cai mit rauer, eiserner Stimme. »Dann bringen wir es hinter uns, damit wir uns auch auf den Weg machen können.«

Einer der Vigiles – der mit den meisten Narben und den meisten Spuren gefochtener Kämpfe – fauchte in Aeddans Richtung. »Du verräterischer Abschaum«, sagte er. »Die Söhne von Dis werden dir dafür das Herz herausschneiden.«

»Das bezweifele ich«, sagte Aeddan. »Und wenn sie es täten, würde es ihnen nicht bekommen.«

Dann blieb keine Zeit mehr zum Reden.

Das Fauchen des Vigiles verwandelte sich in ein Grunzen vor Anstrengung, als er zum Angriff überging und auf Aeddans Schulter zielte. Aeddan duckte sich, ich stieß mit meinem Schwert zu und verpasste dem

Angreifer eine Fleischwunde an seinem Schwertarm. Doch ohne auch nur innezuhalten oder die Wunde, die ich ihm beigebracht hatte, zu beachten, zielte er mit einem Faustschlag auf meinen Kopf, und ich konnte ihm nicht schnell genug ausweichen. Seine Fingerknöchel streiften mich am Kinn, brachten mich aus dem Gleichgewicht und ließen mich fluchend rückwärts taumeln.

Als er zu einem zweiten Faustschlag ausholte, machte ich mir gar nicht erst die Mühe, mich zu ducken. Ich blockte den Schlag einfach mit meinem Schwert ab. Ihm blieb keine Zeit für einen Schmerzensschrei, bevor ich meine Klinge durch die Luft wirbeln ließ, mich auf ihn stürzte und ihm meine Schwertspitze in die Brust bohrte. Er kippte nach hinten und ich riss mein Schwert zwischen seinen Rippen heraus und trat seinen leblosen Körper beiseite.

Während ich mich für den nächsten Angreifer bereit machte, sah ich, wie Antonia ihre sichelförmige Klinge wirkungsvoll einsetzte. Der Mann, an dem sie sie verwendete, wusste nicht einmal, dass seine Kehle durchtrennt war, als er zu Boden ging und mit leeren Augen hinauf zur Decke starrte. Quint hatte es auch gesehen und knurrte anerkennend. Dann drehte er sich um und beförderte seinen eigenen Angreifer ins Jenseits. Die übrig gebliebenen Vigiles kämpften verzweifelt, aber sie waren keine ernst zu nehmenden Gegner für zwei trainierte Legionäre und drei wütende Gladiatoren.

Schon bald war der Raum still. Reglos.

Rot.

Das Blut sammelte sich in Lachen unter unseren

Füßen, sickerte aus den tödlichen Wunden der sieben toten Stadtwächter. Ich rang nach Atem, als Cai sich zu Antonia drehte.

»Such Neferet«, sagte er. »Schnell – und sag ihr, dass sie ihre Tasche mitbringen soll!«

Ich blinzelte ihn an. Keiner von uns war verletzt.

»Ich glaube nicht, dass ihnen das noch etwas nützen wird«, sagte ich mit einem Wink zu den Leichen der Vigiles auf dem Boden.

»Es ist nicht für sie. Es ist für dich«, sagte Cai, packte mich bei den Schultern und zwang mich, ihn anzusehen. »Vielleicht ist es noch nicht zu spät ...«

»Zu spät wofür?«

»Der Schierling.«

»Cai ...«

»Aeddan, such etwas, worauf sie sich setzen kann.«

Aeddan stemmte sich mit aller Kraft gegen den Marmoraltar und kippte ihn auf die Seite. Er fiel mit einem dumpfen Schlag und die Waage mit der Feder krachte zu Boden.

»Cai! Aeddan – hör auf!« Ich schüttelte Cais Griff von mir ab, als er versuchte, mich zum Hinsetzen zu bewegen. »Antonia, bleib hier!«

Sie hielten inne und starrten mich alle an, als würde ich gleich zerbrechen.

»Mir geht es gut«, sagte ich.

Antonia runzelte die Stirn. »Aber der Schierling ...«

»Ich habe keinen Schierling getrunken.« Ich schnaubte. »Der Arzt des Senators hat mir jeden Abend einen Becher Wein aufs Zimmer geschickt, damit ich besser einschlafe. Aber in der ersten Nacht hatte ich so schreckliche Albträume, dass ich das Zeug von da an aus dem Fenster gekippt habe.«

Cai sah mich an. »Du hast den Wein nicht getrunken?«

Ich zuckte mit den Schultern. »Ich wollte nicht unhöflich sein.«

Er lachte und schloss mich fest in seine Arme.

»Ich habe beschlossen, mich lieber an das gute alte Bier aus Prydain zu halten«, sagte ich mit erstickter Stimme an seiner Brust. »Ihr Römer tut zu viel seltsames Zeug in eure Getränke.«

Cai ließ mich grinsend los. »In Ordnung«, sagte er. »Wenn das alles vorbei ist, werden wir mit einem großen schäumenden Fass von diesem Zeug feiern, aber jetzt ist es allerhöchste Zeit, diesen Ort zu verlassen.«

Er ging rasch zu der Tür, die zurück ins Haus führte, und öffnete sie einen Spaltbreit, um zu sehen, ob irgendwelche Haussklaven in der Nähe waren. Der Weg schien frei.

»Wisch dir am Umhang von dem da das Blut von den Sandalen«, sagte er und zeigte auf einen der toten Vigiles. »Gehen wir.«

Bevor wir den Raum verließen, legte ich eine Hand auf seinen Arm. »Cai? Es tut mir leid wegen deines Vaters«, sagte ich.

»Nein.« Er schüttelte den Kopf, aber ich sah den Zorn – und den Schmerz – in seinem Blick. »*Ich* sollte mich bei dir entschuldigen, Fallon. Ich hätte Kass glauben sollen. Und ich hätte dir verdammt noch mal von ihrem Verdacht erzählen sollen. Stattdessen hat mich die

Liebe zu meinem Vater blind gemacht und ich habe uns alle in Gefahr gebracht. Aeddan hatte recht.«

Ich schaute zu Aeddan, der sich mit einem finsteren Blick rechtfertigte.

»Du hast gewusst, dass er Bescheid wusste?«

»Nach unserer Ankunft hier, ist er zu mir gekommen. Ich wollte ihm erst nicht zuhören. Aber er hatte recht.« Cai nickte zu Aeddan. »Und er war loyal. Er hat erst mich verständigt, bevor er diese Schurken-Söhne von Dis geholt hat.« Er warf einen Blick auf die toten Männer auf dem Boden. »Ich bin nur froh, dass Antonia bei mir war, als er mich gefunden hat – sie ist eine wandelnde Waffe.«

Wie beiläufig salutierte Antonia mit ihrer unbewaffneten Hand vor ihm, während sie das Blut von ihrer sichelförmigen Klinge wischte.

»Jedenfalls«, fuhr er fort, »solange mein Vater glaubt, dass Aeddan ihren Befehlen treu folgt, sind wir im Vorteil. Vielleicht kommt er so in Aquilas Nähe, und das könnte sich als nützlich erweisen.«

Bei dem Gedanken auch nur in die Nähe von Pontius Aquila zu gelangen, lief mir ein Schauder über den Rücken, aber er hatte recht. Und sobald alles vorüber war, schuldete ich Aeddan eine Entschuldigung. Vielleicht auch mehrere.

Cai schlüpfte durch die Ebenholztür in den Korridor, und wir folgten ihm, als er im Laufschritt zu den Ställen eilte, wo der Rest meiner Gladiatoren-Kameradinnen mit gesattelten Pferden und einem angespannten vergoldeten Streitwagen auf uns warteten. Elka grinste, als sie mir eine volle Rüstungsmontur reichte, die eine exakte Replik der zeremoniellen Victrix-Ausrüstung war, die ich bei Caesars Triumph getragen hatte.

»War das Charon?«, fragte ich.

Sie nickte. »Der Mann hat eindeutig gute Verbindungen zu den Handwerksgilden.«

Dann halfen sie und Gratia mir dabei, die Rüstung anzulegen. Es würde keinen Zweifel daran geben, wer ich war, während wir durch die Stadt über die Via Clodia gen Norden ritten. Bis vor die Tore des Ludus Achillea. Zu unserem Ziel und unserem Schicksal.

Auf dem Weg fächerten wir uns in V-Formation auf: Victrix in ihrem Streitwagen, gefolgt von zwei Flügeln aus Kriegerkameradinnen, die auf edlen Rössern saßen, mit wehendem Helmbusch, hinter ihnen flatternden Umhängen und glänzenden Waffen und Rüstungen. Wir boten einen außergewöhnlichen Anblick und wurden dem Marmorfries über dem Haupttor des Ludus gerecht, während wir durch die Menge fuhren, die sich am Straßenrand in der Stadt versammelt hatte und auf uns wartete.

Sie teilte sich vor unseren Pferden wie lange Grashalme vor einem Sturmwind.

Und sie jubelten uns zu.

Cai hielt die Zügel meines Streitwagens und lenkte ihn, barhäuptig, hoch aufgerichtet und mit ernster Miene. Auch ich fuhr ohne Kopfbedeckung und stand breitbeinig hinter ihm. Ich hielt meinen Helm in meiner Armbeuge und ließ mein Haar lose hinter mir wehen. Die Menge erkannte mich sofort von meinen Siegen und warf Lorbeerkränze unter die Hufe meiner Streitwagenpferde. Einige von ihnen erkannten in Cai den attraktiven jungen Decurio wieder, der über die Absperrung gesprungen war und mich in einem leidenschaftlichen Kuss nach meinem Sieg beim Triumph von den Füßen gerissen hatte. Sollten sie vorher geglaubt haben, die Achillea-Gladiatorinnen wären Rebellinnen im Stile von Spartakus – einem ungeordneten Haufen zum Fürchten und Hassen –, dann verflüchtigte sich dieser Eindruck sofort. Ich spürte es.

Wir waren weder Rebellinnen noch Abtrünnige.

Wir waren trotzige Heldinnen, auf dem Weg zurückzufordern, was uns gehörte.

Und wenn wir dort eintrafen, würden wir ihnen ein Schauspiel liefern, das sie niemals vergessen würden. Während wir die Via Clodia hinauffuhren, folgte uns die Menge, wuchs mit jeder Meile an, wurde zu einer Festparade. Als wir unser Ziel erreichten, wurden wir mit wildem Jubelgeschrei vom Volk empfangen, das sich auf dem Feld und auf den Tribünen unter den gestreiften Sonnensegeln und Bannern, die in der abendlichen Brise flatterten, versammelt hatte. Je näher wir der Arena kamen, desto mehr spürte ich die Gier nach Blut, die schwer in der Luft hing, dicker, als ich sie je zuvor geschmeckt hatte. Sogar während des Triumphs. Sie drückte gegen meine Haut, und kurz glaubte ich, ersticken zu müssen. Nur wegen des Volkes waren wir überhaupt in der Lage gewesen, diese Herausforderung möglich zu machen, aber sie waren nicht der Grund, warum ich kämpfte. Ich kämpfte nicht für sie. Ich kämpfte für die

Mädchen, mit denen ich unterwegs war. Ich kämpfte *mit* ihnen.

Dieser Kampf war für niemand anderen als für uns.

Eine weitere Welle Jubelrufe breitete sich aus, hallte in den fernen Hügeln wider und erschütterte die Mauern des Ludus Achillea vor uns. Pontius Aquila blieb keine andere Wahl als den Großteil, wenn nicht alle, seiner Gladiatoren herauszuschicken – Männer und Frauen. Ich war mir sicher, dass die Menge die Gladiatorenschule vor lauter Wut erstürmen würde, sollten er und seine Kämpfer sich weiterhin hinter diesen Mauern verschanzen und ihnen ihr blutiges Spektakel verweigern. Zumindest würden er, Nyx und seine gesamte Amazona-Mannschaft zur Lachnummer werden. Es gäbe keine Munera mehr für die Söhne von Dis – wenigstens nicht von Aquila – und er würde jeglichen Einfluss, den er in den politischen Kreisen der Republik besaß, verlieren. Ich lächelte finster. Das Volk wusste es nicht, aber es war unsere mächtigste Waffe, um die Söhne von Dis zu entmachten. Vielleicht würde es heute Nacht sogar sein ersehntes Blutvergießen bekommen, doch ich schwor bei Morrigan, nicht auf die Art, die es sich erwartete.

Von mir aus konnten sie an dem Blut, das wir vergießen würden, ersticken.

Als die Sonne schließlich in weiter Ferne hinter den Hügeln versank und den Staub in der Arena violett färbte, flammten Hunderte von Fackeln auf. Das Brüllen der Menge war wie ein Sturmwind im Sommer, donnerte in Wellen über die Felder, um gegen die Mauer des Ludus zu krachen und wieder zurück über die provisorischen Tribünen zu rollen. Die Hügel, die sich zu beiden Seiten des Sees erhoben, fingen den Lärm ein, warfen die »Victrix! Victrix!«-Rufe zurück und verliehen der Menge den Anschein, noch größer zu sein als damals im Circus Maximus, wo ich während des Triumphs gekämpft hatte.

Ihre Schreie erschütterten meine Knochen.

Sogar als meine Schwester an meiner Stelle das Schlachtfeld betrat.

Gekleidet in *meine* Victrix-Rüstung.

XVII

Ich lag in einem Boot, das auf dem See Sabatinus vor sich hin dümpelte, eine halbe Meile entfernt vom Ludus Achillea, und lauschte dem dumpfen Gebrüll der Menge. Ich tastete nach Cais Hand. Seine Finger schlossen sich um meine, und er warf mir rasch einen Blick zu, seine haselnussbraunen Augen schimmerten in der sternenklaren Nacht. Die Sonne war schon lange untergegangen, aber in der provisorischen Arena vor dem Ludus brannten so viele Fackeln, dass der Himmel im Südwesten in Flammen zu stehen schien.

Trotzdem war ich dankbar, dass es die Nacht vor dem Neumond war. In der allumfassenden Dunkelheit konnte Sorcha sich leichter als ich ausgeben, wenn sie meinen Helm der Siegesgöttin Victoria trug. Und mit etwas Glück würde es uns auch dabei helfen, von der Seeseite in den Ludus Achillea einzudringen.

Es war eine Strategie von Arviragus – er hatte sie mir vorgeschlagen, als ich ihm in Korsika von meinem Plan erzählt hatte, den Ludus zurückzuerobern. Es war etwas, was er in den Wäldern Galliens im Kampf gegen Julius Caesar gelernt hatte: Konzentriere deine Kräfte nie auf nur eine Front. Das war sicherlich keine bahnbrechende neue Strategie. Aber andererseits war Pontius Aquila kein Soldat, und ich konnte nur hoffen, dass er nicht die nötigen strategischen Instinkte besaß, einer zu werden. Angesichts des gewaltigen Spektakels, das wir vor dem Ludus inszenierten, rechnete ich damit – hoffte, betete ich –, dass er seine gesamte oder zumindest den größten Teil seiner Abwehrkräfte aufwenden würde, um mit den brüllenden Tigern fertigzuwerden, die vorne an seinem Tor kratzten.

Und so den leisen, heimtückischen Ratten die Hintertür öffnete.

So weit war alles nach Plan verlaufen.

Nachdem unser Aufgebot an Gladiatorinnen an der Feldarena eingetroffen war, waren wir durch die aufgeregte Menge direkt zum Pavillonzelt marschiert, das Charon für uns am Südende der provisorischen Arena hatte aufstellen lassen – ein Warteraum, wo die Kämpfer sich auf das anstehende Schauspiel vorbereiten konnten, abseits der lärmenden Menge. Sorcha befand sich bereits im Zelt. Sie war schon vor Sonnenaufgang eingetroffen, und wir zwei brachten, ohne viel Worte zu wechseln, unsere Aufgabe hinter uns. Ich hatte mich aus meinem Brustpanzer und meinem Kampfrock geschält, meine Bein- und Armschienen und meinen Helm abgelegt und ihr meine charakteristischen Waffen ausgehändigt – meine Dimachaerus-Schwerter.

Sorcha war nur ein bisschen größer als ich, und wenn sie den Victrix-Helm mit dem Helmbusch aufsetzte, wurde ihr Gesicht größtenteils von dem verzierten Visier verdeckt und niemand würde den Unterschied bemerken. Selbst ich hatte das Gefühl in einen Spiegel zu schauen, als sie den Helm aufsetzte.

Was mich betraf: Ich band meine Haare rasch zu einem behelfsmäßigen Zopf, versteckte ihn unter einem ramponierten Filzhut und legte mir einen unförmigen Sklavenmantel um. Die anderen Achillea-Gladiatorinnen saßen auf Faltstühlen um uns herum und gaben ein prächtiges Bild ab, ausgestattet mit Rüstungen und Waffen, die Charons unglaublicher Reichtum ihnen beschert hatte. Sie würden meine Schwester hinaus ins Feld begleiten, als wäre sie ich. Alle von ihnen, Ajani und Elka mit eingeschlossen, obwohl Letztere bitterlich protestiert hatte. Aber selbst sie hatte zugeben müssen, dass es reichlich seltsam aussehen würde, wenn das »Frostmädchen« – wie Elka anscheinend vom Volk genannt wurde – an Victrix' Seite für den Kampf fehlen würde.

Während also meine Gladiatorenschwestern ehrenhaft an »meiner« Seite kämpften, würden Cai, Quint und ich in Wirklichkeit die Drecksarbeit in unserem doppelten Spiel erledigen.

»Das fühlt sich so seltsam an«, murmelte Sorcha und rutschte meine beiden Schwerter an ihrer Hüfte zurecht, sodass sie bequem saßen. So bequem wie möglich für jemanden, der es nicht gewohnt war, sie zu tragen.

»Lass dich einfach so schnell wie möglich von ihr auf einer Seite entwaffnen, ohne dass es nach Absicht aussieht«, sagte ich. »Und dann hast du all den Vorteil, den du im Kampf brauchst.«

»Vielleicht muss ich sie gar nicht *lassen*«, sagte sie, zog mit der linken Hand ein Schwert und drehte es in der Handfläche – nur ein klein wenig ungeschickt. »Vielleicht fällt mir das verdammte Ding auch einfach runter, wenn ich versuche es zu halten!«

Ich verkniff mir ein gutmütiges Lächeln, weil ich sah, dass Sorcha tatsächlich nervös war – etwas, womit ich nicht gerechnet hätte. Ich vertraute darauf, dass meine legendäre Kriegerschwester sich daran erinnern würde, wer – und was – sie war, wenn sie erst mal im Ring stand, und alles gut gehen würde. Unsere gesamte Strategie hing von diesem Täuschungsmanöver ab. Nyx kannte mich. Sie wusste, wie sie gegen mich kämpfen musste. Sie wusste, wie sie mich schlagen konnte.

Sie erwartete *mich* dort draußen in der Arena.

Und darum würde sie verlieren.

Wenn Sorcha erst einmal anfing, auf *ihre* Art zu kämpfen – so wie sie es sich antrainiert hatte nach ihrem Unfall in der Arena, der ihre Karriere beendet hatte –, würde sie Nyx vernichten. Auf eine Art und Weise, wie ich nie eine Chance hätte, es zu tun. Und während sie das tat, wäre ich damit beschäftigt, den Ludus zurückzuerobern. Genau wie ich es versprochen hatte. Es war an der Zeit, den zweiten Teil des Plans in Gang zu setzen. Ich nickte Cai zu, der eine Hand auf Quints Schulter legte. Sie standen auf und wuchteten sich ihre Legionärsrucksäcke auf den Rücken, die einen schweren, dumpfen Klang von sich gaben, während sie die Gurte an ihren Schultern festzogen.

»Zeit zu gehen«, sagte er.

Quint salutierte vor Sorcha und den Mädchen, aber bevor er das Zelt verlassen konnte, erhob sich Elka und stellte sich vor ihn.

»Benimm dich in dieser Meute junger Amazonen-Wölfinnen«, sagte sie.

»Mach ich.« Quint nickte, ohne nachzudenken. Doch dann erstarrte er und blinzelte sprachlos, als ihm klar wurde, dass Elka tatsächlich mit ihm gesprochen hatte. »Ich … was?«

»Ich mag meine Männer unberührt«, sagte sie und grinste selbst wölfisch, als sie ihn am Kinn packte.

»Un … berührt …«

»Von allen, außer von mir«, fuhr sie fort.

Dann beugte sie sich vor und küsste ihn, mitten auf seinen verblüfft offen stehenden Mund.

Ich biss mir in die Wange, um nicht lauthals loszuprusten, als sie sich wieder hinsetzte und den armen Jungen dort stehen ließ, der aussah, als wäre er angeschossen worden – und zwar nicht mit dem Pfeil von Amor, dem Gott der Liebe, sondern von Diana, der Jagdgöttin. Mit einem ganzen Köcher voll davon.

Bevor die anderen ihn mit ihrem Spott in noch kleinere Stück zerreißen konnten, zog Quint seinen Kopf ein und bahnte sich einen Weg aus dem Zelt. Cai folgte ihm. Ich wartete so lange, wie ich es aushalten konnte, dann umarmte ich meine Schwester, hievte einen leeren Korb auf meine Schulter, um mein Gesicht besser verstecken zu können, und duckte mich selbst aus dem Zelt heraus. Niemand warf einen zweiten Blick auf mich, während ich mir einen Weg durch die Menge bahnte und dem Helmbusch von Cais und Quints Helmen folgte. Niemand vermutete in einer niederen Dienerin Victrix. Als wir am äußeren Rand der Menge angekommen waren, legte ich den Korb ab, und wir drei rannten los, zu einer Straße, die in einem östlichen Bogen zu den prächtigen Villen auf der anderen Seite des Sees Sabatinus führte.

Als wir vor den Toren eines besonders weitläufigen Anwesens angekommen waren, war der muskelbepackte Eunuch, den man für uns gerufen hatte, entsetzt gewesen, dass wir eine Audienz bei Kleopatra verlangten. Zum Glück hatte Sorchas Name mehr Gewicht als meiner. Ich schilderte ihm unsere Lage – so kurz und bündig wie möglich – und der oberste Leibwächter der ägyptischen Königin knurrte und murrte, führte uns aber letztendlich ins Triclinium, wo wir auf ihre königliche Hoheit warten sollten.

Als der Himmel dunkler wurde, begann ich mir Sorgen zu machen, dass unser Plan sich in Luft auflösen würde, sollten wir sie nicht bald zu Gesicht bekommen. Und dann flogen die vergoldeten Türen am anderen Ende des Raums auf und Kleopatra schritt über den Marmorboden, in geflochtenen goldenen Sandalen, die einen wütenden Kampfrhythmus trommelten. Anscheinend juckte es Kleopatra in den Fingern nach einer gesunden Dosis Rache in Sorchas Namen.

»Tot, hat man mir gesagt!«, rief sie wütend. »Als ich meine Dienerinnen zum Ludus schickte, um deine Schwester zu einem Besuch bei mir einzuladen. Getötet in einem Aufstand und durch *deine* Hand, Kleine.«

»Aber Ihr habt ihnen keinen Glauben geschenkt?«, fragte Cai ehrerbietig.

Sie lachte, warf sich auf eine der vergoldeten Liegen und gab uns zu verstehen, dass wir uns ebenfalls setzen sollten. »Lasst es euch von jemandem gesagt sein, der *tatsächlich* versucht hat – und zwar mehr als einmal –, seine Schwester zu ermorden. Nicht eine Sekunde lang.« Sie drehte sich zu mir. »Dazu bist du nicht fähig. Ich weiß, wie sehr du Sorcha liebst. Ich habe sie fast genauso gern. Und darum kannst du alles haben, worum du mich in ihrem Namen bittest.«

»Ein Boot, Eure Hoheit«, sagte ich und rutschte nervös auf die Kante eines geschnitzten Ebenholzstuhls. »Das ist alles. Nur ein Boot, damit wir unbemerkt ans andere Ufer gelangen können.«

»Ein heimlicher Angriff?«, sagte die Königin, beugte sich auf ihrer Liege nach vorne und schwang ihre Füße in den Sandalen zurück auf den Boden. »Aber ihr seid nur zu dritt.«

»Noch mehr von uns sind im Ludus.« Ich erzählte ihr von den Gladiatorenschwestern, die ich zurückgelassen hatte. Und von den Amazonen, die Charon an den Ludus »verkauft« hatte. »Wir müssen nur zu ihnen gelangen und sie befreien.«

»Das klingt aufregend!« Kleopatras große dunkle Augen funkelten gefährlich. »Natürlich könnt ihr meine

Boote benutzen. Nehmt mein Vergnügungsboot, wenn ihr mögt. Und meine Männer – es sind nicht viele und sie sind zum großen Teil fett und faul wie Sennefer hier.« Sie winkte mit einer Hand in Richtung ihres Leibwächter-Eunuchen. »Aber in Caesars Namen heiße ich dieses Abenteuer gut.«

»Na ja … vielleicht weniger Abenteuer als gefährlicher Wahnsinn«, gab ich zu.

»Vielleicht sollte ich mit euch kommen …«

»Auf keinen Fall!«, platzte es aus dem Eunuchen heraus, sein Gesicht war puterrot angelaufen.

Kleopatra verdrehte die Augen. »Sennefer hat keinen Sinn für Abenteuer.«

Vielleicht nicht, dachte ich, aber ich war froh darum. Obwohl Kleopatra wahrscheinlich – nach allem, was ich aus diversen Quellen, unter anderem von Caesar höchstpersönlich, gehört hatte – mehr als in der Lage war, einen Feind durch Gift oder ein unerwartetes Messer in den Rücken während eines Abendessens umzubringen, behagte mir der Gedanke nicht, mich heute Nacht ihres tödlichen Charmes zu bedienen. Was uns erwartete, würde chaotisch und gefährlich sein … und schmutzig. Offen gestanden, wenn ich die Gelegenheit gehabt hätte, Nyx umzubringen, ohne ihr dabei zuerst in die Augen sehen zu müssen, hätte ich sie ergriffen, denn ich wusste, dass sie mir unter denselben Umständen ganz bestimmt nicht erst freundlich auf die Schulter getippt hätte.

Aber das war *mein* Problem. Nicht das der Königin.

Doch Kleopatra lenkte sowieso fast sofort mit einem Schulterzucken ein.

»Er hat allerdings einen Punkt«, fuhr sie fort. »Ich bin die Tochter der Götter und sollte als solche ein derart handfestes Blutvergießen wohl lieber denjenigen überlassen, die in dieser Kunst geübt sind.«

Ich stand auf und verbeugte mich tief, sodass wir uns rasch wieder auf den Weg machen konnten.

»Warte.« Kleopatra hielt mich zurück. »Du hast doch nicht vor, so gekleidet da hinauszugehen, oder?«

»Äh …« Ich sah auf die schlichte Leinentunika und die Sandalen herab, die ich trug. »Meine Rüstung habe ich Sorcha gegeben, damit sie an meiner Stelle kämpfen kann.«

»Nun ja.« Die Königin rümpfte die Nase. »So geht das auf keinen Fall. Sennefer, bring.«

Sennefer verdrehte die Augen, schien aber zu wissen, wovon seine Herrin sprach, auch wenn ich keine Ahnung hatte. Er verließ den Raum durch eine Seitentür, die mit der Szene einer königlichen Jagdgesellschaft bemalt war. Er kehrte mit einer Holztruhe zurück, die er vor meinen Füßen öffnete. Der Anblick, der sich mir bot, ließ mein Kriegerinnenherz sehnsüchtig und entzückt höherschlagen.

Eine Rüstung. Eine *prachtvolle* Rüstung. Einer Königin würdig. Oder einer Cantae-Prinzessin.

»Gelegentlich habe ich deiner Schwester Geschenke zuteilwerden lassen«, sagte Kleopatra und freute sich eindeutig über meine Reaktion. »Aber diesmal habe ich etwas für dich, Fallon ferch Virico. Es sollte ein Geschenk sein – für deinen ersten Kampf unter der Flagge des Novus Ludus Achillea. Was theoretisch wahrscheinlich jetzt ist. Oder sein wird – wenn du gewinnst. Also bitte gewinne. Ich hasse es, Geschenke zu verschwenden.«

Während Cai und Quint mir halfen, meine neue Ausrüstung anzulegen, hatte Kleopatra noch ein Geschenk für mich.

»Es tut mir wirklich leid, dass du und meine liebe Sorcha euch in dem Netz verfangen habt, das für Caesar gesponnen wurde«, sagte sie, während sie sich erhob und zu einer truhenförmigen Schmuckschatulle hinüberging, die auf einem Tisch in der Ecke des Raumes stand. Sie war fast genauso große wie die Truhe in meiner Zelle im Ludus – in der sich alles Wertvolle, was ich besaß, befand. »Und ich weiß«, fuhr sie fort, »dass mein Fürst, wäre er hier, stolz auf dich wäre, Fallon, und auch dankbar. Da er aber *nicht* hier ist, erlaube mir, an seiner Stelle zu handeln.« Sie wühlte für einen Moment und zog einen silber-türkisen Anhänger hervor – den eleganten Kopf einer Löwin. »Das«, lächelte sie, »ist Sachmet. Eine meiner Göttinnen und deiner Göttin Morrigan – wenn ich recht verstanden habe, was deine Schwester mir erzählt hat – sehr ähnlich.«

Die Königin legte mir die Kette um, und ich spürte, wie das kalte Silber sich fast sofort auf meiner Haut erwärmte, als ich den Anhänger unter meine neue Rüstung steckte.

»Sie war eine Gegnerin von Anubis, der mit Dis verwandt ist«, fuhr sie fort. »Sie ist weise, liebevoll und zärtlich … und gnadenlos.«

Ich sah Kleopatra in die Augen und entdeckte ein dunkles, unerbittliches Funkeln darin.

»Jetzt«, sagte sie mit einem furchterregenden Lächeln, »hol dir die Bastarde.«

Sennefer begleitete uns hinunter zu der Anlagestelle am See.

»Du kannst ihr Vergnügungsboot nicht haben«, sagte er.

»Ich brauche ihr Boot nicht«, gab ich ihm recht.

»Und du kannst ihre Soldaten nicht haben.«

»Ich will ihre Soldaten nicht.«

»Gut.« Er machte abrupt halt und sah mich mit ernster Miene an. »Die Königin hat es noch nicht von dieser Seite betrachtet«, sagte er, »aber sie befindet sich in genauso großer Gefahr wie du. Und sie geht von denselben Männern aus. Sie verstecken sich im Schatten, beten dunkle Götter um Macht an, flüstern und planen Intrigen in den Sälen der Politiker und verwenden den Durst des Volkes nach Gladiatoren gegen ihre Herren … und alles zu einem einzigen Zweck. Um Caesar zu stürzen. Das weißt du bereits. Aber wenn sie Erfolg haben, wenn der große General aus dieser luftigen Höhe stürzt, dann wird Kleopatra keine Freunde im Land der Römer haben. Sie hassen Frauen. Sie hassen mächtige Frauen. Und vor allem hassen sie sie.«

Ich dachte kurz darüber nach und wusste, dass er recht hatte. Die Optimaten hielten Kleopatra für eine widerwärtige ausländische Verführerin. Eine barbarische Hure, die zu den falschen Göttern betete und Caesar dazu verleitet hatte, sich selbst für einen dieser Götter zu halten. Zumindest würden sie es so darstellen, sollte es je so weit kommen, dass sie gegen sie vorgingen.

»Pass auf sie auf, Sennefer«, sagte ich. »So gut, wie sie dich lässt.«

Er seufzte. »Das tue ich immer, Herrin. Möge Osiris die Tür zu seinem Reich in der Unterwelt vor dir verriegeln. Solange er kann.«

Er drehte sich um, drückte die Hände von Cai und Quint und überließ uns dann am Ufer uns selbst. An einer weiter entfernt gelegenen Anlegestelle entdeckte ich das Boot, das wir für unsere Naumachie für die Königin benutzt hatten, mit seinem abgesägten Mast, der immer noch in der Mitte des Schiffs emporragte wie der Baumstumpf eines gefällten Baums. Es kam mir vor, als hätten wir dieses alberne Schauspiel erst gestern aufgeführt, aber dem war nicht so. Seitdem schien ein ganzes Leben vergangen zu sein. Leanders Leben. Meriels. Wahrscheinlich waren auch Tanis und Lydia tot. Vielleicht auch eine Handvoll der anderen Mädchen, die in der Nacht damals nicht aus dem Ludus herausgekommen waren.

Wir wählten ein schmales, schlankes Boot, das tief im Wasser lag und dunkelblau angemalt war. Cai und Quint luden ihre Legionärsrucksäcke ein und ich kletterte hinterher, machte mich so klein, wie möglich. Dann stießen wir uns vom Ufer ab, Cai ruderte, so leise er konnte. Die Ruder lagen gut geölt in der Rudergabel, und es war kaum ein Knarzen und Planschen zu hören, während wir über das schwarze Wasser des Sabatinus segelten. Als wir uns dem Ufer näherten, wo die Ludusmauern hochaufragten, kam uns der Lärm der versammelten Menge auf dem Arenafeld wie das Brüllen der Meeresbrandung entgegen. Der dunkle Himmel wurde durch die große Anzahl brennender Fackeln erhellt, die das Schauspiel beleuchteten, das gleich beginnen sollte. Mein Herz schlug wie eine Kriegstrommel in meiner Brust, als der flache Kiel unseres Bootes den sandigen Strand hinaufschabte und wir uns über die Seiten fallen ließen.

Weiter unten, den Küstenstreifen entlang, entdeckte ich das zweite Boot aus unserer Naumachie an einem schmalen Landungssteg vertäut, der sich ins Wasser streckte. Da kam mir der Gedanke, dass wer auch immer Besitzer dieses Bootes war – einer der unverschämt reichen Patrizier, die eine Villa in der Nähe von Kleopatra unterhielten – ein enger Freund von Pontius Aquila sein musste. Und mit großer Wahrscheinlichkeit einer der Söhne von Dis. Ich fragte mich, wie tief unter Rom sich ihre dornigen Wurzeln wirklich erstreckten.

»Wo lang jetzt?«, flüsterte Cai.

Ich winkte Cai und Quint, mir zu folgen, und lief den Strand hinunter. In der hohen, glatten Mauer, die oben mit scharfkantigen Steinen versehen war, gab es nur ein Tor. Aber das war nicht der einzige Weg, der ins Innere führte. So nervtötend er auch gewesen sein mochte, so nützlich hatte Leander sich erwiesen, wenn es um verschlossene Türen ging. Für Nyx und jetzt für mich. Sie hatte ihn benutzt, um aus dem Stadthaus des Ludus Achillea in Rom auszubrechen. Ich war jetzt dankbar, ihn benutzen zu können, um in den Ludus einzubrechen.

»Hier«, flüsterte ich Cai und Quint zu. »Ein in den Fels geschnittener Dienstboteneingang, der hinunter zu den kalten Lagerräumen führt und durch einen Tunnel mit der Küche verbunden ist. Leander hat ihn mir auf Korsika beschrieben.«

Es war das Tor, durch das Thalestris sich – zusammen mit meiner gefangenen Schwester – in dieser schrecklichen Nacht davongestohlen hatte. Wahrscheinlich wusste nicht einmal Nyx darüber Bescheid. Ich betete zu Morrigan, dass sie es nicht wusste. Oder wenn sie es wusste, dass sie Aquila nicht angeraten hatte, dort eine Wache aufzustellen. Nicht, dass das etwas geändert hätte. Es war unser einziger Weg hinein und, Wächter hin oder her, wir würden ihn gehen, denn ich besaß nicht nur Leanders Wissen um die Tür, ich besaß auch seinen Schlüssel. Ich hatte ihm das Lederband, an dem der Schlüssel um seinen Hals gehangen hatte, abgenommen, bevor wir ihn beerdigt hatten.

Ich flüsterte ein leises Dankeschön an seinen Geist und hoffte, dass egal in welches Leben im Jenseits er gegangen war, es ein angenehmes, voller Gelächter und Liebe war – oder wenigstens geprägt durch reichlich Schäkereien. Der Gedanke an Leanders Schatten, der sich durch eine Schar bewundernder weiblicher Geister schmeichelte, brachte ein flüchtiges Lächeln auf mein Gesicht.

Es verging mir in dem Augenblick, in dem ich durch die geöffnete Tür in einen dunklen, grob behauenen Steintunnel trat, der mich viel zu sehr an die Katakomben unter dem Domus Corvinus erinnerte. Sennefer hatte uns ein paar kleine Reiselaternen mitgegeben – Lampen mit dunklen Glasschirmen, die gerade genug unheimliches Licht warfen, damit wir unseren Weg durch die Passage finden konnten, ohne auf dem unebenen Boden zu stolpern und uns den Hals zu brechen. Nach einer Weile, die uns wie eine Stunde erschien, kamen wir endlich auf der anderen Seite in der verlassenen Küche heraus. Hoffentlich würde der Rest der Anlage genauso leer sein und alle Bewohner oben auf der Mauer oder draußen auf dem Arenafeld stehen.

Wir wussten bereits, dass Charons List tatsächlich funktioniert hatte und alle Amazonenmädchen, die er an Pontius Aquila »verkauft« hatte, immer noch im Ludus waren. Nyx war anscheinend sehr erfreut gewesen bei der Aussicht auf eine komplett neue Mannschaft von Mädchen, die sie sich durch Herumschubsen und Prügel unterwerfen konnte. Ich hatte mir überlegt, dass sie sie aller Wahrscheinlichkeit nach irgendwo weggesperrt hatte, wo sie sie im Auge behalten, aber getrennt voneinander unterbringen konnte. Vorausgesetzt, sie hatte irgendetwas daraus gelernt, dass sie die Achillea-Gladiatorinnen alle zusammen auf der Krankenstation eingesperrt hatte, bevor wir geflohen waren.

Meine Vermutung sollte sich als richtig herausstellen – zum Leidwesen des Wächters, den sie am Haupteingang zu den Kasernen der Gladiatorinnen positioniert hatten.

Einmal drinnen, stellten wir fest, dass in dem Flügel, der einst unser Zuhause gewesen war, vor jeder Zellentür Schieberiegel installiert worden waren. An allen Türen bis auf eine. Als ich davor stand, schob ich meine eigene Tür langsam mit einer Fingerspitze auf. Der winzige Raum war leer und genauso wie ich ihn zurückgelassen hatte … bis auf eine Sache. Meine Eidlampe. Ich hatte sie mitten auf mein Bett gestellt, als Botschaft an Nyx. Diese Botschaft war eindeutig angekommen. Und verstanden worden. Von der filigranen Lampe aus buntem Glas war nichts weiter übrig als über den Boden verteilte Splitter. Obwohl eines meiner wertvollsten Besitztümer zerstört worden war, musste ich grimmig lächeln. Leise zog ich die Tür wieder zu und drehte mich zu Cai und Quint um.

»Öffnet die Türen«, flüsterte ich leise. »Lasst sie frei.«

Wir schoben die Riegel einen nach dem anderen beiseite, öffneten die Zellentüren und die Achillea-Mädchen und Charons eingeschmuggelte Amazonen traten in den Flur. Kallista, mein eigensinniges, junges Fischermädchen, zählte kurz ihre Freundinnen durch und atmete erleichtert auf. Ich zählte kurz meine und stellte fest, dass Mädchen fehlten, darunter Lydia und Tanis. Aber als sich die letzte Tür öffnete und Damya herauspolterte, musste ich bei ihrem Anblick fast jubeln. Sie sah abgemagert und blass aus – als hätten sie sie hungern lassen –, aber ihre Augen waren klar und ihr Blick scharf wie geschliffenes Eisen, als sie mich sah.

Bevor ich etwas sagen konnte, war sie schon die gesamte Länge des Flurs hinuntergesprungen und zerquetschte mich in einer Bärenumarmung. »Ich wusste es!«, flüsterte sie stürmisch. »Ich wusste, du würdest zurückkommen.«

»Damya –«

»Tanis, diese dumme Gans. Sie hatte unrecht und ich wusste es!«

»Wo ist sie?«, fragte ich und befreite mich aus ihrer verzweifelten Umarmung. »Tanis?«

Ich befürchtete, sie würde mir gleich mitteilen, dass Tanis tot sei.

»Sie ist bei *ihnen.*« Damya verzog den Mund und spuckte auf den Boden. »Bei ihr – bei Nyx. Hat sich selbst so billig wie möglich verkauft, als wäre sie immer noch eine Sklavin.«

»Was ist mit Lydia?«

Damyas ehrliches, offenes Gesicht versteinerte. »Lydia ist immer noch auf der Krankenstation. Herons sagt, sie sei ›nicht ansprechbar‹, aber ich glaube, nicht einmal er weiß wirklich, was mit ihr nicht stimmt. Sie liegt einfach nur da.«

Bei der Erinnerung wie Nyx' Peitsche die eine Gesichtshälfte des armen Mädchens durchtrennt hatte, zuckte ich zusammen. Vielleicht hatte sie ihr auch ihren Willen ausgepeitscht. Ich warf einen Blick auf die anderen Mädchen des Ludus.

»Noch zwei – Persis und Marcella – sind tot«, sagte Damya.

Ich fühlte, wie sich mein Herz verkrampfte. »Was ist passiert?«

»Nyx wurde langweilig, während sie darauf wartete, dass Aquila anfängt uns zu töten. Also hat sie die beiden eines Abends mit einem der Dis-Gladiatoren in den Ring geworfen.« Damya schüttelte schaudernd den Kopf. »Er war fast dreimal so groß wie sie, und man konnte sehen, dass er genauso wenig kämpfen wollte wie sie. Aber er wollte auch nicht sterben.«

Ich schloss meine Augen vor Wut und Trauer.

»Die Mädchen haben der Herrin Achillea alle Ehre gemacht«, fuhr sie fort. »Dieser Gladiator wird lernen müssen, ein Schwert ohne seinen Daumen zu halten. Und man wird ihn nicht mehr auffordern, reiche römische Frauen in ihren Schlafzimmern zu unterhalten.«

»Gut für die beiden«, sagte ich und erstickte fast an einem Lachen, das halb Weinen war.

»Ja.« Sie nickte. »*Das* war Marcellas letzter Schwerthieb, aber er war einer Achillea-Gladiatorin würdig. Er hat sie niedergestochen, bevor sie noch einmal Luft holen konnte. Sie haben ihre Leichen zur Bestattung davongeschleift, und das war das letzte Mal, dass ich sie gesehen habe.«

Zur Bestattung. Ich betete zu Morrigan, dass das wirklich ihr Ende gewesen war. So boshaft Nyx auch sein mochte, ich konnte mir kaum vorstellen, dass sie bei den grotesken Opferritualen der Söhne von Dis mitmachen würde. Mich schauderte. Und dann fing ich Feuer.

In meinem Herzen loderten plötzlich wütende Flammen. Das. *Das* wäre das Schicksal, dem Aquila auch meine Schwestern anheimgeben würde, dachte ich. *Das* war der Grund, warum wir ihn aufhalten würden. Ihn töten. Und Männer wie ihn …

Männer wie Cais Vater.

Ich wandte meinen Blick von Damya ab und stellte fest, dass Cai mich fixierte, in seinen hellen haselnussbraunen Augen standen Sturmwolken. Ich wusste, dass er meine Gedanken lesen konnte, und mir wurde schwer ums Herz für ihn. Ich fragte mich, ob er mir jemals würde vergeben können für das, was wir gleich tun würden. Aber während er mich ansah, verhärtete sich sein Mund zu einem unerbittlichen Strich. Er nickte einmal kurz und dann bedeutete er mir vorauszugehen.

Wenn doch nur sein Vater meine Gedanken nicht so gut hätte lesen können wie sein Sohn. Aber als wir in den Hof hinaustraten, schien genau das passiert zu sein. Trotz unserer ganzen List und Tücke … trotz all der Ablenkung durch das Spektakel draußen vor den Mauern des Ludus, hatte Senator Varro uns anscheinend trotzdem erwartet. Denn dort stand er, in schwarzer Lederrüstung, mit einem Schwert in der Hand. Und einem Haufen Dis-Gladiatoren im Rücken.

XVIII

Wusste ich doch, dass etwas faul war.« Ein selbstzufriedenes Grinsen breitete sich auf Senator Varros Gesicht aus. »Weißt du, Fallon, *du* … hast nie gekämpft, als würdest du Zeit schinden wollen.«

Er wusste es. Seine scharfen Soldatenaugen hatten ihm gesagt, dass nicht ich dort draußen in der Rüstung der Victrix kämpfte.

»Haltet sie hier fest«, sagte er zu seinen Wächtern. »Oder tötet sie.« Sein Blick zuckte zu Cai und dann wieder weg.

Er machte kehrt, marschierte davon und seine Männer verschwendeten keine Zeit mit unnützem Geplauder, sondern gingen sofort zum Angriff über. Cai parierte, warf den ersten Mann zur Seite und blaffte ein kurzes »Lauf!« über seine Schulter. Dann begannen er und die anderen einen Weg für mich freizuschlagen.

Ich fluchte und trat dem Dis-Kämpfer, den ich zu Boden geworfen hatte, mit meinem Absatz ins Gesicht. Er erschlaffte, und ich sprang über ihn hinweg, rannte dem Senator hinterher. Wenn er es schaffte, zu Aquila zu gelangen, dann war alles verloren. Alles.

Hals über Kopf sprintete ich über den Fußweg in einen kleinen Stallhof – und bekam den Schaft einer Heugabel in den Magen. Keuchend ging ich zu Boden und meine Schwerter fielen mir aus der Hand. Er hatte mir aufgelauert, mich von den anderen weggelockt und sich wartend hinter einer Wand versteckt.

Er bückte sich und hob mich hoch. An meinem Hals.

Varros Finger legten sich enger um meine Kehle, drückten zu. Glühend heiße Tränen liefen mir die Wangen herab, während ich gegen ihn ankämpfte, an den Muskelsträngen an seinen Handgelenken kratzte, während meine Füße hilflos in der Luft strampelten, als er mich vom Boden hob. Das Blut rauschte in meinen Ohren, während ich vergeblich versuchte zu atmen.

»Ich habe gegen Spartakus und seine verfluchten Rebellen gekämpft, Mädchen«, zischte Varro. »Meine Legionen haben sie niedergemäht wie Weizenhalme auf dem Feld. Du bist nichts gegen die Macht Roms …«

»*Vater*!«, hörte ich Cai außer Atem brüllen. »*Lass sie los!*«

Aber Varro war zu sehr damit beschäftigt, das Leben aus mir herauszuwringen, als dass er den Schrei seines Sohnes auch nur gehört hätte. Er schien erst zu bemerken, dass wir nicht mehr alleine im Stallhof waren, als Cai ihn mit der Schulter rammte und den Senator aus dem Gleichgewicht brachte. Mit einem wütenden Fauchen ob der Störung drehte Varro sich um und warf mich durch die Luft. Ich prallte an Cais Brustpanzer ab und landete als keuchender Haufen auf dem Boden. Es fühlte sich an, als wäre mir mein Kopf halb abgerissen worden. Die Luft, die ich in meine Lunge sog, brannte in meiner wunden Kehle, ich stemmte mich auf alle viere und würgte heißen Speichel hoch, der vor mir auf den Boden tropfte. Die Ränder meines Sichtfeldes waren rötlich grau gefärbt.

Ich versuchte, Cais Namen zu rufen, aber ich brachte nur ein krächzendes Knurren hervor. Als ich meinen Kopf hob, sah ich durch meinen Tränenschleier, dass er vor mir stand, breitbeinig, in jeder Hand ein Schwert.

»Du kämpfst sogar wie einer von ihnen«, höhnte Varro. »Wie ein dreckiger Gladiator. Ein echter Legionärsoffizier würde sich schämen.«

»Wenn so etwas wie du als echter Legionärsoffizier durchgeht, dann würde ich mich schämen, diesen Titel zu tragen«, sagte Cai mit vor bitterer Enttäuschung und Trauer verzerrtem Gesicht. In seinen Augen sah ich, wie der Rest von Liebe, den er für seinen Vater noch empfunden hatte, in diesem Augenblick erlosch.

»Du enttäuschst mich, Caius. Deine Ergebenheit diesem Möchtegernkaiser und seinen Gladiatoren-Huren gegenüber hat dir den Verstand vernebelt.«

»Du warst derjenige, der für meinen Posten als Decurio bei Caesar vorgesprochen hat!«

»Damit du dich aus erster Hand davon überzeugen kannst, was für ein Monster er ist.«

»Caesar verspeist nicht die Herzen seiner Krieger!«

»Nein, er verwandelt sie nur in nutzlose Haufen zitternden, ängstlichen Fleisches.« Varro zog das Schwert, das von seinem Gürtel hing, und trat einen Schritt nach vorn. »Geh mir aus dem Weg, Caius.«

»Du weißt, dass ich das nicht tun werde.«

»Dann wirst du sterben.«

Cais Vater war einen Kopf größer als sein Sohn und obwohl er sich vom Legionärsdienst zur Ruhe gesetzt hatte, als Cai geboren worden war, hatte er eindeutig nichts von seiner Kraft oder seinem Geschick im Umgang mit dem Schwert eingebüßt. Aber er hatte auch eindeutig noch nie zuvor gegen einen Gladiator gekämpft. Cai hatte das. Mit zwei Schwertern, als Dimachaerus, und zwar damit er mit mir trainieren konnte.

Auf dem Schiff und auf Korsika hatte ich gelernt, dass ein Legionär darauf trainiert war, automatisch und ohne nachzudenken seine Angriffs- und Verteidigungsmechanismen abzurufen. Arenavolk war darauf trainiert, im Stehen zu denken. Zu improvisieren und sich anzupassen. Varro mochte es für eine Schwäche halten, mit solch einem Mangel an Disziplin zu kämpfen. Ich wusste, dass es in manchen Situationen eine Stärke war. Cai wusste das auch. Er wusste das so gut, dass sein Vater nie damit gerechnet hatte, dass, während eines von Cais Schwertern einen heftigen Schlag abwehrte, das andere den seitlichen Spalt an seinem Brustpanzer fand.

Entsetzt sah ich zu, wie Cai, ohne auch nur einen Moment zu zögern, seine Klinge zwischen die Rippen seines Vaters stach. Bis zum Schaft. Varro riss die Augen auf und sein Mund klappte in einem lautlosen Keuchen auf. Das Schwert fiel ihm aus der Hand und er streckte sie nach dem Gesicht seines Sohnes aus.

»Mein Sohn …«, murmelte er, und seine Augen umwölkten sich.

»Du hast keinen Sohn«, sagte Cai durch zusammengepresste Zähne hindurch, sein Gesicht in einer Furcht einflößenden Grimasse verzogen. »Ich sage mich von dir los, von deinem Namen und deinem Blut. Für dich werde ich die Rituale nicht vollziehen, alter Mann. Ich werde keine Münzen für den Fährmann auf deine Augen legen. Du wirst in den Hades fahren, ohne Aussicht, ohne Vermächtnis und ohne Hoffnung je durch die Felder Elysiums an der Seite des Schattens meiner Mutter zu wandeln.«

Varro stieß einen wortlosen, erstickten Protestlaut aus, als Cai ihn von sich schubste und dann mit dem rot tropfenden Schwert in seiner linken Hand da stand und ungerührt zusah, wie der Körper seines Vaters zu Boden sackte. Als Cai sich zu mir drehte, stand keine Traurigkeit in seinen Augen. Keine Reue mehr oder Schmerz. Nur eine langsam verebbende Wut.

»Fallon …«

Er kam zu mir, fiel auf die Knie und packte mich an den Schultern.

»Fallon, kannst du reden? Geht es dir gut?«

Ich nickte, immer noch würgend und nach Luft schnappend. Die dunklen Flecken am Rande meines Sichtfeldes erweckten den Eindruck, als würde ich durch ein Portal zu ihm hoch schauen, und ich konnte immer noch nicht sprechen. Aber ich konnte aufstehen. Und ich konnte kämpfen.

»Gib … gib mir meine Schwerter, Cai«, brachte ich endlich in einem hässlichen Krächzen hervor, als ich mich mit seiner Hilfe aufrappelte. Ich spürte immer noch die Hände seines Vaters um meine Kehle, wie sie das Leben aus mir herauspressten. »Ich werde es zu Ende bringen.«

»Wir werden es gemeinsam zu Ende bringen«, sagte er.

Er zog mich näher an sich, beugte sein Kopf zu mir und küsste mich hart auf den Mund. Dann, ohne den Leichnam auf dem Boden eines zweiten Blickes zu würdigen, holte er meine Schwerter, wo ich sie hatte fallen lassen, als Varro mich mit der Heugabel aufgehalten hatte. Er reichte sie mir und gemeinsam gingen wir zum Haupttor des Ludus.

Ließen seinen Vater und dessen Hass weit hinter uns.

Wir gingen dorthin zurück, wo Quint und Kallista mit den anderen warteten.

»Was ist mit Varros Männern passiert?«, fragte ich.

Quint schnaubte. »Es scheint, als wären diese Mädchen hier tatsächlich versessen auf einen Kampf gewesen«, sagte er. »Alle von ihnen.«

Damya grinste. »Sie gefallen mir«, sagte sie. »Wo hast du sie aufgetrieben?«

»Das erzähle ich dir, wenn wir hier fertig sind«, sagte ich. »Gehen wir.«

Leise und schnell liefen wir zum Haupthof der Anlage.

Dort bereiteten wir uns auf den, wie ich hoffte, letzten Akt in diesem Drama vor. Der Klang klirrender Waffen driftete über die Mauern, aber die Gladiatorenschule lag fast komplett verlassen da. Pontius Aquila hatte all seine Kämpfer ausrücken lassen, und er selbst saß unter einem von Fackeln erleuchteten Sonnensegel, hoch oben auf einer eigens errichteten Plattform, die über den Wachgang auf der Ludusmauer hinausragte. Die Plattform war derart geschmückt, dass man es niemandem hätte verübeln können, der glaubte, dass Caesar höchstpersönlich dort saß. Sogar aus dieser Entfernung konnte ich erkennen, dass Aquila umgeben war von einer Menge einfältiger, kriecherischer Männer, die in wallende Togen gekleidet waren und flankiert wurden von bewaffneten Wächtern, die von Kopf bis Fuß Schwarz trugen. Ihre kollektive Aufmerksamkeit war auf den Kampf gerichtet, der unter ihnen stattfand. Ich blinzelte gegen die verblassenden Flecken an, die mir immer noch die Sicht vernebelten und sah, dass auch Aeddan dort oben an einer Seite stand, gekleidet in die schwarze Tracht der Dis-Krieger. Aquila vertraute ihm eindeutig. Ich fragte mich, wie Aeddan es aushielt, so nah bei diesem Mann zu stehen.

Noch mehr fragte ich mich, wie Tanis das über sich brachte.

Dort stand sie, Bogen in der Hand und Köcher auf ihrem Rücken, in schwarze Rüstung gekleidet. Eine Welle bitterer Enttäuschung überrollte mich. Sie war tatsächlich für uns verloren und ihr Verrat am Ludus war meine Schuld. Ich hatte sie enttäuscht.

Die anderen würde ich nicht enttäuschen.

Ich warf einen Blick über die Schulter und sah, dass Damya und die Achillea-Mädchen sich hinter Cai aufgestellt hatten und die Amazonen hinter Quint. Vor uns lag der Haupthof offen unter dem Himmel, und nichts und niemand stellte sich zwischen uns und das Tor, das an diesem Abend weit offen stand und von Aquilas Arroganz zeugte. Andererseits, wie viel Arroganz steckte wirklich dahinter, wenn seine Truppen uns zahlenmäßig so deutlich überlegen waren?

Oder zumindest dachte er das.

Ich war mir außerdem ziemlich sicher, dass Aquila davon ausging, dass in dem Augenblick, in dem »Victrix« durch die gefährliche Kombination aus Nyx' brutalem Angriff und dem Schierling, mit dem Varro mich angeblich vergiftet hatte, eine Niederlage erlitt, die Achillea-Kriegerinnen den Mut verlieren und entweder aus der Arena fliehen oder niedergemäht werden würden wie Getreidehalme von einer Sense.

Doch er sollte enttäuscht werden.

Und Nyx würde diejenige sein, die wankte. *Das* schwor ich bei Morrigan.

Ich gab Cai und Quint ein Zeichen und zusammen rückten wir aus. Im Schutze der Schatten unterhalb der Mauer führte ich meinen Trupp geheimer Kämpferinnen zu dem offenen, uns willkommen heißenden Tor. Ich gab ihnen ein Zeichen zu warten und spähte durch den Spalt zwischen den großen Eichentüren und ihren riesigen Bronzescharnieren hindurch.

Nyx stand mit dem Rücken zum Ludus. Der Zeitpunkt hätte nicht günstiger sein können.

Ich trat in den leeren Torbogen.

Die Kriegerinnen hinter mir folgten.

Sorcha sah uns dort stehen, umrahmt von dem gähnenden Maul des Tores, wie Morrigans persönliche Kriegerschar, befreit von unseren Fesseln im Land der Seligen Toten und ausgeschickt, um die Rache der Göttin an den Unwürdigen zu vollziehen. In diesem Augenblick hob Sorcha ihr Schwert und wich zurück. Wahrscheinlich war Nyx inzwischen wütend und frustriert, weil sie »mich« noch nicht hatte töten können, und dieses Manöver musste sie noch mehr verwirrt haben. Da war sie nicht die Einzige.

Die Menge verlieh ihrer Verwirrung und ihrem Unmut gleich gemeinsam mit ihr Ausdruck.

»Komm schon, verdammt noch mal!«, brüllte Nyx über das einschüchternde Stimmengewirr hinweg.

Und da öffnete Sorcha die Schnalle an der Seite ihres Helmes. Sie nahm ihn ab, und Nyx stolperte rückwärts, als hätte sie einen Geist gesehen. Wahrscheinlich glaubte sie das auch. Denn soweit *sie* wusste, hatte Thalestris Sorcha schon vor Tagen umgebracht, im Schein des Vollmonds und umgeben von ihrem Stamm aus Kriegerfrauen.

Die Menge auf der Tribüne wusste von all dem nichts.

Trotzdem schnappte sie nach Luft und brüllte vor Wut, als sie begriff, dass gar nicht ich unter diesem Helm gewesen war. Eine verwirrte Stille folgte und dann ein immer lauter werdendes Gemurmel, das sich über die Tribünen ausbreitete wie ein Wildfeuer, als die Menge begriff, wer es gewesen *war*. Viele von ihnen – die *meis-*

ten von ihnen, so wie es klang – erinnerten sich immer noch an die ehrenwerte Achillea aus ihren Tagen in der Arena. Die Menge war begeistert. Ihre Jubelrufe ohrenbetäubend.

Aber etwas in Nyx zerbrach in diesem Moment.

Ich sah zu, wie sie vor Sorcha zurückwich und den Kopf schüttelte.

»Nein!«, schrie sie. »*Nein*! So war das nicht geplant …«

»Du enttäuschst mich, Nyx«, rief Sorcha ihr zu, ihre Stimme hallte durch die Arena und brachte das Jubeln der Menge zum Schweigen. In Erwartung dessen, was nun kommen würde, hielten alle ihren Atem an. »Aber andererseits hast du das stets.«

»Gegen *dich* kämpfe ich nicht!« Nyx' Gesicht war vor Wut und Qual zu einer Grimasse verzerrt. »Ich werde nicht …«

Der Speer, der aus dem Nichts kam, senkte sich im Flug. Sorcha hörte ihn gerade noch rechtzeitig, um Nyx mit einem Sprung niederzureißen, als der Speerwerfer – ganz in Schwarz gekleidet, wie der Rest von Aquilas Kämpfern – nach vorn trat.

Thalestris.

Sorcha rollte sich von Nyx weg, die keuchend und atemlos – aber lebendig – unter ihr lag, und sprang auf die Füße.

»Wenn du zu schwach bist, diesen Kampf zu Ende zu bringen, Gladiole«, rief Thalestris mit rabenkrächzender Stimme Nyx zu, »kann ich dir versichern, dass ich das nicht bin.«

Cai stieß mich gegen die Schulter. »Du hast gesagt, dass sie zurückkommen wird. Du hast recht gehabt.«

»Ich hasse es, wenn ich recht habe.«

Und was ich noch mehr hasste, war, dass während Nyx keine Ahnung hatte, wie sie Sorcha in einem Kampf besiegen sollte, Thalestris – der Erste Speer meiner Schwester, die Frau, die ihr dabei geholfen hatte, ihren einzigartigen Stil zu entwickeln – das ganz genau wusste. Mein Hass wurde nur dadurch gemildert, dass ich tatsächlich halb damit gerechnet hatte, dass diese in Ungnade gefallene Amazone heute Abend hier auftauchen würde. Und *darum* hatte ich einen Willkommensgruß für sie vorbereitet.

Ich würde Feuer mit Feuer bekämpfen.

Mit einer Menge Feuer.

»Ajani!«, schrie ich. Aber meine Stimme, heiser von Varros verheerendem Würgen, ging im Lärm der Menge unter. Quint legte eine Hand auf meine Schulter und blies stattdessen ein ohrenbetäubendes Signal auf seiner Trillerpfeife. Ich schwenkte meine Hände über dem Kopf und schrie: »*Jetzt!*«

Draußen in der Feldarena hatte Ajani auf mein Signal gewartet, spannte ihren Bogen, wölbte ihren Rücken nach hinten und zielte auf die Sterne. Dann ließ sie los und schoss einen flammenden Pfeil in hohem Bogen in den Himmel. Er hing dort am höchsten Punkt seiner Flugkurve, als wäre er selbst ein gleißender Stern … bevor er nach unten segelte, um sich genau zwischen meine Füße in den Boden zu bohren. Dort blieb das Geschoss, immer noch brennend, stecken und meine

Amazonentruppe rannte vorwärts – jede von ihnen jetzt ausgestattet mit einer der Feuerketten, die Cai und Quint in ihren Legionärsrucksäcken mitgebracht hatten.

Kallista und ihre Schwestern versammelten sich um Ajanis Pfeil und steckten ihre Käfigkugeln in Brand. Dann strömten sie vom Ludustor hinaus auf das Schlachtfeld und schwangen ihre Flammenwaffen in großen brüllenden Kreisen über ihren Köpfen. Das Erscheinen von feuerschwingenden Amazonen versetzte die Menge auf der Tribüne in einen wahren Blutrausch, während die Mädchen aus der Gladiatorenschule, die nach den Amazonen benannt worden war, sich jetzt *echten* Amazonen stellen mussten.

Bei unserem Anblick stießen die Achillea-Gladiatorinnen, die mich nach Korsika begleitet hatten, einen Kriegsschrei der Cantae aus und warfen sich mit neuem Schwung ins Gefecht. Jede einzelne von ihnen – und ein kurzer Blick auf Elka, die sich mit ihrem Speer inmitten des Getümmels einen Kreis freigeschlagen hatte – tat meinem Herzen genauso gut wie bestimmt auch Quints. Er und Cai verschwendeten keine Zeit, und ich überließ sie dem Kampfgeschehen und wandte mich dem Rest zu.

Durch unser Eintreffen war neues Chaos in der provisorischen Arena ausgebrochen.

Ich sah Thalassa und Kore Rücken an Rücken kämpfen, als wären sie Partner in einem Tanz. Hestia hieb mit ihrer Sica-Klinge eine Schneise durch eine Gruppe Dis-Wächter und Gratia kämpfte mit einer Amazona-Gladiatorin, die größer als sie war. Ajani schoss für diejenigen, die es brauchten, einen Schutzschild aus Feuerpfeilen, und Antonia schwang mit vernichtender Anmut die sichelförmige Klinge, die fast zu einem Teil von ihr geworden war. Egal, wo die Menge hinsah, überall konnte sie ihre Sensationsgier stillen. In der Mitte des Rings aus sich schlagenden Kämpferinnen befand sich ein breiter leerer Raum – eine Arena in der Arena, wo Sorcha und Thalestris grimmig gegeneinander kämpften.

Ich eilte zu meiner Schwester, damit wir all dem Wahnsinn, den Nyx und Thalestris ins Leben gerufen hatten, zusammen ein Ende bereiten konnten.

»Du bist schwach, Sorcha«, hörte ich Thalestris mit giftiger Stimme spotten. »Lahm, alt und halb blind …«

»Meine einzige Schwäche war, dir zu vertrauen, Thalestris«, antwortete Sorcha. »Blind war ich, weil ich dachte, du wärst es wert.«

Die Amazone fauchte. »Du warst nie die Kriegerin, für die sie dich gehalten haben.«

Sorcha drehte sich nach links, um diese Seite vor Angriffen zu schützen.

»Du hast recht«, sagte sie. »Ich war nie Achillea. Ich war Sorcha von den Cantae. Und es ist allerhöchste Zeit, dass ich mir diesen Namen zurückerobere. Und meine Stellung.«

Als ich diese Worte hörte, quoll mein Herz über vor Freude, aber es würde nicht einfach für sie werden. Sorcha behauptete sich tapfer, aber sie machte keinen Boden gut. Dafür waren sie einander als Gegnerinnen zu ebenbürtig.

Ich hatte die Absicht diese empfindliche Balance zu stören.

Ich umkreiste Thalestris, bis ich seitlich von ihr stand, doch sie ließ sich in ihrer Konzentration auf Sorcha nicht stören. Stattdessen kickte sie ein auf den Boden geworfenes Retiariusnetz mit dem Fuß hoch und hielt mich damit in Schach, während sie weiterhin mit einer Hand ihren Speer schwang, als wäre er eine Verlängerung ihres Arms. Ich versuchte mich in Angriffs- und Täuschungsmanövern, suchte nach irgendeiner Lücke in ihrer Verteidigung, aber Thalestris hatte keine. Die Menge johlte und schrie, drängte uns, Blut zu vergießen, aber für sie war ich nichts weiter als ein lästiges Ärgernis. Eine summende Fliege. Kaum der Rede wert.

Also machte ich mich stattdessen zum Opfer.

Beim nächsten Mal, als sie mit ihrem Netz um sich schlug, sorgte ich dafür, dass sich meine Schwerter – beide – in den verknoteten Seilen verfingen. Ein tödlicher Fehler einer jungen Kämpferin. Einer Gladiole … Thalestris war das gewohnt, und sie stürzte sich auf meine Verwundbarkeit mit gebleckten Zähnen und triumphierender Miene, indem sie das Netz nach vorne riss. Ich ließ zu, dass sie mich aus dem Gleichgewicht brachte. In Reichweite ihres Speers zog. Die provisorischen Tribünen donnerten und bebten, als die Menge wie verrückt brüllte und mit den Füßen stampfte.

Ich betete zu Morrigan, dass meine Schwester meine Absicht erkannt hatte …

Dass sie schnell genug sein würde …

Sie war meine brillante Kriegerschwester. Und sie enttäuschte mich nicht.

Ich war Thalestris ausgeliefert. Aber in der Millisekunde, als sie mit ihrem Speer ausholte, ließ sie eine Lücke. Und zwar auf ihrer Abwehrseite – eine Öffnung, die die meisten Kämpfer nicht hätten ausnutzen können –, aber in ihrem Drang mein Leben zu beenden, vergaß sie kurz, wer ihre andere Gegnerin war.

Die ehrenwerte Achillea. Sorcha von den Cantae.

Sie sprang vorwärts, auf ihre leicht schiefe Art, und fiel auf ein Knie. Sorcha riss ihre Klinge seitwärts hoch … und bohrte sie in den Spalt unter Thalestris' Arm, in dem Moment, in dem sie mir meine Schwerter entriss. Thalestris' Körper bog sich durch wie Ajanis Bogen, krümmte sich weg von dem Hieb.

Auf einmal verstummte die Menge.

Alle anderen Kämpfer auf dem Feld erstarrten.

»Wenn du deine Schwester im Jenseits triffst«, sagte Sorcha durch gebleckte Zähne, »kannst du ihr sagen, dass ich auch dich besiegt habe. Ich und *meine* Schwester.«

Thalestris war tot, bevor sie auf dem Boden aufschlug.

Als ich die Furie in meinem allerersten Kampf getötet hatte, war ihr Blick sanfter geworden, ihre Lippen hatten sich zu einem Lächeln verzogen und eine lebenslange Wut war aus ihr entwichen. Mit ihrem letzten Atemzug hatte sie Frieden gefunden. Thalestris starb und klammerte sich dabei an die Wut und den Hass in ihrer Seele. Trotzig bis zum Schluss wollte sie ihrer Rache nicht abschwören, nicht einmal, als sie in eine andere Welt überging. Ihr Gesicht erstarrte – wie eine von Varros Totenmasken – in einer boshaften Grimasse. Eine Miene, die sie für alle Ewigkeit im Land jenseits des Todes tragen würde. Ich brachte es nicht einmal über mich, dafür zu beten, dass sie Frieden fand.

Aber endlich war es vorbei. Für Sorcha. Und ich hatte gedacht, für mich auch.

Sie bückte sich, um meine Schwerter aufzuheben, ich zog mir den Helm vom Kopf und die Menge jubelte wie wild. Ein Jubeln, das sich in ein entsetztes Keuchen verwandelte, als ein Flammenball direkt neben mir in den Boden krachte. Ich duckte mich instinktiv weg, als ein Komet aus Hitze und Rauch an meinem Kopf vorbeizischte. Meine Schulter krachte auf den Boden und ich rollte mich herum, sprang wieder auf die Füße und entdeckte Nyx, die mit einer der schwelenden Feuerketten der Amazonen in der Faust vor mir stand. Irgendwie hatte ich es geschafft, eine der wichtigsten Lektionen zu vergessen, die Sorcha mir als Kind beigebracht hatte.

Denk immer an deine Deckung, bis du das Schlachtfeld verlassen hast.

Und ich war definitiv noch auf dem Feld.

Meine Schwester warf mir meine Schwerter zu, und ich nickte ihr zu, dass sie sich zurückziehen sollte.

Das hier musste mein Kampf sein, und zwar meiner allein. Die Menge würde nichts anderes dulden. Das war Nyx eindeutig ganz recht. Vielleicht hatte sie nicht gegen Sorcha kämpfen wollen, aber bei mir hatte sie – wenig überraschend – keinen solchen Skrupel. Ich fühlte, wie sich mein Magen in böser Vorahnung verkrampfte. Nyx' Kunstfertigkeit mit ihrer Peitsche war jedes Mal, wenn ich gegen sie gekämpft hatte, mein

Untergang gewesen. Wo ich sie jetzt so sah, mit einer Version derselben Peitsche, die einer Kriegsgöttin würdig gewesen wäre – einer Peitsche aus reinem Metall und *brennend* – hätte ich mich am liebsten umgedreht und wäre weggelaufen.

Und dann kam mir ein Gedanke.

Genau wie Sorcha musste ich gegen Nyx nicht so kämpfen wie ich immer gegen sie gekämpft hatte.

Es gab keine Regeln. Keine Schiedsrichter. Nichts, was mir eine bestimmte Waffe vorschrieb. Nichts, außer meinen eigenen Entscheidungen. Der Rest der Arena war verstummt; alle anderen Kämpfe waren zum Erliegen gekommen. Alle Augen waren auf mich und Nyx gerichtet. Hoch oben auf der Ludusmauer, unter seinem fransigen Sonnensegel, war Pontius Aquilas Gesicht weiß und starr. Seine Hände umklammerten das Geländer vor ihm, als er sich vorbeugte und mich ansah aus Augen wie Schattenpfützen, die drohten größer zu werden und mich im Ganzen zu verschlingen.

Fast konnte ich spüren, wie er sich auf meinen Tod freute.

Nicht heute Nacht, Tribun, dachte ich. *Für Euch niemals.*

Mit meinen beiden Schwertern salutierte ich vor Nyx und der Menge.

Dann steckte ich das Schwert, das ich in der linken Hand hielt, in seine Scheide.

Nyx grinste mich höhnisch an, als ich mich bückte, um einen Schild aufzuheben, der auf dem Boden lag. Nyx hatte mich noch nie eins im Kampf verwenden sehen. Was hieß, dass sie auch nicht wusste, womit sie zu rechnen hatte.

»Dann los«, sagte ich und stellte mich in Position. »Bringen wir es zu Ende.«

Der flammende Käfig von Nyx' Feuerkette krachte auf meinen Schild und eine Flammenblüte leckte um den Rand herum. Ich spürte die Hitze, war aber unversehrt, als sie erneut ausholte und wieder angriff. Und wieder. Alles, was ich tun musste, war vorauszusehen, aus welchem Winkel sie mich angreifen würde, und sie abwehren. Ich weiß nicht, ob ich es ohne die vielen Trainingsstunden auf dem Schiff geschafft hätte. Aber ich erinnerte mich an die Befehle, die Cai den Mädchen zugebrüllt hatte, und an Quints Pfeifenkommandos. Ich blieb in Bewegung. Schultern eingezogen und gerade. Kopf nach unten …

Der Feuerkäfig übte am Ende der Kette einen stärkeren Zug aus, als Nyx ihn gewohnt war. Sonst war ihre Peitsche eine geschmeidige Waffe, ihre Spitze wie die Zunge einer wilden Schlange. Die Feuerkette handhabte sie mehr wie einen Knüppel. Als ich sah, wie sie zu einem ihrer typischen Angriffsmanöver ausholte, war ich am Zug. Als der Feuerkäfig aufschlug, schleifte er etwas länger über den Boden, als Nyx es gewohnt war. Mit einem Satz war ich bei ihm und hieb den Käfig mit meinem Schild in den Boden. Die Flamme erlosch und die Kette spannte sich zwischen uns. Mit einem lauten Schrei hieb ich mit meinem Schwert auf die Metallglieder. Sie zerbrachen in scharfkantige Splitter.

Und die Klinge meines Eidschwertes brach mit ihnen.

Ich stieß einen ungläubigen Schrei aus, der von der Menge zurückgeworfen wurde.

Mein Schild steckte mit der Kante tief im Boden fest, sodass Nyx triumphierend fauchte, mit der restlichen Länge der Kette ausholte und auf meinen schutzlosen Schädel zielte. In ihrer Begeisterung, mein Hirn in alle Richtungen spritzen zu lassen, schien sie allerdings vergessen zu haben, dass ich ein zweites Schwert besaß. Und sie kümmerte sich nicht um ihre Deckung.

Versteckt hinter meinem Schild glitt meine zweite Klinge aus ihrer Scheide …

Sie stürzte sich auf mich und ich bohrte sie ihr zwischen die Rippen.

Genauso wie sie einst ihr Messer zwischen meine gebohrt hatte.

»Du kannst dich glücklich schätzen, Nyx«, sagte ich leise, als sie mit ungläubigem Gesichtsausdruck langsam vor mir zu Boden sank. »Ich werde zusehen, dass du das Begräbnis erhältst, das du verdienst. Aber ich werde deine dunklen Herren nicht dein Herz verspeisen lassen.«

Das Gebrüll der Menge war ohrenbetäubend.

Es füllte meinen Kopf und ließ den Boden unter meinen Füßen erzittern.

Es übertönte das Sirren des Pfeils.

Der Schaft traf mich direkt an der linken Seite meiner Brust, über meinem Herz, und zog mir die Beine weg. Durch einen Schmerzensschleier blickte ich auf und entdeckte Tanis, die Bogenschützin, einen weiteren Pfeil aus ihrem Köcher ziehen und ihn in ihren Bogen spannen. Hätte ich meine übliche Rüstung getragen, wäre ich jetzt tot. Aber der Brustpanzer, den Kleopatra mir gegeben hatte, war – wenig überraschend – reich dekoriert mit mehrschichtigen Metallarbeiten und gefertigt aus feinster dicker Bullenhaut. Er bekam eine Delle durch den Aufprall, und ich fühlte mich, als hätte mich ein Stein von einem Katapult getroffen, aber ich war am Leben.

Vielleicht nicht durchbohrt, aber unfähig mich zu bewegen.

Ich sah noch hilflos nach oben, als Tanis mich über ihren Pfeilschaft hinweg ins Visier nahm. Ich schloss die Augen. Betete zu Morrigan, dass sie meine Seele im Flug auffangen würde … Wartete auf den Aufprall. Auf den Tod.

Aber nichts kam. Ich öffnete meine Augen und sah, dass sie immer noch dort stand, im Zögern erstarrt. Die Menge hielt den Atem an, aber Pontius Aquilas Geduld war am Ende. Er sprang auf, stürzte zu Tanis, entriss ihr Pfeil und Bogen und schubste sie zur Seite. Dann drehte er sich um und spannte den Pfeil so gekonnt ein, dass er zumindest grundlegende Kenntnisse im Umgang mit der Waffe haben musste.

Diesmal schloss ich meine Augen nicht.

Und so sah ich, wie Aeddan vor Aquila sprang und den zweiten Pfeil abbekam, der mich direkt in die Brust hätte treffen sollen.

»Aeddan!«, schrie ich, rappelte mich auf und umklammerte mit einer Hand meine verwundete Schulter.

Er drehte sich in einem grotesken Tanz im Kreis, balancierte auf der Mauerkrone. Dann kippte er langsam und graziös von der Mauer herunter und schlug auf dem Boden darunter auf. Ich rannte, stolperte zu ihm und fiel neben ihm auf die Knie.

Er atmete noch, flach, und bei jedem Atemzug sprudelte ein neuer Schwall Blut aus seinem Mund.

»Fallon …« Er hob eine Hand zu meinem Gesicht.

»Beweg dich nicht«, beruhigte ich ihn, nahm seine Hand in meine und hielt sie so fest ich konnte.

»Es … tut … mir … leid …«

»Ruh dich jetzt aus …«

Er nickte schwach und sein Mund bewegte sich, formte ein einziges Wort. Einen Namen. »Mael …«

»Grüß deinen geliebten Bruder von mir, Aeddan«, sagte ich, halb erstickt von dem Schluchzen, das in meiner Kehle steckte. »Sag Mael … sag ihm, dass ich ihn vermisse …«

Meine Tränen tropften auf seine Wangen, vermischten sich mit seinem Blut.

Er schaffte es, noch einmal zu nicken, und seine Hand schloss sich krampfhaft um meine.

»Ich werde auch dich vermissen.« Ich beugte mich vor und küsste ihn auf die Stirn. »Und ich werde euch beide eines Tages wiedersehen im Land der Seligen Toten. Und dort werden wir Freunde sein.«

Und dann war er tot.

Die Menge war komplett verstummt und sog meine Trauer in sich auf.

Ich stand langsam auf und richtete meine Aufmerksamkeit auf Pontius Aquila. Er hatte den Bogen fallen lassen, hatte gespürt, dass die Stimmung der Menge sich gegen ihn gewandt hatte. Sie waren jetzt auf unserer Seite. Und er konnte nichts dagegen tun.

Von einer der Tribünen warf jemand eine Fackel auf seine Plattform, als meine Schwester neben mich trat. »Gib mir meinen Ludus zurück, Pontius Aquila!«, rief sie zu ihm hinauf, ihre Worte gellten durch die Luft. »Er gehört mir und er gehört diesen Mädchen. Sie sind keine Rebellinnen, sie sind keine Abtrünnige. Sie sind Heldinnen. Und ihr seid nicht willkommen in unserem Zuhause.«

»Achillea! Achillea!«, begann die Menge zu skandieren. Und: »Victrix! Victrix!«

Auch wenn das Volk nicht in allen Einzelheiten verstanden hatte, wovon es heute Abend Zeuge geworden war, war ihm doch bewusst, dass es eine unglaublich tolle Zeit verbracht hatte. Und wenn ich, Sorcha und unsere Mitstreiterinnen wieder zurück in der Gladiatorenschule wären, würden sie bestimmt noch mehr davon bekommen.

Die Rufe wurden zu Gebrüll.

Aquila wurde sogar noch blasser und ich sah, wie er vom Rand der Mauer zurücktrat. Noch eine Fackel wurde auf die Plattform geschleudert. Und noch eine. Ich war dankbar dafür, dass die Mauern des Ludus hoch und aus Stein waren, ansonsten hätte das Volk, das eben noch durch seinen Jubel unsere Rückeroberung des Ortes gutgeheißen hatte, ihn womöglich auf seine Grundfeste niedergebrannt.

Aquilas Wachen waren schon die Leitern hinunter zu Boden geeilt, und ich sah, wie sie losstürmten, um das

Tor zu schließen, während der Tribun und seine abscheulichen Dis-Kumpane ihnen hinterherkletterten. Tanis floh mit ihnen. Einige aus der Menge stürmten von den Arena-Tribünen zum Tor, polterten dagegen und forderten Gerechtigkeit, doch ich blickte ihnen einfach hinterher. Ich wusste, sie würden zum Strand hinunterhasten und an Bord ihrer Galeere gehen. Insgeheim lächelte ich und stellte mir vor, welcher Empfang sie erwartete, wenn sie auf Kleopatras Seite des Sees ankamen.

»Ich glaube nicht, dass er zurückkehren wird«, sagte Sorcha leise. »Weder hierher noch sonst wo in der Republik, wo jemand sein Gesicht widererkennen könnte. Wir haben gewonnen, kleine Schwester. Du hast es geschafft.«

Mit nur einem heilen Arm umarmte ich Sorcha, so fest ich konnte. »*Wir* haben es geschafft«, sagte ich. »Zusammen. Wir alle.«

»A-CHIL-LE-A!« Die Rufe wurden zu Gebrüll. »A-CHIL-LE-A!«

Sorcha drehte sich um und rollte, von der Menge unbeobachtet, mit den Augen. Ich grinste sie an, dann nahmen wir uns an den Händen und drehten uns gemeinsam zur Menge um. Als meine glorreiche Schwester ihre Faust in die Luft stieß, brach frenetisches Chaos um uns herum aus.

Wein- und Bierfässer erschienen wie durch Zauberhand, zusammen mit Flöten, Trommeln und Leiern. Es wurde gesungen, getanzt und gelacht, und es kam mir so vor, als würde dieses Fest bis zum Morgengrauen dauern. Zumindest für die Menge.

Meine Schulter pochte schmerzhaft, und ich sah, wie Neferet sich einen Weg zu mir durch die Menge bahnte, ihre Medizintasche um ihren Oberkörper geschlungen. Ich drehte mich um und ließ meinen Blick über die Feldarena wandern, in der verstreut einzelne Leichen lagen. Ich wusste noch nicht, ob jemand von uns darunter war. Oder jemand von den Amazonen. Aber unsere Gegner hatten ihre Waffen auf den Boden geworfen und sich ergeben, und als meine Freunde langsam nach vorne kamen, mit vor Erschöpfung hängenden Schultern, aber hocherhobenen siegreichen Hauptes, begriff ich, dass wir wirklich gewonnen hatten. Wir hatten uns das Recht erkämpft, weiter zu kämpfen. Zu unseren eigenen Bedingungen.

Die Mauern meines Zuhauses ragten in meinem Rücken hoch auf.

Das römische Volk feierte überall um mich herum.

Meine Freunde waren da, um mich aufzufangen, damit ich nicht in die Knie ging.

Und Cai mit seinen wunderschönen Augen voller Liebe und Stärke. Und auch Trauer. Aber nicht Bedauern. Ich nahm seine Hand, meine Kriegerschwestern scharten sich um uns, und ich hatte mich noch nie so zugehörig gefühlt. Elka schluchzte in aller Öffentlichkeit, einen Arm um Ajani gelegt, den anderen um Quint. Und der hatte einen Arm um Kallista gelegt, die von Ohr zu Ohr grinste, weil sie endlich etwas richtig Aufregendes erlebt hatte. Charon war von der Tribüne heruntergekommen und stand neben meiner Schwester – berührte sie nicht *direkt*, genauso wie sie ihn nicht *direkt* berührte. Die

Nacht, die Sterne, das Feuer und die Lieder wirbelten alle chaotisch in meinem Kopf durcheinander in einer glücklichen und glorreichen Jubelfeier. Wir waren das Auge des Sturms.

Morgen würden wir die Toten begraben. Wir würden die Tore des Ludus Achillea wieder aufstoßen. Und wir würden weitermachen.

Trotzend, triumphierend, gemeinsam.

Danksagung

Fallons Abenteuer in *Gladiatorin – Verrat oder Triumph* fortzusetzen hat mir als Autorin großen Spaß gemacht – vielleicht mehr Spaß als einer Person allein erlaubt sein sollte (man denke nur an all das mentale Zerstückeln mit sehr scharfen Waffen von Freunden und Feinden gleichermaßen …).

Aber wie Fallon im Ludus Achillea hätte ich das alles ganz bestimmt nicht alleine geschafft. Tatsächlich hatte ich meine eigene Kriegertruppe, die mich auf meiner Reise begleitet hat.

Da wäre wie immer die unbeugsame Jessica Regel, meine Agentin und mein ganz persönlicher Erster Speer. Und wahrscheinlich kann sie es schon nicht mehr hören, aber sie ist nach wie vor eine ständige Quelle der Ermutigung, Inspiration und Erleuchtung. Mein Dank gilt auch wieder dem wundervollen Team bei Foundry Literary + Media.

Als Nächstes kommen die anderen zwei Jessicas in meinem J-Team an die Reihe – Jessica Harriton und Jessica Almon. Ich bewundere euer hervorragendes Lektorat, eure unermüdliche Unterstützung und eure Kreativität. Ich bin euch, und auch Ben Schrank und dem

Rest des unglaublichen Razorbill-Teams, so dankbar dafür, dass ihr weiter an mich und meine wilde Gladiatorinnen-Meute glaubt. Derselbe Dank geht auch nach Norden über die Grenze an Suzanne Sutherland und Jennifer Lambert und all die wundervollen Mitarbeiter bei HarperCollins Canada, die sich immer so gut um mich kümmern. Ein großer Dank geht auch an Elyse Marshall und Maeve O'Regan, meine fantastischen Verlegerinnen, dafür, dass sie hinaus in die Welt gehen und sich für dieses Buch auf so vielfältige wundervolle Weise einsetzen. Und ich stehe immer noch in tiefer Margarita-Schuld sowohl bei Tiffany Liao als auch bei Hadley Dyer, die sich von Anfang an voller Überzeugung hinter diese Reihe gestellt haben.

Diesmal gilt mein besonderer Dank auch Casey Hudecki, die mir geholfen hat, mir ein paar der Waffenszenen auszudenken. Sollte es zu einem Gladiatoren-Showdown kommen, wollt ihr diese Frau an eurer Seite haben. Glaubt mir.

Meine Liebe und Dankbarkeit gehen wie immer an meine Familie, vor allen an meine Mom und meinen Bruder.

Ich schicke so viele Kampfumarmungen wie nur möglich an meine Fans und Leser. Sowohl persönlich als auch online seid ihr so wahnsinnig cool, ihr hört nie auf, mich zu überraschen.

Und ganz zum Schluss gebührt mein Dank vor allen anderen John. Du hast mir gesagt, ich solle dem Ganzen Feuer unterm Hintern machen, und damit lagst du nicht falsch. Das tust du nie.

Autorin

LESLEY LIVINGSTON hat sich schon als Schülerin für Mythologie begeistert und am liebsten Geschichten von legendären Kämpfern in sagenumwobenen Ländern gelesen. Sie hat ihren Studienabschluss an der Universität von Toronto gemacht und war über zehn Jahre lang Mitglied einer Shakespeare-Theatergruppe. Sie lebt auch heute noch in Toronto, und als echte Kanadierin ist sie stolz darauf, schon einmal den Stanley Cup, die wichtigste Eishockey-Trophäe der Welt, in ihrem Wohnzimmer beherbergt zu haben.

Von Lesley Livingston ist außerdem bei cbt erschienen:
GLADIATORIN – Freiheit oder Tod (Band 1, 31286)

Übersetzerin

SILVIA SCHRÖER, geboren 1972, studierte Germanistik und Geschichte in Frankfurt am Main und Paris. Eigentlich wollte sie Lehrerin werden, aber dann siegte doch ihre Liebe zu Büchern. Sie arbeitete viele Jahre als Verlagslektorin, bevor sie anfing auch zu übersetzen und selbst Geschichten zu schreiben. Sie lebt in einem Männerhaushalt mit Ehemann und vier Söhnen in Heidelberg.